MICHELLE REID

CORAZÓN RENDIDO

AMOR PROHIBIDO

VENGANZA ITALIANA

Editado por Harlequin Ibérica.
Una división de HarperCollins Ibérica, S.A.
Núñez de Balboa, 56
28001 Madrid

© 2017 Harlequin Ibérica, una división de HarperCollins Ibérica, S.A.
N.º 5 - 25.10.17

© 1998 Michelle Reid
Corazón rendido
Título original: The Marriage Surrender

© 1999 Michelle Reid
Amor prohibido
Título original: The Mistress Bride

© 2000 Michelle Reid
Venganza italiana
Título original: The Italian's Revenge
Publicadas originalmente por Mills & Boon®, Ltd., Londres
Estos títulos fueron publicados originalmente en español en 1999,
1999 y 2001

Todos los derechos están reservados incluidos los de reproducción,
total o parcial. Esta edición ha sido publicada con autorización de
Harlequin Books S.A.
Esta es una obra de ficción. Nombres, caracteres, lugares, y
situaciones son producto de la imaginación del autor o son utilizados
ficticiamente, y cualquier parecido con personas, vivas o muertas,
establecimientos de negocios (comerciales), hechos o situaciones son
pura coincidencia.
® Harlequin, HQN y logotipo Harlequin son marcas registradas por
Harlequin Enterprises Limited.
® y ™ son marcas registradas por Harlequin Enterprises Limited y
sus filiales, utilizadas con licencia. Las marcas que lleven ® están
registradas en la Oficina Española de Patentes y Marcas y en otros
países.
Imagen de cubierta utilizada con permiso de Dreamstime.com.

I.S.B.N.: 978-84-687-9991-9
Depósito legal: M-17412-2017

ÍNDICE

Corazón rendido 7

Amor prohibido. 151

Venganza italiana 285

CORAZÓN RENDIDO

MICHELLE REID

Capítulo 1

—¿Podría hablar con el... el señor Alessandro Bonetti, por favor?

La cabina de teléfono apestaba a humo de cigarrillos. Con la cara muy pálida y el cuerpo rígido por el esfuerzo que había necesitado para hacer aquella llamada, Joanna casi no se había dado cuenta del olor ni de la porquería que cubría el suelo.

—¿De parte de quién, por favor? —le preguntó la voz fría y concisa de la telefonista.

—Soy... —empezó a decir, mientras se mordía el labio inferior con los dientes.

Pero no pudo responder. No sería capaz de revelarle su identidad a nadie más que a Alessandro. Sin embargo, era más que posible que él se negara a hablar con ella. Por eso, no quería que la telefonista fuera testigo de aquella humillación. Ya había pasado por eso antes...

—Es una llamada personal —le espetó, esperando de todo corazón que aquella respuesta fuera suficiente para poder hablar directamente con el gran hombre.

Pero no fue así.

—Me temo que tendrá que darme su nombre antes de que pueda preguntar si el señor Bonetti puede hablar con usted.

Al menos así sabía que Sandro estaba en el país, ya que Joanna se había imaginado que habría vuelto a Roma.

–Entonces, póngame con su secretaria. Prefiero tener esta conversación con ella.

Se produjo una pequeña pausa, llena de una tensión silenciosa.

–Un momento, por favor –le espetó la voz y la línea quedó en silencio.

Los segundos empezaron a pasar lentamente, llevándose la desesperación que le había empujado a hacer aquella llamada, la desesperación que le había impedido dormir, para intentar buscar una solución a su problema sin tener que pedir ayuda a Sandro. Pero solo tenía dos salidas: Arthur Bates o Sandro.

Al pensar en Arthur Bates un escalofrío recorrió su espalda, lo que la empujó a seguir colgada al teléfono, a pesar de que en su interior una vocecita le ordenaba que colgara el auricular.

Sin embargo, Joanna sabía que necesitaba ayuda. Y estaba dispuesta a pedirla al único ser humano que podía dársela. Si Sandro se la negaba, le dejaría en paz para siempre. Pero debía intentarlo, darse, y darle, una nueva oportunidad.

En cualquier caso, ella no quería hacerle daño. Solo le iba a hacer una proposición. Si él se negaba, saldría de su vida para siempre.

Para siempre. Eso era. Le prometería que, si la ayudaba aquella vez, nunca volvería a molestarle. Era muy fácil. Sandro no era ningún monstruo. Seguramente, ya no le guardaba ningún rencor. Había pasado demasiado tiempo.

Entonces oyó la señal que le indicaba que debía introducir más dinero. El pánico se adueñó de ella y todos aquellos pensamientos de consuelo desaparecieron.

–¿Qué estoy haciendo? ¿Por qué estoy haciendo esto? –se preguntó frenéticamente.

La mente le respondió que lo hacía porque no le quedaba otra elección. Con dedos temblorosos, tomó una moneda del montón que había hecho con el cambio que tenía para realizar la llamada, pero se le cayeron al suelo.

—¡Maldita sea! —murmuró, inclinándose para recogerlas del suelo. Entonces sonó una voz por el auricular.

—Buenos días, le habla la secretaria del señor Bonetti. ¿En qué puedo ayudarla?

—Un momento —respondió, mientras intentaba introducir la moneda en la ranura. Cuando lo consiguió, el pitido dejó de sonar. Joanna se tomó un par de segundos para serenarse—. Me... me gustaría hablar con el señor... con Alessandro —añadió, con la esperanza de que aquel toque personal la ayudara a pasar aquel último obstáculo.

—Me temo que debe darme su nombre.

«Su nombre», repitió Joanna mentalmente, sin saber qué hacer. ¿Era mejor decirle la verdad, permitir que aquella mujer fuera testigo del rechazo de Sandro?

—Soy... la señora Bonetti —respondió, sintiéndose tan extrañada al oír ese nombre en sus labios como probablemente lo estaba la mujer que había al otro lado del teléfono.

—¿La señora Bonetti? —repitió la mujer, tras unos pocos segundos—. ¿La señora de Alessandro Bonetti?

—Sí —confirmó Joanna, entendiendo perfectamente la sorpresa de la secretaria—. ¿Puede ahora preguntarle a Alessandro si tiene unos minutos para hablar conmigo, por favor?

—Desde luego —accedió la secretaria al instante.

La línea quedó en silencio de nuevo, mientras ella se preguntaba cuántos problemas le iba a causar a Sandro por haber hecho aquella declaración.

La espera le resultó tan tensa que tuvo que ponerse a dar golpecitos en el suelo con el tacón de la bota para intentar relajarse. Además, había un hombre esperando para utilizar el teléfono que le echaba miradas de impaciencia. Las manos le sudaban, por lo que intentó limpiárselas en los vaqueros, pero no le sirvió de nada. Le volvieron a sudar.

—¿Señora Bonetti?

—¿Sí?

–El señor Bonetti está en una reunión en este momento. Me ha dicho que deje su número y que la llamará tan pronto como tenga un momento.

–Eso es imposible –respondió Joanna, sintiendo una sensación contradictoria de alivio y desesperación–. Estoy en una cabina de teléfono y... –explicó, mientras se revolvía el cabello rubio e intentaba pensar. Si Sandro no se ponía al teléfono... Nunca podría volver a reunir el valor para llamarlo otra vez–. Llamaré dentro de un rato. Dígale... que lo llamaré cuando yo... –tartamudeó, intentando buscar una excusa–. Adiós.

–¡No! ¡Señora Bonetti! –le gritó la secretaria, impidiéndole colgar el teléfono–. ¡Espere, por favor! El señor Bonetti quiere saber... Un momento, no cuelgue, por favor...

El tono de súplica de la mujer fue lo único que le impidió colgar a Joanna. Eso, y la visión de Arthur Bates, relamiéndose como un gato que está a punto de saborear un pastel. De nuevo, se puso a temblar, sintiéndose tan confusa que ya no sabía qué hacer.

¿Sandro o Arthur Bates? Aquella pregunta se le repetía en el cerebro una y otra vez. ¿Sandro o Arthur Bates...? No le quedaba elección.

Sandro... el hombre con el que no se había dignado a ponerse en contacto durante dos largos años... excepto cuando le dijo lo de Molly. Joanna se sintió morir al recordar el rostro de la pobre Molly.

Sin embargo, él había ignorado su llamada y, probablemente, eso era lo que iba a hacer en aquella ocasión. Y no había ninguna razón para que no lo hiciera. Ya no había nada entre ellos, no lo había habido desde hacía mucho tiempo.

El teléfono la sacó de su abstracción pidiéndole que insertara más dinero. Muy nerviosa, Joanna empezó a buscar otra moneda. Pero entonces recordó que las había tirado todas al suelo unos minutos antes, por lo que se agachó y empezó a rebuscar entre los papeles y las colillas que cubrían el suelo.

–¿Señora Bonetti?

–Sí –jadeó Joanna.

–Le paso con el señor Bonetti...

En ese momento, encontró una de las monedas y la aferró, incorporándose, completamente congestionada, con la respiración entrecortada, temblando porque estaba a punto de volver a escuchar la voz profunda y aterciopelada de Sandro y no sabía si iba a poder soportarlo.

El hombre que estaba esperando fuera de la cabina se hartó y golpeó el cristal. Joanna se volvió, con la mirada enloquecida.

–¿Joanna?

Entonces, ella sintió que el mundo se derrumbaba bajo sus pies y el pecho se le llenó de angustia.

Sandro tenía la voz dura, ronca, pero le resultaba a Joanna tan familiar que la suya propia se le ahogó en la garganta. El hombre volvió a golpear el cristal. Ella cerró los ojos y sintió la impaciencia, la tensión que venía del otro lado de la línea telefónica.

–¿Joanna? –repitió él–. ¡Maldita sea! ¿Estás ahí?

–Sí –respondió ella, con la voz entrecortada, sabiendo que había dado uno de los pasos más grandes de su vida–. Lo siento, pero es que se me cayeron las monedas por el suelo y no podía encontrarlas. Además, hay un hombre... un hombre esperando para usar el teléfono que no deja de golpear el cristal... Lo siento –se disculpó de nuevo.

–Estoy en medio de una importante reunión –le espetó él–. Así que creo que deberías ir al grano y explicarme a qué debo este, por así decirlo, honor tan inesperado.

–Necesito... –empezó Joanna, sintiendo que el pecho le iba a estallar por la tensión que tenía acumulada, casi sin recordar la razón de su llamada, tal era el pánico y los nervios que la atenazaban–. Necesito... que me aconsejes sobre algo –añadió, sin poder confesarle que lo llamaba únicamente para pedirle dinero–. ¿Crees que nos podríamos ver, para que podamos hablar?

Pero no hubo respuesta. Joanna se sentía a punto de llorar.

–Me marcho a Roma esta tarde –le respondió, por fin, bruscamente–. Y tengo todo el día lleno de reuniones hasta que me marche para ir al aeropuerto. Tendrás que esperar hasta que vuelva la semana que viene.

–¡No! ¡Eso no puede ser! No puedo esperar tanto tiempo... –exclamó con un hilo de voz–. No... no importa –susurró, sintiéndose derrotada–. Siento haberte...

–¡No te atrevas a colgarme el teléfono! –exclamó Sandro, demostrando que todavía podía leer las intenciones de Joanna como en un libro abierto.

Luego, ella le oyó murmurar algo para sí, en italiano, como siempre hacía cuando estaba muy enfadado. Joanna pudo incluso imaginárselo, alto, esbelto, con aquellos rasgos latinos tan atractivos y aquellos ojos marrones oscuros y la boca, tan sensual, que la había hecho sentir como ninguna otra antes, a pesar de que de ella podían salir palabras terribles, aunque ella no entendiera su significado.

Entonces, el teléfono volvió a reclamar más dinero.

–¡Ya no tengo más dinero! –gimió ella, intentando descubrir más monedas por el suelo–. Voy a tener que...

–¡Dame tu número!

–Pero hay un hombre esperando para utilizar el teléfono. Tengo que...

–*Maledizione!* –exclamó Sandro–. ¡El número, Joanna!

Ella lo obedeció. Entonces la comunicación se cortó. Cuando colgó el auricular, no estaba segura de que Sandro hubiera tenido tiempo de anotar todos los números, y se sintió, al mismo tiempo, asustada y aliviada de que así hubiera sido.

Muy confusa, se inclinó a recoger sus monedas, las encontró y salió de la cabina para dejar paso al hombre que llevaba tanto tiempo esperando. Este se deslizó a su lado, entre ella y la puerta, contemplándola como si fuera una aparición. Y estaba segura de que ese era el aspecto que tenía.

Sandro tenía la habilidad de ponerla en aquel estado, de hacer pedazos su habitual sangre fría. Y así había sido desde la primera vez que lo había visto. Siempre había podido transformarla en una criatura vulnerable.

El sexo. Aquella palabra la asaltó con dura y cruel honestidad. La diferencia entre Sandro y cualquier otro hombre era que él era el único que la excitaba sexualmente. Y por eso temblaba, porque al excitarla también sacaba a la luz todas las fobias que le hacían caer en aquella sensación de pánico. Tenía miedo, un miedo total e irracional de que, si alguna vez se dejaba llevar por el sexo, su vida se acabaría. Porque él lo sabría y la despreciaría por ello.

El hombre salió de la cabina al cabo de un par de minutos, lo que la hizo sentirse culpable por lo mucho que ella le había hecho esperar.

—Siento haber tardado tanto —se excusó, avergonzada—. Tuve algunos problemas...

El teléfono empezó a sonar dentro de la cabina, y ella se lanzó a contestarlo, desesperada, olvidándose del hombre, de todo, para ir a contestar aquella llamada.

—¿Qué demonios ha pasado? —le gritó Sandro desde el otro lado de la línea—. Llevo marcando cinco minutos y me daba comunicando. ¿Es que eres tan estúpida como para haber estado con el auricular en la oreja en vez de colgarlo y esperar que yo te llamara?

Eso lo decía todo. Estúpida. La creía una estúpida.

—Le dejé telefonear al hombre que estaba esperando.

—¿Qué es lo que quieres, Joanna? —preguntó él, después de volver a murmurar algo en italiano—. ¿Desde hace cuánto tiempo se te ha ocurrido la idea de contar conmigo para algo?

—No es algo de lo que pueda hablar por teléfono —le espetó ella, recobrando el autocontrol—. Y, si esto es un ejemplo de la actitud que vas a tener conmigo, es mejor que nos olvidemos de todo esto.

—De acuerdo, de acuerdo. Así que soy yo el que está comportándose mal. Estoy hasta arriba de trabajo en este momento, y la última cosa que esperaba era que mi largo tiempo desaparecida esposa me llamara por teléfono.

—Es mejor el sarcasmo —le replicó ella—. Las galanterías no te van.

Los dos suspiraron a la vez, lo que fue una señal de que admitían que los dos estaban exagerando la situación, como siempre había sido entre ellos.

—¿En qué puedo ayudarte? —preguntó él, con más tristeza que hostilidad.

—Si no puedes sacar tiempo para verme hoy, me temo que, efectivamente, he estado haciéndote perder tu valioso tiempo. Intenté decírtelo antes de que te pusieras hecho una fiera —añadió, sin poder resistirse.

—A las cinco. En la casa.

—¡No! —protestó ella inmediatamente—. ¡No quiero volver allí!

La preciosa casa de Belgravia, una de las zonas más elegantes de Londres, solo guardaba malos recuerdos para ella. Joanna no podía regresar allí.

—Entonces aquí —replicó él, con voz cortante—. Dentro de una hora. Eso es todo lo que puedo ofrecerte. Y no llegues tarde. Tengo un horario muy apretado y voy a tener que recibirte entre dos reuniones muy importantes.

—De acuerdo —accedió ella, preguntándose si encontrarse con él en su despacho sería mejor que hacerlo en la casa que habían compartido, ya que ella nunca había estado allí antes—. ¿Cómo... qué hago cuando llegue allí? ¿Le... le digo a alguien quién...? No me gusta...

—¿Salir del escondrijo? —le preguntó él con amargura—. ¿O acaso no te gusta admitir tu relación legal conmigo?

—Sandro... ¿Te das cuenta de lo difícil que me está resultando esto?

—¿Y cómo te crees que me está resultando a mí? –replicó él–. Saliste de mi vida hace dos años, y desde entonces no te has dignado a ponerte en contacto conmigo.

—Tú me dijiste que no lo hiciera –le recordó Joanna–. Cuando me marché, me dijiste...

—¡Sé lo que te dije! –exclamó él. Luego suspiró de nuevo–. Asegúrate que vienes. No me gustaría que te acobardaras en el último momento, porque entonces, que Dios me perdone, yo... ¡maldita sea! –murmuró, colgando el teléfono.

De repente, Joanna se sintió muerta. Siempre que hablaba con Sandro se sentía así, cansada, tan agotada que tuvo que apoyarse contra la cabina mientras se preguntaba por qué le habría llamado.

Pero la visión de Arthur Bates exponiéndole su ultimátum la devolvió a la realidad.

—El pago, Joanna, se ha de hacer en efectivo o en especie –le había dicho con aquella voz tan suave y melosa–. Ya sabes de lo que estoy hablando...

Aquellas palabras le daban ganas de vomitar.

—¿Cuánto tiempo tengo para pagar? –le había preguntado ella, con tanta dignidad que dejaba muy claro que en ningún momento consideraría la segunda opción.

Pero aquel hombre se había negado a entenderlo. Había esperado mucho tiempo para llevarla al callejón sin salida en el que Joanna se encontraba y había saboreado cada segundo. Se había reclinado en el sillón, metiéndose el dedo, cargado de anillos, entre los botones de la camisa entreabierta, mientras la miraba de arriba abajo, lentamente, contemplando la figura esbelta de Joanna y aquella falda de satén tan corta que tenía que llevar al trabajo...

—Ahora me vendría muy bien –respondió Arthur con voz ronca–. Muy bien...

—Me refiero a pagar con dinero. ¿Cuánto tiempo tengo?

—Una deuda es una deuda, cielo. Y ya te has retrasado dos semanas con el pago.

—Porque estuve de baja por gripe —le había recordado ella—. Ahora he vuelto a trabajar, y podré pagarte tan pronto como...

—Ya conoces las reglas —la interrumpió él—. Se paga a tiempo o ya sabes. Yo no hago las reglas para divertirme, ¿sabes? Todo el mundo viene a mí para que les ayude con sus dificultades económicas y yo acepto, sí, el bueno de Arthur presta siempre el dinero, pero dejo muy claro que no me gusta si no se me paga a tiempo. Es por tu bien —añadió, con voz melosa—. Si yo permitiera que te retrasaras en el pago, solo conseguiríamos que te metieras en un lío peor intentando ponerte al día con las deudas.

A lo que él se había referido era a que Joanna habría tenido que pedirle prestado más dinero para mantenerse al día con el pago de intereses y, por lo tanto, hubiera hecho la deuda más grande. Así Arthur Bates mantenía el poder.

Sin embargo, para ella era diferente y Joanna siempre lo había sabido. Él no quería su dinero, la deseaba a ella, y, al no mantenerse al día con los pagos, se había colocado directamente en sus garras. Lo peor era que ella trabajaba para él, lo que significaba que él sabía exactamente el dinero que Joanna ganaba y podía controlarla. Ella trabajaba de camarera detrás de la barra del asqueroso club nocturno que Arthur dirigía, el mismo club donde ella había contraído sus deudas en las mesas de juego.

Lo único que Arthur Bates no sabía de ella era que estaba casada. No conocía su relación con la poderosa familia Bonetti. Desconocía que todavía le quedaba una salida.

Pero, además, iba a necesitar tiempo, un tiempo que Arthur Bates no estaba dispuesto a darle. Se había quedado allí, sintiendo cómo recorría su cuerpo con la mirada, y había hecho lo único que se le ocurrió para ganar tiempo.

—De acuerdo —murmuró ella—. ¿Cuándo?

—Esta noche ya has acabado de trabajar. Podríamos estar en mi apartamento dentro de quince minutos...

—No puedo —le había contestado ella—. Esta noche no... Hormonas —le había explicado, esperando que él comprendiera lo que ella quería decirle.

Él había comprendido, tal y como lo revelaba la expresión contrariada de su rostro.

—Mujeres —le había murmurado—. Podrías estar mintiendo, podría ser una excusa para ganar tiempo —añadió, con algo de sospecha.

—Yo no miento —le había hecho creer, mirándolo fijamente a los ojos con sus profundos ojos azules—. Es la verdad.

—¿Cuánto tiempo?

—Tres días.

—El viernes, entonces.

Joanna había sentido tanto asco que solo había podido asentir antes de salir de la oficina, para apoyarse en la pared de al lado de la puerta, tal y como lo estaba haciendo en aquel momento después de hablar con Sandro.

Sin embargo, había una diferencia entre la repulsión que sentía ante lo que Arthur Bates quería hacer con ella y la impotencia ante lo que Sandro podía hacer con ella.

Con un suspiro, salió de la cabina y se arrebujó en la gruesa cazadora mientras se dirigía a la calle donde se encontraba su piso mientras el viento de marzo le azotaba en el rostro.

Al entrar al piso se quedó un momento quieta, absorbiendo el silencio que siempre la saludaba al entrar. Entonces, se quitó la cazadora. No le quedaba mucho tiempo, pero, en vez de apresurarse, se dirigió muy lentamente a la cómoda y abrió un cajón.

En aquel instante, todos los recuerdos volvieron a inundarle la memoria, crueles e insultantes, tanto que tuvo que armarse de todo el valor que poseía para sacar del cajón lo que había ido a buscar. Cuando cerró el cajón, el aire le faltaba. En la temblorosa mano, tenía una pequeña caja que hablaba por sí misma.

Tenía impreso el nombre de un famoso joyero en delicadas letras de oro, lo que indicaba que lo que había alojado en su interior era valioso.

Pero para Joanna, el contenido significaba mucho más que dinero, tanto que, durante aquellos dos largos años, no se había atrevido a mirarlo desde el día en que se quedó horrorizada al verse en la mano el anillo de casada y de compromiso, abrumada de seguir llevándolos puestos después de haber salido huyendo. Así que había rebuscado entre sus cosas, hasta que había encontrado la caja y había guardado los anillos allí, jurándose a sí misma que, algún día, se los enviaría a Sandro.

Pero nunca lo había hecho. El pánico siempre se había adueñado de ella, el mismo pánico que había vuelto a resurgir en aquella cabina telefónica. Con dedos temblorosos, abrió la caja, y sintió que el alma se le caía a los pies.

Los dos anillos estaban allí. La alianza, del oro más fino, el otro, de tan elegante y exquisita sencillez que se le hizo un nudo en el estómago al contemplar la belleza de aquel diamante engarzado en platino.

La prueba de amor de Sandro.

–Te amo –le dijo aquel día, cuando le regaló el anillo de compromiso, tan sencillo, tan especial.

Él se lo había dado con amor y ella lo había aceptado con amor, con los ojos inundados de lágrimas. Pero ahora aquel amor había desaparecido, como le indicaba el vacío que sentía a su alrededor. Por eso, aquellos anillos debían haber sido devueltos.

Joanna sabía que podía venderlos, y así pagar fácilmente la deuda que tenía con Arthur. Pero no podía hacer eso. Vender aquellos anillos significaría robarle algo más a Sandro, al que ya le había quitado más que suficiente.

Ella le había robado su orgullo, su autoestima, y, tal vez lo peor, el creerse un ser humano.

—Me estás destrozando, ¿es que no te das cuenta? Tenemos que solucionar esto, Joanna. Ya no puedo aguantarlo más.

Ella no había podido olvidar aquellas palabras durante aquellos dos largos años, produciéndole el mismo dolor que la atravesaba en aquellos instantes. Y por aquel dolor, al final había acabado por hacer lo único que se le había ocurrido. Lo dejó, lo abandonó, yéndose a vivir con su hermana, Molly, negándose a mantener ningún contacto con Sandro, con la esperanza de que él fuera capaz de olvidar el fracaso de su matrimonio y pudiese volver a ser feliz de nuevo.

Tal vez ya hubiera encontrado la felicidad, ya que, tras aquellos primeros meses en los que él había intentado desesperadamente que volviera a su lado, no habían mantenido ningún tipo de contacto... Ni siquiera cuando ella lo llamó para decirle lo de Molly.

Molly... Un suspiro se le escapó del pecho y dirigió la mirada a un pequeño retrato enmarcado que estaba encima de su mesilla de noche. La preciosa cara de Molly le sonreía...

Entonces, Joanna se dirigió a la estrecha cama, se sentó, dejó la caja y tomó el retrato de Molly.

—Molly —susurró—. ¿Estoy haciendo bien pidiéndole ayuda a Sandro?

Pero no hubo respuesta. Molly ya no estaba a su lado. Pero, sin embargo, Sandro estaba vivo. Sandro, el hombre al que ella había amado con tanta pasión que había estado dispuesta a hacer cualquier cosa para conservarlo.

Pero ¿qué mujer no lo habría hecho? Alessandro Bonetti era el hombre más atractivo que Joanna había visto en su vida. La tarde en la que él había entrado en el pequeño restaurante italiano donde ella trabajaba de camarera había cambiado su vida entera.

—¡Alessandro! —exclamó su jefe, Vito, muy sorprendido.

Al levantar los ojos, Joanna vio al regordete Vito abrazar de una manera típicamente latina, con fuertes golpes en la espalda, a un hombre que casi lo doblaba en altura. Por encima de la calva de Vito, Sandro la había visto sonreír y le devolvió a su vez la sonrisa, comprendiendo lo que ella encontraba tan divertido.

Y eso había sido todo. Sus miradas se habían entrelazado y había saltado la chispa entre ellos. Los hermosos ojos oscuros de Sandro se oscurecieron y la sonrisa se le heló en la boca. El cuerpo entero se le quedó rígido. Y ella se había quedado muy quieta, atrapada por las mismas sensaciones, sintiendo, mientras él pasaba la mano por encima de los hombros de Vito, que sus propios hombros temblaban, como si la estuviese acariciando a ella y no a Vito.

–¿Quién es? –le había preguntado al menudo propietario del restaurante.

–¡Ah! –exclamó Vito, comprendiendo al instante lo que había cautivado a Sandro–. Veo que ya has descubierto la especialidad de la casa. Es Joanna –anunció, mientras los dos hombres contemplaban el pelo brillante y los chispeantes ojos azules–. Joanna, este es Alessandro Bonetti, el sobrino de mi primo, y un hombre con el que hay que tener cuidado, ¡ya que él puede ser la llama para tu fuego!

La llama para su fuego... Los tres se habían reído con aquel chiste. Pero había sido verdad. Sandro la encendía como ningún otro hombre lo había hecho antes. Dentro, fuera, ella se encendía como la leña seca. Y lo maravilloso era que Sandro también se había prendado de ella. Había sido como un sueño hecho realidad.

Entonces, ¿qué había ocurrido con aquel sueño? La vida, la vida había saltado para despojarla de su sueño cuando menos lo esperaba. De la noche a la mañana, Joanna se transformó de una criatura alegre, que había sido capaz de cautivar a un hombre como Sandro, en aquella persona vacía que estaba sentada encima de la cama.

¿Y era ella la que iba a presentarse a Sandro de nuevo? ¿Iba a poder hacerlo? «En dinero o en especie». Aquel pensamiento la hizo temblar, de una manera violenta, tal y como llevaba haciéndolo desde que había caído enferma de gripe.

Pero, en realidad, sabía que temblaba así porque estaba a punto de cerrar un círculo y tener que volver a elegir.

Entonces, se levantó de la cama, puso la fotografía de Molly en la mesilla de noche, volvió a colocar la caja en el cajón de la cómoda y se dispuso a prepararse para afrontar la entrevista con Sandro.

Capítulo 2

El presentarse en las oficinas de Sandro a la hora señalada le supuso a Joanna utilizar todo el coraje que tenía dentro, aunque, al menos, sabía que tenía buen aspecto. De hecho, había hecho un gran esfuerzo por tener el mejor aspecto posible.

Sandro era italiano. El buen gusto, el estilo eran tan naturales para él como respirar. Joanna le había visto pasearse por la casa con un par de pantalones cortos blancos sin planchar y una camiseta blanca que había encogido y, sin embargo, resultar increíblemente elegante.

Joanna no pudo evitar esbozar una sonrisa al recordar que solo lo había visto así una vez, durante su breve, pero desastroso, intento de vivir juntos. La mayoría de las mujeres hubieran encontrado una experiencia placentera el ver a sus hombres pasearse de aquella manera, pero a ella le producía tanto horror que la paralizaba.

¿Sexy? Sandro tenía un aspecto muy sexy, con aquella piel morena y velluda, las piernas musculosas, el pelo negro despeinado y los ojos somnolientos, ya que había estado dormitando en el sofá, víctima de la diferencia horaria porque acababa de volver de una visita de negocios a América. El hecho de que no se hubiera afeitado no afectaba para nada su apostura.

Joanna nunca había comprendido por qué reaccionaba de aquella manera a su sexualidad. Cuando lo conoció, se había enamorado de él a primera vista, y le había deseado tanto que algunas veces no sabía cómo iba a poder superarlo si no hacían el amor. Pero, durante aquellos primeros escarceos de su relación, Sandro había estado muy ocupado, lo mismo que ella, que además tenía que ocuparse de Molly.

Decidieron que esperarían hasta que estuvieran casados, hasta que vivieran juntos y tuvieran tiempo y espacio para sumergirse en lo que llevaba tanto tiempo hirviendo entre ellos. Entonces, había ocurrido lo que Joanna no se atrevía a nombrar, y las cosas se habían enfriado entre ellos.

Era culpa suya. Siempre le maravillaría todo el tiempo que Sandro había soportado aquella situación. Lo único que ella le había dado a él había sido dolor, un dolor y una frustración que finalmente habían acabado por influir en su trabajo.

Sandro era banquero, un especulador que invertía en los proyectos de los demás. Era joven, con éxito, un hombre con una confianza tremenda en sí mismo, que se había convertido en lo que era gracias a su sentido común.

Casarse con ella había afectado a ese sentido común. Dos malas inversiones casi lo habían arruinado.

–Esto no puede continuar así –le dijo–. Me estás quitando todo lo que necesito para sobrevivir.

–Lo sé –afirmó ella trágicamente–. Y lo siento... lo siento tanto...

Marcharse no le había resultado muy difícil a Joanna. Lo había hecho por él, y por ella, y había descubierto la paz en la pérdida de aquella tensión que había sido su constante compañía. Esperaba que Sandro también hubiese encontrado aquella paz. Y así debía de haber sido, ya que había visto su nombre en los periódicos en artículos que alababan su habilidad para reconocer una buena inversión.

Para Sandro, ella había sido como un virus, corrompiendo todo lo que él necesitaba para funcionar con la confianza de un ser humano normal.

Por eso, Joanna intentaría que la visita fuera breve y amistosa, se dijo, mientras atravesaba las puertas que albergaban el imperio Bonetti. Le explicaría lo que ella quisiera, conseguiría la respuesta de Sandro, y saldría de allí antes de que pudiera empezar a hacerle daño de nuevo.

Y no le pondría en evidencia presentándose mal vestida. Por eso se había puesto el único traje decente que tenía, el único que había salvado de la limpieza que había hecho de todo lo que la unía a Sandro.

El traje, de lana negra con el diseño clásico de Dior, le quedaba ahora un poco grande, ya que había perdido bastante peso en los últimos dos años. Pero había logrado ocultarlo bajo el elegante impermeable que se había puesto a causa de la lluvia. Por consiguiente, se sentía lo suficientemente bien vestida como para atravesar aquellas puertas sin sentirse fuera de lugar.

El vestíbulo estaba extraordinariamente concurrido, y Joanna se detuvo, preguntándose lo que debía hacer, demasiado preocupada para notar las numerosas miradas masculinas que contemplaban su figura alta, muy esbelta, de suave piel de alabastro, ojos azules muy profundos y el pelo rubio rojizo largo y liso, que relucía como el fuego bajo las potentes luces del vestíbulo.

Joanna era muy hermosa. Un hombre como Alessandro Bonetti no le habría prestado mucha atención si no hubiese sido tan hermosa que hiciera a todo el mundo volver la cabeza a su paso.

Sin embargo, Joanna nunca había sido consciente de su belleza. Incluso en aquel momento, mientras Alessandro Bonetti permanecía de pie al lado de los ascensores y era testigo del efecto que Joanna estaba causando entre su personal masculino, él pudo comprobar que ella era inconsciente del efecto que causaba en aquellos hombres. Solo miraba de forma nerviosa de un lado a otro.

Sandro se sintió preocupado. Joanna nunca se había puesto nerviosa por nada. A pesar de que no sabía el efecto que producía su presencia, siempre había sabido brillar llena de confianza y hacerse con el control de cualquier situación. Ahora parecía un pájaro exótico a punto de levantar el vuelo a la menor señal de peligro.

Entonces ella lo miró. Alessandro no pudo impedir que un escalofrío le recorriera la espalda al sentir que aquellos ojos se fijaban en los suyos por primera vez en dos largos años.

Fue una experiencia electrizante, como la primera vez que se vieron. A ella se le cortó la respiración y el corazón se le hinchió en el pecho, como una flor que se abre con el primer rayo de sol.

Pero todo aquello le resultaba muy doloroso. Joanna lo amaba, siempre lo había amado, tanto que le dolía.

Sandro era alto, esbelto, moreno, con aquel toque de arrogancia que tenía un efecto devastador en el ánimo de Joanna. Llevaba puesto un traje de corte italiano de color gris, con una camisa azul claro y una corbata de seda oscura. Llevaba el pelo corto, negro como la noche, peinado elegantemente hacia atrás. Joanna siguió recorriendo los ojos marrones, rodeados por largas pestañas y una fina, y algo aguileña nariz, típicamente romana.

Y luego la boca, aquella boca que le hacía perder el sentido. Rezumaba sensualidad, la prometía, la demandaba. Era la boca de un amante, de un conquistador romano, la boca que ella había conocido tan íntimamente. Desde las mismas entrañas, le surgió un deseo en el pecho, que le hizo respirar con dificultad, por el anhelo de volver a saborear aquella boca de nuevo...

Joanna se dio cuenta de que no podría hacerlo, no podría verlo y aparentar indiferencia. Estuvo a punto de salir corriendo, pero Sandro se dio cuenta de sus intenciones. Ella deseaba marcharse, pero Sandro hizo un pequeño movimiento que la hizo dudar. Luego, él la miró de tal forma que Joanna se sintió paralizada en el sitio, mientras él se dirigía hacia ella con paso firme y elegante, como un gato que hipnotiza a su presa antes de saltar sobre ella.

–Joanna –dijo él, permaneciendo a un paso de distancia de ella.

–Hola, Sandro.

Ninguno de los dos se movió. Durante un largo instante, los dos permanecieron quietos, contemplándose, envueltos en los recuerdos, algunos de ellos maravillosos.

Sandro estudió todos y cada uno de los rasgos de aquel rostro tan vulnerable. El amor todavía ardía entre ellos, el deseo... La mirada de Sandro revelaba un deseo que todavía ardía dentro de él, un amor muy anhelado a pesar del paso del tiempo.

¿Cómo podía todavía estar enamorado de ella después de todo lo que ella le había hecho? Entonces él parpadeó, como para apartar de su cabeza todo lo que estaba sintiendo y ponerse de nuevo en su papel, frío e implacable. Lentamente, levantó la mano para agarrarla del brazo. Joanna se dio cuenta de la tensión que reflejaba su rostro y comprendió que era porque temía que ella se apartara delante de todas aquellas personas, que los contemplaban con curiosidad.

Pero no fue así. Los dedos de Sandro se cerraron alrededor del codo de ella. Joanna sintió la señal de que alguien había invadido su territorio. Pero le mantuvo la mirada, con tranquilidad y firmeza. Tras unos pocos segundos, la tensión desapareció del rostro de Sandro y se vio reemplazada con una mueca de aquella boca tan hermosa, como si le ofendiera que se hubiera contenido tanto delante de todas aquellas personas.

–Ven.

–Esto es horrible –susurró Joanna, avergonzada–. ¿No se te podía haber ocurrido una manera más discreta de recibirme?

—¿Más discreta? —preguntó Sandro con sequedad—. Tú eres mi esposa, no mi amante. Con mi esposa me encuentro en lugares públicos. Con mi amante soy siempre muy discreto.

Muy dolida ante la idea de que Sandro tuviera encuentros íntimos con otras mujeres, Joanna no se dio cuenta de a dónde se dirigían. Hasta que fue demasiado tarde. Entonces los celos se vieron reemplazados por una sensación de horror que hizo que se parara en seco.

—No, Sandro, no puedo...

—Privacidad, *cara* —dijo él, interrumpiendo lo que Joanna iba a decir—. Es necesario antes de que empecemos.

Aquellas palabras resonaron en la cabeza de Joanna mientras él la empujaba al ascensor. Las puertas se cerraron. En aquel espacio tan reducido, Joanna sintió que el corazón se le ponía en la garganta. Cerró los ojos y apretó las manos mientras los dientes le castañeteaban sin control. Sandro se dio cuenta.

—¡Estate quieta! ¡Ni siquiera te estoy tocando!

—Lo siento —susurró ella, luchando por mantener el control—. No eres tú. Es el ascensor.

—¿El ascensor? ¿Desde cuándo forma parte el ascensor de tus numerosas fobias?

—No me preguntes eso —respondió ella, intentando sonreír, para tratar de superar la situación.

—Ya veo que es otro de los temas que se me tienen vedados —replicó Sandro, que no tenía ganas de chistes.

—Déjame en paz —le espetó ella mientras trataba de superar el pánico que la embargaba.

Todo volvía a ser como antes, con malas contestaciones, sarcasmos... como en el teléfono. No podían estar uno en compañía del otro sin aquella tensión emocional.

—Ya te puedes relajar —añadió él con más sarcasmo—. Ya hemos llegado.

Cuando Joanna abrió los ojos, descubrió que, efectivamente, habían llegado sin que ella se hubiera dado cuenta. Sandro iba andando por un largo pasillo alfombrado, a grandes zancadas, esperando que ella lo siguiera. Ella se despegó de la pared del ascensor y salió, con piernas temblorosas.

Sandro la estaba esperando al lado de una puerta cerrada. Joanna se obligó a dirigirse donde él estaba, suspirando por la manera en que se estaban desarrollando las cosas, a pesar de que ella todavía no le había dicho el motivo de su visita.

Sandro abrió la puerta, que daba a un despacho muy luminoso, donde una rubia de la edad de Joanna estaba sentada a un escritorio, y la dejó pasar. La mujer los miró expectante y sonrió. Sin detenerse para presentarlas, Sandro se dirigió a la otra puerta, la abrió y, de nuevo, le cedió el paso.

El despacho de Sandro la sorprendió. No tenía nada que ver con el gusto clásico con el que decoraba sus casas. Era moderno y funcional.

—Quítate el abrigo —le pidió Sandro con frialdad.

—Yo... —empezó Joanna, sintiendo una señal de alarma. No quería quitarse el abrigo. No pensaba quedarse lo suficiente.

—El abrigo, Joanna —insistió, dirigiéndose hacia ella con tal determinación que Joanna empezó a desabrocharse precipitadamente los botones.

Sandro hizo una mueca ante el hecho de que la mera sugerencia de tocarla la hiciera obedecerlo. Muy enfadada consigo misma por resultar tan transparente, Joanna se quitó el abrigo y lo tiró sobre una silla mientras él se dirigía a su escritorio. Una vez allí, se apoyó en la mesa y empezó a estudiarla de la cabeza a los pies.

Joanna se sonrojó y aferró con fuerza la correa del bolso. Seguía teniendo la habilidad de alterarla con una mirada.

—Has adelgazado mucho —dijo él, al cabo de unos instantes—. Ese traje te sienta como un trapo. Si pierdes más peso, te vas a desintegrar. ¿Por qué ha sido eso?

—Lo siento —le espetó.

–¿Otra vez, Joanna? –se burló él–. Recuerdo que era tu palabra favorita. Me enfurecía, y lo sigue haciendo.

–Me dijiste que estabas muy ocupado –replicó ella, levantando la barbilla, reflejando con el brillo de los ojos que su paciencia estaba a punto de terminar.

Sandro asintió. Una vez le había dicho que su fuerte temperamento era la única emoción saludable que había en ella. Probablemente él tenía razón, ya que aquella era la única que ella le había mostrado durante su breve y desastroso matrimonio.

Alguien llamó a la puerta. Joanna se sobresaltó. Sandro sonrió ante sus muestras de nerviosismo. En ese momento, entró la secretaria con la bandeja del café.

La tensión debía de resultar evidente, ya que la mujer miró primero a Sandro, luego a Joanna, y murmuró una disculpa antes de apresurarse a colocar la bandeja en la mesa auxiliar.

Joanna vio cómo Sandro seguía con la mirada a la mujer. Era innato en él estudiar a las mujeres, aunque probablemente ni era consciente de ello. Pero a Joanna la enfurecía.

La secretaria era muy hermosa. Joanna se sintió celosa, pensando que probablemente Sandro requiriera belleza en una mujer que trabajara tan cerca de él.

–*Grazie,* Sonia –murmuró, mientras ella cerraba la puerta.

Ella lo miró de una manera que hablaba por sí sola. Sonia se sentía ofendida porque no le había presentado a su esposa. Pero Joanna se sintió aliviada. No se sentía con fuerzas de ser amable con una mujer que le había causado un ataque de celos.

La puerta se cerró del todo. La atención de Sandro se volvió a centrar en ella y la estudió durante unos minutos. Entonces suspiró, como si la propia presencia de Joanna lo irritara profundamente y, con un gesto de la mano, la invitó a que se sentara.

–Siéntate, por amor de Dios –murmuró–. Te están temblando las piernas.

–No es verdad –replicó ella, pero se sentó de todas maneras en el mismo borde de uno de los sofás que él señalaba.

Joanna esperaba de todo corazón que Sandro no se sentara a su lado, porque aquello acabaría con toda su resistencia. Sin embargo, para su alivio, él se puso a servir el café.

Ella observó cada uno de sus movimientos mientras servía dos cafés solos, añadía azúcar al que él iba a tomar, le extendía a ella la taza y se sentaba en el sofá que había enfrente del suyo.

Sandro no tuvo necesidad de preguntarle cómo le gustaba el café. Tenía la habilidad de recordar nombres, lugares y cifras sin hacer ningún esfuerzo. Aquella era una cualidad imprescindible en el mundo de los negocios, tal y como le había explicado a Joanna tiempo atrás, ya que en algunas ocasiones le ahorraba un tiempo precioso.

Además, era un hombre muy astuto, al que pocas personas conseguían engañar. Pero Joanna había sido una de ellas, por lo que ella estaba segura de que aquello era lo que Sandro había encontrado más difícil de perdonarle.

–Bueno. Dime lo que quieres.

Joanna empezó a temblar de nuevo y estuvo a punto de derramarse el café en la falda.

–Necesito algo de dinero –murmuró ella, odiándose por tener que pedírselo precisamente a él.

–¿Cuánto? –preguntó él, sin demostrar ninguna sorpresa, a pesar de que ella nunca le había pedido nada, pero demostrando con su actitud que se hacía cargo de lo difícil que aquella situación resultaba para ella.

–Cinco... cinco mil libras.

Sandro siguió impasible. Joanna lo miró al rostro para ver si podía adivinar algo de lo que pensaba por su expresión, pero no advirtió nada.

–Eso es mucho dinero para ti, Joanna.

–Lo sé –admitió ella–. Lo... –se interrumpió. Había estado

a punto de decir «lo siento», pero en vez de eso, se levantó, incapaz de seguir contemplando aquel rostro inmutable.

Consciente de que él vigilaba cada uno de sus movimientos y sabiendo que él estaba esperando a que ella le dijera para qué necesitaba el dinero, se fue a apoyar sobre el escritorio y se cruzó de brazos. El silencio y la tensión se podían palpar, por lo que Joanna se dio la vuelta y observó aquellos ojos indiferentes.

–Tengo una proposición que hacerte –anunció Joanna–. Necesito dinero y, dado que tú eres la única persona de las que conozco que lo tiene, pensé que me lo podías dar para sellar un acuerdo.

–¿Un acuerdo de qué?

–De divorcio –afirmó ella. Sandro siguió sin responder, con un autocontrol digno de admiración–. Sé que no podemos seguir con este matrimonio. Así que pensé que lo mejor que podíamos hacer era terminar con esta situación.

–¿Por cinco mil libras?

–Sí.

–Déjame ver si te he comprendido. Quieres divorciarte de un multimillonario por la módica cifra de cinco mil libras. Joanna, eso es un insulto para mí –respondió él, moviéndose al fin para dejar la taza encima de la mesa–. ¿Por qué no quieres lo que legalmente te corresponde y me pides la mitad de todo lo que poseo? Después de todo, estás en tu derecho.

–Yo solo quiero cinco mil libras –afirmó, mirando la moqueta que cubría el suelo, avergonzada de lo que iba a decir a continuación–. Y las necesito hoy, si te es posible conseguir tanto dinero en tan poco tiempo.

–¿En efectivo?

–Sí... –afirmó ella, levantando al fin la vista para mirarlo.

–Tal vez deberías decirme para qué lo necesitas –le sugirió Sandro, mirándola con mucha gravedad.

–He contraído una deuda –admitió ella, con un hilo de voz–.

Y la persona que me prestó el dinero me está metiendo prisas para que se lo devuelva –explicó, bajando la cabeza, avergonzada por lo que acababa de confesar.

Entonces se produjo otro tenso silencio. Joanna supo que no sería capaz de contarle toda la verdad. Estaba segura de que Sandro se sentiría muy desilusionado con ella. Joanna nunca había hecho nada que un hombre como Sandro fuera capaz de apreciar. Nunca había entendido que trabajara seis días a la semana de camarera y que no tuviera ambición para buscarse nada mejor. Incluso odiaba el piso que compartía con Molly.

Joanna siempre había sospechado que, a su manera, Sandro se avergonzaba de que su novia fuera camarera, incluso de estar demasiado enamorado de ella como para dejarla.

Y además, odiaba a los que apostaban dinero. ¿Cómo podía decirle a un hombre así que se había pasado un año trabajando en un casino por una miseria, y que lo había perdido todo apostándolo en las mesas de juego?

–¿Dónde vives? –preguntó él, desconcertándola por el cambio de tema.

–Aquí en Londres.

–¿Sigues trabajando de camarera?

–Sí.

–No tenías por qué volver a hacer ese tipo de trabajo –replicó él con tristeza–. Cuando nos separamos, no tenía intención de que volvieras a eso.

–Tú no me debías nada.

–¡Eres mi esposa! ¡Claro que te debo algo! Lo que me resulta difícil creer es que te hayas metido tú sola en este lío. De hecho, no te gustaba deber a nadie ni la cantidad más pequeña. Así que ¿para quién es?

–Es para mí. Me he metido en este lío yo sola.

–Es para Molly. Tiene que serlo –replicó él con una expresión entristecida–. ¿Se ha metido tu hermana en este lío? Estoy en lo cierto, ¿verdad?

Fuera lo que fuera lo que Sandro esperaba conseguir, con toda seguridad no había estado esperando la transformación que se produjo en Joanna.

–¿Cómo puedes ser tan cruel? –le espetó, mirándolo como si Sandro le acabara de clavar un puñal en el pecho–. ¿Cómo podía Molly haberse metido en este lío cuando sabes que está muerta?

Capítulo 3

–Repíteme eso –respondió Sandro, poniéndose en pie–. Creo que te he entendido mal.

–¡Pero si ya lo sabes! –gritó Joanna–. ¡A Molly la atropelló un coche hace doce meses!

–¡No! –exclamó él, como si algo le desgarrara la garganta–. ¡No te creo!

–Te llamé, justo aquí, a esta oficina –le espetó ella–. ¡Tú no quisiste hablar conmigo, así que le dejé el mensaje a tu secretaria!

–¿Que llamaste aquí? –preguntó, como si finalmente estuviera asimilando las palabras que Joanna le había dicho–. ¿Molly ha muerto?

–¿De verdad crees que te mentiría sobre algo así?

Sandro comprendió que era cierto y la sorpresa se adueñó de él. Se puso muy pálido y de repente, movido por un impulso salvaje, dio un fuerte golpe con el puño cerrado sobre la mesa de cristal. Joanna abrió los ojos asombrada, mientras contemplaba cómo la mesa se rompía, y el cristal caía al suelo con un estruendo espantoso.

El silencio que se produjo a continuación fue tremendo. Sandro se incorporó, contemplando el destrozo que acababa de hacer, todavía muy pálido, con los nudillos de la mano sangrando.

–¡Dios mío! –susurró ella–. No lo sabías...

—Menos mal que te das cuenta —le espetó él, sacándose un pañuelo del bolsillo.

Mientras Sandro se envolvía la mano en el pañuelo, Joanna lo contempló, impresionada por lo que acababa de ver. El asombro se había apoderado de ella de tal manera que le resultaba imposible respirar.

En ese momento, la puerta de abrió de par en par y apareció Sonia.

—¡Cielo santo! —exclamó, horrorizada por lo que contemplaban sus ojos.

—¡Fuera! —le gritó Sandro, tan violentamente que ella cerró la puerta tan rápidamente como la había abierto.

—No había ninguna necesidad de que lo pagaras con ella —le reprochó Joanna.

—Nunca recibí tu mensaje —replicó Sandro, sin prestar atención a su observación—. ¿Crees que lo hubiera ignorado si lo hubiera recibido? Eso fue lo que pensaste, ¿verdad?

—Lo...

—No te atrevas a decirlo.

—Al principio, me negué a creer que ignorarías mi mensaje. Pero luego, cuando pasaron días y días sin tener noticias tuyas, llegué a la conclusión de que... Yo estaba muy aturdida después del entierro —añadió—. No podía poner mis ideas en orden. Después, cuando me cambié de piso porque no podía seguir viviendo allí sin ella, empecé a hacerme a la idea de que tú no...

Joanna se quedó en silencio. Sandro tampoco pronunció una palabra, solo se pasó la mano que no tenía herida por la cabeza, y se dio la vuelta, como si le ofendiera mirarla. Ella se le quedó mirando, sin saber cómo reaccionar ante aquellas emociones que los embargaban a los dos.

—¿Cuándo? —preguntó él de repente—. ¿Cuándo ocurrió todo esto? —añadió. Joanna le dijo la fecha exacta—. *Madre di Dio.*

Aquel preciso día hacía exactamente un año de la muerte de Molly. Sandro se dirigió hacia ella, hacia el escritorio para llamar por teléfono. El pañuelo blanco de la mano se le iba tiñendo de sangre.

—Quiero un listado de todas las llamadas que se efectuaron a este despacho hace hoy exactamente un año. Y también mi agenda de citas del año pasado —ordenó. Después, colgó el teléfono.

Joanna seguía asombrada por la violencia emocional que estaba contemplando. Se sentía muy mal por ser ella la que lo había ocasionado. Y se sintió aún peor cuando Sandro se desplomó en el sillón y se cubrió la cara con las manos.

Realmente, ella había creído que a Sandro no le interesaba nada de lo que a ella le ocurriera. Le había dolido tanto que ignorara la muerte de Molly que se sintió destrozada. Sin embargo, en aquellos instantes, solo quería abrazarlo y ofrecerle consuelo por el daño que acababa de hacerle.

Pero no pudo hacerlo. Entonces, se dio la vuelta y se alejó un par de pasos, para no seguir mirando a Sandro. En ese momento, alguien llamó a la puerta, lo que supuso un alivio para ella.

Sandro se incorporó en el sillón, muy pálido, con una expresión tan triste que hizo que a Joanna se le partiera el corazón.

—El listado que me pidió —dijo la secretaria—. Y la agenda del año pasado...

Sandro empezó a examinar los documentos que Sonia le había dado, ante la mirada de cautela de esta.

—Estuve en Roma todo el mes de marzo —suspiró Sandro, al cabo de unos instantes.

—Lo recuerdo —afirmó Sonia, sonrojándose un poco al mismo tiempo.

Joanna no pudo evitar sentirse celosa, al pensar que aquel rubor se debía a los recuerdos de lo que habría podido ocurrir entre ellos en aquel viaje.

—Entonces, ¿quién se hizo cargo aquí? —preguntó Sandro.

–Luca. Y se trajo a su propia secretaria con él. ¿Por qué? –se atrevió por fin a preguntar–. ¿Es que hubo algún descuido?

–¿Descuido? –repitió Sandro–. Creo que lo podríamos llamar así. Muy bien, Sonia, yo me encargaré de esto.

Joanna no pudo evitar pensar que, si eran amantes, Sandro sabía perfectamente cómo separar las dos facetas. Era «discreto», como él mismo lo había definido.

–Ven aquí, Joanna –dijo Sandro, cuando Sonia hubo salido de la habitación.

Sin embargo, Joanna no se pudo mover, ni siquiera se atrevía a mirarlo, porque, si lo hacía, le revelaría lo que estaba pensando en aquellos momentos, y los celos que la atenazaban.

–Joanna... –insistió él.

Joanna se preguntó por qué habría ido allí para pasar por aquel calvario. Intentando guardar la compostura, se dirigió al escritorio y se apoyó sobre él.

–Lee –le ordenó Sandro, señalando una línea sobre el listado–. «Llamó una mujer preguntando por el señor Bonetti. No dejó nombre ni mensaje». Este es un listado de todas las llamadas que se produjeron aquel día –le explicó–. Mira la fecha y la hora. Esta fuiste tú, ¿verdad? El día que Molly murió, tú llamaste aquí y, por el estado en el que te encontrabas al ver que no podías hablar conmigo personalmente, te olvidaste de dejar tu nombre o de decir que era urgente, ¿no es así?

Joanna no podía recordar nada. Aquel día infausto quedaba oculto bajo las nieblas de la memoria. No podía recordar nada, excepto que intentó ponerse en contacto con Sandro.

–Y mira esto... –añadió él, enseñándole una página de la agenda, que tenía escrito en grandes letras rojas *ROMA*–. Yo no estaba en el país. De hecho, estuve fuera todo el mes.

–No tienes que llegar a estos extremos para convencerme de que todo fue un error –murmuró ella–. Te creo.

–Gracias.

—No eres un mentiroso. Jamás he cuestionado tu honradez ni tu integridad.

—Gracias por eso también —añadió levantándose y dando la vuelta al escritorio—. Vamos.

Joanna se puso rígida como una tabla, pero Sandro no le dio importancia, ya que estaba acostumbrado desde antes. Igualmente, se había acostumbrado a tener que ignorar el hecho de que deseaba tocarla. Entonces, empezó a tirar de ella hacia la puerta.

—¿Dónde vamos?

—Necesito que me vean la mano.

Cuando salieron del despacho, Sandro siguió tirando de ella, a través de la oficina y del pasillo hasta el ascensor. Otro maldito ascensor. Sandro la soltó en el único momento de la vida en que Joanna deseaba que la estrechara entre sus brazos y sacó algo que parecía una tarjeta de crédito. Entonces, la introdujo en una ranura que había en el panel del ascensor y apretó uno de los botones.

Joanna no vio a qué piso se dirigían, ya que estaba preparándose mentalmente para el momento en que las puertas se cerraran.

—¿Sabes que resultas patética? —comentó él con desprecio.

Joanna lo sabía, pero aquello no la ayudaba a borrar los recuerdos que estaba intentando olvidar. Las puertas del ascensor se cerraron y ella se apretó contra la pared, esperando sentir que el ascensor bajaba, pero no fue así, sino que subió a toda velocidad.

Muy sorprendida, abrió los ojos y vio que Sandro la estaba mirando con una expresión enojada. Cuando las puertas se abrieron, Sandro apartó la mirada y salió del ascensor, esperando que ella lo siguiera. Joanna salió a su vez de mala gana, con las piernas temblándole. Pero a los dos pasos, se paró en seco.

—¿Dónde estamos?

—En el piso de arriba —replicó Sandro—. En mi apartamento, para ser exactos.

—¿En tu... tu apartamento? —preguntó ella, mirando a su alrededor como un animal buscando la salida—. ¿Vives aquí?

—Sí. Es muy práctico, ¿verdad?

Sandro sabía lo que ella estaba pensando. Sabía que para Joanna, un apartamento significaba intimidad. Y la intimidad significaba miedo.

Joanna lo miró de modo cauteloso, dudando entre quedarse allí, o dirigirse a la dudosa seguridad del ascensor. Tenía la misma sensación de cuando había elegido entre Sandro o Arthur Bates. Pero entonces, las puertas del ascensor se cerraron y ya no le quedó posibilidad alguna.

—Bien, bien. Estás atrapada como un ratón en una ratonera. Pobre Joanna —añadió, en un marcado tono de burla—. Pero, por favor, siéntete como en tu casa. Si puedes. Yo necesito curarme la mano.

Cuando Sandro desapareció, Joanna se puso a mirar a su alrededor. La puerta del ascensor daba directamente a un amplio salón que reflejaba el gusto muy clásico de Sandro, decorado con colores suaves y muebles muy elegantes.

Entonces él volvió, sin previo aviso, y Joanna sintió el placer que a él le producía saberla cautiva. Se quedó hipnotizada por la sexualidad animal de Sandro. Se había quitado la chaqueta y la corbata y se había desabrochado el botón superior de la camisa, dejando al descubierto su moreno cuello. Además, se había remangado la camisa, lo que la permitió contemplar sus poderosos y velludos antebrazos.

—Ven. Ayúdame con esto.

Joanna parpadeó, intentando deshacerse de aquel hechizo y bajó los ojos para observar la blanca toalla que él se sujetaba contra la mano.

—Necesito cubrir la herida hasta que deje de sangrar —añadió, mientras le entregaba un trozo de esparadrapo.

Sandro estaba demasiado cerca de ella, resultaba demasiado real. Joanna podía sentir el calor de su cuerpo, el olor que emanaba de él. Muy nerviosa, se empezó a arañar la falda, mientras le venían a la mente los recuerdos de lo que era sentirse apretada contra su cuerpo, cálido y masculino. Y lo deseó, quiso sentirlo contra ella, muy dentro de ella...

−¡Joanna! −exclamó él algo enojado, sin entender la razón de la reacción de Joanna−. ¡Te estoy pidiendo que me pongas un trozo de esparadrapo en la mano, no que te desnudes! ¡Está bien, lo haré yo solo!

−¡No! Yo te ayudaré.

Joanna agarró el esparadrapo que él le extendía y se dispuso a quitarle la toalla para examinar la herida. Ella empezó a buscarle pequeños trozos de cristal, notando la mirada de Sandro sobre su cabeza.

−¿Te notas algo? −preguntó ella, presionando los dos lados del corte.

−No.

−Podía haber sido peor. Eso fue una estupidez, Sandro.

−Lo que fue una estupidez es haber creído que era capaz de ignorar la muerte de tu hermana. Dime cómo ocurrió.

Joanna se detuvo mientras le alisaba el esparadrapo en los nudillos. Luego extendió los dedos a lo largo de los de Sandro, comprobando que los de él eran más largos, más fuertes, y que tenía las manos y las uñas bien cuidadas.

−Iba de camino a la universidad −murmuró ella−. Estaba esperando el autobús cuando un coche se estrelló contra ella. Le fallaron los frenos... el conductor perdió el control. Molly no fue la única que falleció al instante. Murieron otras tres personas y otras tres resultaron gravemente heridas. Salió en todos los periódicos −explicó, muy emocionada−. Los nombres, las direcciones...

Por eso había estado tan segura de que Sandro tenía que haberse enterado. De repente, empezó a temblar violentamente. Sandro murmuró algo en italiano y, sin darse cuenta, Joanna se encontró entre sus brazos.

–Llora en mi hombro si quieres –musitó con la voz muy ronca–. Podría ponerme a llorar yo también, nunca se sabe.

No estaba bromeando. La situación era demasiado terrible como para gastar bromas. Pero Joanna no lloró. Le resultaba imposible, porque sabía que, si lloraba, le resultaría imposible reprimir las lágrimas que había guardado tanto tiempo. Simplemente, le dejó que la abrazara, a pesar de que sabía que se volvería loca si no dejaba escapar la pena que la embargaba.

–Siento no haber estado contigo, *cara*.

–Ya no importa.

–¡Claro que importa! –exclamó él enfadado, soltándola–. Me pediste ayuda por primera vez, y yo no te contesté. ¡Claro que importa!

Joanna se dio cuenta de que, en aquel momento, un año más tarde, había vuelto a pedirle ayuda, aunque lo que necesitaba era dinero, no consuelo.

Dinero. Sandro lo tenía en abundancia, pero a ella nunca le había interesado. De hecho, siempre le había resultado un enigma la razón de que él hubiera querido casarse con ella. Joanna vivía en un pequeño estudio y trabajaba de camarera. Las mansiones de Sandro estaban en los mejores lugares. La casa de Londres estaba en Belgravia, y su apartamento de Roma estaba a un simple tiro de piedra del Coliseo.

Incluso aquel ático, pequeño si se comparaba con el resto de sus casas, resultaba fuera de lo común para una chica como ella. Sandro procedía de una de las mejores familias de Italia y había vivido rodeado de lujo y nunca había servido a nadie en toda su vida.

Sin embargo, ¿qué le había pasado a aquel hombre tan refinado? Se había enamorado de una simple camarera que trabajaba en un pequeño restaurante italiano. Joanna nunca lo había comprendido, pero cuando conoció a Sandro era tan inocente que solo el hecho de sentirse amada por un hombre que le parecía un dios había sido suficiente para cegarla. Además, él había sido tan romántico con ella, regalándole flores, pequeños detalles y besos castos, que nunca iban más allá a pesar de que ambos lo deseaban.

–Quiero casarme contigo con respeto. Quiero que vengas a mí vestida con el blanco de las vírgenes y saber que estoy pagando el precio correcto por tu virginidad.

Joanna pensó en aquellas palabras cálidas, que le habían hecho parecer a sus ojos como un ídolo. Pero esas mismas palabras les habían arruinado la vida a los dos. Y siempre lo harían.

De repente, Sandro se dio la vuelta, con los ojos tremendamente tristes.

–¿Sufrió mucho antes de...?

–Me dijeron que murió casi en el acto –respondió ella, sabiendo que se refería a Molly–. Ella no se dio ni cuenta.

–Bien –respondió. El teléfono empezó a sonar de repente–. ¿Sí?... No, no –añadió tras escuchar lo que le decían–. Estoy ocupado. Cancélalo.

–¡No, Sandro! –protestó ella–. No canceles ninguna cita por mi culpa.

Pero él ya había colgado el teléfono. Entonces se volvió, y la miró con una expresión que le devolvió su pánico de antaño.

–Siéntate –le dijo él–, mientras preparo unas copas.

–Tú me dijiste que estabas muy ocupado. Y... y además yo ya me tengo que marchar –explicó, mirando ansiosamente a la puerta del ascensor.

–¿Marcharte sin haberte asegurado tus cinco mil libras? –se burló–. ¡Qué pérdida de tiempo haber pasado por toda esta angustia para nada, *cara*!

Sandro había vuelto a su fría faceta de hombre de negocios. Joanna afrontó de nuevo la visión de elegir entre Arthur Bates y él, y volvió a llegar a la conclusión de que no tenía elección. Estaba atrapada en una trampa que se había preparado ella misma.

Comprendiendo lo que ella estaba pensando, Sandro se puso a servir las copas. Joanna se desplomó en uno de los sofás, sintiéndose agotada por el estrés y la falta de sueño.

Estaba sumida en sus pensamientos cuando notó el roce frío de la copa de cristal en la mano con la que se había cubierto los ojos.

–Bebe esto –le aconsejó Sandro–. Es un gin tonic. Puede que te ayude a calmarte, parece que estás flaqueando.

Él seguía burlándose de ella, por lo que Joanna, como desafío, tomó la copa y se la bebió de un trago. Entonces, Sandro se sentó y se puso a disfrutar tranquilamente de su copa, sin apartar la mirada de ella.

–¿Desde cuándo tienes este apartamento aquí? –preguntó ella, desviando el tema de conversación.

–Siempre ha estado aquí.

–Nunca me lo dijiste.

–Porque tengo una casa en Belgravia donde prefería vivir con mi esposa –respondió Sandro con sorna–. Este lugar es muy conveniente cuando me quedo a trabajar hasta tarde –explicó mientras Joanna no dejaba de pensar si, todas aquellas noches que no había vuelto a casa mientras vivieron la farsa de su matrimonio, se habría quedado allí–. ¿Dónde estás tú viviendo ahora?

Mientras le contestaba, Joanna tuvo que apartar la mirada para no ver la expresión de desagrado que se le dibujaría en el rostro. Pero el tono de voz con el que le respondió no dejaba lugar a dudas.

–Supongo que, con esa dirección, querrás el dinero para pagar el «impuesto» a las bandas de la zona y evitar que se metan contigo.

–¡Yo sé cómo protegerme sola! –exclamó Joanna, sintiendo que la cabeza se le iba por los efectos del alcohol. No había comido nada.

—Todo lo que tienes que hacer, Joanna, es decirlo.

—¿Decir el qué?

—Decirme para qué quieres el dinero y te lo daré.

¿Así de fácil? Ella no podía creer lo afortunada que era, por muy difícil que le resultara confesar por qué lo necesitaba.

—Llevo doce meses trabajando de camarera en un casino-bar —dijo, intentando parecer tranquila—. Desde que Molly murió. Yo... —se interrumpió, mirando al vaso vacío.

—¿Quieres otra copa? —preguntó Sandro, poniéndose de pie.

—Sí, por favor —respondió ella, extendiéndole el vaso.

—Así que —empezó él, mientras le preparaba de nuevo la bebida—, Molly murió y tú te pusiste a trabajar en un casino. ¿Qué le pasó entonces a la cuidadosa Joanna, la que siempre evitó deberle dinero a nadie?

Joanna dudó, pensando si sería posible que él hubiera adivinado las razones que la habían llevado a verlo. Pero no era posible, Sandro no podía sospechar que lo había perdido todo en las mesas de juego.

Entonces, él regresó y le extendió la copa.

—Sigue.

—Cuando Molly murió, yo... —añadió, sin querer decir que entonces había sentido que ya no le merecía la pena vivir—. Empecé a trabajar para el mismo hombre que me prestó el dinero para enterrar a Molly... —explicó, ante la sorpresa de Sandro, que se atragantó con su copa—. Él me dijo que yo le podría pagar más rápidamente si trabajaba para él, porque él me pagaría más que en el restaurante, e incluso me podría encontrar un piso a dos pasos del club. Así me ahorraría los gastos del transporte...

—Pero no resultó ser tan fácil...

—Empezó a subirme los pagos semanales, y supongo que tuve miedo de retrasarme en el pago, lo que me supondría pedirle prestado más dinero. Ya había visto a otras chicas verse atrapadas de esa manera... Tuve tanto miedo...

−¿Qué hiciste para mantenerte al día?

−Aposté en las mesas de juego −confesó, muy avergonzada, tras tomar un sorbo de la copa−. Probé a ver si la suerte me sonreía y ganaba algo de dinero, pero no funcionó. ¡Qué sorpresa!, ¿verdad? Y entonces lo uno llevó a lo otro... Y ahora estoy endeudada hasta el cuello y, si tú no me ayudas, entonces...

−Entonces... ¿qué?

Joanna se encogió de hombros, negándose a contestar.

−¿Me vas a ayudar?

−Cuando me digas lo que te ocurrirá si no le pagas a ese hombre.

−¡Tú deberías saberlo! −exclamó, furiosa−. Tú intentaste utilizar una táctica similar conmigo para conseguir lo que querías de mí.

−¿Qué significa eso?

−¡Chantaje! Esa probablemente sea la manera más suave de describir la presión a la que me sometiste para hacerme superar, ¿cómo lo llamaste?, ¡ah!, ya me acuerdo. «Mi monstruosa aversión al sexo». ¡Eso era! ¡La diferencia es que, en tu caso, tú mismo fuiste el reclamo, y ese hombre está utilizando el dinero que le debo para conseguir lo que quiere!

Capítulo 4

–¡Pero yo nunca te obligué! –exclamó Sandro.

Joanna pensó que era cierto, pero que las palabras: «Déjame hacerte el amor o sal de mi vida» habían sido lo suficientemente explícitas. Al final, cuando no había podido superar el miedo a que la tocara, le había ahorrado la molestia de echarla marchándose ella sola.

–Así que déjame aclarar esto –añadió él enfadado–. ¿Estás intentando decirme que ese hombre quiere obligarte a acostarte con él a cambio de las cinco mil libras que le debes?

–Sí –afirmó Joanna, poniéndose en pie, mientras se cubría la cara con una mano.

Sandro también se levantó y la contempló durante unos minutos.

–Venga, Joanna –murmuró él suavemente–. Tranquilízate. Nadie te va a hacer nada.

–Lo siento –sollozó ella.

Él se dirigió a la ventana, dejándola espacio para que pudiera serenarse. Sin embargo, Joanna no podía dejar de llorar, a pesar de que no comprendía por qué, pero estaba segura de que tenía que ver con el vacío que la separaba de Sandro. Además, con las palabras que acababa de pronunciar, acababa de destruir el puente que podía haberlos unido de nuevo. Definitivamente, estaban mejor el uno sin el otro.

–Si te doy el dinero, ¿qué ocurrirá entonces? –preguntó él, dejando de mirar por la ventana por unos instantes.

–Pagaré la deuda –respondió ella, sabiendo que no podía prometerle que le devolvería el dinero con su escaso sueldo de camarera. Lo único que podía ofrecerle era el divorcio.

–¿Y dejarás de trabajar para él?

–Por supuesto. No quiero volver a poner los ojos ni en él ni en ese club en lo que me quede de vida, si puedo evitarlo.

–Y dejarás de apostar.

–Sí.

–Eso no es suficiente. El juego es una enfermedad, y tú lo sabes. Si has sido capaz de utilizarlo para intentar salir de tus dificultades económicas, puedes volver a recaer si se te vuelve a plantear un problema. Y entonces ¿qué? –preguntó, volviéndose a mirarla–. Te verás obligada a recurrir a mí de nuevo para que yo te preste el dinero y volverás a caer en el hoyo de siempre.

–¿Te estás negando a ayudarme? –preguntó ella con voz muy frágil.

–¡Maldita sea, Joanna! No es eso –exclamó él lleno de frustración–. Pero sería un loco si no insistiera en tener garantías de que esto no va a volver a producirse.

–Nunca volverá a ocurrir –prometió ella inmediatamente.

Pero Joanna se dio cuenta de que aquellas palabras no eran suficientes. Por los gestos, la actitud de Sandro, supo que no le bastaba con su palabra. Y entonces tuvo miedo, mientras el silencio los envolvía y ahogaba la súplica que salía de los ojos de Joanna.

Sandro suspiró, sonando como un hombre que se está rindiendo a algo que no le gustaba.

–Dame el nombre del club y del hombre.

–¿Para qué? ¿Qué vas a hacer?

Él no respondió, pero la mirada que había en sus ojos hizo que Joanna sintiera miedo. Sandro estaba dispuesto a presentarse en el club para solucionar los problemas de ella, ya que no confiaba en que los solucionara por sí misma. Iba a ver el tipo de hombre con el que, de manera estúpida, se había enredado, el lugar donde trabajaba... La pobre opinión que ya tenía sobre ella iba a caer en picado.

–Venga, Joanna. Me has dicho que no tienes deseos de volver a ver a ese hombre de nuevo. Demuéstramelo. Dame la información que necesito y yo me encargaré de todo. Eso, o no verás ni un solo penique –añadió en voz muy suave.

Joanna vio que no tenía salida y que, si rechazaba la oferta, no le quedaría nadie a quien acudir. Y le dio la información que quería. Los lugares y los nombres que ella le reveló hicieron que el rostro de Sandro se tornara triste.

Joanna se desplomó en el sofá, reconociendo que él tenía razón al expresar tanto desagrado. Con manos temblorosas, se cubrió la cara, deseando no haber bebido tanto, ya que tenía la cabeza a punto de estallar.

–¿Luca? –resonó la voz de Sandro–. Saca cinco mil libras de la caja fuerte y reúnete conmigo en el vestíbulo. Y quiero que ordenes a dos de los guardias de seguridad que me esperen al lado de la limusina. ¿Cómo? ¡No, no para protegerme! ¡Para intimidar!

Joanna se sintió muy asustada. Mientras tanto, Sandro desapareció por una puerta, sin ni siquiera mirarla.

A los pocos minutos, él regresó con un aspecto totalmente diferente. Se había cambiado de ropa y se había puesto un traje de tres piezas, del tipo de los que va diciendo a gritos lo caro que era, con una camisa blanca y una corbata roja.

Pero nada de eso resultaba tan intimidatorio como el pensar lo que Sandro esperaba conseguir con aquella indumentaria. A continuación se puso el abrigo, muy elegante, una bufanda negra y unos guantes de piel negra. Vestido de aquella manera, Sandro esperaba transmitir el mensaje que le llevaba a Bates sin ni siquiera abrir la boca. Su aspecto, típicamente italiano, desde el pelo peinado hacia atrás, hasta los brillantes zapatos negros transmitía a voces el mensaje de peligro. Y de poder.

—¿Qué vas a hacer? —preguntó Joanna.

—Pagar tu deuda —respondió él al cabo de unos segundos que hicieron que el corazón de Joanna empezara a latir estrepitosamente.

Joanna se sorprendió pensando si iría a pagar la deuda o a matar al prestamista. Sin embargo, había algo en el aspecto de Sandro y en todo aquel asunto que le estaba resultando tremendamente seductor.

—No vas a meterte en líos, ¿verdad? —preguntó ella con cautela—. Él tiene gorilas que lo protegen todo el tiempo. Tipos que pegan antes de preguntar.

—¿Y te preocupa que no sea capaz de cuidar de mí mismo?

Joanna se pasó la lengua por los labios, que estaban secos como papel de lija.

—Son capaces de cualquier cosa —le dijo ella.

—No me pondrán ni un dedo encima, *cara*. De eso puedes estar segura.

¿Por que iba a ir acompañado de Luca y dos guardias de seguridad? Si era capaz de creer eso o era un loco o un arrogante.

—Yo voy contigo.

Joanna estaba segura de que a ella la escucharían antes de usar los puños. Pero a Sandro, con ese aspecto y aquella actitud tan provocadora... Ella tembló e intentó localizar su bolso, para recordar que se lo había dejado, junto con la gabardina, en el despacho de Sandro...

—Me dejé el abrigo y el bolso en tu...

—Tú te quedas aquí —afirmó él, con voz fría como el hielo.

—Sandro, por favor, no hagas esto —le suplicó, retorciéndose las manos—. ¡Yo los conozco! Sé cómo tratar con ellos. ¡No quiero que te hagan daño!

Sandro no se dignó a responderla, sino que, simplemente,

se dirigió al ascensor y pulsó el botón, contemplando cómo las puertas se abrían delante de él. Luego entró. Y las puertas se cerraron.

Joanna se quedó quieta, mirándolas, sintiéndose frustrada, enojada e inútil. Y se le llenaron los ojos de lágrimas.

Sandro tardó dos horas en regresar, tiempo que Joanna fue presa de los nervios. Ella recorrió la habitación de arriba abajo, sentándose para descubrir que no podía estar sentada. Incluso fue capaz de reunir el valor para acercarse al ascensor para ir al despacho y recoger su bolso y su abrigo.

Pero al apretar el botón nada ocurrió. Sandro lo había desconectado para que ella no pudiera marcharse.

Cuando él regresó, Joanna estaba a punto de tener un ataque de ansiedad, sentada en una silla, con los pies descalzos y las piernas recogidas bajo la barbilla, sujetándoselas fuertemente con los brazos.

Examinándolo de la cabeza a los pies, se irguió rápidamente en la silla. Se había quitado el abrigo, los guantes y la bufanda, pero no presentaba señales de daño físico. No tenía cortes, ni hematomas, excepto los que él mismo se había causado al romper el cristal de la mesa.

—Tu recibo —dijo, tirándole un trozo de papel en el regazo, para luego dirigirse al mueble-bar y servirse un whisky.

Muy aturdida, Joanna miró el papel, que decía: *He recibido de Joanna Preston la cantidad de cinco mil libras. Firmado Arthur Bates.*

—Ni siquiera utilizas mi apellido —le espetó Sandro, sin dejar de volverle la espalda.

Joanna mantuvo los ojos bajos. Nunca había utilizado el apellido de Sandro porque no creía que tuviera ningún derecho a hacerlo. Él se volvió por fin, con el vaso en la mano, y la contempló durante largo tiempo.

—Muchas gracias por lo que has hecho.

Sandro no dijo nada. Su rostro seguía sin reflejar ninguna emoción. Pero Joanna sabía que estaba enojado y sentía la tensión que estaba reprimiendo muy dentro de él.

—Aquel sitio era un antro. Al menos, cuando trabajabas de camarera en un restaurante, era digno —comentó por fin—. Pero ese lugar es un insulto para alguien como tú. ¿Por qué fuiste allí?

Joanna se encogió de hombros y se negó a responder. No merecía la pena explicárselo a un hombre como Alessandro Bonetti. Con aquellas ropas tan caras, que probablemente le habrían costado tan caras como las cinco mil libras de las que se acababa de desprender por ella, Sandro la miraba como si a él también le hubiera insultado. Entonces, debería alegrarse de que no hubiera utilizado el apellido Bonetti.

—Bueno, ya se ha acabado ese capítulo de tu vida. Así que no hablemos más de ello.

Joanna levantó la cabeza, y lo miró, ya que le parecía haber entendido algo más entre líneas.

—No voy a volver a vivir contigo, Sandro.

—¿No? Entonces, ¿dónde vas a vivir?

—Todavía tengo mi piso —afirmó ella—. Y encontraré otro trabajo.

Sandro no respondió, pero empezó a dirigirse hacia ella. Entonces, se metió una mano en el bolsillo y sacó algo muy suavemente. Cuando Joanna lo vio, se le encogió el corazón.

—¿De dónde has sacado eso? —preguntó ella, desplomándose en una silla, sin apartar la vista del pequeño objeto que él tenía en la mano.

—¿De dónde crees? —respondió Sandro, tirándole un pequeño marco de fotos en el regazo. Joanna miró la fotografía y vio la dulce sonrisa de su hermana—. Acabo de guardar la mayoría de tus cosas en la casa de Belgravia. Pero te he traído las más esenciales aquí...

Ella levantó la vista, y vio que Sandro se dirigía hacia el ascensor y sacaba de él una maleta, una de las maletas de Joanna.

–¡Has estado en mi piso!

–Sí. Y me ha horrorizado lo que he visto, contemplando cómo mi esposa, ¡mi esposa! estaba viviendo. Toma... –concluyó, entregándole el bolso.

Todas aquellas cosas que él la había ido entregando, dejaban ver muy claramente que ella ahora estaba en sus manos. El marco de fotos, el bolso, el recibo... y la maleta, que él habría hecho personalmente, tras inspeccionar todas sus cosas como un ladrón.

–¡No me puedo creer que hayas hecho esto!

–Lo he hecho, y ya está todo zanjado –añadió–. No queda ningún cabo suelto por atar. He vaciado tu piso, he pagado tus deudas y he cancelado tu contrato de trabajo. ¿Se me ha olvidado algo? –preguntó con una ácida inocencia que ardía bajo su tranquila apariencia–. ¡Ah! Sí –añadió, dirigiéndose hacia ella, que estaba demasiado aturdida como para poder reaccionar. Sandro se inclinó y puso las manos en los brazos de la silla–. Me he olvidado de ti. Tú, *signora* Bonetti –murmuró–, estás a punto de comenzar a vivir el primer día de tu nueva existencia.

–No sé de lo que estás hablando –le espetó ella, nerviosa ante el rostro de Sandro, que tenía cada vez más cerca.

–¿No? Pues déjame que te lo explique. Porque este es el trato, *cara*. Y no hay posibilidad de negociación. Te he pagado tu deuda de cinco mil libras. Te he solucionado la vida. Y, a cambio, tú, mi querida esposa, vas a empezar a serlo de verdad.

–No puedo creer que me estés diciendo esto. ¿No te das cuenta de que eso te pone a la misma altura de Arthur Bates?

–Estoy seguro de que yo represento una opción mucho mejor, *cara* –se mofó Sandro–. Incluso tú, con tu visión distorsionada del sexo masculino debes de darte cuenta de eso.

Claro que Joanna lo entendía. Pero darse cuenta de lo que Sandro era en comparación con otros hombres, por no hablar del horrible Arthur Bates, no alteraba el hecho de que ella no podía permitirle que le hiciera eso.

—Te odio —susurró con voz temblorosa por la mentira que acababa de pronunciar—. No me puedo creer que quieras vivir con una mujer que no puede soportar que la toques.

Joanna había esperado que aquellas palabras le hicieran recapacitar, pero Sandro parecía tener un as en la manga.

—¿Me odias? —se mofó—. ¿No puedes soportar que te toque? ¡Pero si me has estado devorando con los ojos desde que entraste en mi edificio!

—¡Mientes!

—¿Sí? Bueno, vamos a comprobarlo.

Sin previo aviso, la estrechó entre sus brazos y la levantó del suelo hasta que el temor se apoderó de ella. Joanna le pegó con los puños cerrados, intentando liberarse.

—¡Qué salvaje! —murmuró él, capturándole los puños entre las manos, mientras la estrechaba aún más fuertemente entre sus brazos—. ¡Qué salvaje cuando se trata de proteger esa preciosa virtud a la que te aferras tan tenazmente!

La mente de Joanna se quedó en blanco, solo concentrada en empujar, tirar, patalear y arañar.

—¡Suéltame! —exclamó ella, retorciéndose para soltarse.

—Nunca. Ahora has vuelto conmigo. ¡Y pienso asegurarme de que te quedas!

Entonces, Sandro inclinó la cabeza, con los labios entreabiertos volcándose sobre los de ella, mientras la estrechaba entre sus brazos, haciéndola su prisionera del modo que ella temía más: con el poder de sus besos.

Sandro le llenaba la mente, el corazón, el cuerpo con una necesidad que rompía todas las barreras que había entre ellos. Aquello era maravilloso, como tocar las puertas del cielo después de pasar años en el infierno. Era calor después del frío invernal. Joanna acababa de reencontrarse con su destino con la boca cálida de Sandro.

Ella gimió, sintiéndose volver a la vida, con cada una de sus emociones deshaciéndose de las cadenas que ella había impuesto. Los labios empezaban a ceder en vez de querer retirarse, el corazón le palpitaba con violencia, los senos se le hinchieron, despertándose del letargo en el que habían estado sumidos, como pequeños sensores buscando la única cosa que era capaz de estimularlos. Y muy dentro de ella, empezó a arder el fuego que solo Sandro tenía el poder de apagar.

–*Cara mia* –susurró él, mirándola a los ojos–. Lo sabía.

–No –respondió ella, intentando refugiarse de nuevo en sus corazas.

Pero ya era demasiado tarde. Sandro la había besado muchas veces, unas suavemente, con mimos, sobre todo al principio de su relación. Luego llegaron los besos apasionados, los que él había intentado mantener bajo control para no encender pasiones que debían esperar hasta que estuvieran casados. Pero después de la boda, la frustración empezó a hacerse dueña de sus emociones, a desgarrarla por dentro.

Sin embargo, aquel beso era diferente. Estaba lleno de la necesidad mutua que fluía a través de ellos, causándoles un placer tórrido que les hacía perder la cabeza.

–No, no puedo hacer esto –exclamó ella de repente, soltándose de su abrazo.

–¿Por qué no? –preguntó él con mucha suavidad.

–¡No puedo! ¡Sencillamente no puedo! –repitió ella, con las lágrimas cayéndole por las mejillas.

–No importa. Esto es el punto de partida, no el punto final, *cara*. Ahora, ven conmigo –le ordenó, tomándola de la mano, a pesar de que ella se resistía, para llevarla al ascensor–. Llegamos tarde. Nos tendremos que dar prisa.

–Pero ¿dónde vamos?

–Lo verás muy pronto –replicó, apretando el botón del ascensor para que se cerraran las puertas, pero sin dejar de sujetarle la muñeca.

Entonces, Sandro la agarró de la cintura y la empujó contra la pared del ascensor. Joanna cerró los ojos, intentando con todas sus fuerzas sobreponerse a los horrores, a la cercanía de Sandro y al ascensor.

–Dime, ¿por qué estás tan asustada de viajar en este ascensor? –preguntó él. Joanna sacudió la cabeza y apretó con todas sus fuerzas los ojos–. Puedo oír cómo te palpita el corazón.

Ante el nerviosismo de Joanna, él le empezó a besar suavemente las sienes y los párpados antes de hacer lo mismo con las comisuras de su temblorosa boca.

–No... –le suplicó Joanna, apartando la cabeza.

Las sensaciones que estaba experimentando la confundían. Joanna ya no estaba segura de si reaccionaba así por el ascensor o por Sandro.

–Eres tan hermosa, ¿lo sabías? –murmuró Sandro, con un tono de voz tan íntimo que la torturaba–. A pesar de que han pasado tantos años, todavía eres capaz de quitarme el sentido.

–Soy veneno para ti –le espetó ella, odiándolo, amándolo.

–Pues a mí no me sabes a veneno –replicó él, pasándole la lengua húmeda por la mandíbula–. Me sabes a vainilla. Me encanta la vainilla...

–¡Por Dios, Sandro! ¡No puedo soportarlo!

–¿Te refieres a mí o al ascensor?

–¡A los dos!

–Bueno, el ascensor ha dejado de moverse, lo que me hace pensar por qué estás todavía aferrada a mí como si tu vida dependiera de ello...

–No.

–Claro que sí –insistió él, besándola de nuevo–. Eso es, Joanna. Mírame, porque esto es lo que soy ahora. No el hombre que se desentendió de tus problemas la última vez que estuvimos juntos, sino este, el que tiene la intención de derribar todas las barreras defensivas siempre que pueda. ¿Y sabes por qué? Porque cada vez te produce menos horror y más placer.

Joanna no estaba de acuerdo. Sin embargo, ¿le habían dejado los dos años sin él tan hambrienta, tan desesperada, que ya no era capaz de luchar contra el terror que le producía la proximidad de Sandro?

–Yo nunca podré ser una esposa adecuada para ti.

–¿Tú crees? Bueno, ya lo veremos.

Sandro, entonces, se apartó de ella, dándole la oportunidad de familiarizarse con el nuevo espacio al que habían llegado.

Estaban en el aparcamiento subterráneo, lleno de filas de coches, entre los que destacaba una limusina, negra y brillante.

Sandro la asió del brazo y los dos se dirigieron hacia el coche. Un hombre vestido con un impecable uniforme negro de chófer les abrió la puerta. Al entrar, Joanna se sentó en el asiento de cuero del coche lo más alejada que le resultaba posible de Sandro. De repente, notó algo suave y vio que era el abrigo de Sandro. Recordó cuando se había marchado a visitar a Arthur Bates y supo que, como con él, Sandro ya había decidido lo que iba a hacer con ella.

–¿Dónde vamos?

Sandro no respondió, pero ella creía saber la respuesta: iban a la casa de Belgravia.

–Esta mañana te olvidaste de ponértelos cuando viniste a verme –dijo él, poniéndole algo en el regazo–. Póntelos ahora.

Joanna vio que era la caja donde guardaba sus anillos. Al recogerlos, Sandro debía de haber visto también que en el cajón guardaba la foto de su boda, en la que ella llevaba un vestido de seda blanco. Al contrario de la de Molly, la foto no estaba enmarcada, ya que le traía demasiados malos recuerdos. Sandro debía de haber visto también que, en aquel cajón, guardaba todo lo que él le había regalado: los pequeños pendientes de oro, la pulsera, los pañuelos que él había hecho bordar para ella con su nombre y que ella nunca había utilizado por lo mucho que significaban para ella. O las postales de todos los viajes que él había tenido que hacer antes de la boda y que le había mandado escritas con el mismo mensaje: *Te echo de menos*.

Nada le dolía más que el saber que Sandro hubiese invadido su parte más íntima, e incluso que hubiese visto el álbum donde ella había guardado una flor de todos los ramos que él le había regalado.

Los ojos de Joanna se llenaron de lágrimas. Sandro guardó silencio. Luego, le acarició la barbilla y la obligó a que lo mirara.

–Todo está a salvo. No te preocupes.

–Sandro... –dijo ella, sin poder reprimir las lágrimas.

–Vamos a Heathrow –dijo, ante la sorpresa de Joanna, tras soltarle la barbilla–. Vamos a tomar el vuelo a Roma, donde vamos a empezar desde el principio.

Roma, donde, tres años atrás, habían empezado su vida de casados, donde las cosas les habían ido tan mal. Iban al hermoso apartamento con vistas al Coliseo.

Iban a Roma a empezar de nuevo. Solo que aquella vez, Sandro se iba a asegurar de que todo saliera de otra manera. Y Joanna lo sabía, sin que él lo dijera, porque era lo que él le había estado demostrando desde que había vuelto de visitar a Arthur Bates.

–No puedo hacerlo... –susurró Joanna.

–Ponte los anillos –le dijo él como única respuesta.

Capítulo 5

Volaron de los grises cielos de Londres a los azules del Mediterráneo. Joanna casi no habló, y apenas prestó atención a lo que ocurría a su alrededor. Se sentía emocionalmente atrapada, sin salida, sin esperanza de poder escapar del control de Sandro.

Le había cambiado la vida en unas pocas horas. Se había encargado de Arthur Bates, le había vaciado el piso y había cancelado el contrato, y había organizado todo para que se marcharan los dos a Roma. Había que reconocer que tenía sus méritos.

Joanna siempre había sabido que era un hombre muy eficiente y testarudo. Además, sabía perseguir lo que quería. Los cimientos de su brillante carrera como hombre de negocios se asentaban en su deseo inquebrantable de tener éxito.

Pero Joanna no creía que fuera un suicida. No se podía hacer a la idea de que Sandro estuviese lo suficientemente loco como para intentar tener una vida marital con ella de nuevo.

Sin embargo, cada vez que ella reunía el valor para intentar hacerle razonar, él parecía presentir lo que le iba a decir y tomaba su mano entre las suyas y se la llevaba a los labios, para después seguir leyendo el periódico.

Cuando Sandro notaba que había ganado la partida, le soltaba la mano. Era implacable cuando se decidía a hacer algo, y en aquellos momentos, lo que había decidido era recuperar a su mujer y hacer un éxito de lo que había sido un fallido matrimonio.

—Sandro... —empezó ella, capaz por fin de pronunciar su nombre antes de que él le agarrara la mano.

—Ahora no —dijo él, sin apartar la vista de sus preciados periódicos—. Me gusta que estemos solos cuando tenemos algo de lo que hablar, *cara*. Espera hasta que lleguemos a casa.

«A casa». Joanna suspiró y se soltó la mano. Sentía los nervios a flor de piel, cosa que no le estaba permitida porque a Sandro no le gustaba que pareciera agitada. Ni las escenas en público.

El apartamento de Roma siempre le traía los peores recuerdos. Se sentía enferma solo con pensar en él. Cuanto más se acercaban, peor se sentía.

Tanto que, cuando se bajaron del avión y se montaron en el Ferrari negro que les estaba esperando a su llegada, Joanna estaba pálida como la muerte y tenía una mirada que reflejaba la angustia que la estaba corroyendo por dentro.

Sandro lo ignoró, por supuesto, pensó Joanna cuando se sentó a su lado en el coche. Él ya había tomado una decisión, y no le importaba lo que aquello le estuviese haciendo a ella. Solo sabía que estaba decidido a hacerlo.

—Te odio —susurró ella, mientras se paraban en el bullicioso tráfico de Roma.

Por supuesto, Sandro no le prestó atención tampoco, prefiriendo encender la radio del coche. La música del *Réquiem* de Verdi resonó por los altavoces del coche. Parecía una música tan adecuada que Joanna se sorprendió cuando él conectó el compact-disc para sustituirlo por música de Mozart.

Sandro aparcó el coche en una calle cercana al elegante bloque de apartamentos. Apagó el motor del coche, se bajó y fue raudo a abrirle la puerta a Joanna. Esta estaba en un estado de aturdimiento total. Sandro le desabrochó el cinturón de seguridad y le agarró la muñeca para ayudarla a salir del coche.

Joanna se negó a mirarlo, pero pudo sentir la decisión de sus actos mientras cerraba la puerta y echaba la llave.

Y allí estaba. Las antiguas paredes ocres de un edificio del siglo XVII que había sido antes un hermoso *pallazzo*, que había sido convertido en tres apartamentos de lujo. Sandro era dueño del último. Su banco era dueño del edificio entero, pero, por supuesto, el presidente se había reservado el ático, lo que significaba que había que subir en ascensor.

La mano de Sandro pasó de la muñeca a la cintura y Joanna sintió que un escalofrío le recorría la espalda.

–¿Dónde está el equipaje? –preguntó ella con voz tensa.

Hasta aquel momento había estado tan ensimismada con sus pesadillas interiores que se le había pasado por alto que no habían recogido las maletas.

–No tenemos –respondió él con frialdad, sin quitarle la mano de la cintura–. No lo vamos a necesitar.

Entonces se dirigieron al lujoso vestíbulo de entrada a los apartamentos, decorado con frescos originales que habían sido restaurados y muebles de valor incalculable. Y al ascensor, muy astutamente disimulado en la pared.

–Creo que voy a vomitar –dijo Joanna, sintiendo que el estómago se le retorcía al tiempo que se llevaba una mano a la boca.

Sandro no le prestó atención, y la empujó dentro del ascensor. Era muy lujoso, con la decoración de madera de roble con adornos dorados y rojos y un espejo colocado enfrente de la puerta. Joanna se dio la vuelta para no ver su reflejo en el espejo y se apretó contra el pecho de Sandro, temblando como una niña, mientras él accionaba el ascensor y la estrechaba entre sus brazos.

–¡No puedo hacerlo! –exclamó ella contra el pecho de Sandro mientras oía los latidos del corazón de él.

–Calla –dijo él, acariciándole la parte de arriba de la cabeza con los labios–. Claro que puedes hacerlo. Y lo harás.

Sandro había hablado y no había nadie que pudiera cambiar aquella decisión.

El ascensor se detuvo. Él la ayudó a salir, y prácticamente la transportó a través de la alfombra roja hacia las puertas dobles que marcaban el inicio de su pesadilla.

Sandro abrió una de las puertas con una mano, para pasar él primero y obligarla a ella a atravesar el umbral. Pero a Joanna le resultó imposible, ya que las pesadillas empezaron a asaltarla.

Aquel lugar, tan hermosamente decorado y rehabilitado para conservar el estilo del edificio, de grandes habitaciones, tan refinado, era el lugar donde Sandro la había llevado tres años atrás y donde habían visto cómo sus sueños se hacían pedazos.

–No creo que pueda soportarlo –susurró ella con un hilo de voz, agarrándole con una mano de la camisa y con la otra de la chaqueta.

–Calla, *cara* –le dijo él intentando tranquilizarla, rodeándole la cintura con el brazo–. Tienes que aprender a confiar en mí.

–¡Déjame ir a un hotel! –exclamó Joanna, segura de que no era una cuestión de confianza, sino de autoprotección–. ¡Solo esta noche! Por favor, Sandro. ¡No puedo entrar aquí!

–Tienes que saber que el único camino hacia delante es afrontar los fantasmas –le dijo Sandro con decisión–. Y los afrontaremos juntos. Ahora, entra –le ordenó, tirando de ella mientras Joanna clavaba los talones en la alfombra, como un burro testarudo que se niega a moverse–. Joanna, por favor –exclamó él, a punto de perder la paciencia–. No tienes por qué tener miedo de este apartamento.

–Suéltame o empezaré a gritar –lo amenazó ella.

–¡Pero es una locura! –le espetó él, perdiendo los estribos totalmente–. ¡Te estás poniendo histérica!

¿Histérica? Efectivamente, se estaba poniendo histérica. Ella no quería estar allí, no quería enfrentarse a los fantasmas con los que él la amenazaba. Solo quería...

—¡Lo sé! —exclamó Sandro de repente—. ¡Comportándote así no me estás ocultando nada! Sé por qué me trataste de la manera en que lo hiciste la última vez que estuvimos aquí.

¿Lo sabía? Joanna lo miró con una expresión vacía en el rostro. Era imposible que lo supiera. Nadie lo sabía, excepto Molly, y ella solo había sabido una pequeña parte de la historia. Sandro no lo podía saber.

—No sé de qué estás hablando —murmuró ella, con voz temblorosa.

—Sí que lo sabes —respondió él, con una expresión en el rostro si cabía aún más dura que la que había tenido hacía unos instantes—. Estoy hablando de lo que te pasó una semana antes de que nos casáramos. De la noche que te atacaron, cuando volvías a casa, después de trabajar, muy tarde. Lo sé, *cara*, lo sé —repitió con una dolorosa intensidad.

—No —replicó Joanna—. Es imposible... No.

—¡Escúchame! —exclamó él.

—¡No! —gritó Joanna, andando hacia atrás, con la mirada perdida, mientras Sandro la observaba con una mirada de comprensión que la partió en dos—. Tú no lo sabes. ¡No quiero que lo sepas!

—Pero, Joanna...

—¡Tú no, Sandro, tú no! —exclamó ella.

Joanna había alcanzado ya la pared opuesta a la entrada al apartamento de Sandro, y se deslizaba de lado, mientras Sandro la observaba con tanta compasión que Joanna quiso morir, quería que el suelo se abriera bajo sus pies y que la engullera.

—¡No me mires así! —gimió, sintiéndose tan atrapada e indefensa como si hubiese estado desnuda, mientras su mente febril se llenaba de sombras que se burlaban y reían de ella.

Sandro se acercó a ella, lentamente, como un hombre acercándose a un animal asustado.

—¡Tenía que decirlo! —exclamó con voz dura y ronca—. No

puedes... yo no puedo ocultarlo por más tiempo. *¡Madre di Dio!* ¿No te das cuenta de lo que te estás haciendo?

–No –respondió ella, negándose a escucharle, a aceptar nada de lo que él le dijera–. Tú no lo sabes. No quiero que lo sepas.

–Pero ¿por qué? –le preguntó él con un tono de voz que revelaba el dolor que sentía–. ¿Por qué no quieres confiar en mí? ¿Por qué quieres dejarme fuera?

«Porque es lo más fácil», pensó Joanna. Los dedos acababan de tocar una estructura de madera, y, mirando de soslayo, Joanna descubrió que había llegado al ascensor. Una voz en la distancia parecía decirle que accediera a ir al apartamento y que hablara con Sandro. Pero ella no quería hablar de ello. No quería estar en aquel lugar. Quería escapar, tenía que hacerlo antes de que todo se viniera abajo.

–Joanna...

Ella se lanzó al ascensor. Entonces, de repente, se encontró con el agujero negro que llevaba meses intentando ocultar. Solo que aquella vez no podía hacer nada para escapar de él. Y empezó a caer, a caer hasta el infinito, hasta que, de repente, no hubo nada, nada más que una sensación de ingravidez y una oscuridad, negra y terrible, que lo envolvía todo...

La vuelta a la realidad fue un proceso largo y duro. Cada vez que le parecía que estaba a punto de salir, el agujero la engullía una vez más, y Joanna no podía hacer nada más que deslizarse dentro, llorando de angustia y de miedo, llena de frustración. Los dedos buscaban algo a lo que aferrarse, algo que la impidiera seguir cayendo, y la laboriosa escalada volvía a empezar de nuevo.

Algunas veces, tenía miedo de no poder conseguirlo y le parecía que estaba destinada a pasarse el resto de sus días tratando de escalar las paredes de aquel agujero, únicamente para volver a caer. En algunas ocasiones, le parecía ver caras que le resultaban conocidas que se reían de ella desde el borde, mofándose de sus esfuerzos. Unas veces era la cara de un gamberro con la cabeza rapada, otras era la de Arthur Bates, con unos ojos avariciosos que la avisaban de lo que la esperaba si conseguía salir de aquella prisión.

También vio a Molly, que apartaba a todos aquellos hombres y le sonreía para darle fuerzas, animándola para que subiera mientras le extendía una mano. Pero la mano siempre se quedaba a unos pocos centímetros de la de Joanna.

–No es justo –sollozaba–. No es justo, no puedo alcanzarla.

–Tranquila –le murmuraba una voz reconfortante–. Yo estoy aquí. Yo te sujetaré.

Pero aquella voz no era la de Molly, era la de Sandro. Ella levantó los ojos, y lo vio inclinándose sobre el borde del agujero para intentar agarrar su mano. Como tenía el brazo más largo que Joanna, consiguió asirla por la muñeca y tirar de ella. Y la sacó del agujero y la tiró al suelo, que estaba demasiado lejos para que ella volviera a caer.

Se sentía tan aliviada que Joanna sonrió y le dio las gracias. Él la cubrió con una manta.

–Duérmete –le dijo–. Aquí estás a salvo.

Y así era, por fin se sentía a salvo, tan a salvo que cayó en un sopor lleno de paz, sin pesadillas, en el que se sintió protegida y a salvo por los brazos que la rodeaban.

Joanna abrió los ojos y vio que el sol entraba por una ventana cubierta por cortinas de seda en una habitación pintada en azul pastel. Le pareció una habitación preciosa. Le gustaban los techos altos y la amplitud que parecían dar y el color en el que estaba pintada. Se preguntó a quién pertenecería aquella habitación.

¿Dónde estaba? No acertaba a recordar, pero le parecía que había ocurrido algo terrible. Entonces alguien le habló.

–¿Qué tal te encuentras? –preguntó Sandro.

Joanna pudo verlo cuando giró la cabeza en dirección a la voz. Estaba sentado en una silla al lado de la cama, mirándola con ojos inexpresivos. Ya no llevaba el traje del día anterior, sino que se había puesto unos pantalones de lino y un sencillo polo negro.

Entonces lo recordó todo, el porqué de que ella estuviera echada en aquella cama y Sandro sentado en aquella silla, con la apariencia de haber estado así durante horas, mirándola. Sabiendo...

–¿Qué ocurrió? –preguntó ella, intentando desesperadamente recordar lo que había pasado.

–¿Es que no te acuerdas?

Joanna recordaba todo con mucho detalle, pero admitirlo significaba ser capaz de afrontarlo y, en aquellos momentos, le resultaba imposible.

–No mucho –mintió–. Me parece recordar que tuvimos una discusión. ¿Es eso?

–Podríamos decir eso –respondió él, torciendo la boca en un gesto parecido a una sonrisa–. Y luego... te pusiste enferma.

No es que se hubiese puesto enferma. Le había dado un ataque de histeria por no querer afrontar lo que Sandro decía que sabía sobre ella.

–¿Dónde estoy?

–En Roma. En mi apartamento –dijo, mirándola de reojo–. Donde tuviste un ataque. Como no dabas señales de recuperarte, llamé a un médico.

–¿Y qué dijo? –preguntó Joanna, preguntándose cuánto tiempo llevaba echada en aquella cama.

La mirada de Sandro recorrió su frágil figura bajo la colcha y, por primera vez, Joanna se dio cuenta de que no llevaba puesto nada más que algo que parecía una camiseta. Ella bajó los ojos, reprimiendo el sofoco que le produjo darse cuenta de que alguien la había desnudado y la había metido en la cama. Y aquella persona solo podía haber sido Sandro.

–Él lo llamó una mezcla de estrés y de no haber estado comiendo lo suficiente.

–No hace mucho tuve la gripe –dijo, cubriéndose la cara con una mano. Sandro la había desnudado–. Tal vez sea eso.

Él no contestó, pero Joanna no se atrevió a mirarlo por si él descubría lo que ella estaba pensando.

–Tengo sed –añadió, pasándose la lengua por los labios, secos como el papel de lija.

Inmediatamente, Sandro se levantó y se dirigió a una mesa, donde había una jarra de agua helada. Mientras él le servía el agua, Joanna se incorporó en la cama y se volvió a poner la mano sobre la frente.

Sandro dejó de hacer lo que estaba haciendo y extendió una mano hacia ella. Ella lo vio e instintivamente se puso rígida, dispuesta para aquel toque electrizante. La mano se detuvo un instante, mientras el cual la habitación se llenó de tensión, para luego colocarle las almohadas. Ella se recostó contra ellas, con la cara pálida y los ojos cerrados, sintiéndose tan débil que casi resultaba patética.

Sandro esperó, en silencio. Cuando ella no pudo resistir por más tiempo sin abrir los ojos, vio el vaso de agua helada que él le entregaba. Joanna se quedó mirándolo, preguntándose cómo iba a tomar el vaso sin rozarle los dedos.

–No soy ningún monstruo –dijo él con tristeza, sabiendo lo que ella estaba pensando.

–Gracias –murmuró ella, agarrando el vaso.

Joanna quería disculparse, pero siempre que lo hacía, él se enfadaba con ella, por lo que decidió no decir nada y empezó a beberse a sorbos el agua fresca, deseando que él se sentara de nuevo para no sentirse tan intimidada. También deseó quedarse sola porque necesitaba tiempo para reflexionar sobre los catastróficos acontecimientos del día anterior.

¿Había ocurrido todo el día anterior? En realidad, no sabía el día que era. Tal vez había pasado allí varios días, luchando por salir de aquel horrible agujero.

–¿Cuánto tiempo llevo aquí?

Sandro se sentó, lo que alivió a Joanna.

–Hoy es el segundo día de tu nueva vida, *cara*. Te pasaste el resto de tu primer día en un estado cercano al coma... –respondió Sandro, con un tono de voz muy sardónico.

–Creo que te odio –susurró ella con tristeza, comprendiendo que él sabía que ella lo recordaba todo.

–Sí. Me lo dices continuamente –suspiró él, volviéndose a poner de pie para llevar el vaso de nuevo a la mesa–. Pero no creas –dijo acercándose de nuevo, mirándola desde muy cerca, obligándola a mirarlo– que la mala opinión que tienes de mí o el sentimiento de culpa que yo tengo por haberte puesto en este estado va a cambiar lo que ocurrió ayer. No va a ser así.

A continuación, se incorporó y salió de la habitación, dejando a Joanna sentada en la cama, preguntándose lo que le tendría preparado si todavía estaba tan enfadado con ella.

–¡Maldita sea! –murmuró, mientras la cabeza le empezaba a dar vueltas.

¿Por qué se habría metido en aquel lío? Ella no lo necesitaba, ni lo quería. Y estaba segura de que Sandro no podía querer hacerles pasar por la misma situación una segunda vez.

La primera vez ya había sido suficiente. Ella lo amaba, lo necesitaba, lo deseaba, pero era incapaz de dejar que él la tocara. A Sandro le partió el corazón no poder comprender por qué ella se comportaba así con él.

Pero ¿por qué debería él entenderlo? La semana antes de la boda, a ella le había resultado casi imposible contenerse. Después, él había vuelto a Roma, a organizar el traslado de las oficinas a Londres, ya que Joanna tenía que quedarse en Londres hasta que Molly fuese lo suficientemente mayor y ganase el dinero suficiente como para mantenerse sola.

Molly... Molly había sido mucho menos decidida e independiente que ella. Pero Joanna había tenido que ser así, ya que, desde la temprana edad de dieciocho años, se había hecho responsable de su hermana de catorce. Su madre murió tras una larga enfermedad, lo que las había dejado sin nadie en quien apoyarse. Cuatro años antes del fallecimiento de la madre, murió el abuelo, llevándose con él el único periodo de su vida en el que se había sentido verdaderamente cuidada, en vez de ser ella la que se encargaba de los cuidados. Todavía echaba de menos a su abuelo y la pequeña granja que él tenía en Kent, tanto como echaba de menos a Molly.

En realidad, eran hermanastras, nacidas de diferentes padres. Su madre había amado a muchos hombres, aunque no lo suficiente para atarse. Por eso Molly y Joanna siempre habían deseado una familia convencional, con un padre y una madre propios.

Pero no fue así. La vida había sido más dura para Molly y para ella que para la mayoría. Vivían en un piso alquilado en el East End de Londres, donde habían ido tras la muerte del abuelo. Su madre trabajaba incansablemente para tenerlas razonablemente alimentadas y vestidas y Joanna cuidaba de Molly. Luego tuvo que cuidar de Molly y de su madre cuando esta cayó enferma.

Así que, cuando su madre murió, seguir cuidando de Molly no le resultó demasiado difícil. Ya estaba acostumbrada. Se quedaron en el piso de la madre y Joanna empezó a trabajar para mantenerlas a las dos mientras Molly acababa de estudiar.

Molly había sido muy lista. Fue una niña callada, tímida y estudiosa. Y también increíblemente guapa, con pelo rubio y ojos azules. Joanna había albergado el deseo de que Molly fuera a la universidad, se convirtiera en alguien importante y conociera a un hombre maravilloso que guardara como un tesoro a su hermanita durante el resto de sus días.

Pero había sido ella quien había conocido a ese hombre maravilloso. Había sido mágico. Una vez más, se vio transportada a aquel pequeño restaurante italiano donde trabajaba por las tardes. Cuando él apareció, tan bien vestido, tan guapo, le robó el corazón. Nunca antes había conocido a un hombre como Alessandro.

Él había ido a visitar a Vito, pero, en vez de eso, se había pasado la tarde flirteando con ella, aparentemente fascinado por la hermosa camarera del pelo rojo, tan alegre y tímida cuando él echaba mano de su carismático encanto italiano.

Sandro la esperó hasta que ella acabó de trabajar y la acompañó a casa. Al cabo de un mes, la presencia de Sandro en el restaurante y en el pequeño piso en el que vivía con Molly era casi permanente. Joanna estaba locamente enamorada de él y no se paró a pensar en quién era. Nunca le importó demasiado que condujera un deportivo o llevara ropas de diseño o que siempre estuviera yendo a alguna parte de negocios. Nunca se daba aires de superioridad, pero le molestaba que Joanna tuviera dos trabajos, aunque solo porque no le dejaba mucho tiempo para estar con ella.

Los problemas empezaron cuando Sandro le pidió que se casara con él y que fuera a vivir con él a Roma. Ella no podía dejar sola a Molly, que solo tenía diecisiete años y le quedaba un año más en el colegio antes de que Joanna pudiera empezar a pensar sobre su propio futuro.

Sandro lo comprendió y aceptó todos los obstáculos que ella había puesto en su camino.

—Molly me necesita aquí. No pienso dejarla sola después de todo lo que hemos pasado las dos juntas.

—Bien —le había dicho él—. Entonces tendremos que buscar otra solución.

Y así había sido. Decidió mudarse él a Londres.

—Moveré el cielo y la tierra si es necesario para conseguir que estemos juntos.

Joanna también recordó la noche en que le confesó que era virgen. Después, se arrepintió de habérselo dicho, porque él había estado a punto de hacerle el amor. Por primera vez en una semana se las habían arreglado para quedarse a solas en el piso, sin Molly, porque ella había decidido quedarse con una amiga. Y estaban ya medio desnudos, perdidos en su propia pasión, cuando a ella se le había ocurrido la idea de decírselo.

Sandro se quedó asombrado, pero luego se alegró tanto que Joanna casi se sintió ofendida.

—No puedo creerlo —dijo él con una sonrisa en los labios—. ¡Tengo un ángel entre los brazos y ella va a ser solo mía!

—¡Yo no soy un ángel! —protestó ella—. Solo una chica con muchas cosas que hacer y que no ha tenido nunca tiempo de tener relaciones.

La actitud de Sandro cambió. Dejó de intentar seducirla a cada paso y la empezó a tratar como a un tesoro poco frecuente que tenía que proteger del lobo que había dentro de él.

—Eres especial —le había explicado—. Y quiero que nuestra noche de bodas sea especial. Quiero que, cuando te cases conmigo, vayas de blanco y que yo pueda pensar que me voy a casar con una mujer pura. ¿Qué más podría desear un hombre de la mujer que quiere?

Entonces fue cuando se empezó a preocupar de que Sandro amara más su virginidad que a ella. Pero había estado tan ocupada, con dos trabajos, para poder pagarse el traje de novia y con el tiempo en contra, que nunca se había parado demasiado a pensar en la obsesión de Sandro con su virginidad porque tenía cosas más importantes en las que pensar. Tendría que conocer a su numerosa familia, mudarse a la preciosa casa de Belgravia, donde se había sentido como un pez fuera del agua la primera vez que puso los pies en el umbral. También tenía que preocuparse por Molly, porque últimamente estaba insinuando que no quería ir a la universidad, sino conseguir un trabajo y compartir piso con una de sus amigas. Joanna tenía miedo de que Molly estuviese diciendo todo aquello para dejarles solos a Sandro y a ella.

Así que, tenía tantas preocupaciones en la cabeza que, aquella noche, una semana antes de la boda, cuando volvía a casa de trabajar, había estado demasiado preocupada como para darse cuenta de lo que se estaba preparando contra ella.

Después, todo su mundo se había hecho añicos, arrastrando con ello los sueños de Sandro.

Por eso, ¿podría él hablar en serio al querer hacerles pasar a los dos de nuevo por aquel infierno? ¿Pensaría que ahora sería diferente porque creía que sabía por qué se había comportado así con él?

Estaba equivocado, porque nadie sabía la verdad de lo que había pasado esa noche, ya que nunca había dicho la verdad, ni siquiera a Molly. Y nada iba a cambiar.

La puerta de la habitación se abrió, dejando paso a Sandro, que iba con una bandeja con café y tostadas. De nuevo, tenía un aspecto diferente, con un traje gris oscuro, una camisa blanca y una corbata de seda oscura anudada a la garganta.

–Tengo que salir un momento –dijo mientras le colocaba la bandeja en el regazo–. Si me necesitas, llámame al móvil. Tienes el número escrito en un papel al lado del teléfono.

–¿Se permite a la prisionera hacer llamadas telefónicas? –dijo ella con amargura.

–Estaré fuera una hora –dijo, sin responder a la pregunta que ella le había hecho–. Intenta comer algo y descansar. Ya hablaremos más tarde.

¿Hablar? ¿Hablar sobre qué? ¿Del pasado? ¿Del presente?

¿Del futuro? Ella no quería hablar, ni quería comer ni descansar. ¡Lo único que quería era salir de allí!

Necesitaba salir de aquel apartamento, donde los malos recuerdos la acechaban por todos los rincones. Necesitaba estar sola, pensar sobre lo que había ocurrido y cómo iba a afrontar lo que se le avecinaba. Pero, sobre todo, necesitaba hacerlo sin estar bajo la vigilancia de Sandro.

Capítulo 6

Joanna saltó de la cama después de quitarse la bandeja del regazo. Pero, al ponerse de pie, se encontró débil como un gatito. Pensó que una ducha le sentaría bien y se dirigió a una puerta que parecía ser el cuarto de baño.

Diez minutos más tarde, estaba de vuelta a la habitación, sintiéndose fresca, más alerta, envuelta en un albornoz blanco que había encontrado colgado en el cuarto de baño. Olía a Sandro, pero ahora ella también olería a Sandro, ya que había usado su jabón.

Entonces se dio cuenta de que la cama en la que había estado durmiendo era la de Sandro. Pero, si ella estaba en lo cierto, aquella no era la misma habitación a la que la había llevado antes. La otra habitación era más grande, más opulenta y cien mil veces más aterradora.

Joanna no pudo evitar echarse a temblar al recordar por qué la habitación le había resultado aterradora. Sin embargo, enseguida se puso a pensar en el problema que tenía en aquel momento: no tenía ropa. Recordó la conversación con Sandro: «No tenemos equipaje. No es necesario». ¿Significaba aquello que tenía la intención de retenerla hasta que hubiera logrado hacer del suyo un matrimonio real?

Muy alarmada, empezó a abrir puertas y armarios. Esperaba encontrar las ropas de Sandro, pero se sorprendió al no ver nada.

En vez de eso, estaban llenos de las ropas de mujer más elegantes que había visto en toda su vida. Incluso durante el año que había durado su matrimonio, ella nunca había tenido nada parecido. Sin embargo, ella siempre había insistido en elegir sus ropas ella misma, negándose a que Sandro gastara grandes sumas en ella. Sentía que no se lo merecía. Así que, aunque se había visto obligada a aceptar ropas de diseño de vez en cuando, como el traje de Dior que se había puesto para ir a pedirle el dinero, la mayoría de sus ropas habían sido de buena calidad, pero no de diseño. Por supuesto, nada comparable a las prendas que contenían aquellos armarios.

¿A quién pertenecerían? ¿Acaso a su muy discreta amante? De nuevo se sintió a punto de vomitar. Lo único en lo que podía pensar era en salir de allí. Así que, con manos temblorosas, sacó un par de vaqueros y una camiseta blanca y se alegró al ver que todas las ropas tenían puestas las etiquetas, lo que significaba que eran nuevas.

Le sentaban tan bien como si hubiesen sido compradas para ella, lo que le hizo sospechar que, si no pertenecían a una posible amante, las había comprado específicamente para ella. Ropas nuevas, vida nueva.

El pánico volvió a adueñarse de ella y se puso a buscar algo para calzarse. Encontró un par de mocasines de piel.

Por fin estuvo preparada para marcharse y salió del apartamento. Cuando llegó al ascensor, le llevó unos minutos convencerse para utilizarlo, ya que no tenía opción. Si no utilizaba el ascensor, tendría que quedarse allí, ya que no se veía la escalera por ningún lado. Por fin, armándose de valor, se decidió a entrar. «Una mala experiencia en uno, no hace de todos los ascensores lugares horribles», se dijo.

Mientras se obligaba a apretar el botón de llamada, deseó con todo su corazón que el ascensor no llegara. Pero los ruidos que venían de dentro resultaban inequívocos. Las puertas se abrieron y Joanna miró dentro, con mucha cautela.

Respirando profundamente, se obligó a dar un paso al frente y apretó el botón. Cuando las puertas se cerraron, Joanna cerró los ojos y apretó los puños, mientras el corazón le latía a toda velocidad.

¿Por qué tendría que ser así? ¿Por qué tendría que tener un pánico constante a los ascensores o de un hombre que jamás le había levantado un dedo?

Ella amaba a Sandro. Él había movido el cielo y la tierra solo para estar con ella. ¡No era justo!

El ascensor se detuvo. Joanna abrió los ojos, pero de repente se había dado cuenta de que no podía hacerlo. No podía abandonarlo de aquella manera. Las puertas se abrieron y estaba a punto de apretar el botón de subida cuando...

–Vaya, vaya –dijo una voz en tono de mofa–. ¿Cómo es que esto no me sorprende?

Sandro estaba apoyado junto al ascensor, y a pesar de que sonreía... Joanna pudo ver el fuego que le ardía en los ojos.

–¿Cómo...?

–¿Cómo supe que ibas a bajar? –dijo él–. Porque cada vez que se utiliza este ascensor, suena una alarma en la portería, donde estaba sentado tomándome una taza de café y teniendo una conversación muy agradable.

–Yo...

–¿Ibas a buscarme? –sugirió él, con sorna–. Qué amable...

–No –replicó ella, sonrojándose ligeramente–. Yo...

–Porque me echabas tanto de menos que no podías soportar estar separada de mí ni un solo momento más –afirmó él–. Me halagas.

–¿Quieres dejar de acabar lo que yo quiero decir? –le espetó Joanna–. No era eso lo que yo iba a decir.

–También me doy cuenta de que te sientes mucho mejor, ya que la fierecilla ha vuelto.

–No me marchaba a ninguna parte –mintió ella, preguntándose por qué habría cambiado de opinión.

—Supongo que solo estabas intentando mejorar tu fobia a los ascensores —afirmó Sandro, quien obviamente no creía ni una palabra de lo que ella le decía—. ¡Qué valiente, *cara!*

—Solo quería ir a tomar un poco de aire fresco, Sandro —suspiró ella, apoyándose contra una de las paredes del ascensor.

—¿Aire fresco? Claro... ¡cómo no se me había ocurrido! —exclamó Sandro, agarrándola por la muñeca y sacándola del ascensor.

—¿Dónde vamos? —preguntó ella mientras él la llevaba a la parte de atrás del bloque de apartamentos.

—A tomar aire fresco —respondió Sandro en tono de mofa—. Como quería la señora.

Él la empujó por una puerta y llegaron a un patio empedrado, con altas paredes a los lados y una fuente que en el centro salpicaba brillantes gotas de agua que relucían a la luz de sol. Al pie de una higuera, había un banco de piedra y una mesa.

—¿Es esto lo suficientemente fresco para ti? —preguntó Sandro, empujándola prácticamente al banco antes de apoyarse él contra la mesa.

Sandro se cruzó de brazos y la miró fijamente.

—¡No me estaba escapando de ti! —repitió de nuevo—. Iba a hacerlo. Pero cambié de opinión —añadió de mala gana.

—¿Por qué?

—No tengo ningún sitio al que ir.

—¿Y te acordaste de eso cuando bajabas en el ascensor?

—Sí.

Sandro asintió, como si acabara de confirmar la mala opinión que tenía sobre ella. Entonces, en uno de sus completos cambios de humor, sonrió. El corazón de Joanna dio un vuelco.

—Eres fantástica —murmuró mientras se sacaba algo del bolsillo—. Y te adoro por ello. Dime lo que piensas de esto —añadió, extendiéndole algo que parecía una revista.

Muy confundida, y muy cauta porque el tono de voz había

pasado demasiado deprisa de sarcástico a tierno, Joanna agarró la revista, sin quitarle los ojos de encima.

A continuación, Joanna bajó los ojos e intentó examinar la revista. Era un folleto en color con una fotografía de una preciosa casa de tejados rojos situada en un entorno precioso.

Por alguna razón, le recordó a la casa de su abuelo. No estaba segura del porqué, porque la modesta vivienda y la lujosa apariencia de aquella mansión no guardaban comparación.

La casa tenía una estructura laberíntica, con paredes amarillas y marcos verdes. Había otras construcciones a su alrededor, una piscina, prados, huertos y un viñedo que se extendía hasta donde llegaba la vista.

Era un lugar mágico. Sin saber por qué Sandro quería que mirara aquel folleto, Joanna lo abrió, esperando encontrar alguna explicación. El texto estaba en italiano, pero había más fotografías de lo que parecía una bodega, con los barriles de roble alineados.

–¿Estás pensando en invertir dinero en una bodega? –preguntó Joanna.

–La producción de vino no forma parte de los intereses de mi familia. Como ya sabes, somos tradicionalmente banqueros. Pero hace un tiempo estuve cerca de este lugar y me encantó. ¿Qué te parece?

–Me parece muy hermoso –respondió ella, con voz suave–. Ese cielo tan azul, y los espacios abiertos, la paz, la tranquilidad...

–Sin autobuses, sin trenes –añadió él astutamente–. Ni tiendas en varios kilómetros a la redonda...

–¿Sin gente? –preguntó ella.

–Solo los del pueblo, que llevan generaciones trabajando esa tierra. Pero no –añadió–. No habrá gente del tipo al que tú te refieres.

–Entonces, resulta perfecto.

–Ni que lo digas.

Entonces el teléfono móvil empezó a sonar. Mientras tanto, Joanna se levantó y se apartó para mirar el folleto en privado. Entre la perorata en italiano, consiguió entender el nombre de la persona con la que Sandro estaba hablando.

—¡Guido! —exclamó—. *Ciao! Ciao!*

Joanna ya no entendió nada más, pero el nombre de Guido le resultaba familiar. Era uno de los muchos parientes de Sandro, un primo que trabajaba en el Banco Bonetti. También había actuado de testigo en su boda.

Guido no era tan atractivo como Sandro, pero era un hombre muy agradable. Había hecho un gran esfuerzo en aceptarla, como lo había hecho toda la familia.

Incluso la madre de Sandro, recordó Joanna, había sido muy afectuosa al darle la bienvenida a la familia. Su marido había muerto, por lo que todo su amor iba dirigido a su único hijo.

—Tú eres mi hija ahora —le había dicho amablemente—. Haz feliz a mi hijo y seremos amigas para siempre.

Pero Joanna no había hecho feliz a Sandro.

—Sí, sí —murmuró Sandro, mientras le sonreía.

Joanna no había visto a Sandro tan contento desde que ella había vuelto a entrar en su vida. No había visto aquella sonrisa tan atractiva en sus labios ni la alegría en su ronca voz.

Joanna deseó saber de lo que estaban hablando. Ojalá ella hubiera aprendido italiano para hacerle reír de aquella manera. Sin embargo, recordó que no necesitaba saber italiano para hacerle sonreír. Solo tenía que tener deseos de agradarle, algo que había perdido hacía tiempo.

Aquella casa le gustaba. Había visto el placer reflejado en su cara, el deseo de poseer un lugar como ese.

—Entonces, ¿lo compramos?

—Tú eres el experto —dijo ella, parpadeando ya que no había notado que él había acabado la conversación. Le devolvió el folleto con desinterés.

—¿Es que no te gusta?

—Me parece precioso. Ya te lo dije –le espetó, medio odiándose por aguarle la fiesta de aquella manera.

—Bien –replicó, poniendo el folleto a un lado–. Porque acabo de cerrar el trato, por medio de Guido. Así que –anunció, con una sonrisa en los labios–, si te apetece, *cara*, iremos allí mañana para inspeccionar nuestra nueva casa.

—No te comprendo –replicó Joanna, totalmente helada.

—Sí que lo entiendes –le espetó él de una manera que le mando escalofríos por la espalda–. Mañana será el tercer día de tu nueva vida. Empezará con un paseo en coche, hacia la región de Orvieto, y acabará en nuestra casa... y podremos concentrarnos en nuestro matrimonio.

—No –protestó Joanna, casi instintivamente, lista para salir corriendo.

—Ya no te escaparás más de lo que no quieres afrontar –le avisó Sandro, agarrándola por el brazo–. Ese compartimento de tu cerebro está ahora abierto y así es como se va a quedar.

—Y supongo que yo no puedo opinar –exclamó ella, intentando parecer fiera, aunque solo consiguió parecer ansiosa.

—No mientras me lleves la contraria. Ahora ya conozco el problema, así que tengo la intención de hacerle frente.

«El problema», se repitió Joanna mentalmente. El problema, según él, era la aversión al sexo de Joanna. Pero Sandro no conocía el verdadero problema. Ni siquiera la mitad.

—Tengo que irme... –dijo ella, intentando escaparse una vez más.

—No –afirmó Sandro, parándola de nuevo, mientras estudiaba la mirada que ella tenía en los ojos.

—¡No te dejaré que me toques! –le espetó, mirando a todas partes para evitar mirarlo a él.

Sandro no respondió. Permaneció quieto, mirándola detenidamente. En aquel momento, Joanna deseó haber salido corriendo desnuda por las calles de Roma para ganar los preciosos minutos que desperdició eligiendo la ropa que se iba a poner.

—¿Sabes una cosa? —le preguntó él—. Tienes las mejores piernas que he visto en mi vida. Y esos vaqueros hacen maravillas con mi libido...

Aquella voz, tan profunda, tan sensual, tan evocadora de cuando le hablaba así todo el tiempo, le recordó los tiempos felices que ella se empeñaba en olvidar.

—No, por favor...

Sandro únicamente sacudió la cabeza y se acercó aún más, separando las piernas y colocándola entre los musculosos muslos. Joanna sintió que se le cortaba la respiración, pero sus pechos estaban listos para saltar de nuevo a la vida con solo tenerlo tan cerca.

Él tenía una expresión intensa, y una sexualidad casi animal le rezumaba por los poros de la piel.

—Hueles a mí. Me parece tan seductor...

—¡Esto es una locura! —exclamó ella, pidiéndole a Dios que la ayudara—. No sé por qué te empeñas en pensar que ahora sería diferente.

—Entonces, dime. ¿Por qué apostaste todo ese dinero?

—Ya te lo dije —murmuró ella, mientras intentaba soltarse—. ¡Sandro, por favor!

—El señor Bates pensaba que fuiste perdiendo todo ese dinero deliberadamente, con los ojos puestos en las consecuencias.

—¿Y tú le creíste? —asqueada solo con oír el nombre de Bates—. ¡Tú sabes que eso es una maldita mentira!

—Es cierto, pero la verdad es que en mi vida he puesto los ojos en un hombre que haga huir más rápidamente a una mujer...

Joanna se dio cuenta de lo que él estaba tratando de decir. Los ojos le echaron chispas de incredulidad.

—¿Crees que me metí en ese lío deliberadamente para tener la excusa de venir a pedírtelo a ti?

–¿Fue así? ¿O fue algo más complicado que eso? –insinuó, escrutándola con la mirada–. ¿Es que Arthur Bates o yo nos parecemos al hombre que te atacó, *cara*?

Joanna se puso pálida, durante los pocos segundos que le llevó asimilar las palabras que Sandro había pronunciado. Entonces, las palabras le salieron a borbotones, surgiendo desde la misma profundidad de su inconsciente.

–Dos –le corrigió–. Me violaron dos hombres, *caro*. Y si quieres la historia completa, fue en un ascensor.

Sandro se quedó inmóvil y Joanna aprovechó la oportunidad para soltarse. Se dirigió a la puerta trasera del edificio, sintiendo náuseas, con la necesidad absoluta de escapar de todo tan rápidamente como le fuera posible. Consiguió llegar hasta la puerta principal del edificio antes de que Sandro la detuviera.

–¡No me toques! –exclamó ella, apartándole la mano.

Sandro no dijo nada. Estaba muy pálido. Sin embargo, la agarró del brazo y la llevó hacia el ascensor. Cuando las puertas se abrieron, la empujó dentro y apretó el botón de subida. Las puertas se cerraron y el silencio se adueñó de ellos. Al abrirse las puertas, ella se dio la vuelta, sintiendo una rabia que no había experimentado antes. Salió del ascensor, ignorando completamente a Sandro, y se metió en el apartamento.

–Perdóname –pronunció él.

–¡Ojalá te pudras en el infierno! –le replicó, entrando en lo que le pareció recordar que era el salón. Se dirigió al bar para servirse una ginebra, que se bebió de un trago.

–Solo me dijeron que te habían atacado al volver a casa después de trabajar. No sabía nada más. Molly se negó a contarme nada. Sé que me equivoqué, y lo siento. Fui cruel y desconsiderado.

¡Molly! Había tenido que ser Molly, a pesar de que ella no sabía nada de lo que había pasado, la que se lo había dicho a Sandro.

—Estaba muy preocupada por ti, Joanna —añadió él—. Tenía miedo de que, si no hablabas con nadie, te pondrías enferma.

—Así que, como no le dije nada a ella, decidió ir a contártelo a ti —replicó Joanna, con manos temblorosas.

—¿Qué querías que hiciera? —suspiró Sandro, empezando a perder la paciencia—. ¡La excluiste de todo! ¡Y a mí también! ¡A las dos personas a las que más amabas!

—¡No! ¡Me encerré en mí misma! —le respondió con voz enfadada—. Era mi problema y era yo quien tenía que decidir cómo hacerle frente.

—¡Era nuestro problema! —la corrigió él—. Tenía derecho a saber por qué la mujer que yo creía estaba enamorada de mí desarrolló de repente una aversión terrible hacia mí.

—¿Y qué se suponía que tenía que decirte, Sandro? —le desafió Joanna—. «¡Ah, por cierto! Me violaron cuando iba de camino a casa la semana pasada, así que no te preocupes si no te dejo que me toques. ¡No es nada personal!». ¿Te hubiera valido eso?

—Deberías haber confiado en mí lo suficiente como para esperar amor y apoyo por mi parte. Al menos, podría haberte dado eso...

—¿Bromeas? —le espetó, dando un golpe tan fuerte en la mesa con el vaso de ginebra que estuvo a punto de romperlo—. Sandro... ¡me habías puesto en un pedestal! No dejabas de decir lo maravilloso que era que siguiera siendo virgen, lo mucho que querías que nuestra noche de bodas resultara perfecta, blanca, sin manchas del pasado... —dijo, con la voz quebrada. Sandro se dio la vuelta, rígido. Así le resultaría más fácil, podría decirle todo lo que sentía—. ¡Me violaron una semana antes de nuestra boda perfecta! Tú estabas en Roma. Yo estaba muy aturdida. ¡Fue horrible! —exclamó, mientras se cruzaba de brazos, como para protegerse—. ¡Yo no quería recordarlo, y mucho menos hablar de ello! Quería pretender que no había pasado nada y mantener el sueño del matrimonio que tú habías diseñado para nosotros.

–¿Así que pensaste que podías casarte conmigo, meterte en mi cama y pretender que eras exactamente lo que yo estaba esperando? –preguntó él, dándose la vuelta.

–Sí. Algo parecido.

–Pero, cuando llegó el momento, ni siquiera me dejaste que te tocara y mucho menos hacerte el amor. Deberías habérmelo dicho entonces, absolverme de ser el culpable de tu aversión. Pero en vez de eso –le espetó–, me dejaste sufrir, sin saber lo que te molestaba de mí. ¡Lo que hiciste, Joanna, fue culparme de lo que esos animales te habían hecho!

¡Sandro tenía tanta razón! Tanta que Joanna no pudo soportarlo más.

–¡No quiero hablar de esto! –concluyó, dirigiéndose a la puerta.

–¡No! Vamos a hablar de esto ahora –insistió–. Lo vamos a sacar a la luz a cualquier precio, aunque sea a patadas. ¡Pero vamos a solucionar esto aquí y ahora!

–¿Qué más quieres de mí? –le gritó ella–. ¿La absolución de toda culpa? ¡Pues ya la tienes! ¡Fue culpa mía! Yo no confiaba en ti lo suficiente como para decírtelo. ¡Te culpé de los pecados de otros hombres! ¡Convertí tu vida en una ruina!

–Me rompiste el corazón y ni siquiera te diste cuenta.

Joanna no podía creer lo que acababa de oír. Se dio la vuelta. ¡No esperaba que un hombre como Sandro fuera capaz de admitir algo tan horrible! Pero su rostro ya no reflejaba ira, no lamentaba haber tenido que hacer una confesión tan terrible.

–Pero hiciste más que eso –añadió, en un tono de voz frío–. Me convertiste en un despojo, *cara*. Igual que esos hombres te dejaron vacía a ti, me mutilaste con la repulsión que mostrabas hacia mí. Me quitaste mi orgullo de hombre, de mi masculinidad. Me despreciaste como amante cuando te repugnaban mis caricias. ¿Entiendes lo que te digo?

–¡Oh, Dios mío! –susurró ella.

–Y ahora, vamos a discutir lo que te pasó a ti, si así lo quieres –añadió con un suave acento italiano, como siempre le pasaba a su perfecto inglés cuando se veía bajo presión–, porque creo que me he ganado el derecho de saber qué es lo que ocurrió exactamente aquella noche para que me trates así.

Capítulo 7

¡Aquello era sorprendente! Joanna estaba aturdida. ¿Cómo se las habría arreglado Sandro para darle la vuelta a todo el asunto? ¿Qué se creía que era aquello? ¿Una competición para ver quién había sufrido más? ¿Acaso creía que le gustaba hacerle aquello? ¿Que le gustaba haberse convertido en la abominable criatura que Sandro acababa de describir?

–¡De acuerdo! –exclamó ella, dándose la vuelta como un boxeador dispuesto a salir del rincón–. ¿Quieres que te cuente todo con pelos y señales, Sandro? Muy bien, pues prepárate a oírlo.

Y así fue, le contó todos los detalles del infierno que había pasado aquella noche, desde el momento en el que se encontró con aquellos dos hombres en el ascensor, hasta que la dejaron en paz.

Cuando Joanna acabó la historia, estaba pálida como la muerte. Sandro se había desplomado en un sillón y se ocultaba la cara entre las manos.

Minutos después, se descubrió la cara, pero mantuvo la cabeza baja, como si fuera incapaz de volver a mirarla ahora que ya sabía la verdad de la historia. Acababa de causarle a Joanna más dolor, al haber sido él quien había insistido en saber todos los detalles.

–Lo siento –se disculpó, rompiendo el silencio que reinaba en la habitación–. No debería haberte hecho pasar por esto. Pero necesitaba...

–¿Saber si lo que me hicieron ellos a mí fue tan brutal como lo que yo te hice a ti? Pues no, no lo fue. No me hicieron ni un rasguño –le informó, pasándose las manos por los brazos–. Ni un corte, ni un hematoma que demostrara lo que había ocurrido. Fui a trabajar al día siguiente, y al siguiente...

–¡Ya es suficiente, Joanna! Por favor...

Pero ella no quería parar. Sandro había empezado todo aquello, y ahora tendría que escucharlo, tanto si quería como si no.

–Me vestí de blanco para demostrar mi pureza, y marché por el pasillo de la iglesia, como una novia virginal. Por ti, y por Molly, sonreí a las cámaras. Y por tu familia. La verdad solo se me descubrió cuando me encontré sola contigo, en ese apartamento. Entonces te miré y pensé: «Dios mío, este hombre espera que su mujer sea virgen». Y bueno, ya conoces lo demás...

Efectivamente, Sandro conocía el resto. Su vida con una mujer que no podía ser su esposa. La había descrito hacía solo unos momentos con enorme claridad.

El día que ella lo dejó, ella se imaginó que Sandro caería de rodillas para dar gracias a Dios por haberle liberado de un infierno de matrimonio. Ella había esperado sentir lo mismo, pero, para su sorpresa, Joanna descubrió que la vida sin Sandro era peor que vivir con él. Lo amaba y lo echaba de menos todos los días, aunque sentía escalofríos ante el mero pensamiento de volver con él.

Y ahora, ¿en qué situación estaban, cuando él lo sabía todo? ¿Estaría lamentando él haber querido volver a intentarlo otra vez? El pánico se apoderó de ella y sintió que ya no podía soportarlo más.

–Lo siento –balbuceó, para darse la vuelta y salir corriendo hacia la habitación donde había dormido.

Una vez allí, cerró la puerta tras de sí y se apoyó contra ella, mientras intentaba respirar para no perder el control. Tenía miedo de volver a perderlo.

La última vez que le perdió había sido porque no había sido capaz de decirle la verdad, pero ahora iba a perderlo por lo contrario.

Desesperada, miró la habitación, con las sábanas revueltas y la bandeja del desayuno, intacta, donde ella la había dejado.

Entonces, se soltó de la puerta y se dirigió a la cama. Una vez allí, se agachó, y recogió con dedos temblorosos lo que no había notado por la mañana, cuando Sandro le había llevado la bandeja.

Había una rosa, una rosa roja, con el tallo muy corto, sin espinas, a punto de florecer.

Recordó que Sandro solía hacer aquello con mucha frecuencia. Era un romántico incurable, que le preparaba las rosas de aquella manera para que no se pinchara. Solía ponérselas en la mesa, en el restaurante de Vito, esperando hasta que ella se daba cuenta de que había colocado allí la rosa para ella. Aquel era su pequeño juego.

El amante esperando que le reconozcan como amante. La amada haciéndole esperar, haciendo que la atmósfera soltara chispas, mientras servía otras mesas.

Amar sin tocar. Saber sin palabras. Una sencilla rosa encima de la mesa se lo decía todo, haciéndolo muy especial, estrechando el vínculo entre aquella camarera pelirroja y el sofisticado y alto cliente italiano.

La última rosa estaba allí, entre sus labios, con el delicado aroma inundándole los sentidos. Le dolía el alma por los recuerdos.

Sandro había hecho lo mismo el día de después de la boda. Incluso a pesar de la tensión que reinaba entre ellos, las rosas rojas aparecían por todas partes, en la bandeja del desayuno, en su almohada, cuando ella se deslizaba en silencio en la cama de la habitación de al lado...

Aquella era la confesión silenciosa, íntima de que él la amaba, a pesar de lo que ella le hiciera. Aquella nueva rosa llegaba demasiado tarde, porque ella no la había visto hasta entonces, pero Sandro no lo sabía. Y había pensado que había querido huir de él.

Joanna se echó a llorar. Lloró lágrimas de tristeza, de dolor, de pena, de ira y de amargura, y cayó sobre las arrugadas sábanas de la cama, al lado de la bandeja, con la rosa aferrada al pecho...

Sandro se puso a mirar por la ventana, con los puños en los bolsillos, escuchándolo todo sin mover ni un músculo.

Cuando todo quedó en silencio, se sacó los puños de los bolsillos y se miró el que se había herido en Londres, deseando golpear algo. Pero decidió que sería una locura y se dirigió al pasillo. Quince minutos más tarde, estaba llamando a la puerta de la habitación de Joanna, llevando consigo el aroma de una salsa de tomate al estilo italiano.

—Vamos a comer —le dijo—. Dentro de cinco minutos en la cocina, *cara*.

Todo había vuelto a la normalidad. Había acabado aquel holocausto emocional. Joanna pensó que aquel hombre tenía que tener unos sentimientos de acero.

Entonces recordó la rosa, que todavía tenía aferrada al pecho y la amargura se transformó en dulzura, lo que amenazaba una nueva aparición de las lágrimas.

Joanna fue a comer, simplemente porque ya sabía lo que pasaba cuando a Sandro se le llevaba la contraria. Pero entró en la cocina sin mirarlo, negándose a admitir su presencia allí. La mesa ya estaba puesta y había un plato de pasta, cubierto con una salsa de olor delicioso.

—Sírvete lo que quieras —le dijo, sentándose enfrente de ella.

Ella hizo lo que él le pedía y se sirvió una pequeña cantidad de pasta. Luego, cortó un trozo de pan, mientras él lo observaba sin decir nada. Incluso en aquel silencio había crítica.

Sandro esperó hasta que ella se comió el primer bocado antes de servirse él. Y todos sus movimientos, perfectamente normales, le ponían los nervios de punta a Joanna.

Estuvieron toda la comida sin hablar, ella obligándose a comer, ya que no quería tener que oír los comentarios sarcásticos de Sandro. Además, ella sospechaba que él sabía cuánto se estaba controlando, y no quería hacerla estallar.

Por otra parte, la comida resultaba deliciosa. Sandro era un excelente cocinero. Le había confesado, durante uno de los pocos momentos de armonía que habían compartido en la inmensa cocina de Belgravia, que le gustaba cocinar.

Pero aquellos momentos de felicidad habían sido muy escasos. La mayoría de las veces, solo había habido tensión.

—¿Y ahora qué? —preguntó ella cuando hubieron terminado de comer.

Sandro la miró, sorprendido de oír su voz, como si se hubiera olvidado de que ella estaba allí. Cuando sus miradas se cruzaron, él bajó los ojos. Joanna no se sorprendió. Él no la había mirado a la cara desde que ella le había confesado su secreto.

—Tengo que ir a mi despacho una o dos horas —dijo, mirando el reloj—. Y tú deberías descansar —le aconsejó—. Pareces agotada.

«Destrozada» parecía ser una definición más adecuada.

—Yo me refería a... bueno a... nuestra situación —aclaró Joanna—. Necesito saber qué quieres hacer.

Sandro se reclinó en la silla, con tanto estilo que ella no pudo evitar mirarle la parte delantera de la camisa.

Pensó que aquel hombre lo tenía todo y sonrió con tristeza. Belleza, un cuerpo perfecto, y un montón de clase, estilo y sofisticación. Y, desde luego, había esa otra cualidad que poseía en grandes cantidades: atractivo sexual.

Aquella era la cualidad que muy pocas mujeres eran capaces de resistir en Sandro. Ella lo había visto ocurrir tantas veces... Todo lo que necesitaba hacer era entrar en una habitación llena de gente y se convertía, automáticamente, en el centro de atención de todas las mujeres que estuvieran presentes.

Daba igual si eran jóvenes o maduras. No tenía ninguna importancia. Sandro poseía una cualidad que Molly había denominado «carisma», una característica especial que hacía que unos pocos se convirtieran en estrellas.

—¿Hacer? —repitió él, haciendo que ella dirigiera la mirada de sus ojos azules hasta el rostro de él, para apartarla casi inmediatamente—. Pero si ya te he dicho lo que tengo la intención de hacer —le dijo con frialdad—. Voy a pasarme el resto del día intentando acabar todos los asuntos pendientes que tengo encima de la mesa para que mañana pueda estar libre y podamos ir a Orvieto en coche.

«Mañana...», aquella hermosa casa que había en el folleto que Sandro le había mostrado... ¡Joanna se había olvidado de todo aquello!

—Pero yo pensé... —dijo, interrumpiéndose, demostrando claramente lo que había estado a punto de decir, tan sorprendida que Sandro suspiró.

—Nada ha cambiado, *cara* —dijo—. Tú sigues siendo mi esposa y yo soy el hombre con el que te casaste. Este es solo el segundo día de esta nueva vida que acabamos de comenzar y, pase lo que pase, tú serás siempre mi esposa y yo tu marido. ¿Me comprendes?

Joanna lo había comprendido demasiado bien, igual que comprendía perfectamente la sensación de alivio que sentía en aquellos momentos, seguida, cómo no, de una profunda oleada de pánico. Sin embargo, también había comprendido que Sandro la estaba haciendo recordar algo muy importante que ella parecía haber olvidado acerca de todo aquel asunto.

Para Sandro, no podía ser de otra manera. Habían contraído matrimonio bajo la fe católica, habían hecho sus votos delante de Dios. De acuerdo con la Ley de la Iglesia Católica, un matrimonio era para siempre, a pesar de los tragos amargos que el futuro pudiera reservar a los contrayentes. Por lo tanto, a los ojos de Sandro, él se había hecho cargo hasta que la muerte los separara. En la riqueza o en la pobreza, en la salud o en la enfermedad...

Joanna llegó a la conclusión de que aquel era otro punto de conflicto sobre el cual iban a acabar discutiendo, ya que, cuando contrajeron matrimonio, sabiendo ella que no podría nunca consumarlo, le había estado engañando.

–Estoy segura de... de que podríamos conseguir la nulidad –le sugirió–. Yo apoyaría todo lo que tú dijeras si quisieras recurrir a los Tribunales Eclesiásticos para que anularan nuestros votos.

–Muchas gracias –replicó Sandro, poniéndose de pie, con tanta celeridad que reflejaba claramente lo mucho que lo habían enojado aquellas palabras–. Es muy amable por tu parte, *cara*, darme la posibilidad de verme expuesto al escarnio público diciéndole a todo el mundo que no he sido lo suficientemente hombre para hacerle el amor a mi propia esposa.

–¡Solo estaba tratando de ser objetiva acerca de nuestra situación! –le espetó ella con la voz llena de sarcasmo.

–Bueno, pues no te molestes, si eso es lo único que se te ocurre –le aconsejó él. De repente, se apoyó encima de la mesa con una mano, poniendo la otra en el respaldo de la silla de Joanna, atrapándola, mientras, por fin, la miraba a los ojos–. Porque me lo debes –añadió con tristeza–. Me debes mi orgullo, mi autoestima y la creencia en mí mismo como un ser humano aceptable. Nada de eso ha cambiado simplemente porque ahora sé lo que te pasó y por qué me trataste de la manera que lo hiciste.

–Quieres vengarte de mí –susurró destrozada, creyendo entender lo que él quería.

–No. Quiero una... compensación –la corrigió.

–¡Ah! Eso es muy italiano –se burló, apartando la mirada de los ojos de él, ya que contemplarle le hacía daño.

–No –murmuró él. Joanna no estuvo segura de lo que lo había enojado más, que le diera la espalda o que se hubiera burlado de él. De repente, Sandro le agarró la barbilla y la obligó a mirarlo–. ¡Esto sí es muy italiano!

Entonces, la besó con tanta pasión que hacía que sobraran las palabras. Aquel beso expresaba pasión y enojo. La besó sin piedad, de forma salvaje. Sandro la obligó a separar los labios para besarla más profundamente.

Una tímida protesta salió de la garganta de Joanna, y cerró los ojos con fuerza, sintiendo que el cuerpo se le ponía rígido instintivamente ante la fuerza con la que él la abrazaba. Entonces, se dispuso a que la previsible oleada de pánico se adueñara de ella.

Pero no fue así. En vez de pánico, sintió placer, de una manera que llevaba suprimiendo mucho tiempo, un placer que le dolía y que parecía venir desde las mismas profundidades de sus recuerdos, alterándole el pulso y obligándola a abrir los labios y acompasarse a la voracidad con la que él la besaba.

«¿Qué me está pasando?», se preguntó en medio de aquel delirio. «¡Debería estar defendiéndome como una loca! ¡Tengo que defenderme!».

Pero no lo hizo. En vez de eso, las manos le volaron hasta los hombros de él, y luego se deslizaron con un rápido movimiento hasta agarrarle por la nuca, pasándole los dedos entre el cabello, acariciándole los fuertes músculos del cuello, apretándose contra él tan estrechamente como le era posible. Joanna se rindió al placer intenso que acababa de descubrir en aquella boca, húmeda y cálida, que se abría para ella.

Se oyeron jadeos, y un momento más tarde, Joanna se encontró de pie, tras apartar la silla de un golpe, con el cuerpo pegado al de Sandro. Las manos de él la acariciaban, moviéndose con sensualidad y urgencia por todo el cuerpo de ella, desde las axilas hasta la cintura, rozándole los pechos con los pulgares, para volver a empezar de nuevo, una y otra vez. Los senos de Joanna respondieron a aquellos estímulos, hinchiéndose, apretándose, gritando que habían vuelto a vivir.

Joanna se sentía muy excitada, violentamente excitada por las caricias de Sandro, por la respiración entrecortada de él, por la pasión que transmitían todos los poros de la piel de aquel hombre que se apretaba contra ella, muy estrechamente, permitiéndole sentir la fuerza de su masculinidad. Y por la manera en que la besó aún más profundamente, si aquello era posible, Joanna supo que él sabía lo que le estaba pasando a ella.

Entonces, de repente, él se apartó de ella, separando violentamente su boca de la de Joanna y poniendo distancia entre ellos. Los ojos de Sandro estaban teñidos de rabia, pero su boca estaba hinchada por una pasión que era difícil de ocultar.

—¡Vaya! Esto ha sido una sorpresa —se burló.

Sin embargo, Joanna estaba demasiado sorprendida como para apreciar aquella mofa. Simplemente, se le quedó mirando, aturdida y temblorosa, todavía sorprendida ante una respuesta tan apasionada ante lo que había empezado como un castigo y se había convertido en el beso más intensamente erótico que había experimentado nunca.

—Sigue así, *mi amore* —añadió con el mismo tono insultante de voz—. Y la compensación va a hacer que todos los años que llevo esperando merezcan la pena.

Joanna tembló, sintiendo por fin la crueldad con la que Sandro le hablaba.

—No puedo soportarlo —farfulló, muy confundida.

—Creo que deberías corregir tus palabras —respondió él con voz cortante—. Si mis sentidos me están diciendo la verdad, me parece que lo estás sobrellevando muy bien.

Y, para humillarla aún más, Sandro la besó de nuevo, adueñándose de la boca de Joanna, esperando lo suficiente hasta que ella le devolviera el beso para separarse de nuevo de ella, brutalmente.

—¿Ves a lo que me refería? —replicó—. Me deseas tanto que ya no eres capaz de ocultarlo por más tiempo.

Entonces la dejó ir, vio cómo ella se tambaleaba, como mareada, pestañeando aturdidamente. A continuación, muy secamente, añadió:

—Lo que ocurra esta noche va a resultar muy interesante. Por cierto —dijo, después de haber pronunciado aquellas palabras tan duras, mientras se dirigía a la puerta—, el ascensor no va a estar operativo esta tarde, en caso de que se te ocurriera utilizarlo, hasta que yo llegue. Así que no prendas fuego a nada —le avisó—, por lo menos hasta que yo no esté en casa.

Entonces se marchó, dejándole toda la tarde para que pensara en aquel comentario. Le había dicho «esta noche». Y lo había dicho de una manera calculadora, lo que, por consiguiente, solo podía significar una cosa.

Sintiéndose muy débil, se sentó de nuevo en la silla. La situación estaba empeorando minuto a minuto. Parecía que a Sandro no le importaba que ella acabara de vaciarle su alma. Solo buscaba su compensación e iba a hacer todo lo posible por obtenerla. Y, en lo que a Sandro se refería, la compensación solo podía llegar de una manera: él estaba dispuesto a consumar su matrimonio aquella misma noche.

En consecuencia, Joanna pasó toda la tarde muy nerviosa hasta que Sandro regresó a casa. Estaba tan desesperada que había intentado mantenerse lo más ocupada posible toda la tarde, recogiendo la cocina después del almuerzo, haciendo la cama que ella había utilizado... Sin embargo, se negó a inspeccionar la habitación que Sandro había usado la última vez que ella había estado en el apartamento. Después, fue a ver lo que podía preparar para cenar, principalmente algo que le mantuviera la mente ocupada y que le impidiera pensar y ponerse histérica.

No le importaba el hecho de saber que Sandro nunca utilizaría la fuerza con ella, aquel horrible sentimiento de profunda indefensión la corroía por dentro mientras amasaba los *gnocchi*, pequeñas bolas de patata del tamaño de un bocado, y preparaba su propia pasta fresca. Había aprendido aquella receta mientras trabajaba en el restaurante de Vito. También sabía cocinar especialidades francesas, por supuesto inglesas, y no se le daban demasiado mal los platos chinos, todo ello aprendido durante el tiempo que trabajó en diversos restaurantes.

Pero aquella cocina pertenecía a un italiano, por tanto los ingredientes que había en la cocina eran principalmente italianos. Así que preparó los *gnocchi* con una salsa de mantequilla caliente de primer plato y de segundo un pastel de pasta, relleno de champiñones, cebollas, pimientos y una salsa cremosa, cubierto de queso mozzarella.

–Mmm –dijo alguien, en voz muy baja–. Todo esto parece muy propio de una esposa.

Joanna estaba batiendo la salsa, pero se dio la vuelta como movida por un resorte.

–¡No pienso acostarme contigo esta noche, Sandro! –le gritó.

Joanna estaba sofocada. Se había recogido el pelo de una manera que resultaba muy poco atractiva, y se había quitado los vaqueros tras pasarse horas rebuscando por los armarios hasta encontrar lo que peor le sentaba: unos pantalones blancos, muy anchos, y un jersey negro, muy largo, que le estaba haciendo pasar un calor tremendo en la cocina.

Por el contrario, Sandro tenía un aspecto fresco y tan relajado como siempre, muy elegante, a pesar de que se había quitado la chaqueta y la corbata. Llevaba los puños de la camisa desabrochados.

–¿Qué estás preparando? –preguntó, dando un paso al frente, ignorando lo que ella le había dicho–. ¿*Gnocchi?* –quiso saber, con mucha curiosidad, mirando por encima del hombro de Joanna las pequeñas bolas que hervían en el fuego de la cocina–. ¡Me casé con una inglesa de corazón italiano!

—No me voy a acostar contigo —repitió Joanna, volviendo a ocuparse de la salsa que estaba preparando cuando él entró.

—¿Voy a buscar algo de vino para tomar con la cena, o ya lo has hecho tú?

—Deja en paz el vino —le espetó ella—. No quiero vino, ¡quiero que me escuches!

—Ese cazo es antiadherente —comentó Sandro con suavidad—. Le quitarás la capa protectora si sigues removiendo la salsa con tantas ganas. Voy a buscar una botella de vino, por si luego cambias de opinión... —añadió, mientras se disponía a salir de la cocina.

—¡Sandro! —exclamó Joanna, dándose la vuelta, gritándole de una manera que parecía salirle del corazón.

Él se detuvo, pero no se dio la vuelta.

—No pienso escucharte, Joanna —le respondió, sin ninguna emoción en la voz—. Ya va siendo hora de que aprendas a vivir con lo que te sucedió. Tres años de una vida es mucho tiempo para dedicárselo a un suceso como ese. *Mamma mia!* —añadió con un gesto muy trágico, muy italiano mientras seguía andando—. Es mucho más que suficiente.

—¡Eres tan insensible! —sollozó Joanna con fuerza—. ¡Te odio!

Sandro ni siquiera se molestó en responderle, sino que desapareció en una habitación contigua a la cocina que resultó ser una bodega muy bien pertrechada. Joanna permaneció en la cocina, sintiéndose más desolada y angustiada que nunca. Pensó que no era justo. Ella había pasado mucho durante aquellos dos últimos días y él ni siquiera se avenía a razones.

Las lágrimas le rodaron por las mejillas, pero ella se las limpió con un ademán enfadado, volviendo a prestar atención a su salsa como si la vida le fuera en ello. Sandro regresó con una botella de vino, buscó una cubitera y la llenó de cubitos de hielo antes de meter la botella. Joanna, desde su posición al lado del fuego de la cocina, trató de ignorarlo, pero todos los sensores de su cuerpo estaban en alerta máxima para saber lo que él estaba haciendo cada vez que se movía por la calurosa cocina.

—¿Cuánto vamos a tardar en cenar? —preguntó él.

—Unos... unos veinte minutos.

—Entonces, me da tiempo a darme una ducha rápida y cambiarme de ropa —respondió—. Así podrás descansar un rato de mi presencia, sin sentirte amenazada.

—Yo no...

—No discutas conmigo, Joanna —la interrumpió él, acercándose hasta ponerse detrás de ella para quitarle la cuchara de la mano—. Estás muy acalorada —afirmó, dándole la vuelta para obligarla a mirarlo—, estás tensa y no me vas a volver a cerrar esa puerta en las narices. Así que —añadió con determinación—, sé sensata y ve a ponerte cómoda antes de que nos sentemos a cenar. Puedes estar segura de que no te voy a hacer ningún daño, *amore* —le dijo con suavidad—. Por lo menos hazle entender eso a tu sentido común.

Joanna sollozó, con la cabeza gacha, muy triste, incapaz de dejar que su sentido común le dijera nada mientras Sandro estuviera tan cerca de ella. De repente, sin venir mucho al caso, se dio cuenta de que todavía tenía los puños de la camisa abiertos y colgando, lo que era muy peligroso estando tan cerca del fuego. Automáticamente, empezó a arremangarle uno. Sandro no dijo nada, sino que la dejó hacer e incluso extendió el otro brazo cuando ella hubo acabado con el primero, para que ella repitiera la operación.

—Estoy segura de que no puedes comprender cómo me siento en estos instantes —dijo ella, con voz temblorosa.

—Entonces, explícamelo.

Pero ella negó con la cabeza, viendo cómo aparecía un Rolex de oro al remangarle el puño del otro brazo; con el blanco de la tela de la camisa contrastando fuertemente con su piel morena...

Y no pudo evitar imaginarse a Sandro desnudo, caminando hacia ella, con una mirada tan ardiente en aquellos ojos tan oscuros que podía ver el fuego de la pasión que lo devoraba.

De repente, como jadeando para tomar aire, le rodeó y salió de la cocina a la velocidad de la luz. Joanna no había tenido visiones de aquel tipo desde hacía mucho tiempo y la asustaban tanto como cuando aquellas visiones se habían convertido en realidad. Allí, en aquel apartamento, en la habitación de Sandro, el día de su noche de bodas.

Él había tenido toda la razón en cuanto a lo de la ducha y a que se cambiara de ropa. Se sentía mucho más cómoda, aunque igual de tensa, cuando regresó a la cocina. Entonces descubrió que Sandro ya había puesto la mesa en el pequeño comedor que había al lado de la cocina. Como todas las casas de Sandro, aquel apartamento tenía dos caras, una acogedora y otra formal. Había una serie de habitaciones que eran de uso personal y otras que solo se utilizaban en ocasiones más especiales. Sin embargo, Joanna nunca había estado presente en ninguna de ellas. Ella había demostrado tanta inseguridad que él nunca se había atrevido a exponerse a la vergüenza de presentar en sociedad a su neurótica esposa. Así que, el año que habían estado viviendo juntos, lo habían pasado casi aislados de todo el mundo, a excepción de Molly, que había vivido con ellos durante los seis primeros meses.

–Ten, toma esto –dijo Sandro cuando ella entró en la cocina, extendiéndole dos platos, cubiertos con un trapo de cocina–. Quiero abrir el vino antes de llevarlo al comedor...

Joanna pensó que todo aquello parecía muy normal. Tal vez fuera mejor simular que todo iba bien. Entonces agarró los platos y los llevó al pequeño comedor. Descubrió que Sandro ya había encendido las velas. Joanna sintió un fuerte deseo de romperle aquellos platos en la cabeza.

La tensión que había entre ellos se podía cortar cuando se sentaron a cenar.

–Bonito vestido –dijo él, entornando los ojos, mientras examinaba las líneas sencillas y clásicas del vestido azul que ella se había puesto.

–Ya deberías saberlo. Tú lo compraste –le replicó.

–De ahora en adelante, te vestirás como yo quiero que vistas –afirmó él, con voz suave–. El vestirte de manera que se realce tu belleza, y no reflejando la pobre opinión que tienes de ti misma, forma parte de tu terapia.

Joanna no fue capaz de responderle, ya que él solo le estaba diciendo la verdad. Eso era lo que hacía, lo que siempre había hecho. No era algo que hubiera empezado a hacer por lo que le ocurrió, sino que siempre había sentido aversión por la vanidad, tal vez porque eso era lo que su madre había hecho. Hasta que cayó enferma, su madre siempre había buscado la manera de sacar lo mejor de sí misma. Parecía que nunca se le había ocurrido que resultaba más bella al natural y sentía la necesidad constante de arreglarse, muy frecuentemente hasta la exageración.

Pero Sandro no iba a vestirla con ropas muy exageradas. Su buen gusto se lo impedía.

–¿Qué le ha pasado a tu ama de llaves? –preguntó ella, con clara intención de cambiar de tema–. Hoy no ha aparecido por la casa. Al menos, yo no la he visto.

–Le he dado dos semanas de vacaciones –le explicó él, sirviendo el Chianti en las copas–. Pensé que nos vendría bien un poco de intimidad hasta que nos acostumbráramos el uno al otro de nuevo.

Joanna pensó que en realidad se refería a intimidad para poder presionarla. Podía ser que fuera una neurótica, pero no era tonta. Sabía perfectamente lo que Sandro pretendía.

Aquellos pensamientos arruinaron cualquier esperanza de haber compartido la cena con más armonía de lo que lo habían hecho a la hora de la comida. Cuando terminaron de cenar, Joanna se sentía tan tensa que, cuando Sandro se puso de pie, se llevó un susto de muerte.

–Voy a ducharme y a cambiarme de ropa ahora, si no te importa –dijo él con frialdad, ignorando la manera en la que ella había reaccionado.

–De acuerdo –respondió ella, levantándose a su vez–. Yo voy a recoger todo esto y luego creo que me iré a la cama –le dijo muy rígida–. Estoy muy cansada...

Aquella había sido una gran indirecta. Ella esperó que se produjera otra discusión, que él le ordenara que se quedara allí hasta que él regresara, pero...

–Lo que te parezca –respondió él mientras salía del comedor–. Usaré otra habitación para no molestarte.

Joanna suspiró aliviada. Otra habitación... Pero, de repente, se le ocurrió que Sandro no se estaba comportando como podía esperarse de él. ¿Qué estaba tramando? ¿Por qué habría aflojado la presión que había ejercido de manera tan violenta durante todo el día?

Joanna decidió que, fuera lo que fuera, ella no se iba a quedar allí esperando a ver qué pasaba. Cuando le oyó andar por el pasillo, ella ya estaba en su habitación, metida en la cama. Sandro ni siquiera se paró a escuchar al lado de su puerta.

Ella se quedó perpleja. ¡No le entendía! Pero tampoco se entendía a sí misma, ya que sentía algo dentro de ella que era muy parecido a la desilusión. Poco a poco, se fue quedando dormida, aferrada a una almohada, como si esta fuera un escudo maravilloso capaz de ahuyentar a cualquier persona no deseada.

Sin embargo, aquel escudo no funcionó. Las personas no deseadas aparecieron en sus sueños, algo lógico después de lo que había pasado en los últimos días. De todos modos, se despertó, sudando, luchando por recobrar el aliento en medio de una habitación en penumbra. Desorientada y asustada, le llevó unos segundos recordar dónde estaba. A continuación, se quedó sentada en la cama, esperando calmarse...

Pero no fue así. Joanna sabía que lo mejor sería levantarse para darse tiempo de recuperarse de sus pesadillas. Estaba a punto de levantarse de la cama, cuando tocó algo con la mano, algo cálido y vivo que estaba tumbado a su lado. De repente, el horror se apoderó de ella mientras se sentaba en la cama y daba un grito.

Sandro se asustó tanto que se sentó en la cama de un salto, incluso antes de que hubiera abierto los ojos.

–¿Qué demonios...? –exclamó él.

Capítulo 8

—¡Oh! —suspiró Joanna, muy aliviada—. Eres tú.
—¿Quién más podría estar durmiendo contigo? —exclamó Sandro, muy enfadado, tanto que ella se dio cuenta de que estaba respondiendo a su sorpresa, no a sus palabras.
—He tenido una pesadilla —explicó.
—¡Ah! —dijo él, sonando desconcertado por una vez—. ¿Estás bien? —añadió con voz más suave.

Ella asintió con la cabeza, intentando no ahogarse con el aire que, según a ella le parecía, apestaba a cerveza y a sudor de hombre. Resultaba sorprendente cómo el subconsciente podía parecer tan real cuando tenía deseos de torturar la mente.

—No puedo quedarme aquí —dijo Joanna, levantándose de la cama para agarrar la bata.

Entonces salió corriendo de la habitación, sin ni siquiera preguntarse qué era lo que él estaba haciendo en su habitación. Todavía temblando, se dirigió al salón, descalza sobre el suelo de mosaico.

El salón también estaba oscuro. A tientas buscó el interruptor de la luz y la habitación se iluminó desde varios puntos de luz colocados estratégicamente.

Sin recobrar la calma, se dirigió a un sofá y se acurrucó en una esquina, esperando que el corazón dejara de latirle a toda velocidad.

Sin embargo, la pesadilla no había sido de las peores. Al principio, después de que se decidiera a dejar a Sandro y se fuera a vivir con Molly, solía levantarse chillando tan histéricamente que Molly se llevaba unos sustos de muerte.

Se dio cuenta de que lo mismo le había pasado a Sandro. Entonces fue cuando empezó a darse cuenta de que él estaba en la misma cama que ella.

En ese momento, Sandro entró en el salón, vestido con una bata de algodón que resaltaba aún más su masculinidad.

–¿Qué te ha pasado? –preguntó, todavía algo somnoliento.

–Ya te lo dije. He tenido una pesadilla. ¿Qué estabas haciendo en mi cama? –quiso saber Joanna.

–Donde tú duermas, dormiré yo también –respondió él con sencillez, mientras se sentaba en un sillón enfrente de ella–. Es lo que hacen los maridos con sus esposas.

–Me dijiste que utilizarías la otra habitación –respondió ella, pensando que era imposible aplicar aquellas palabras a su matrimonio.

–Para ducharme –aclaró él, bostezando, a punto de quedarse de nuevo dormido allí en el salón.

–¡Márchate, Sandro! –le espetó Joanna, más para despertarlo que para que realmente se marchara–. Estaré bien aquí sola.

Entonces ella frunció el ceño, ya que recordó que solía decirle a Molly aquellas mismas palabras. Pero nunca estaba bien cuando se quedaba sola. Temblaba y temblaba, tanto como en aquel preciso instante, y la pobre Molly la miraba sin saber qué hacer.

«Molly», pensó y suspiró pesadamente mientras cerraba pesadamente los ojos. ¿Por qué habrían tenido que pasar tantas cosas? ¿Por qué habría tenido Molly que morir y acabar ella en aquel estado?

–Joanna...

–Déjame. Estaba pensando en Molly...

Aunque aquellas palabras sonaron extrañas, Sandro pareció comprender. Se levantó y se pasó una mano por el pelo.

—¿Te apetece tomar algo caliente? —dijo él con suavidad.

—Sí, gracias —respondió ella, tal vez porque era más fácil que decir que no.

Sandro salió de la habitación y Joanna volvió a ponerse a pensar en Molly. Recordó lo mucho que su pobre hermana se había preocupado por ella. La manera en la que había vivido, como un zombi, la manera en que le contestaba si le hacía alguna pregunta. Y el modo en que los sueños de Joanna las asustaban a las dos. Tanto que, al final, se vio obligada a darle a Molly una explicación, ya que su hermana estaba dispuesta a echarle la culpa a Sandro.

Entonces Molly tenía su propio piso, no lejos de la universidad de Londres, a la que ella asistía. Habían establecido un compromiso: Molly continuaría sus estudios en el caso de que Joanna, con la ayuda económica de Sandro, le dejara vivir cerca del campus.

Por aquel entonces, su matrimonio se movía por derroteros tan oscuros que Joanna se había alegrado de sacar a Molly de la casa de Sandro, ya que aquello les aliviaría al menos el estrés al no tener que fingir que no pasaba nada por el bien de Molly.

Incluso, tal vez Molly había sentido la tensión que había entre ellos y se había alegrado de escapar de allí, algo de lo más comprensible. Aquellos primeros meses de matrimonio habían sido absolutamente horrorosos, con Sandro insistiendo en que tenían que compartir la cama a pesar de que ella se pasaba toda la noche en el borde del colchón. Cuando Molly se mudó, Joanna también lo hizo, a otra habitación.

Sin embargo, en aquel momento, la situación había cambiado. Ella había vuelto a vivir con Sandro y él había vuelto a compartir la cama con ella.

Entonces, él regresó con dos capuchinos ardiendo y los puso sobre la mesa. Pero en vez de volver a sentarse donde había estado anteriormente, se acomodó a su lado. Con una sonrisa, Sandro levantó una mano para apartarle un mechón dorado de la cara, y luego la besó.

Ella no se inmutó porque fue un beso bastante pasivo.

–¿Te encuentras mejor? –le preguntó.

–Sí. Siento haberte asustado –respondió.

–No te preocupes –murmuró él–. ¿Te gustaría hablar sobre ello?

–Si te digo que no, ¿me obligarás a hacerlo de todos modos? –le respondió ella.

–No –replicó él, con una sinceridad y sentimiento muy profundos, lo que Joanna encontró muy agradable–. Me parece que no soy tan despiadado.

–Pues lo has sido, durmiendo en mi cama sin que yo te lo pidiera –replicó Joanna.

–Eso es diferente –dijo él–. Además, ni siquiera te diste cuente de cuando me acosté, así que no sé de qué te quejas.

–No me estaba quejando –le espetó ella–. Simplemente estaba estableciendo un hecho.

–No, no es así –comentó Sandro, con una sonrisa, acariciándole todavía el mechón al lado del lóbulo de la oreja–. Estabas buscando una excusa que te permitiera dejarme dormir contigo sin montar una escena.

–¡Eso es mentira! –exclamó ella.

–¿Sí? –preguntó él–. Entonces, ¿qué te parece si te prometo que te desaparecerán las pesadillas si me dejas compartir la cama contigo? –añadió, mientras Joanna sentía que los ojos se le llenaban de lágrimas–. No hagas eso, *cara* –le suplicó–. Ya me dolió bastante el oírte llorar esta mañana.

–Ni siquiera te diste cuenta –le acusó ella.

–¿Ves este puño? –le preguntó, levantando el puño que tenía cubierto con un esparadrapo–. Pues casi hago lo mismo con el otro.

Impulsivamente, Joanna le aferró la mano a la que él se refería y se la acercó a la mejilla. Aquel gesto conmovió a Sandro, tanto que las lágrimas volvieron a aflorar a los ojos de Joanna.

¿A qué se debía aquel llanto? A que incluso ella se había dado cuenta de que aquella era la primera vez que lo había tocado por voluntad propia desde hacía mucho tiempo.

–Venga –dijo Sandro, que no parecía él mismo–. Voy a llevarte de nuevo a la cama, y te voy a tener entre mis brazos hasta que se haga de día –añadió, estrechándola entre sus brazos mientras la ayudaba a que se levantara del sillón–. Y, si protestas, voy a besarte hasta que pierdas el sentido. Este es el trato, *cara* –concluyó, sin parecer haber notado que ella no había protestado–. O te duermes o te beso.

–¿Es eso definitivo? ¿No se puede negociar? –preguntó ella con sequedad.

–¿Quieres negociar? Creo que primero debería advertirte que se me da muy bien. Es una de las cualidades del banquero que llevo dentro. Soy capaz de dejar a la gente en cueros.

Tal vez no había sabido escoger bien las palabras, por lo que Joanna decidió ignorarlas. Por un lado, estaba demasiado cansada y por otro estaba harta de estar siempre a la defensiva. Tal vez Sandro tenía razón, pensó mientras él la ayudaba a quitarse la bata antes de obligarla a que se metiera en la cama.

Sandro se acostó unos segundos más tarde, tras quitarse la bata. Se quedó únicamente con unos calzoncillos blancos que ocultaban muy poco su masculinidad. Sin embargo, Joanna no se sintió amenazada, ni se vio obligada a huir de él cuando Sandro acercó aquel cuerpo tan irresistible al de ella.

Tal vez tenía razón. Cuanto más la tocara, más se acostumbraría a sus caricias. Tal vez el hecho de haberle revelado todos sus secretos aquella mañana hubiera exorcizado sus fantasmas. Tal vez, después de todo, tenían la oportunidad de volver a intentarlo...

Pero, tal y como descubrió a la mañana siguiente, nunca podría haber estado más equivocada...

Joanna se despertó al amanecer, con el canto de un pájaro que se posó en el alféizar de la ventana. Estuvo escuchándolo durante largo tiempo, antes de intentar nuevamente dormirse. Entonces y solo entonces se encontró observándole el rostro.

Casi instantáneamente le empezaron a sonar las alarmas, pero luego se tranquilizó al darse cuenta de que él todavía estaba dormido, con un brazo sobre la almohada, justo por encima de su cabeza.

Joanna se quedó quieta, muy relajada mientras se concedió el placer de mirarlo sin que le preocupara el hecho de lo que estaba haciendo.

Reconoció que Sandro eran tan guapo despierto como dormido. Tan moreno, de rasgos tan perfectos, tan esbelto y fuerte. Contempló aquel pecho tan firme, cubierto por una espesa capa de vello oscuro. Pudo devorar con la mirada al hombre que, por alguna razón que nunca había acertado a comprender, la había escogido a ella, una pobre camarera, cuando habría podido tener a cualquiera.

Y aquello le había traído la desgracia, pensó ella con tristeza. Porque no había más que mirarlo: alto, guapo, moreno, fuerte, testarudo y decidido. Y aunque él mismo la había llevado hasta la cama y se había acostado junto a ella, se las había arreglado para ni siquiera tocarla en toda la noche.

Joanna se preguntó el porqué, con una tristeza tan agónica que le nacía directamente del sentimiento de culpabilidad que la embargaba. Porque sabía que le había condicionado tanto durante su año de matrimonio juntos que ni siquiera se acercaba a ella en la cama. Incluso ahora, era capaz de mantener aquella regla, profundamente grabada en su subconsciente.

Ella suspiró y pensó que debería levantarse de la cama antes de que Sandro se despertara y demostrara lo que ella estaba pensando y sintiendo cuando ella ni siquiera sabía lo que sentía. Estaba confusa, extremadamente confusa.

«Te amo, Alessandro», susurró mentalmente, con mucha melancolía. «Siento todo lo que te he hecho».

Hubiera parecido que Joanna había dicho aquellas palabras a voz en grito porque, como movido por un resorte, abrió los ojos, pillándola expuesta y vulnerable, sin ningún lugar donde esconderse.

Sandro permaneció inmóvil. Sus miradas se cruzaron en uno de esos momentos eternos que hizo que todos los recuerdos dolorosos del pasado le volvieran a la mente, para retirarse después, como la marea hace con las olas.

—¿Qué hora es? —preguntó ella, diciendo lo único que se le ocurrió en aquellos momentos, ya que tenía la necesidad de decir algo.

Los párpados de Sandro se abrieron un poco más, revelando la infinita hermosura de aquellos ojos oscuros mientras se volvía a mirar hacia la cortina de seda de la ventana, que se teñía de oro por los rayos cálidos del sol del amanecer.

—Me imagino que sobre las cinco —dijo, mirándola a ella de nuevo—. Anoche tuviste una pesadilla —añadió, como si se viera obligado a hacerla recordar.

—Lo recuerdo —respondió ella.

Ambos se volvieron a quedar en silencio, pero, para variar, sin tensión, sino cauteloso, tal vez porque la barrera del espacio todavía se extendía entre ellos. Ninguno de los dos había movido ni un dedo desde que él había abierto los ojos. Ella tenía miedo de desatar algo que parecía estar acechando detrás de aquella aparente tranquilidad.

—Todavía es temprano —murmuró Sandro—. Duérmete otra vez. Quedan un par de horas hasta que nos tengamos que preparar para marcharnos de aquí...

«Dormir», se repitió ella mentalmente mientras observaba cómo él cerraba los ojos.

Dormir, cuando lo único que quería era extender las manos y acariciarlo, cuando sus labios ansiaban saborear aquella piel tan cálida y morena...

Dormir, cuando ella solo podría soñar con él, en vez de contemplar al Sandro de carne y hueso que estaba tumbado a su lado.

No, no quería dormir. Quería permanecer despierta y atesorar aquel momento, guardarlo tan cerca de su corazón como lo estaban el resto de los momentos especiales que había compartido con aquel hombre.

En aquel momento, el fuerte brazo que tenía por encima de la cabeza se movió, aunque no mucho y Joanna sintió cómo, instintivamente, sus propios músculos se tensaban como respuesta.

Sandro abrió los ojos, como si hubiera sentido el momento exacto en el que todas sus ansiedades volvían a atenazarla. Una mirada de ira surgió de las oscuras profundidades de sus ojos. Joanna entendió aquella reacción, ya que él ni siquiera la había tocado.

–Lo siento –se disculpó nerviosamente.

–Demasiado tarde –le espetó, echándose encima de ella, con su torso desnudo contra el cuerpo de Joanna, quien pudo sentir toda su apasionada masculinidad, rodeándole la cabeza con los brazos para acabar enmarcándole la cara entre las manos–. Dentro de poco, voy a sacarte de detrás del escudo de tus miedos y te voy a tumbar desnuda, delante de mí. Y luego voy a devorarte, *cara mia*.

–Te he dicho que lo siento –le gritó–. ¡No tenía intención de hacerlo! Estaba solo...

Iba a decir que estaba demasiado absorta mirándolo, pero se detuvo a tiempo. Sandro acabó la frase por ella.

–¿Reaccionando según era de esperar?

–¡No! –exclamó ella–. Solo me sobresalté, eso fue todo.

Pero él no la creyó.

—Demuéstramelo —la desafió, pronunciando exageradamente aquella palabra mientras se movía contra ella.

El corazón de Joanna empezó a latir aceleradamente. Aquella situación estaba a punto de escaparse a su control. Empezó a desear haber huido a buscar un refugio, haber aprovechado la oportunidad cuando la había tenido y haber salido de la cama antes de que Sandro abriera los ojos.

—¡No sé cómo esperas que pruebe algo que no fue nada más que un puro reflejo! —le espetó ella, con voz muy irritada.

—Bueno —susurró él, en aquellos momentos con un tono burlón en la voz, lo que le pareció a Joanna aún más peligroso—, podrías probar a tener otro reflejo, ponerme los brazos alrededor del cuello y bajarme la cabeza para besarme.

—Yo no quiero besarte —respondió ella.

—¿Por qué no? —preguntó él—. Estabas muriéndote por besarme hace unos pocos minutos.

—¿Estabas observándome mientras yo te miraba? —lo acusó ella, horrorizada, entendiendo a lo que él se refería.

—Mmm —admitió él, muy sensualmente—. Me pareció de lo más excitante ver cómo tus ojos recorrían mi cuerpo de aquella manera.

Joanna cerró los ojos, deseando estar a un millón de kilómetros de allí e intentó deshacerse de él. Pero aquel movimiento la hizo ser tan consciente de la desnudez de Sandro que se quedó quieta de nuevo y se sonrojó.

—¿Vas a besarme?

Ella negó con la cabeza, manteniendo los ojos cerrados con fuerza. Sus senos rozaban el pecho de Sandro y sintió cómo la tensión se iba apoderando de ella desde el abdomen.

¿Sabría Sandro lo que le estaba sucediendo? Joanna estaba segura de que lo sabía, por la manera en que la volvió a desafiar.

—¿Preferirías que me apartara de ti? ¿Que te dejara tu espacio?

Las manos de Joanna le contestaron por ella, abrazándolo por el cuello. Sandro rio, tan masculino, tan seguro de sí mismo.

—Comprenderás, *mi amore* —añadió en el mismo tono de voz—, que cuando insisto en que debes ser tú quien me bese es solo porque no quiero que me acuses de obligarte a nada.

¿Acaso no era aquello coacción? ¿No era coacción tener a un hombre medio desnudo encima de ella, tener aquellos brazos, fuertes y morenos estrechándola contra él, contra aquel fuerte torso, tan bellamente torneado y sentir sus propios muslos atrapados entre los de Sandro? ¿No era aquella la peor forma de coacción posible?

Entonces, Sandro cubrió uno de los senos de Joanna con una mano, Joanna sintió como si se desencadenara una tormenta emocional dentro de ella, y gruñó de una manera que era más un grito de rendición que de protesta. Su espalda se arqueó de placer y obligó a Sandro a que la besara.

A los pocos segundos, sus sensaciones iban desbocadas. Joanna parecía haber perdido el control. Las manos hacían exactamente lo que querían hacer, acariciar aquella piel morena; sus labios hacían lo que estaban desesperados por hacer, saborearlo con avaricia, por todo el cuerpo, a cualquier lugar que pudiera llegar aquella hambrienta boca...

—Joanna, vamos demasiado rápido —murmuró Sandro con voz ronca mientras ella parecía arder debajo de él.

Sandro ya no representaba el papel de macho que había amenazado con devorarla. Estaba intentando aplacarla, apagar su fuego.

—Joanna...

Ella le atrapó la boca con un beso que lo devoró, con una mano en la nuca mientras la otra se movía febril por la espalda de Sandro. Él se arqueó como si acabara de ser blanco de una flecha, gruñó algo entre dientes, y cedió ante tal avalancha de fuego, convirtiéndose a su vez en el amante apasionado que Joanna siempre había sabido que llevaba en su interior.

Cuando él empezó a acariciarla en partes en las que nunca la había tocado antes, Joanna empezó a pensar que no podría continuar. Y de repente, como quien da la vuelta a una moneda, la situación cambió radicalmente. El pánico se volvió a adueñar de ella, abriéndose camino a través de las venas, haciéndola sentir miedo. Ella dejó escapar un gemido ahogado, y luego se apartó de él violentamente, levantándose de la cama para ponerse de pie, con las piernas temblando, el pulso errático, con toda la mente al borde del estado de shock.

Sandro permaneció donde ella lo había empujado, mirándola con un aire de triste familiaridad que casi desgarró a Joanna por dentro, tanto como lo estaba haciendo su propia sensación de fracaso.

Él debería haberse enfadado, al menos ella lo hubiera preferido. Pero lo único que hizo fue tumbarse sobre la espalda.

–Bueno, al menos hemos conseguido llegar mucho más lejos que en ocasiones anteriores. Las cosas podrían estar mejorando, *cara*.

Joanna salió corriendo de la habitación.

La hora que tardaron en llegar a Orvieto por la autopista desde Roma estuvo llena de una profunda tensión, aunque solo por parte de Joanna, no de Sandro. Él parecía increíblemente relajado, lo que, considerando el modo en el que ella le había dejado la noche anterior, muy excitado sexualmente, le resultaba más desesperante que el mismo hecho de que ella se hubiera encontrado en el mismo estado.

Sin embargo, cuando se obligó a salir de la habitación, tras haber tenido que esperar hasta que Sandro decidió salir, para ir al cuarto de baño y tomar una ducha, vestirse y prepararse para afrontar otro día de la presión a la que Sandro la estaba sometiendo, se encontró a Sandro esperándola. Estaba sentado a la pequeña mesa de desayuno que tenía en la terraza, bebiendo café mientras hojeaba el periódico tan relajado como si no hubiera ocurrido nada.

Era sorprendente. Aquel hombre parecía ejercer un control férreo sobre sus emociones. Se había duchado y se había puesto unos pantalones de color crema con un cinturón marrón y una camiseta blanca. Como siempre, rezumaba estilo, incluso cuando las ropas que llevaba no eran nada especial.

–Sírvete tú misma –dijo, señalando la cafetera que había en la mesa de al lado, junto con una cesta de bollitos–. Deberíamos marcharnos dentro de una hora como máximo. Pero te da tiempo a desayunar algo antes de que nos vayamos.

Joanna no respondió. No se le ocurría otra cosa que decirle más que la dejara marchar para no hacerles pasar a los dos por aquel infierno de nuevo. Y entonces la vio, al lado de su plato. Los ojos se le llenaron de lágrimas y la boca le empezó a temblar.

–Sandro... –susurró con voz entrecortada.

–Calla –dijo él, levantándose de la silla, para besarla suavemente en la mejilla–. Disfruta de tu desayuno. Tengo que hacer unas llamadas telefónicas antes de que nos marchemos.

Joanna lo observó mientras desaparecía dentro del apartamento, dejándola allí sentada, sintiéndose horrible, inútil, mientras acariciaba con los dedos el tallo sin espinas de la rosa que él le había dejado en la mesa.

«No me lo merezco», se dijo. Algo que muchas veces se había dicho.

Cuando él regresó a la terraza a buscarla, la rosa había desaparecido dentro de su bolso, donde ella la había guardado, para que formara parte en un futuro de su preciado lote de recuerdos. Si es que lo volvía a ver, ya que sabía que jamás le pediría a Sandro que se lo devolviera. Eso desataría muchas tensiones que era mejor que permanecieran dormidas.

–¿Estás lista?

Ella asintió y se puso de pie, mirándolo con ojos muy cautelosos. Pero Sandro no la estaba mirando a la cara, miraba la ropa que ella se había puesto, unos pantalones de lino de color crema y una camiseta del mismo color. Se había recogido el pelo con una sencilla trenza que le colgaba entre los omoplatos. No se había maquillado, solo se había puesto un poco de crema de un frasco que había encontrado en el cuarto de baño.

Sin embargo, en aquel momento deseaba haberse puesto una tonelada de maquillaje para paliar, de alguna manera, la profunda palidez de su rostro.

Los dos juntos se dirigieron al vestíbulo, donde él se detuvo, tras un momento de duda, y se volvió hacia ella.

–Si lo prefieres, podemos bajar por la escalera de incendios que hay en la parte de atrás.

Joanna no se sentía ni alegre ni agradecida por aquella pequeña concesión, porque solo resaltaba lo patética que ella le resultaba.

–Utilicemos el ascensor –le respondió ella.

E incluso apretó ella misma el botón de llamada del ascensor. Además, le sorprendió gratamente la tranquilidad que demostró en el ascensor, de pie, muy sosegada, al lado de Sandro, mientras se dirigían a la planta baja.

Él no dijo ni una palabra, pero, mientras estaban esperando a que llegara el ascensor, le agarró la mano a Joanna y se la acercó a los labios, como un gesto silencioso de reconocimiento. Aquella pequeñez había hecho que Joanna se sintiera peor, porque creía que lo único que había hecho era superar una obsesión de la que debería haberse librado muchos años atrás.

Por eso estaba tan nerviosa, por eso guardó silencio y se mostró reservada y poco comunicativa. Se sentía enojada consigo misma porque sabía que vivir con ella debía de ser como vivir en un campo de minas, donde nunca se sabía en qué lugar iba a ocurrir la próxima explosión.

Con toda franqueza, Joanna se dijo que no podía hacer pasar a Sandro por todo aquello una segunda vez. Él tendría que hacerse a la idea de que aquella relación no merecía el esfuerzo que estaba invirtiendo en ella. Y que lo mejor sería dejarlo todo de nuevo.

Y Joanna sabía cómo hacerlo. Ya lo había hecho antes...

Capítulo 9

Orvieto estaba a mitad de camino entre Roma y Siena, justo en la frontera entre la región de la Toscana y la Umbría. Era una zona de impresionante belleza, con fértiles tierras que se extendían por las suaves colinas, cubiertas de viñedos y de bosques. Pequeñas ciudades, absolutamente encantadoras, se erguían sobre colinas que parecían haber salido de ninguna parte.

Sin embargo, por muy pintoresco que fuese todo aquello, era tan intrínsecamente rural que a Joanna le parecía imposible que le hubiese llamado la atención a Sandro, que se sentía mucho más atraído por las grandes ciudades.

–La finca está al otro lado de la colina –le dijo Sandro–. Mira ahora.

La mirada de Joanna le descubrió un impresionante valle, y esta se quedó con la boca abierta. A pesar de lo que había decidido, no pudo dejar de exclamar:

–¡Sandro! ¡Esto es una maravilla! ¿Cuánto de todo esto te pertenece?

–Nos pertenece –la corrigió él–. Hasta donde alcanza la vista.

Joanna lanzó un gemido de placer. Sandro giró el coche y lo hizo pasar entre las viñas. Era una vereda privada, alineada por altos cipreses que los condujeron hasta una hermosa casa, que Joanna inmediatamente reconoció como la que había visto en el folleto.

A medida que se iban acercando a la casa, las viñas fueron dejando paso a huertos de árboles frutales y por último unos jardines hermosísimos, muy al gusto italiano. A Joanna le pareció el lugar más hermoso que había visto en su vida. La casa parecía llevar allí una eternidad, con el tejado cubierto de tejas rojas y las paredes amarilleando a la luz del sol.

Sandro paró el coche justo delante de la casa. A un lado estaba lo que a Joanna le parecieron los establos. Detrás había unos altos cipreses, que parecían ser la línea divisoria entre la casa y las dependencias de trabajo.

Joanna saltó del coche y se quedó mirándolo todo, tan ensimismada que le resultó muy difícil mantener la indiferencia que tenía planeada.

–Bueno –dijo Sandro desde el otro lado del coche–. ¿Qué piensas?

¿Pensar? Le resultaba imposible pensar. Aquel lugar era demasiado encantador como para ser capaz de pensar. Pero sí que podía sentir muchas cosas: placer, sorpresa, y, sobre todo, un fuerte anhelo de pertenecerle a aquel lugar.

–¿Quién en sus cabales se querría deshacer de esto? –preguntó ella.

–La hija del dueño se casó con un viticultor californiano –le explicó Sandro–. Los padres querían estar cerca de ella, así que pusieron este lugar a la venta y se mudaron a California. Una decisión sabia, ya que, por mucho que este lugar parezca perfecto, necesita una fuerte inversión que modernice la producción de vino y su procesamiento si quiere estar a la altura de los del Nuevo Mundo.

–¿Y a ti te atrajo la idea de aceptar ese desafío? –preguntó Joanna, entendiendo por fin la razón de aquella compra, tras haber visto que sería una buena inversión.

Sin embargo, él la dejó petrificada con su respuesta.

—No compré este lugar por el desafío que supone. Lo compré para ti.

—¿Por qué para mí? —preguntó ella llena de sorpresa.

—Vamos —dijo él, sin contestar a su pregunta—. Inspeccionemos la casa primero.

Sandro se dirigió a grandes pasos hacia la casa, seguido por Joanna, que se movía más despacio. Ella estaba intentando sobreponerse a la confusión que parecía haberse adueñado de ella, ya que nunca había deseado vivir en un sitio tanto como en aquella casa.

¿A qué estaba jugando Sandro? Entonces recordó lo que él había dicho sobre la compensación mientras lo seguía por un vestíbulo enorme, oscurecido por las persianas que cubrían las ventanas.

—Como podrás ver, la casa tiene que ser renovada —dijo—. Pero no demasiado.

Enseguida, se puso a abrir las persianas, para permitir que la luz entrara a raudales en la habitación, con las motas de polvo danzando en los rayos de sol. Los suelos eran de madera y las paredes blancas y vacías, con una chimenea rústica enorme. También se veía una escalera de caracol que subía desde el centro de la pared opuesta, con varias puertas que daban a ella. Y eso parecía ser todo.

—Está vacía —dijo ella, diciendo en voz alta lo que resultaba obvio.

—Sí —reconoció él—. Lo que va a darte mucho en lo que pensar mientras planeas la renovación de la casa.

Joanna no respondió. La mente le iba a toda velocidad, y su sistema de defensa se había puesto a funcionar solo porque no entendía lo que estaba pasando. El día de antes, él le había dejado entrever que iban a aquella casa a empezar su matrimonio correctamente, lo que implicaba el sexo. Pero para ello tenía que haber una cama, y, sin embargo, no parecía que hubiera ni un solo mueble en toda la casa.

Joanna se dirigió a la puerta más cercana y la abrió, solo para encontrar otra habitación, oscurecida por las persianas que cubrían las ventanas.

–¿Qué era esto? –le preguntó a Sandro, al sentir que él iba detrás de ella.

Él la agarró por la cintura, que abarcaba prácticamente. Una sensación parecida a una descarga eléctrica se adueñó de ella, y tuvo que aferrarse a todo el autocontrol del que disponía para no pegar un salto.

–Uno de los cuartos de estar –replicó–. Hay dos, uno a cada lado de la puerta principal.

Joanna asintió, incapaz de pronunciar palabra, mientras Sandro todavía le estrechaba la cintura. No se atrevía ni siquiera a respirar, para que no se diera cuenta de lo mucho que la turbaba su presencia.

–¿Quieres que suba las persianas?

–Sí, por favor –dijo ella, aliviada de verse por fin libre de su proximidad.

Después, Joanna tuvo mucho cuidado de guardar las distancias entre los dos mientras iban recorriendo la casa, de habitación en habitación, subiendo las persianas, y examinando las habitaciones mientras él le describía para qué las habían utilizado sus anteriores propietarios.

La casa era grande, mucho más de lo que parecía desde el exterior. Tenía cuatro salones en total, más dos despachos y una cocina enorme, llena de preciosos objetos que la cautivaron nada más verlos. Arriba había seis dormitorios grandes, pero solo dos cuartos de baño. Según Sandro, aquella era una de las cosas que tendrían que solucionar antes de mudarse allí permanentemente.

Joanna no dejaba de repetirse que tenía que haber una trampa por alguna parte. Él no necesitaba aquel bello lugar para presionarla.

Por eso, Joanna se mantuvo tensa y silenciosa mientras iban

de habitación en habitación, dejándole que hablara, esperando que finalmente le dijera lo que esperaba de ella.

Habían inspeccionado la casa completamente. Habían regresado al vestíbulo cuando él le preguntó directamente:

–¿Qué? ¿Te gusta?

–¡Me parece maravillosa! –replicó–. Pero no logro entender por qué crees que yo querría vivir en un lugar como este.

Él se tomó su tiempo en contestar. Se dirigió a la ventana y se quedó ensimismado en el paisaje durante un momento. De repente, parecía muy sombrío, como si se estuviera pensando bien si debería decir la verdadera razón. Joanna se fue poniendo más y más tensa. Por fin habló.

–Molly me dijo una vez que vivisteis en una granja hasta que tu abuelo murió y tu madre decidió que no quería quedarse allí y os mudasteis a Londres.

¿Molly le había dicho aquello? Joanna se sorprendió. Jamás se había dado cuenta de que Molly y Sandro se llevasen tan bien como para hablar de cosas como esa.

–Me dijo que te encantaba vivir allí –añadió, volviéndose a mirarla–. Que adorabas el aire limpio y los espacios abiertos y la sensación de libertad que te daba poder ir donde quisieras. Creo que tenías un caballo y solías ir con él cabalgando a todas partes. También me dijo lo mucho que lo echabas de menos cuando os fuisteis a vivir a Londres...

Se produjo un silencio. Joanna se quedó muy quieta, en medio de un rayo de sol, mientras se iba haciendo a la idea de que Sandro parecía saber mucho más de ella de lo que había sospechado en un principio...

–Dime algo –concluyó Sandro.

–Parece que Molly te contó muchas cosas –replicó. Aquello fue lo único que se le ocurrió.

Él sonrió, metiéndose las manos en los bolsillos, intentando parecer relajado, aunque Joanna sabía que su estado de ánimo distaba mucho de la tranquilidad.

—Solíamos quedar para comer —él confesó—, una vez al mes después de que tú me abandonaras. Yo necesitaba saber cómo te iba y ella siempre estaba dispuesta a hablar sobre ti...

Los ojos de Joanna se inundaron de lágrimas, poniéndole la vista borrosa, por un dolor que no fue capaz de interpretar. Quizás fuera pena por Molly, a la que echaba mucho de menos. O más probablemente por no haber sabido que Sandro y ella se habían estado viendo en secreto. Pero lo más probable, se sentía al desnudo, como si nada de lo suyo le resultase desconocido a Sandro.

—Entonces... —añadió él, con la voz emocionada, lo suficiente para hacer que Joanna empezara a pasear nerviosamente por la habitación, envolviéndose el cuerpo con los brazos— un par de días antes de que yo me viniera a Roma a pasar una temporada con mi madre, que había estado enferma y parecía necesitarme más en aquellos momentos de lo que tú me necesitarías en toda tu vida, Molly me llamó y me pidió que me reuniera con ella. Parecía muy agitada. Así que quedamos para comer y entonces me dijo lo que, al parecer, solo le habías dicho a ella y la razón por la cual no podías vivir conmigo. Ella me preguntó si afectaría a los sentimientos que yo tenía hacia ti. Y le respondí que por supuesto que lo cambiaba todo, pero que, por una vez, tú ibas a tener que esperar hasta que yo le hubiese dado a mi madre las pocas semanas que yo había decidido pasar con ella para ayudarla en su convalecencia.

Joanna reconoció cierto tono de desafío en aquellas palabras. Sandro la miró y se dispuso a continuar con su relato.

—Cuando regresé a Londres —se interrumpió un momento, ya que la voz se le quebraba de la emoción. Joanna entonces cerró los ojos, porque ya sabía lo que iba a decir a continuación—, las dos os habíais marchado del piso. Al principio no lo podía creer, pero entonces, asumí que Molly te lo debía de haber contado todo y que habías decidido escapar, ya que no podías soportar la idea de que yo volviera a aparecer en tu vida.

De hecho, estaba tan seguro de que era eso lo que había ocurrido que por eso no me molesté en seguir buscando, lo que explica por qué nunca me enteré de lo que le había ocurrido a Molly.

En otras palabras, se había imaginado lo peor de ella, lo mismo que ella se había imaginado lo peor de él.

—Ahora quiero compensarte por lo que pasaste durante el último año, que debe de haber sido un infierno. Y esto —explicó haciendo un gesto a su alrededor— es mi manera de hacerlo. Quiero darte espacios abiertos, Joanna, y la libertad para disfrutar de ellos como desees...

Joanna no acababa de entender. ¿Acaso la compensación a la que siempre se refería no era para él, sino para ella?

—¿Quieres decir...? —tartamudeó ella—. ¿Quieres decir que has comprado este lugar tan hermoso para mí, porque crees que me debes algo?

—¿Y no es así? —preguntó él.

—¡No! —gritó ella—. ¡Por supuesto que no!

—Tendré que volver a traer la sede central del banco a Roma, por supuesto —dijo Sandro, hablando como si no hubiese oído la protesta de ella—. Pero me haré instalar un sistema completo de comunicaciones aquí para que me sea más cómodo y no tenga que viajar todos los días a Roma, para que así podamos trabajar en la casa los dos juntos...

Joanna se le quedó mirando fijamente. Sentía que ni siquiera podía respirar por la presión que se le iba acumulando en el pecho. Sandro creía que ella viviría feliz en el campo, ¡así que le había comprado una finca para que pudiera cumplir su deseo! E iba a devolver la sede central a Roma... Dicho de otro modo, estaba dispuesto a mover cielo y tierra para que su relación funcionara, como ya lo había hecho antes.

—¿Y qué es lo que quieres, Sandro? —le preguntó ella—. ¿Qué es lo que esperas conseguir de todo esto para ti?

—Me gustaría mucho tener una esposa que fuera realmente

una esposa –dijo con una sonrisa algo melancólica, mientras se encogía de hombros.

¿Y eso era todo? ¿Algo tan pequeño como eso? Sin embargo, algo tan pequeño como eso suponía un obstáculo casi insalvable para Joanna.

–¡Oh, Sandro! –suspiró ella, temblando, sabiendo que jamás podría darle lo que él deseaba, tal y como le había demostrado por la mañana. Por eso no podía aceptar nada de lo que él le ofreciera–. ¡No me hagas esto! ¿No te das cuenta de que no me lo merezco? ¡Ni siquiera lo quiero!

–Entonces, ¿qué es lo que quieres? –le preguntó.

«A ti», pensó Joanna desesperada, pero se dio la vuelta para que él no pudiera leer en sus ojos la respuesta.

–¡No! –exclamó él, muy enfadado, dirigiéndose hacia ella. Cuando llegó a su lado, la agarró por el brazo y le dio la vuelta para hacer que ella lo mirara a la cara–. ¡Vas a dejar de esconderte de mí cada vez que nos acercamos a la verdad!

–¡No puedo seguir aceptando cosas de ti sin darte nada a cambio! –gritó ella, completamente desolada.

–¡Entonces, entrégate a mí!

–¡No puedo! –gimió ella–. ¡Maldita sea, no puedo!

Sandro suspiró y la soltó para dirigirse hacia la puerta.

–Vamos –le dijo, sin volverse–. Todavía queda mucho que ver. Creo que te van a gustar los establos.

Joanna no podía creerlo. Permaneció inmóvil, exactamente donde él la había dejado, maravillándose de la testarudez con la que él ignoraba todo lo que no le gustaba de lo que ella le decía.

Al final, decidió seguirle y dejar que le mostrara los jardines y los establos, para los cuales, ella tendría que elegir los caballos una vez que la casa estuviera en condiciones para que se mudaran allí permanentemente. Joanna le dejó que la guiara de un lugar a otro, sin decir ni una palabra.

Al cabo de una hora volvieron al coche y, por última vez, ella trató de hacerle razonar.

—¡Sandro, por favor! —le suplicó—. ¿Vas a escucharme?

—No, a menos que vayas a decir algo positivo —replicó él, con frialdad.

—Sé con toda seguridad que nunca voy a ser capaz de dejarte que me hagas el amor —le respondió ella de modo cortante.

—¿Por qué no? —la desafió él. Ella no contestó, sino que bajó los ojos, y apretó con fuerza los labios—. ¿Todavía quedan más fantasmas por descubrir?

—Ya los he sacado todos —le respondió ella—. Y no ha cambiado nada.

—No, Joanna. Todavía quedan algunos fantasmas que aún no he podido descubrir. Pero lo haré —prometió—. Encontraré a la persona de la que me enamoré, a la persona que me amó a mí de la misma manera, sin importarme lo que tarde en encontrarla. Y eso —concluyó— es lo que yo llamo pensamiento positivo, *cara*. No la manera negativa en que tú me respondes.

—Estás loco —suspiró mientras el pelo le relucía con brillos rojizos a la luz del sol—. Tienes que estarlo si... sigues siendo tan obstinado.

—¿Crees que estoy loco? —dijo él, soltando una risotada—. No, no, porque me acuerdo que lo que hubo entre nosotros fue tan especial que solo un loco lo dejaría escapar. Y yo no estoy dispuesto a hacerlo.

—Ya me dejaste escapar una vez antes —le recordó Joanna.

—Pero no sabía por qué me hiciste hacerlo. Me dejaste creer que era culpa mía, algo que no podías soportar sobre mí. En aquellos momentos no me vi con fuerzas para sobreponerme a tu aversión física, pero ahora puedo hacerlo, y lo haré —afirmó él con firmeza—. O por lo menos me sobrepondré a tu triste determinación de castigarnos a los dos por algo sobre lo que ninguno de los dos puede ejercer control alguno.

Después, Sandro se dio la vuelta y se metió en el coche, esperando a que ella hiciera lo mismo. Cuando Joanna entró en el coche, el motor ya estaba en marcha, y Sandro tenía una expresión de tristeza grabada en el rostro. El ambiente resultaba tan tenso que ninguno de los dos hizo ningún intento por aliviarlo, por lo que se mantuvieron en silencio durante todo el viaje.

Joanna se sentía cruel y culpable. Estaba mutilada, mutilada hasta las mismas raíces de su persona, si era capaz de tratarlo de aquella manera. Por eso, su relación jamás podría funcionar. Ella estaría siempre defraudándolo y el abismo que había entre ellos se haría cada vez más grande.

En cuanto llegaron a Roma, Sandro se excusó y se metió en su despacho tras cerrar la puerta de un portazo. Joanna reconoció aquel sonido como el de tres años atrás. Aquel portazo significaba el principio de la pesadilla.

Pero aquello no fue todo. Minutos más tarde, cuando ella salía de su habitación, después de darse una ducha y de ponerse un vestido de algodón, oyó voces que provenían del salón. El alma se le cayó a los pies cuando reconoció la voz de la visitante, pero se decidió a entrar de todos modos.

Sandro y su madre estaban de pie, discutiendo sobre algo en voz baja. Estaban hablando en italiano, así que Joanna no tenía ni idea de lo que estaban diciendo realmente pero, en el momento en que los dos se dieron cuenta de su presencia, se callaron tan de repente que Joanna supo que estaban hablando sobre ella.

–*Mamma* acaba de enterarse de que estábamos en Roma –le dijo Sandro con frialdad–, así que decidió hacernos una visita.

–*Buona sera*, Joanna –la saludó la madre, bastante tristemente. Era una mujer menuda, esbelta, muy elegante, con el pelo oscuro teñido y los mismos ojos oscuros de su hijo, unos ojos que miraban fríamente a Joanna–. Me alegro de verte, querida...

Joanna no creía que aquellas palabras fueran ciertas, a juzgar por la mirada que la madre le estaba echando.

–Gracias –respondió ella, acercándose para besarla en la mejilla–. Estaba a punto de preparar un poco de café –murmuró, intentando desesperadamente encontrar una forma de escapar de aquella situación tan incómoda–. ¿Te apetecería sentarte mientras voy a...?

Joanna estaba a punto de desaparecer por la puerta cuando el teléfono sonó en el despacho de Sandro.

–Tengo que contestar esa llamada –dijo Sandro con tristeza–. Quédate aquí y hazle compañía a *mamma*.

Ella lo miró horrorizada, suplicándole que no le hiciera eso. Sin embargo, él la ignoró, todavía tan enfadado que Joanna supuso que aquella era su manera de hacerle pagar por ello.

–Por favor, Joanna, ven y siéntate aquí conmigo y dime qué tal te han ido las cosas desde la última vez que nos vimos –le dijo la madre. Joanna se sintió morir, pero no tuvo más remedio que hacer lo que la madre le pedía–. Tienes buen aspecto.

–Gracias –le respondió ella–. Y tú... tú también –añadió cortésmente–. Sandro me ha dicho que has estado enferma recientemente.

–Sí –afirmó la mujer–. El año pasado me tuvieron que operar del corazón –le explicó, con una triste sonrisa–. Alessandro me llevó a Orvieto para que me recuperara. Es un lugar tan agradable, lejos del constante ruido y las prisas de Roma, cuando uno no se siente bien...

–Sí –replicó Joanna, sabiendo perfectamente a lo que su suegra se refería.

–Claro que sí –exclamó la madre–. Porque vosotros acabáis de llegar de visitar la finca del viejo Campione. Alessandro me estuvo explicando que por eso no pude localizarlo hoy por teléfono. Descubrí por pura casualidad que estabas aquí con mi hijo.

Joanna se preparó para la pregunta clave. Estaba segura de que la madre le iba a preguntar qué era lo que estaba haciendo otra vez metiéndose en la vida de Sandro. Pero no fue así.

—¿Te gustó la finca? —añadió la madre.

—Mucho, ¿a quién no le gustaría? —dijo Joanna con una sonrisa forzada—. Es un lugar tan hermoso...

—Alessandro y yo lo visitamos varias veces mientras estuvimos en aquella zona —asintió la mujer—. Estaba tan seguro de que una casa en el campo sería el señuelo que te haría volver con él...

Joanna parpadeó. ¿Sandro había estado un año pensando en comprar aquel lugar? Ella siempre había creído que se había movido por un impulso.

—...pero desde luego —añadió la madre sin levantar la voz—, hasta los mejores planes pueden salirle mal, incluso a un hombre como Sandro. Siento mucho la trágica muerte de tu hermana, Joanna. Debe de haber sido un duro golpe para ti.

¿También sabía eso? Se empezó a poner un poco nerviosa.

—Lo fue, cuando ocurrió —afirmó Joanna—. Pero ahora ya lo he superado.

—Sin embargo —insistió la mujer—, resulta terrible lo que te puede deparar el destino. Mientras mi hijo estaba planeando todo esto para recuperarte como esposa, tú estabas pasando por una pérdida terrible... ¿Crees en el destino, Joanna?

—No sé —respondió Joanna con cautela—. En realidad, nunca he pensado en ello.

—Entonces, ¿crees en el amor? —preguntó la mujer, muy persistente—. ¿Crees que un amor bueno, honesto, verdadero puede con todo? ¿O acaso crees que el amor, incluso el más puro, puede verse apartado por el destino, sin importar lo mucho que puedan hacer los amantes para evitarlo?

—Creo que no entiendo lo que me estás intentando decir —replicó Joanna, muy cuidadosamente, sin dejar de apartar la mirada de la puerta del despacho de Sandro.

Pero Sandro no regresaba e, igual que su hijo, la madre parecía saber muy bien lo que tenía que hacer, porque tocó a Joanna en la mano para que ella volviera a prestarle atención.

–Lo que estoy intentando averiguar, *cara* –dijo la madre con suavidad–, es si crees que vuestro matrimonio tiene mayores posibilidades de éxito esta vez, o simplemente, este es un triste ejemplo más en el que Sandro se ha negado a aceptar la derrota.

–Estamos intentándolo –respondió Joanna, muy tensa.

–¿También por el lado físico?

Joanna se puso en pie como movida por un resorte, lo mismo que la madre de Sandro, que agarró a Joanna por la muñeca con una fuerza sorprendente para una mujer tan frágil.

–No quiero crear problemas –le aseguró con ansiedad–. Pero, por favor, Joanna, ¡tú no tienes una madre con quien hablar! Dios sabe –murmuró– que no te tiene que resultar fácil después de lo que has pasado. Pero no quiero volver a ver a Alessandro hecho añicos, como la última vez, porque tú no...

La madre se detuvo y tragó saliva. Joanna empezó a temblar, porque realmente la estaban afectando las palabras de la madre.

–Me gustaría ayudarte, si puedo.

–¡Nadie puede ayudarme! –exclamó Joanna, soltándose la muñeca–. Esto no es asunto tuyo.

–¿Qué está pasando aquí?

Joanna se dio la vuelta y miró fijamente a Sandro.

–¡Se lo has dicho! –le acusó–. Yo nunca te perdonaré –le amenazó, disponiéndose a pasar a su lado, pero él la detuvo agarrándola por los hombros–. ¡Suéltame! –le espetó con verdadera repugnancia, por primera vez en su vida.

–*Mamma* no lo sabe todo –le juró él–. Solo lo que Molly me dijo. Soy un ser humano, *cara* –añadió con un suspiro al ver que la expresión del rostro de Joanna no se alteraba–. Necesitaba hablar con alguien sobre lo que nos había ocurrido.

–¡No nos ocurrió a nosotros, Sandro, me ocurrió a mí!

–A nosotros –insistió Sandro con tristeza–. Lo que esos animales te hicieron a ti, también me lo hicieron a mí. Y como tú, yo llevo pagando el precio de sus actos desde entonces...

—Bueno, pues ya no lo tendrás que pagar más —dijo Joanna—, porque me marcho de aquí, ¡aunque signifique que tenga que vagabundear por las calles de Roma para siempre!

—¿Y tú crees que te dejaré marchar? —se burló Sandro—. ¿Simplemente porque te has enfadado por lo que, según tú, es una traición de una confidencia?

—Confié en que Molly iba a guardar el secreto y ella te lo contó a ti —señaló Joanna, echando chispas por los ojos—. Molly confió en que tú ibas a guardar mi secreto, pero tú se lo dijiste a tu madre. ¿A quién se lo ha dicho tu madre, Sandro? —le preguntó—. ¿Cuántos más de la gran familia Bonetti están ahora chismorreando detrás de las puertas sobre el horrible destino de tu triste matrimonio?

—¡No, Joanna! —intercedió la madre—. ¡Yo no se lo he dicho a nadie! ¡No sería capaz!

Pero Joanna ya no escuchaba.

—¡Me siento violada una vez más!

Sandro dejó escapar un suspiro e intentó acercarse a ella una vez más, pero ella no se lo permitió. De repente, empezó a temblar, de ira, de horror, de una repugnancia que le apretaba el alma y que siempre había constituido una gran parte de su reacción emocional hacia lo que le había ocurrido.

—¡Joanna, no hagas esto! —murmuró Sandro, intentando acercarse a ella de nuevo—. ¡Maldita sea, *mamma*! ¿Por qué no pudiste dejarlo estar?

—Ella... ella tiene razón, ¿no crees? —dijo Joanna, levantando la vista para mirarlo a los ojos—. No debería hacerte pasar por esto otra vez. ¡Es lo único que he querido que entiendas!

—La única cosa que está hiriéndome es el hecho de que tú sufras.

—¡Yo no te convengo!

—¿Es que no vas a dejar nunca de decir esas tonterías? —le espetó—. ¡El hecho de que esos animales te poseyeran contra tu voluntad no te convierte en una apestada, Joanna!

–Eso no es cierto, ¿es que no te das cuenta? –gritó ella, con los ojos echándole chispas–. ¡Yo solo tenía una cosa que poder darte, Sandro! Una cosa pequeña que hacía que todo fuera perfecto. Tú me ponías el mundo a los pies y yo, ¡tenía tan poco que ofrecer! Lo único que tenía era eso... lo que tú considerabas tan especial... ¡Y ellos se lo llevaron! –exclamó ella con voz estridente–. ¡Me robaron lo único que yo podía ofrecerte! Ahora ya no tengo nada que ofrecerte –concluyó destrozada–. ¡No puedo hacerlo, Sandro! Lo siento, pero no puedo hacerlo.

–¡Santa María! –exclamó la madre de Sandro, al comprender totalmente lo que en realidad había ocurrido.

Sandro no dijo nada. Simplemente se quedó allí, pálido, con los músculos de la cara tensos, tratando de tragar saliva, aunque le resultaba imposible. Pero, sobre todo, estaba temblando porque por fin acababa de comprender.

Joanna se soltó y salió corriendo, antes de que Sandro tuviera la oportunidad de reaccionar, hacia el recibidor y luego hacia el vestíbulo, donde apretó el botón del ascensor. Las piernas le empezaron a temblar, cuando, mientras las puertas se cerraban, vio a Sandro correr como un poseso hacia ella.

Oyó cómo Alessandro golpeaba la puerta con el puño y le oyó jurar y maldecir. Luego, las puertas se abrieron otra vez y Joanna empezó a correr de nuevo, hacia la calle, teñida ya por los colores del atardecer, dejándose llevar por unos pies que parecían dotados de alas.

Capítulo 10

Joanna nunca supo lo lejos que había llegado cuando Sandro logró alcanzarla. Ni siquiera sabía a dónde se dirigía. Sin embargo, cuando vio que a su lado se detenía un coche de color oscuro que le resultaba muy familiar, se paró.

Mucho antes de que el motor se apagara por completo, la puerta se abrió y salió Sandro, con aspecto muy enojado. Su boca no era más que una línea dura que se dibujaba de un lado a otro de su hermoso rostro. Sin mediar palabra, la agarró del brazo y la llevó a empujones hacia el coche.

Con la mano que le quedaba libre, abrió la puerta del copiloto y la metió dentro, cerrando la puerta con un portazo tal que ella hizo una mueca de dolor.

Se metió en el coche y activó el cierre centralizado de las puertas del coche. Después, se quedó sentado, muy quieto, con una mano en el muslo y la otra en la boca. Mientras tanto, Joanna intentaba recuperar el aliento tras la carrera. Sudaba tanto que la piel le brillaba como si fuera de porcelana.

–Yo...

–¡Calla! –exclamó él–. ¡No digas ni una maldita palabra!

Ella parpadeó y se quedó en silencio por el poder que él le había infundido a aquella orden. Entonces, arrancó el coche, metió una marcha y se marcharon calle abajo.

El viaje de vuelta al apartamento le resultó a Joanna tan

corto que se preguntó si era posible que hubiera recorrido tan poca distancia. El coche paró de repente, y Sandro salió, dio la vuelta al coche y le abrió la puerta. Ni siquiera la miró a la cara, pero la obligó a entrar en el edificio y tomar el ascensor.

Cuando llegaron a la última planta, Sandro abrió la puerta, la arrastró dentro y cerró la puerta con un nuevo portazo para después echar la llave.

Joanna no quiso comprobar lo que Sandro tenía la intención de hacer a partir de ese momento y salió corriendo por el pasillo hasta su habitación, cerró la puerta y fue a sentarse en el borde de la cama, deseando de todo corazón que hubiera habido un cerrojo en la puerta.

Pero no era así y se echó a temblar al asimilar por fin todo lo que había ocurrido después de su confesión.

–¡Dios mío! –sollozó. Entonces oyó que él se dirigía hacia su habitación y se puso en pie de nuevo.

Todavía no podía hacerle frente. No podía. Entonces recordó que el cuarto de baño sí que tenía cerrojo y se dirigió allí a toda velocidad...

–Hazlo –la desafió una voz muy fría detrás de ella–, y verás cómo la echo abajo...

–Yo... necesito una ducha –mintió ella, sin volverse a mirarlo–. Estoy sudando y el aire acondicionado está encendido. Hace... hace un poco de frío.

–Lo que pasa, *cara* –dijo Sandro, arrastrando las palabras–, es que te estás escondiendo de nuevo. Pero, como te habrás dado cuenta, no estoy dispuesto a permitírtelo. Así que es mejor que te des la vuelta y me mires, a que sea yo el que tenga que obligarte a hacerlo.

Joanna supo que aquellas amenazas no eran en vano. Sandro, de nuevo, había decidido lo que tenía que hacer y estaba dispuesto a inspeccionarle el alma a cualquier precio.

–Tu... tu madre...

—La ha tranquilizado mucho saber que estás de vuelta aquí conmigo —le informó él—. Pero se ha marchado a casa para recuperarse de la escenita que has montado.

¿Que ella había montado?, se repitió Joanna en silencio. Pero ¿quién había instigado aquella «escenita»? ¡Había sido ella, su madre!

—Date la vuelta, Joanna.

Ella se había vuelto a poner la mano sobre los ojos, pero casi instantáneamente la dejó caer, para convertirla en un puño. Luego cuadró los hombros y se dio la vuelta de repente.

—¿Ya estás contento? —le preguntó ella, en tono desafiante.

—No —replicó Sandro—. Tienes un aspecto espantoso.

Joanna pensó que el de Sandro tampoco era demasiado bueno. Estaba pálido, con las facciones hundidas y los labios todavía con un gesto enojado.

—Lo siento —susurró ella, incapaz de contenerse.

—¿Se te ha ocurrido alguna vez, *cara*, que amar a una persona es mucho más que estudiar el tamaño de su cuenta corriente? —preguntó Sandro, al que la disculpa no parecía haber impresionado demasiado.

—¡Yo nunca busqué tu dinero! —exclamó ella, negando aquella implicación.

—Es cierto —dijo él, dejándola en tal estado de confusión que le impedía saber hasta dónde quería él ir a parar—. Igual que yo nunca quise tu virginidad —declaró Sandro, mientras contemplaba cómo Joanna se ponía pálida ante aquella palabra—, aunque tengo que admitir que, cuando supe que yo iba a tenerla, me sentí tan honrado que sentí la necesidad de tratar aquel don con el mayor respeto que se merecía. ¡No, no te atrevas a darte la vuelta mientras te estoy hablando! —le espetó cuando ella estaba a punto de hacerlo—. ¡Me vas a seguir mirando y escuchando! —añadió, acercándose hacia ella—. Me vas a escuchar como yo tuve que escucharte hace unos minutos.

—¡Sabía que tú nunca entenderías cómo me siento! —chilló Joanna, retrocediendo a medida que él se acercaba.

—¿Debo entonces entender que tú de verdad creíste que tu inocencia era más importante para mí que el amor que yo sentía por ti? —le espetó él—. ¡Con eso me estás insultando! ¡Insultas lo que hubo entre nosotros e insultas la manera en que te amé!

Joanna pensó con amargura que, tres años después, aquellas eran solo bonitas palabras. Joanna todavía podía recordar el jaleo que había montado con lo de su virginidad, ¡y el cambio que había dado en su comportamiento hacia ella! Pasó de darle besos y abrazos apasionados al despedirse de ella por las noches a hacerlo simplemente con un casto beso en la mejilla, a darle la mano en vez de acariciarla por todo el cuerpo. Había llegado a tal extremo que ella se había empezado a preguntar si al final se atrevería a quitarle la virginidad que tanto valoraba.

—Lo estás cambiando todo para que las cosas encajen como a ti te parezca —le acusó ella—. ¡Lo que importa siempre es cómo te encuentras tú! ¡Cómo te defraudo todo el tiempo... como si pensaras que no sé exactamente lo mucho que te defraudé!

—¡No me defraudaste sobre este asunto de la virginidad! —negó él—. La virginidad no es más que un velo de piel, *cara*. Está ahí con el único propósito de proteger el útero de la mujer contra las infecciones y las enfermedades hasta que la mujer esté lista para tener hijos. Nada más —dijo Sandro, encogiéndose de hombros—... y nada menos. A menos que se sea un bárbaro obsesionado con la pureza, cosa que yo, desde luego, no soy.

—Pero yo tenía el derecho de dársela a quien yo quisiera —afirmó ella—. Y yo quería dártela a ti —añadió con una sinceridad que parecía salirle del corazón—. Cuando ellos me robaron ese derecho, ¡me quitaron el único regalo que yo podía darte!

–Y desapareció y lo hizo para siempre, Joanna –aseveró Sandro con dureza–. Sin embargo, la importancia que pareces darle sugiere que, una vez que me hubieras dado ese regalo del que hablas, no hubieras tenido nada más que ofrecerme.

–¡Eso no cambia la verdad! La pérdida de ese don hace que me resulte imposible hacer el amor contigo sin sentir que me muero por dentro

–¿Es que crees que a mí me importa que no seas virgen? –preguntó Sandro, soltando una carcajada–. ¿Que yo me moriré de melancolía por esa pérdida? Me parece que resulta obvio que prefiero que se me permita hacer el amor con mi esposa antes que llevar la vida tan frustrante que he estado viviendo sin ni siquiera poder tocarla.

–¡Ya te dije que no lo entenderías! –suspiró ella, temblando.

–¡Oh! Lo entiendo más de lo que tú te crees –respondió–. Entiendo perfectamente que lo único que tú eres es una mujer virgen en espíritu que está muy asustada.

Joanna dio un respingo, asombrada ante aquella interpretación.

–Lo que esos dos animales te hicieron no cuenta –añadió, apoyando su afirmación con un gesto despectivo de la mano–. Eso es un mero tecnicismo al lado de la realidad de lo que te está manteniendo en este estado de ansiedad. ¿Y cuál es esa realidad? –le preguntó–. Tú. Te está resultando muy difícil encontrar el coraje suficiente para entregarte a mí. Tú, Joanna –reiteró–. El deseo de entregarte a mí, ese es el verdadero regalo de amor que una persona puede hacer a otra. No ese fino velo de piel al que le concedes tanta importancia. Y, si sigues así –concluyó, mientras se dirigía hacia la puerta–, nos estás condenando a los dos a ser unos desgraciados toda la vida, porque a mí me estarás condenando a una vida de celibato frustrante, y a ti a una vida de remordimiento y angustia al verme sufrir a mí de esa manera.

—¿De qué estás hablando? —susurró ella, temiendo lo que él iba a contestarle.

—Exactamente de lo que tu torturada mente te está diciendo —replicó Sandro—. Este matrimonio es para siempre. No voy a permitir que me dejes de lado por segunda vez. A menos, desde luego —apostilló mientras abría la puerta—, que te aferres tanto a lo que es una causa perdida, que yo me decida a deshacerme de la mía.

No cabía ninguna duda al respecto sobre quién era la causa perdida de Sandro: era ella. Aquellas palabras tuvieron un efecto tan profundo en ella que casi le resultaba difícil respirar.

«¿Causa perdida?». ¿Era eso lo que era ella? ¿Sería efectivamente todo aquel asunto una causa perdida?

Las piernas le flaquearon y se dejó caer en la cama porque, de repente, se dio cuenta de que Sandro tenía razón. Llevaba años aferrándose a los principios de una causa que estaba, desde el primer momento, perdida. En realidad era solo eso, una mujer, virgen todavía en espíritu, que estaba asustada, asustada de entregarse al hombre que amaba y que la deseaba. Lo que aquellos dos hombres le hubieran hecho no contaba para nada, ya no.

Entonces se puso en pie, temblando, con frío, con tanto frío que le llegaba al corazón. Fría por el miedo que sentía. Pero aquel miedo era diferente al que ella solía sentir, porque partía del miedo a perder, no del miedo a dar. Si Sandro estaba empezándola a ver como una causa perdida, tal vez iba a dejar de querer intentarlo.

Entonces, se vio inundada por un pánico nuevo, que la hizo moverse rápidamente hacia el baño, sabiendo a ciencia cierta lo que tenía que hacer si quería arreglarlo todo entre ellos. Se desnudó rápidamente y se duchó. Luego se puso una bata a toda prisa, con manos temblorosas, sobre la piel todavía mojada.

Joanna no sabía si iba a poder llegar hasta las últimas consecuencias, pero estaba dispuesta a intentarlo.

El apartamento estaba en silencio cuando ella salió de la habitación, tan silencioso que empezó a temer que Sandro se hubiera marchado para siempre. Aquel miedo se le prendió del corazón, junto con el resto de los temores que la acechaban, e hizo que le latiera con fuerza a medida que avanzaba por el pasillo hasta la habitación donde no había vuelto a entrar desde hacía tres largos años.

Mordiéndose el labio inferior, alcanzó el pomo de la puerta y la abrió. En cuanto entró en la habitación lo vio. Le produjo tanto alivio encontrarlo allí que no prestó ninguna atención a los altos techos de la habitación, ni a los muebles que tanto la habían impresionado la vez anterior.

Tampoco vio la cama ni se paró a pensar que la última vez que había estado allí había protagonizado una escena tan horripilante que había dejado a Sandro profundamente alarmado.

En aquellos momentos, nada de eso le importaba ya. El hombre que había dentro de aquella habitación, mirando por la ventana, perdido en sus propios y tristes pensamientos era lo único que importaba. Él también se había duchado, y llevaba puesto un albornoz muy similar al de Joanna.

Sandro la había oído entrar, porque se dio la vuelta abruptamente, con aquella mirada enojada todavía en los ojos, para luego cerrarlos de nuevo, como si no quisiera verla.

¿Sería ya demasiado tarde? ¿Habría tardado demasiado en salvar aquel matrimonio tan valioso para los dos? El corazón le dio un vuelco, con todos aquellos años de inseguridad centrándose en aquella cara tan severa, pero sabía lo que tenía que hacer. Los dedos le temblaban mientras se dirigían a deshacer el nudo del albornoz.

Aquel movimiento alertó a Sandro. Los ojos de él se abrieron para encontrarse con los de ella e interrogarlos, de una manera que hizo que ella se ruborizara. Pero estaba decidida a continuar lo que había empezado. Con el corazón a punto de estallarle y la respiración entrecortada, dejó que los dedos aflojaran el cinturón del albornoz y poco a poco fue abriéndolo, deslizándoselo por los hombros hasta que cayó por su propio peso hasta los pies.

Desnuda. Llevaba tres años casada, incluso más tiempo profundamente enamorada de aquel hombre y, sin embargo, aquella era la primera vez que él la veía desnuda.

Fue un gesto tan dramático como la manera en la que Joanna había tratado todas las situaciones a lo largo de su vida, ya fueran amor, miedo, placer o traumas. No estaba muy segura a cuál de las cuatro pertenecía aquel gesto, pero tenía la sospecha de que podía ser una mezcla de las cuatro. Vio cómo Sandro le observaba lentamente los hombros, los senos... Estos respondieron, dejando que sus delicados pezones volvieran a la vida con esa mirada.

El silencio que reinaba en la habitación era impresionante. Ninguno de los dos se movía, ni respiraba mientras Sandro contemplaba la delgada cintura, el delicado ombligo, sus partes más secretas, cubiertas de suaves rizos rubio-rojizos...

Joanna se preguntó si Sandro comprendía para qué había ido. ¿Se daba cuenta de que estaba intentando devolverle algo que le había quitado hacía tres años, en aquella misma habitación? Su rostro no expresaba nada.

–Te amo tanto, Sandro –confesó ella con ansiedad–. Por favor, no te rindas todavía. ¡Déjame al menos intentar ser una esposa adecuada para ti!

Nada. Él no respondió. Y en aquella tensión, Joanna esperaba, desnuda, vulnerable, dolorosamente insegura de sí misma, con el corazón saliéndosele del pecho, temblando como si estuviera a punto de ser sacrificada. Él la volvió a mirar una vez más, y entonces la miró a los ojos.

–Ven aquí –suspiró él, con una voz como si le surgiera de algún pozo secreto y oscuro.

Joanna sollozó, aliviada, y corrió a través de la habitación para echarse en sus brazos, sentir cómo él la abrazaba y estrecharle ella a su vez entre los suyos.

Se besaron con rabia, con hambre. No había un punto medio. El beso se alargó, consumiéndolos a los dos hasta que Joanna sintió que solo estaban Sandro y ella en el mundo.

Las manos de él la acariciaban por todas partes, aprendiéndose su cuerpo, aceptando todo lo que ella le estaba ofreciendo.

Ansiosa por aprender, desesperada por agradarle, ella lo besaba de manera igualmente apasionada, caricia por caricia, hasta que el albornoz de Sandro cayó al suelo, y con él, la última barrera que los separaba. Desnudos por fin, Joanna se apretó contra su cuerpo.

Aquello fue una revelación. La piel le ardía. Ella apretó sus senos contra el vello sedoso y oscuro que cubría el fuerte y musculoso pecho de él y arqueó la espalda para que las caderas se amoldaran al poder rígido de las caderas de él.

Joanna sintió que él sentía lo mismo que ella, sintió cómo le latía el corazón bajo sus senos, la pasión palpitante de Sandro apretarse contra sus caderas, sintió cómo la estrechaba más fuerte entre sus brazos como si temiera que ella pudiera salir corriendo. El aliento cálido de él se escapó cuando separaron las bocas y él pudo murmurar algo que parecía definir en una palabra aquella experiencia.

–*Bellisima, bellisima...*

Luego se volvieron a besar de nuevo, con un placer tan eléctrico que ella sintió la necesidad de rodearle el cuello con los brazos para mantenerlo atrapado en un cerco tan estrecho que impidiera que reaparecieran los viejos fantasmas.

Cuando él la tomó en brazos y la llevó a la cama, ella se aferró a él, sin dejar espacio entre sus cuerpos, de manera que, cuando cayeron encima de la cama, era imposible distinguir el uno del otro, y se dejaron llevar por su pasión.

–Más despacio –murmuró él–. Deberíamos ir muy despacio, paso a paso. No tiene que ser una guerra, *cara*.

–Sí –le contrarió él, acariciándole ansiosamente los hombros y el vello del pecho–. La última vez fuimos paso a paso y mira lo que ocurrió. Tú perdiste algo que te pertenecía y yo perdí el rumbo.

–Tú me perteneces –musitó Sandro–. Eso es todo lo que quiero.

–Ahora lo entiendo, Sandro –asintió ella–. Pero no te contengas por miedo a asustarme. Necesito sentirme tuya, que no me des tiempo a cambiar de opinión, porque todavía tengo miedo de que al final pueda defraudarte.

Pero ella no le defraudó e hizo que se enamorara de ella mil veces más.

–Deja de hacer eso –murmuró Sandro, apartándole la mano de donde ella lo estaba acariciando.

–¿Por qué? –preguntó ella, pasando a acariciarle otra parte de su cuerpo que sabía le daba placer.

–Por esto –sonrió él, introduciéndole un dedo en la parte más íntima de su cuerpo, cálida y húmeda.

Joanna, tumbada a su lado, gimió y se sintió muy excitada y Sandro sintió que lo deseaba. Aquello lo conmovió, lo conmovió ver cómo ella se entregaba a él totalmente. Era como si alguien hubiese abierto una caja que contuviera todas las emociones y en aquel momento estuvieran escapando, libres, sin inhibiciones...

–Sandro... –jadeó ella.

Y él sabía exactamente por qué. Pero se sentía inseguro, tenía miedo de defraudarla. Ella pareció presentir que en aquellos momentos había mucho más en juego que sus propios sentimientos. Ella le había tratado tan mal, durante tanto tiempo, que aquellos sentimientos de rechazo tardarían en desaparecer.

Joanna le acarició el rostro con las manos y las amoldó a sus rasgos morenos, llenos de pasión.

–Si no lo haces, me moriré...

Entonces, Sandro deslizó su cuerpo sobre el de ella, dejándola que sintiera su peso, el poder de su pasión, antes de establecer contacto íntimo y empezar a empujar lenta, muy lentamente.

Ella dejó de respirar y el cuerpo se le quedó inmóvil, tanto que Sandro se detuvo y fijó sus ojos oscuros en ella con preocupación, porque no sabía por qué ella estaba respondiendo de aquella manera.

–*Cara?* –murmuró con la voz llena de preocupación–. ¿Te he hecho daño?

Ella no pudo responder. Estaba demasiado perdida en aquella nueva experiencia. Sentirle a él, su fuerza, su masculinidad, mezclándose con su propia pasión, uniéndose como si fueran un solo cuerpo la había sobrecogido. El olor tan íntimo de Sandro, en perfecta simbiosis con el suyo, y sobre todo el saber que por fin se había unido al hombre que tanto amaba constituía una experiencia maravillosa.

Joanna se sentía libre de las ataduras a las que la vida la había encadenado. De repente, con una magnífica sensación de triunfo, se rio, aferrándose a él con fuerza.

–Te siento, Sandro –le dijo–. Te siento latir dentro de mí.

Aquellas palabras lo emocionaron de nuevo, emocionalmente y físicamente, incrementando el deseo que sentía por ella. Entonces, la besó, larga y profundamente, con la lengua igualando los movimientos de su cuerpo, fundiendo los dos actos en una experiencia gloriosa que dejó a Joanna completamente atrapada en su excitante esclavitud.

Las sensaciones que ella sentía en su interior dejaron de ser sensaciones de triunfo para convertirse en sensaciones puramente carnales. Ella se abrió como una flor al sol, extendiendo sus pétalos en las oleadas de placer increíble que la inundaban, hasta que, con una sacudida, la flor se abrió por completo, con los delicados pétalos temblando para acompañar las sensaciones de sus nervios y la respuesta total de su carne.

Encima de ella, Sandro temblaba con la fuerza que estaba empleando para hacerla sentir de aquella manera. Enterró la boca en el cuello de Joanna mientras se movía encima de ella, dentro de ella... Ella estaba ardiendo, tan sensibilizada a cada uno de los latidos de sus músculos que casi resultaba una agonía completar las sensuales sacudidas de su propio cuerpo.

Cuando los dedos de Joanna lo acariciaron, él tembló de placer. Cuando ella lo besó, él gruñó de angustia, pero la besó de nuevo a ella con urgencia. Cuando la flor estuvo a punto de estallar dentro de ella, él dejó de moverse, mirándola mientras empezaba a florecer y a temblar en aquella sensación final que hizo que él se aferrara a ella y con un cuidado lento y bien calculado la hiciera alcanzar el clímax. Él sentía el suyo propio cada vez más cerca y más fuerte, pero solo cuando ella gritó su nombre se rindió a sus propias sensaciones.

Aquella era la compensación que había estado buscando: oír cómo la mujer que amaba tanto gritaba su nombre hasta el punto de la exaltación.

Ninguno de los dos había decepcionado al otro. Los dos permanecieron tumbados en la cama, aferrados el uno al otro, disfrutando la prolongada sensación de bienestar, incapaces de moverse, con los corazones latiendo como si fueran uno.

–¿Estás bien? –murmuró Sandro, cuando recobró fuerzas para hablar, levantándose sobre los antebrazos, para poder acariciarle las mejillas, húmedas y acaloradas.

Como respuesta, ella le besó la mano, porque le resultaba imposible hablar todavía. Había superado el mayor obstáculo de su vida y ya no era virgen, ni de mente, ni de corazón y por supuesto, no de cuerpo.

–Eran bastante inútiles, ¿verdad? –susurró ella al final.

–¿Quién?

—Esos animales —le explicó Joanna, abriendo los ojos para mirarlo maravillada—. No tenían ni idea de qué va esto.

Ella pensó que Sandro se podía enfadar, y tenía su derecho a hacerlo, por sacar a colación aquel incidente en un momento tan especial. Pero Sandro era italiano, y los italianos son muy apasionados. Él sonrió, con una alegría que indicaba que estaba dispuesto a aceptar un cumplido, incluso si no se hacía del modo más correcto.

—¿Ves lo que te has estado perdiendo todos estos años? —dijo él—. Ahora, tal vez, me gane un poco de respeto.

—¡Ah! —respondió ella, con los ojos azules que revelaban el espíritu de la antigua Joanna, de la que Sandro se había enamorado—. Pero ¿eres capaz de repetir esto? Me interesa mucho saberlo.

Y así fue, durante varias veces, durante aquella larga, oscura y tórrida noche.

A la mañana siguiente, cuando Joanna se despertó, se encontró acurrucada junto a él. Sandro la tenía agarrada por la cintura con una mano. La otra la tenía debajo de su cabeza, con los dedos encerrados entre los hilos sedosos de su cabello.

Ella nunca lo había visto tan hermoso, tan feliz, y se quedó mirándolo, durante una eternidad, regocijándose en la belleza de lo que habían compartido aquella noche.

Entonces otra necesidad se empezó a adueñar de ella. La sensación de hambre se adueñó de ella con una voracidad desconocida para ella Entonces se levantó, apartándose cuidadosamente de él para no despertarle, y se dirigió cuidadosamente a través de la habitación con la intención de regresar a su habitación y vestirse.

Entonces, vio la camiseta que él se había quitado el día anterior, tirada donde la había dejado, probablemente muy enfadado la noche de antes y por puro impulso la recogió y se la llevó. Se la metió por la cabeza. Era enorme, le llegaba casi hasta la mitad de los muslos. Con una sonrisa en los labios, continuó hacia la cocina, pisando sobre el suelo de mosaico, sintiendo cada una de las junturas sobre las plantas de los pies. De hecho, se sentía tan hipersensibilizada que incluso el roce de la suave tela de algodón sobre sus pechos le producía una sensación electrizante.

Aquella alegría se debía a la libertad que sentía en aquellos momentos. Le parecía que la habían liberado de unas ligaduras que la habrían atado por toda la eternidad, como si, de la noche a la mañana, hubiera nacido una Joanna totalmente diferente. Una persona que incluso se podía poner a canturrear mientras exprimía un zumo de naranja y se hacía unas tostadas.

–Pareces muy alegre –dijo una voz, muy profunda.

Joanna se dio la vuelta y se encontró a Sandro, apoyado contra el quicio de la puerta. Ya se había duchado y afeitado. No llevaba puesto más que unos calzoncillos... y una rosa de tallo corto que se había colocado en el elástico de la cinturilla.

Los sentidos de Joanna empezaron a arder al recordar la noche pasada. Aquel hombre, tan maravilloso, tan sexy, tan dinámico, ¡era su amante!

Un sentimiento de posesión se adueñó de ella, más una fiera sensación de orgullo que le henchía el pecho y la hacía adquirir un poder felino, ya que, Joanna supo que, por muy fuertes sensaciones que él le hubiese hecho vivir la noche anterior, las de Sandro habían sido igual de profundas.

–Bonitas piernas.

Aquellas dos palabras fueron todo lo que ella le respondió, antes de volver a las naranjas que había estado exprimiendo, ignorando deliberadamente la rosa, lo mismo que solía hacer antes.

Ella le oyó moverse, sintiendo una fuerte sensación de anticipación. Sandro la abrazó por la cintura, y empezó a besarle la nuca, haciéndola sonreír mientras inclinaba la cabeza para facilitarle la tarea.

—Mmm, esto es vida –murmuró Sandro–. Mi sexy esposa oliendo a naranjas mientras lleva puesta una camiseta mía.

—Toma –dijo ella, volviéndose, mientras levantaba los dedos para que él pudiera lamérselos.

Él lo hizo mientras la miraba fijamente a los ojos, con los suyos llenos de promesas. Sin embargo, a pesar de la indiferencia que quiso mostrar, se sonrojó, bajó los ojos y recogió la rosa de dónde él la tenía colocada.

—¿De dónde las sacas?

—Es un secreto –dijo–. ¿Ya no hay más fantasmas? –añadió muy serio.

Ella negó con la cabeza, acariciándole el pecho.

—¿Me perdonas por el infierno por el que te he hecho pasar?

—No hay nada que perdonar –afirmó él–. Estabas pasando por un trauma, que te había encerrado en una pared que nadie podía derribar. Yo lo intenté. Molly lo intentó. Y aunque ninguno de los dos entendíamos por qué estabas así, nos dimos cuenta de que algo horrible tenía que haberte pasado para dar un cambio tan radical de la noche a la mañana.

—¿Adivinaste alguna vez la verdad?

—Lo consideré como la opción más lógica –dijo–. Pero, como tú misma dijiste, no había pruebas físicas que demostraran que te hubieran...

Ella tembló y luego suspiró. Entonces, se acercó más a él para que Sandro pudiera abrazarla.

—Ahora quiero olvidarlo –susurró con tristeza.

—Claro –asintió él–. Tres años es más que suficiente...

—Y hoy, es el... cuarto día de mi nueva vida –dijo ella, levantando la cabeza para sonreírle–. ¿Qué vamos a hacer?

Sandro sonrió. Ella se sonrojó de nuevo.

—¡Eres insaciable!

—Contigo, sí –murmuró él con voz ronca–. Y tengo tres años de celibato que recuperar.

—¡Oh, Sandro... no!

—¿Crees que me conformaría con menos? —preguntó él.

—¡Me dijiste que tenías una amante! —le replicó ella.

—¿Hubieras preferido que usara a otra mujer de sustituta?

—No —confesó ella con rapidez—. Pero lo habría comprendido si lo hubieras hecho.

—Mi orgullo me hizo mencionar una amante —admitió Sandro—, pero ni siquiera hubiera podido mirar a otra mujer... y mucho menos desearla. Me sentía dolido. Especialmente el último año, cuando desapareciste totalmente. Sentí que me habías despojado de mi habilidad para ser un hombre, *amore*. Y no era una sensación agradable, te lo prometo.

—Te amo tanto —le confesó Joanna—. Yo nunca quise tratarte así. ¡Pero no podía evitarlo!

—Ya me estaba empezando a convencer de que estaba mucho mejor sin ti, pero entonces llamaste y... —confesó él. Joanna lo abrazó tiernamente, por si todavía se le ocurriera que estaba mejor sin ella—. Pero en el momento en que oí tu voz, algo dentro de mí volvió a renacer. De repente, me volví a sentir vivo, emocionado... Tanto que, cuando llegaste al banco, ya había decidido que nunca ibas a volver a escaparte, aunque para ello tuviera que tenerte prisionera. Y luego iba a derribar esa maldita pared que te ocultaba, trozo a trozo, hasta que apareciera la mujer de la que yo me había enamorado.

—Y ya está aquí.

—¿Toda entera?

—Sí.

—Entonces, volvamos a la cama —dijo Sandro, tirando de ella para sacarla de la cocina.

—Pero ¿y el desayuno? —protestó ella—. ¡Tengo hambre! Estaba a punto de prepararte...

—Yo ya lo he tomado. De tus dedos...

Cuando llegaron a la habitación y cerraron la puerta, Sandro le quitó la camiseta y la miró de nuevo, de arriba abajo, el

cuerpo tan hermosamente proporcionado, los senos..., los rizos dorados que tenía entre las piernas...
 —Eres tan encantadora que me duele solo mirarte...
 —Tú también —añadió Joanna—. Eres un sueño hecho realidad...

AMOR PROHIBIDO

MICHELLE REID

Capítulo 1

Se estaba haciendo tarde. Demasiado tarde como para ir a ningún sitio.

Y, sin embargo, Evie seguía mirando el oscurecido cielo de Londres sin mostrar signo alguno de irritación. Después de todo, era habitual que su amante le hiciera esperar. Sus obligaciones eran lo único importante para él.

Y eso la incluía a ella. Aunque era una mujer bellísima y muy importante para él, como se encargaba de repetirle constantemente, Evie sabía que siempre sería lo segundo en importancia en la vida del hombre.

De modo que, como una carísima pieza de porcelana envuelta en el sensual vestido de seda rojo cereza, seguía de pie frente a la ventana del lujoso apartamento... esperando. Había esperado durante cuarenta y cinco minutos, con calma, con paciencia.

O eso aparentaba, porque no estaba en su naturaleza mostrar sus verdaderos sentimientos, un hábito derivado de su estricta educación.

Pero solo un tonto pensaría que esa calma era auténtica.

El jeque Raschid Al Kadah, su amante, no estaba allí para descifrar el verdadero estado de ánimo de Evie y Asim, el hombre que le hacía compañía, raramente levantaba los ojos para mirarla.

Asim estaba de pie frente a la chimenea de mármol, con las manos cruzadas sobre la túnica y la lengua silenciosa, olvidado cualquier intento de empezar una conversación cuando «tarde» se había convertido en «imperdonablemente tarde».

Sin embargo, decidió hablar cuando la vio mirar su finísimo reloj de oro.

—No puede tardar mucho más, señorita Delahaye —aseguró Asim, con su diplomático tono de voz—. Hay cosas que son inaplazables para el jeque Al Kadah. Y una de ellas es la llamada de su reverenciado padre.

O una llamada de Nueva York, París o Roma, pensaba Evie. Los negocios de la familia Al Kadah eran muy diversos y se extendían por todo el mundo. Y el hecho de que Raschid, como hijo único, hubiera tenido que encargarse de todo desde que su progenitor sufriera un ataque al corazón, significaba que Evie cada vez lo veía menos.

Sin querer, lanzó un suspiro. La clase de suspiro que emitía solo cuando estaba sola. Pero aquella noche era diferente. Aquella noche tenía sus propios problemas y había tenido que hacer un esfuerzo para acudir al apartamento.

Porque sabía que a Raschid no le iba a gustar lo que tenía que decirle. De hecho, ni siquiera sabía cómo decírselo.

Evie se había llevado los dedos a la frente para intentar calmar su dolor de cabeza, pero bajó la mano al oír que la puerta se abría a su espalda.

Cuando el jeque Raschid Al Kadah se paró a la entrada del suntuoso salón decorado en tonos crema y oro, se hizo un silencio tenso. La espalda recta y tensa de Evie y la actitud aliviada de su sirviente le decían todo lo que tenía que saber.

Sonriendo para sus adentros, Raschid ordenó al hombre que se fuera con un discreto gesto de la mano.

Y se quedó solo con Evie, que seguía dándole la espalda. A pesar de estar de mal humor, a pesar de haber tenido que sufrir una de las peores conversaciones telefónicas con su padre, a pesar de lo tarde de la hora y a pesar de que su vida se estaba complicando hasta convertirse en un torbellino de deberes y obligaciones, cuando Evie por fin se dio la vuelta y sus ojos se encontraron, el mundo pareció detenerse.

El aire parecía cargado de tensión y los ojos de Raschid se oscurecían mientras admiraba la belleza de la mujer, enmarcada por la oscuridad que había tras las ventanas.

Tan alta, pensaba, tan increíblemente esbelta y femenina. Conocía a aquella mujer íntimamente tan bien como se conocía a sí mismo. Su piel era suave como el satén y brillaba como las perlas sobre las sábanas de seda roja, su pelo era como una corona dorada que enmarcaba la cara más bella que había visto en su vida. Una estructura ósea insuperable, nariz perfecta, labios generosos y unos ojos de color azul lavanda que, incluso cuando estaba furiosa, no podían ocultar lo que sentía por aquel hombre, opuesto a ella en todos los sentidos.

Porque si la piel de ella era clara, la de él era oscura, tan oscura como una madera tallada y bruñida hasta crear una exótica belleza masculina como Evie no había visto jamás. Y si ella era alta, él lo era más. Musculoso, fuerte, duro. Su pelo era suave, liso, negro, cortado a la perfección para destacar sus letalmente atractivas facciones: una nariz recta, una boca sensual y ojos como oro líquido que parecían llamar a los de Evie y pedirles que se ahogaran en ellos.

Opuestos, completamente. Ella, tan inglesa como una taza de té, él tan árabe como un guerrero beduino.

Llevaban dos años juntos, dos años, y saltaban chispas entre ellos cada vez que se encontraban. Chispas de un deseo sexual tan fiero como cuando todo había empezado.

Pero tenía que ser de ese modo, o la relación no habría sobrevivido a las críticas de sus dos diferentes culturas.

—Mis disculpas —dijo Raschid por fin y, al igual que sus ojos, su voz era como un líquido dorado que despertaba sus sentidos, bañándolos con miel—. Acabo de volver de mi embajada —añadió. Aquello explicaba su atuendo oriental, pensaba Evie deslizando los ojos por la blanca túnica con bordados azules. Aunque antes de entrar se había quitado el turbante, notó mientras observaba la sonrisa que iba formándose en la boca del hombre ante su obstinado silencio–. Estás enfadada conmigo.

–No –replicó Evie–. Estoy aburrida.

–Comprendo –susurró él, cerrando la puerta tras de sí–. ¿Qué quieres que haga? ¿Que me tire a tus pies? –preguntó con tono suave. En otro hombre, aquello hubiera sido un reto, pero en Raschid, sonaba como la más amable de las frases.

–En este momento, preferiría que me invitaras a cenar –replicó ella–. No he comido nada desde el desayuno y ahora son... las diez en punto de la noche –añadió, mirando su reloj.

–Entiendo. Quieres que te suplique que me perdones –sonrió él, que sabía descifrar la aparente frialdad de su amante.

Lo que no había observado era la ansiedad que había bajo aquella aparente frialdad. Afortunadamente, porque al verlo, Evie había decidido que necesitaba tiempo para darle la noticia.

Cuando ella se encogió de hombros, Raschid se dio cuenta de que aquello era una declaración de guerra. Y no era nada nuevo. De hecho, el fundamento de su relación era que los dos se habían negado siempre a sucumbir ante la arrogancia del otro. Evie se negaba a plegarse ante el ego masculino y él se negaba a hacerlo ante su imagen de princesa de hielo.

–Tengo responsabilidades –explicó él.

–¿No me digas?

–Mi tiempo no siempre es mío para decidir lo que hago con él.

–Y has decidido que podías dejarme esperando durante casi una hora –replicó ella, sarcástica.

Raschid empezó a caminar hacia ella, con la elegancia y suavidad de un depredador dispuesto a cazar a su presa. Los sentidos de Evie se despertaron al verlo crecer en altura, en poder, en proximidad.

Aquel hombre era poesía en movimiento. Tan fuerte y, sin embargo, tan esbelto, tan oscuro, tan... peligroso. Cuando estuvo a su lado, Evie sintió que le faltaba el aliento.

Y esa era la razón por la que nunca podría abandonar a aquel hombre. Se había metido dentro de ella como no lo había hecho ningún otro.

Los ojos color miel de Raschid se clavaron en los suyos, como un reto.

—Esta noche no me apetece pelear, querida —susurró él—. Te sugiero que abandones esa actitud de princesa herida.

—Me siento herida —replicó ella.

—Tú llegas tarde a nuestras citas muchas veces —señaló él, levantando su barbilla con un dedo—. Además, sé que te alegras de que «tarde tanto tiempo en llegar» —añadió, con doble sentido.

Evie apartó la cara cuando se dio cuenta de a qué se refería.

—¡No estamos hablando de tus habilidades sexuales! —exclamó, enrojeciendo a su pesar.

—Ah, es una pena —suspiró él.

—¡Raschid, hoy no tengo ganas de...! —empezó a decir, pero no terminó la frase porque él la atrajo arrogantemente hacia sí y tomó posesión de su boca.

Evie ni siquiera intentaba protestar, ni siquiera pretendía apartarse, todo lo contrario. Raschid saciaba un hambre que nadie más podría saciar, un hambre que seguía insaciable a pesar de llevar dos años siendo alimentada exclusivamente por él.

Dos años de relación que sus familias desaprobaban y que habían mantenido a los medios de comunicación expectantes por saber quién de los dos sería el que la diera por terminada.

Porque tenía que terminar en algún momento y todo el mundo era consciente de ello. El heredero de un jeque árabe debía casarse con alguien de su mundo. Y Evie debería haber aceptado la proposición de un marqués al que había dado la espalda. Pero seguían presionándola para que se casara con alguien de su cultura y de su clase... aunque esa clase estuviera en peligro de extinción.

Era precisamente saber que su relación debía terminar inevitablemente lo que hacía que siguiera siendo tan apasionada.

–¿Cenamos o seguimos peleándonos? –susurró Raschid, sobre su boca.

Evie sabía a qué se refería él cuando hablaba de «pelearse» y sabía también, sin ningún género de duda, lo que deseaba aquella noche. Lo que necesitaba, pensaba trágicamente. Necesitaba a aquel hombre.

Necesitaba su fuerza, su oscura y fuerte sensualidad. Necesitaba perderse en él, ahogarse en él... morirse en él. Aquella noche necesitaba creer que nada era diferente. Ser la mujer que él conocía y amaba para que él pudiera ser el hombre que ella amaba desesperadamente.

Y ningún hombre lo era más que su amante árabe. Un hombre que podía hacerle el amor con los ojos, como estaba haciendo en aquel momento. Seduciéndola suave, perezosamente. Tan buen conocedor de su poder sobre ella que no necesitaba ver cómo se oscurecían los ojos femeninos para saber cuánto lo deseaba.

–¿Llevas algo debajo de la túnica? –preguntó ella, deslizando las manos suavemente por los contornos que se adivinaban bajo la suave tela blanca.

–¿Por qué no la abres y lo descubres? –invitó él, jugando con los tirantes de su escotado vestido.

–¿Y que todo el mundo te vea desnudo? –bromeó ella, señalando la enorme ventana desde la que cualquiera, de Battersea a Westminster, podría ver lo que estaban haciendo.

La solución estaba al alcance de la mano de Raschid que, sin apartarse de ella, tiró de un cordón y una cortina de brocado de seda cayó suavemente, cubriendo el cristal. Evie no tenía más alternativa que decidir si quería saciar su hambre o su deseo.

Estaba clara cuál era la preferencia del hombre, ya que presionaba prominentemente contra su vientre, pero Evie estaba segura de que Raschid dejaría que fuera ella quien eligiera.

Y Raschid sabía que Evie estaba enfadada por hacerla esperar y que, si intentaba hacerle el amor sin esperar a que fuera ella la que lo pidiera, lo acusaría de estar utilizándola.

Pero también sabía que, al final, sería incapaz de resistir su seducción. Porque el cuerpo femenino mostraba los signos de un deseo que nunca había sido capaz de disimular en su presencia.

–Eres tan arrogante... –se quejó ella, en un último intento por conservar su orgullo intacto.

Él se limitó a sonreír con seguridad masculina.

–Dilo –urgió él–, o llamaré a Asim para que te lleve a casa.

Con un gemido de frustración, Evie levantó las manos y se agarró al cuello de la túnica... para volver a buscar, hambrienta, la boca del hombre. Pero lo castigó, mordiéndolo en el labio inferior antes de rendirse definitivamente.

Una hora más tarde, saciada su hambre, Evie se dejaba caer sobre el masculino pecho de Raschid que, desnudo sobre la cama, con los ojos cerrados y los labios entreabiertos, acariciaba indolentemente su pelo.

Evie sonrió para sí misma, disfrutando del cuerpo del hombre enredado con el suyo. De hecho, observar el cuerpo desnudo de Raschid era una de las actividades más fascinantes que había encontrado en su vida. Raschid, tumbado en la cama, era terriblemente sexy. Arrogante en su desnudez, pagado de su propia belleza y tan desinhibido a la hora de mostrar su cuerpo de bronce que, si hubiera entrado en la habitación un ejército de fotógrafos, ni siquiera se habría molestado en cubrirse.

–Necesito comer –anunció ella.

–Llama a Asim –aconsejó él, sin abrir los ojos.

Suspirando, Evie se apoyó en un codo y tomó el auricular. Su pelo, sofisticadamente recogido en un moño francés hasta una hora antes, colgaba sobre sus hombros como una cortina de seda dorada mientras hablaba con el sirviente del jeque.

–Un sándwich será suficiente –estaba diciendo, mientras Raschid apartaba un mechón de su cara–. No. Él comerá lo que yo coma. Es un castigo por hacerme esperar –añadió con una sonrisa desafiante antes de colgar.

Aquellos ojos color miel la miraban de tal forma que su corazón parecía encogerse. Era un hombre tan hermoso, pensaba Evie, sin poder evitarlo. Su alma estaba tan cerca de la suya que no podría sobrevivir sin él.

–¿Por qué no has comido hoy? –preguntó Raschid, acariciando su mejilla.

–No es que no tuviera hambre, es que no me apetecía lo que había para comer.

–¿Y eso? –preguntó Raschid.

–Problemas –contestó ella, apartándose.

–Explícate –ordenó él. Aunque sabía cuál iba a ser su respuesta y que destrozaría por completo la paz que habían disfrutado durante una hora.

Evie saltó de la cama, tan hermosa desnuda como lo estaba vestida e inclinándose, tomó del suelo la túnica que él se había quitado. Era demasiado grande para ella, pero aun así le quedaba fantástica. Con un ligero movimiento de la mano, se apartó el pelo de la cara y se dio la vuelta para mirarlo.

–Mi madre –explicó. No tenía que añadir nada más.

Raschid no decía nada, pero su expresión se había vuelto grave y se sentó sobre la cama, pasándose los dedos por el pelo en un gesto de infinita frustración, mientras ella entraba en el cuarto de baño arrastrando tras ella la túnica, como si fuera el manto de una reina.

El dormitorio era una obra maestra de diseño interior, mezclando dos culturas en una con el moderno uso de la madera clara en suelos y muebles y un toque del exotismo oriental en las alfombras persas y las sábanas y almohadones de seda.

El cuarto de baño era de lujo asiático, con suelos y paredes de mármol blanco, cristales con filigrana de oro, una bañera del tamaño de una piscina y, sobre ella, un óculo de cristal en el que se reflejaba toda la habitación. La ducha, último modelo en tecnología.

Evie entró en ella y cerró los ojos para disfrutar del delicioso masaje. Estuvo bajo el agua durante lo que le pareció una eternidad y oyó que Raschid entraba en el cuarto de baño. Pero no había ido a ducharse con ella, como solía hacer, y Evie sabía por qué. Mencionar a su madre había arruinado el momento. Su madre... el padre de él. Siempre eran el uno o la otra los que aguaban su felicidad.

Pero lo peor estaba por llegar, aunque él no lo sabía. Por eso había huido de la cama, para no tener que contárselo. Para darse un poco más de tiempo.

Era una cobarde, se decía a sí misma. Y era normal que lo fuera, porque el mundo estaba a punto de caérseles encima y no sabía cómo reaccionaría Raschid.

Cuando salió de la ducha, su amante no estaba en el cuarto de baño, pero había un caftán de seda azul turquesa sobre un escabel y Evie sonrió mientras se secaba. Lo había llevado muchas veces en aquel apartamento. Era uno de los muchos que Raschid le había regalado.

Después de ponérselo, deshizo el moño que se había hecho antes de entrar en la ducha y su larga melena cayó casi hasta la cintura. Peinándosela con los dedos, volvió al dormitorio, pero Raschid tampoco estaba allí.

Lo encontró en el salón, frente al bar, sirviéndose un vaso de agua mineral. Ninguno de los dos solía beber alcohol, ella porque no le gustaba, él porque lo prohibía su religión.

Estaba vestido y eso la sorprendió. Normalmente, se paseaba desnudo por la casa en noches como aquella. Pero la camisa, el elegante pantalón de diseño y los mocasines parecían enviarle un mensaje.

Raschid pensaba llevarla de vuelta a su casa en lugar de invitarla a pasar la noche con él.

Aunque se sentía desilusionada quizá no era mala idea, se decía Evie. Porque necesitarían estar separados durante un tiempo para pensar en su futuro después de lo que tenía que decirle.

—Su comida ha llegado, señora —sonrió él cuando la oyó entrar en el salón—. Ahora puede saciar ese otro apetito suyo.

Era una broma, pero Evie no tenía ganas de reír. Porque cuando miró la hermosa bandeja de comida, digna de un rey, su estómago se cerró.

El miedo había hecho que el apetito desapareciera.

—Raschid —empezó a decir—, tengo que hablar contigo.

Él se dio la vuelta con el vaso en la mano y la miró con una expresión inteligente. Quizá su estrangulado tono de voz le había advertido de que ocurría algo.

—¿Sobre qué? —preguntó él. Evie tuvo que apartar los ojos. Sabía que no podría mirarlo mientras le decía lo que tenía que decir. Acercándose a la ventana, abrió las cortinas para mirar hacia el infinito y encontrar así las fuerzas que empezaban a fallarle. Un minuto después, él dejó su vaso sobre el bar y se acercó. Pero no intentó tocarla; su instinto le decía que Evie necesitaba su espacio en aquel momento—. ¿Qué ocurre, Evie?

—Tenemos un problema —empezó a decir ella. Pero no podía seguir porque sus ojos se habían llenado de lágrimas que intentaba controlar. Raschid no decía nada, esperando a que continuara. Evie podía ver su cara reflejada en el cristal de la ventana. Estaba muy serio, grave, como si supiera que iba a enfrentarse a algo difícil. Pero, para su desesperación, Evie se dio cuenta de que no podía decírselo. Raschid era demasiado importante para ella. Lo amaba tan profundamente que no podía arriesgarse a perderlo. Aún no, pensaba con desesperación. Aún no—. Mi madre quiere que encuentres una excusa para no asistir a la boda de mi hermano —anunció. Era verdad, pero solo una verdad a medias.

Otro silencio. Evie observaba la cara del hombre a través del cristal y, por su expresión, se daba cuenta de que no la creía. Raschid era muy inteligente y el instinto le decía que su angustia se debía a algo más grave que una tonta pelea con su madre.

Aunque aquello también era cierto. Su madre había insistido durante el almuerzo en que Raschid no debería asistir a la elegantísima boda de su hermano, Julian, que tendría lugar dos semanas más tarde.

–La presencia de Raschid y tú juntos centraría toda la atención. Y lo importante ese día son los novios –le había dicho Lucinda Delahaye–. Si ese hombre tuviera un mínimo de sensibilidad, él mismo se habría dado cuenta y habría rechazado la invitación. Pero como está claro que no la tiene, creo que debes ser tú quien se lo diga.

En circunstancias normales, ni siquiera se habría molestado en comentárselo, pero aquel día nada era normal. Desde que se había levantado, todo había ido mal. Se sentía como si hubiera sufrido un accidente, tan sorprendida y alterada que no podía comportarse de forma natural.

De hecho, el día había pasado como en una nebulosa. Hasta que Raschid la había llevado a su cama, claro. Entonces la niebla se había levantado... solo para ser reemplazada por otra.

La gloriosa nebulosa del amor.

Pero, en aquel momento, incluso esa nebulosa había desaparecido y Raschid estaba tras ella, mirándola como si se sintiera decepcionado.

–¿Solo es eso? –preguntó.

–Sí –contestó Evie, irritada por su propia cobardía.

–Vete al infierno –gruñó él, apartándose.

Evie tenía el corazón en la garganta. Raschid se había dado cuenta de que le estaba ocultando algo. Cuando se dio la vuelta, lo vio cruzar el salón con paso seguro, mayestático.

–Raschid...

–Me niego a discutirlo –la cortó él, como si se sintiera ofendido. Aquello la hizo preguntarse cómo habría reaccionado el hombre si le hubiera contado lo que escondía con tanto celo–. ¡Tu madre no es tu guardiana y, desde luego, no es la mía!

–Es lógico que diga eso –dijo ella, sorprendiéndose a sí misma. Cualquier cosa le parecía mejor que confesar la verdad–. Tú sabes tan bien como yo el interés que tiene en nosotros la prensa. Y, en este caso, son los sentimientos de Julian y Christina los que hay que tener en consideración, no los nuestros.

–Mi padre es muy amigo del padre de Christina –replicó Raschid–. De hecho, lord Beverley ha ayudado a mi padre a salvar los obstáculos políticos que impedían modernizar mi país. No voy a ofenderlo solo porque a tu madre se le antoje –añadió. Evie se dio cuenta de que su fantástico amante se había convertido en aquel momento en el orgulloso príncipe que era–. Es mi deber acudir a esa boda en representación de mi padre.

«Deber». Evie sabía lo importante que era para Raschid esa palabra. Era una lástima que ese sentido del «deber» no se extendiera a los sentimientos de la mujer que era su amante.

–De acuerdo –dijo ella con toda la frialdad de la que era capaz–. Pero no te sorprendas si lo organizo de modo que no consigan una sola fotografía de nosotros dos juntos.

–¿Qué quieres decir con eso?

–Mi deber es conseguir que mi hermano y su novia sean el centro de atención el día de su boda.

–¿Y cómo piensas hacer eso? –preguntó él, irónico–. ¿Vas a ignorarme durante toda la ceremonia?

–¿Te importaría mucho si lo hiciera? –replicó ella.

–¿Era eso? –preguntó Raschid, clavando sus ojos en ella–. ¿Era eso lo que no te atrevías a decirme? ¿Que no te presto la suficiente atención?

Raschid había descubierto que ella ocultaba algo, pero no tenía ni idea de lo que podía ser.

—¿Te importaría si fuera así? –preguntó ella. Él no contestó, lo cual era una respuesta–. Estoy cansada. Me voy a casa...

—Tengo que salir de viaje mañana y estaré fuera durante una semana –informó él–. Cuando vuelva, tenemos que hablar.

Evie sintió un escalofrío, como si aquellas palabras fueran un mal presagio.

—Muy bien –dijo, dirigiéndose hacia la puerta.

Él no dijo una palabra, pero su mirada lo decía todo. Tenía una mente ágil, despierta, como un ordenador programado para computar datos a la velocidad del rayo. Y sabía que había algo más que ella no quería contarle.

—Evie... –la llamó. Ella se paró frente a la puerta, pero no se dio la vuelta–. Me importaría mucho.

Era demasiado. Sin decir nada, Evie se dio la vuelta y corrió hacia él.

Le hubiera gustado decirle que lo amaba con toda su alma, pero no lo hizo por miedo a que esas palabras desencadenaran otras que no se atrevía a decir y por las que, estaba segura, su amor quedaría enterrado para siempre.

De modo que, en lugar de hacerlo, se abrazó a él y enterró la cara en el sólido pecho del hombre.

Se lo contaría después de la boda de Julian, se prometió a sí misma. Podría esperar hasta entonces...

Capítulo 2

La boda de sir Julian Delahaye y lady Christina Beverley había sido descrita como la boda del año. Los invitados eran todos ricos, famosos, aristócratas, por no mencionar la presencia de dignatarios extranjeros que habían volado hasta Londres por respeto al padre de Christina, cuyas habilidades diplomáticas le habían hecho ganar amigos en todos los países del mundo.

Hacía un día precioso y la boda se celebraría en un castillo inglés con murallas y foso, en el corazón de Berkshire.

No se podía ser más romántico. No era extraño que hubiera gente dispuesta a hacer lo que fuera por conseguir una invitación.

Lo cual era una curiosa paradoja, porque Evie hubiera hecho cualquier cosa precisamente para no tener que acudir.

De hecho, debería haber sido una de las damas de honor, pero había rechazado la invitación, a sabiendas de que su hermano y Christina se sentirían molestos...

Evie lanzó un suspiro, mientras sus ojos color lavanda examinaban la imagen que le devolvía el espejo de su tocador.

No podía hacerle aquello a la pareja. La oveja negra de la familia no podía actuar como dama de honor y tanto ella como su madre lo sabían. Lucinda había respirado aliviada cuando su hija había rechazado la invitación.

Pero tendría que acudir a la boda, quisiera o no. Como hermana del novio, tenía la obligación de estar allí. Y, oveja negra o no, no pensaba desilusionar a su hermano. Lo quería y lo respetaba demasiado.

De modo que allí estaba, arreglándose frente al espejo de la habitación que la familia Beverley le había asignado en el castillo. Su madre no debía de estar muy lejos porque Evie casi podía sentir sus reproches atravesando la pared.

¿Por qué estaba su madre tan enfadada?, se preguntaba. Porque lady Lucinda Delahaye había tenido que soportar que su hija rechazara casarse con un marqués para volver con su amante árabe. Y eso no se lo perdonaría nunca.

–¡Él no va a casarse contigo! –había dijo su madre dos años antes–. ¡Es un príncipe árabe, Evie, y él sí conoce sus obligaciones! Cuando llegue el momento, te abandonará para casarse con una princesa de su país. Ya verás como tengo razón.

Evie sabía que tenía razón. Lo había sabido desde el principio. Aunque nunca hasta entonces había visto que el día de su ruptura estaba tan próximo.

Había tenido dos semanas para encontrar valor suficiente, se decía a sí misma. ¿Y qué había hecho? Había evitado a Raschid. Lo había dejado volar a su país, Behran, sin decirle nada y la semana siguiente ni siquiera había querido verlo.

Excusas, excusas. Su vida se había convertido en una larga serie de excusas.

Evie volvió a suspirar profundamente. Tenía ojeras y ni siquiera podía disimularlas con el maquillaje. Las largas noches en vela habían dejado su huella.

Un golpe en la puerta hizo que olvidara aquellos pensamientos e invitara a entrar a su visitante. La pesada puerta de roble se abrió en ese momento y su hermano, Julian, entró en la habitación.

Estaba guapísimo con el esmoquin gris tradicional para las bodas de día, el chaleco de seda y la corbata.

–Hola –saludó él–. ¿Cómo estás?

–Debería ser yo quien preguntara eso –sonrió su hermana.

Julian se encogió de hombros, sin mostrarse nervioso en absoluto. Amaba a Christina y ella lo adoraba. Aquella no era una unión pactada entre dos familias de la aristocracia.

–Mamá está teniendo un ataque de nervios por algo relativo a su sombrero –dijo él–. Así que he pensado venir a esconderme aquí.

–Te entiendo –dijo Evie.

Su madre podía ser una tirana cuando estaba nerviosa o alterada. Y aquel día estaría de ese modo, preocupada por dejar en buen lugar a la familia, de que su traje fuera perfecto, de parecer exactamente lo que era, la aristocrática madre del novio.

–No puedo creer que te hayan asignado esta habitación –dijo Julian mirando alrededor.

El castillo, de cincuenta habitaciones, había sido dividido en dos alas para la boda. Los invitados del ala este eran los del novio, mientras los de la novia ocupaban el ala oeste. Cuanto más al este, más pequeñas eran las habitaciones. Y en el caso de la de Evie, tanto que la enorme cama con dosel ocupaba todo el espacio. Un mensaje clarísimo marcándola como la oveja negra.

Sonriendo para sí misma, Evie se volvió hacia el espejo.

–Me han puesto aquí porque es una habitación para una chica soltera –explicó, con las mismas palabras que la estirada madre de Christina había usado aquella mañana–. Y como sabes, yo soy una chica soltera –añadió, irónica.

–Son unos hipócritas –gruñó Julian, molesto–. Pueden desaprobar lo que haces con tu vida, pero no tienen por qué mostrarlo públicamente. ¡Y encima, tienen la cara de invitarlo a él!

–Yo no he tenido nada que ver.

–Lo han invitado porque no se atreven a ofenderlo.

–Y él ha tenido el mal gusto de aceptar –dijo ella.

–¿Lo has convencido tú?

–No. La verdad es que le pedí que no viniera.

Y él le había dicho que se fuera al infierno, recordaba entonces. Aunque eso era lo que ella esperaba. Raschid era arrogante de nacimiento. Estaba en sus genes ignorar lo que quería ignorar.

Y negarse a entender que su presencia en la boda sería un motivo de bochorno para su aristocrática madre era otra de sus muestras de ceguera, pero quizá no la más criticable. ¿Quién, en aquellos tiempos, criticaría a un hombre y a una mujer libres por mantener una relación amorosa?

«Libres», se repetía Evie a sí misma. Menudo cliché. Porque no había nada libre en su relación con Raschid. Los dos habían tenido que pagar un precio. Y ella no se había sentido libre desde el día que lo conoció; por eso retrasaba el momento de decirle lo que sabía que tendría que decirle en algún momento.

Pero no aquel día, se decía a sí misma. Aquel día era de Christina y de su encantador hermano que, de espaldas a ella, observaba lo que ocurría al otro lado de la ventana con cara de pocos amigos. Y ella no quería que fuera así. Aquel día tenía que ser un día feliz para él.

–Julian –dijo, levantándose–. No pongas esa cara de enfado. Vamos, anímate.

Él se volvió, sonriendo, y Evie le devolvió una sonrisa sincera. Quería tanto a su hermano mayor como él la quería a ella.

–Estás guapísima –murmuró Julian–. Me encanta el vestido.

–Gracias. Lo he elegido con mucho cuidado para la boda del mejor hermano del mundo.

Y para demostrar que, a pesar de que no era una de las damas de honor, no pensaba pasar desapercibida en la boda de Julian, como algunos hubieran preferido.

El elegante vestido de seda roja, obra de un famoso diseñador italiano, tenía escote en uve y se adornaba con un cinturón dorado. En los pies, sandalias doradas de tacón. Sobre la cama había un bolero rojo de seda a juego con el vestido y una enorme pamela del mismo color que cumpliría la función de esconder sus pensamientos durante aquel día que se prometía aterrador.

–Desde luego, no vas a pasar desapercibida –dijo su hermano.

–La perversa dama de rojo –sonrió ella–. No puedo luchar contra ellos, de modo que me uniré a su condena.

–¿Y a él no le va a importar que aparezcas en público de esa forma tan llamativa?

–Es mi amante, no mi guardián –se encogió ella de hombros.

–Ah. Me huelo que hay problemas –suspiró Julian–. ¿Es un castigo porque él se ha negado a rehusar la invitación? –preguntó. Evie no contestó. Se dio la vuelta y se dirigió de nuevo al tocador para terminar la sesión de maquillaje–. Evie...

–No –lo interrumpió ella–. No empieces, Julian. Hoy no.

–Pero...

–Pero nada. Lo que pase entre Raschid y yo es cosa nuestra.

–Vaya. Ahora entiendo que mamá esté tan nerviosa...

–¿Para eso has venido, Julian? ¿Para saber si es culpa mía que mamá esté histérica?

–¿Y es así?

–No la he visto desde que llegamos aquí esta mañana.

–¿Y no se ha metido contigo desde entonces?

–Había otros invitados –contestó ella.

–Entonces, es eso. La pobre está frustrada porque no ha podido darte la charla.

–¿Te refieres a lo de que las señoritas de buena familia no se acuestan con perversos árabes? –preguntó Evie con aire inocente mientras se ponía máscara en las pestañas.

—Es una esnob —suspiró Julian.

—Es peor que eso —corrigió Evie—. Si fuera solo una snob habría intentado por todos los medios que me casara con Raschid. Al fin y al cabo, un príncipe árabe cargado de millones siempre es mejor que un marqués arruinado, ¿no?

—Supongo que estará aterrorizada pensando que Raschid te va a comer a besos delante de todo el mundo.

Evie soltó una carcajada.

—¡Raschid nunca haría eso en público! Es demasiado arrogante. Y demasiado consciente de quién es como para caer tan bajo. La verdad es que mamá y él son tal para cual en ese sentido.

—Hablas como si ese hombre te disgustara —murmuró su hermano.

¿Disgustarla? Lo adoraba, tuvo que admitir Evie en silencio. Era ella misma la que se disgustaba.

—No me disgusta en absoluto. Todo lo contrario —dijo ella, intentando aligerar la conversación.

Alguien golpeó la puerta en ese momento y los dos, Julian y Evie, se volvieron para ver entrar en la habitación a su madre.

Alta como ellos, esbelta y rubia, era la madrina más elegante que podía haber, envuelta en un clásico traje de Chanel azul y beige.

—Sabía que estarías aquí, Julian —dijo Lucinda—. Será mejor que bajes. Los invitados están empezando a llegar.

En otras palabras, quería estar a solas con Evie para darle la esperada charla. Julian iba a decirle que no lo hiciera, pero la mirada de Evie se lo impidió.

Sabía igual que ella que irritar a su madre aquel día era lo peor que podían hacer.

De modo que, encogiéndose de hombros, se inclinó hacia su hermana para darle un sonoro beso en la mejilla y se dirigió hacia la puerta. Cuando estuvo al lado de su madre, no pudo evitar hacerle una advertencia con la mirada. Lucinda reaccionó mirando hacia otro lado antes de cerrar la puerta.

El aire de la habitación se volvió, de repente, helado.

—¿Vas a ponerte ese vestido? —preguntó.

Evie tomó aire y lo soltó despacio para intentar conservar la calma.

—Sí —contestó por fin.

Lucinda la miraba con la expresión de desaprobación a la que Evie estaba acostumbrada.

—A mí no me parece el más adecuado. ¿No podrías haber encontrado algo menos... llamativo?

—Hoy todo el mundo estará pendiente de Christina —Evie intentó sonreír—. Tú estás muy guapa, madre. El epítome de la elegancia y el estilo.

—Sí... —murmuró su madre, como si con aquel monosílabo quisiera recordarle a su hija que ella carecía de ambos. Evie observaba en silencio mientras Lucinda repasaba el sucinto contenido de su armario con expresión irritada. Estaba buscando algo más apropiado que el vestido rojo, como Evie había imaginado que haría, y por eso no había llevado nada más. Había tenido que soportar escenas como esa muchas veces—. No has traído nada para el baile de esta noche —dijo su madre.

Evie la miró durante unos segundos, preguntándose si algún día la perdonaría por enamorarse del hombre equivocado. Probablemente no, se decía. Su madre tenía frente a ella una exquisita túnica de seda dorada que Raschid le había regalado el mes anterior y, por supuesto, aparentaba no verla.

Pero la túnica era una creación sensacional, hecha de la más fina seda, con una caída tan delicada como si la hubieran tejido los ángeles. De manga larga y escote redondo, se movía sobre el cuerpo con una gracia inimitable.

—No te pongas pesada, madre —suspiró Evie—. No mencionar a Raschid no va a hacer que desaparezca.

—¿Qué tendría que hacer para que desapareciera?

El tono sarcástico hizo que Evie levantara la cabeza, irritada.

—Nada. No puedo soportar estar separada de él —contestó.

Su madre suspiró, agotada, y se dirigió hacia la ventana donde había estado su hijo unos minutos antes.

Con una punzada de remordimientos, Evie se levantó para darle un beso en la perfumada mejilla.

—No te enfades, mamá. Te quiero mucho.

—Pero lo quieres más a él —replicó su madre.

No había respuesta para eso excepto la verdad y Evie decidió guardársela para sí misma.

—Te juro que hoy no haré nada que pueda abochornarte.

Su madre asintió, como si la creyera, y Evie volvió a besarla en la mejilla antes de dirigirse a la cama para ponerse el bolero.

—Ha venido Harry.

—Lo sé —dijo Evie.

—Sigue enamorado de ti.

—Se le pasará. Algún día encontrará a la mujer adecuada.

—¡Tú eras la mujer adecuada! —exclamó su madre—. ¿Has vuelto a hablar con él desde que lo dejaste tirado?

—¡Yo no lo dejé tirado! —corrigió su hija—. Él me pidió que me casara con él y yo le dije que no. Harry lo aceptó sin discutir, ¿por qué no puedes aceptarlo tú, madre?

—¡Porque sigo imaginando lo felices que podíais haber sido juntos hasta que apareció ese hombre y lo estropeó todo!

—Puede que estropeara tus planes —replicó Evie, impaciente—, pero no los míos. ¡Estoy enamorada de Raschid! ¡Bendigo cada día que puedo compartir con él! ¿Es que no lo entiendes?

—¿Y qué pasará cuando ya no te quiera? —insistió su madre, inasequible al desaliento—. ¿Qué te quedará, Evie, puedes decírmelo?

Evie sabía la trágica respuesta a aquello, pero no pensaba decírselo.

—¿Es que no puedes alegrarte de que sea feliz?

–No eres feliz. De hecho, yo diría que últimamente pareces triste. ¿Te importaría explicarme por qué, si tu historia de amor es tan mágica como dices?

–No sé de qué estás hablando –murmuró Evie, apartando la mirada.

–¿No? Veremos si es verdad –replicó su madre, dirigiéndose a la puerta–. Intenta ser discreta delante de los invitados. Hay representantes de todos los estados árabes y no quiero que todo Oriente Medio hable de mi hija como de una casquivana.

¿Una casquivana?, se repetía Evie mirando la puerta tras la que había desaparecido su madre como si quisiera fulminarla.

Pero, en lugar de eso, se sentó sobre la cama y se arrugó como una flor seca.

¡Aquel iba a ser un día horrible, desde luego!

Y no solo por la actitud despreciativa de su madre, sino por todas las caras de desaprobación que iba a encontrar... inglesas y árabes.

En silencio, maldecía a Raschid por ser quien era y como era. Y se maldecía a sí misma. Si uno de los dos hubiera sido un desconocido, a nadie le habría importado.

Pero él tenía que ser el heredero de un emirato árabe y ella tenía que pertenecer a una de las familias más aristocráticas de Inglaterra. Y esa relación exasperaba a todo el mundo.

Una exasperación que pronto se convertiría en escándalo, pensaba Evie.

–Maldita sea –musitó, poniéndose en pie.

Capítulo 3

Los invitados esperaban sobre el cuidado césped del castillo, que llevaba hasta un hermoso lago natural. Entre el lago y el antiguo edificio había una gigantesca carpa blanca decorada con cientos de flores, bajo la que se habían instalado las mesas para el banquete.

La madre naturaleza estaba siendo benévola aquel día. El sol brillaba y la suave brisa veraniega llevaba el aroma de las rosas y el sonido de la banda de música que tocaba en una esquina del jardín.

Interminables alfombras protegían el césped desde las puertas del castillo hasta la carpa y desde ella hasta otra más pequeña que lord y lady Beverley habían instalado frente a la puerta de la capilla, donde tendría lugar la ceremonia. De ese modo, los novios se darían el sí en suelo consagrado. Las hermosas y antiguas vidrieras como fondo eran el decorado perfecto.

Todo el mundo estaba impresionado. Incluso Evie, que había tardado todo lo posible en salir.

Los invitados esperaban charlando, riendo, bromeando. Eran gente famosa. Gente importante de todas partes del mundo, mezclándose en coloridos grupos. Gente a la que, por una vez, no molestaba posar para la media docena de fotógrafos que habían sido invitados a cubrir el evento, advirtiéndoles de que no molestaran demasiado.

El ambiente era cálido y acogedor y Evie sonreía mientras caminaba por la alfombra verde. La gente la saludaba, la besaba fugazmente en la mejilla o estrechaba su mano. Otros simplemente la miraban porque, sin lugar a dudas, Evangeline Delahaye era una de las mujeres más hermosas de Inglaterra.

Además de ser alta, esbelta y guapísima, era la famosa amante de un príncipe árabe, un hombre temido y respetado. Y, enormemente atractivo, lo cual añadía un poco más de morbo al romance.

Era la historia de amor de la década. Los medios de comunicación estaban encantados, sus familias respectivas lo odiaban y a todo el mundo le gustaba especular sobre ellos, mientras la pareja en cuestión ignoraba los comentarios.

Y eso los convertía en el centro de atención fueran donde fueran.

–¿Puedo hacerle una fotografía, señorita Delahaye?

Evie vio al joven fotógrafo de una conocida revista. Sonreía con la cámara en la mano, relajado aquel día porque nadie le ponía pegas para dejarse retratar.

–No, gracias –rehusó ella con amabilidad. Y siguió caminando hasta llegar a la carpa situada frente a la capilla.

Había gente sentada en las sillas preparadas al efecto, entre ellos su hermano, que charlaba tranquilamente con su padrino, sir Robert Malvern, mientras su madre, sentada en la primera fila, escuchaba a su tía abuela Celia.

Que probablemente estaría hablando mal de ella, pensaba Evie, al ver la fiera expresión de la anciana. Cuando dirigió la mirada hacia el lado contrario se encontró, como imaginaba, con Raschid.

Su corazón dejó de latir durante unos segundos mientras miraba al hombre que le daba sentido a su vida.

Estaba de pie, charlando con un grupo de hombres, todos ellos con el tradicional atuendo árabe. Pero para Evie solo había un hombre. En altura, en atractivo, en carisma masculino,

Raschid reinaba sobre todos los demás. Llevaba la túnica blanca de seda, *dishdasha*, que solía llevar a los acontecimientos oficiales, con bordados en oro y un turbante o *gutra* en la cabeza.

Y él pareció notar el preciso instante en que Evie lo había mirado porque, a pesar de estar prestando atención a lo que uno de los hombres le estaba contando, levantó la mirada y la dirigió hacia ella. Sus ojos se encontraron durante un segundo y, como siempre, ninguno de ellos movió un músculo, transfigurados por un instante.

No se saludaron, ni con palabras ni con gestos, pero debían de estar comunicándose de alguna forma porque de repente los invitados que estaban dentro de la carpa se quedaron en silencio.

Muchos volvieron la cabeza, mirando de uno a otro. Julian se dio cuenta del extraño silencio y, cuando miró a su hermana, le hizo un gesto de complicidad. Pero su madre se había puesto roja de vergüenza. El hombre que estaba hablando con Raschid le tocó el brazo para recuperar su atención.

Eso rompió el hechizo. Raschid bajó los ojos y volvió a la conversación y Evie miró a su tía abuela, que le devolvió una mirada cargada de desaprobación.

Después de eso, Raschid y Evie se ignoraron. Ella fue a decirle unas palabras a su hermano antes de sentarse al lado de su madre, mientras la carpa se iba llenando de invitados.

Cuando una pálida y emocionada lady Beverley era escoltada hasta el altar por un mayordomo, la congregación cayó en un profundo y respetuoso silencio.

Entonces empezó a sonar un órgano desde el interior de la capilla. El sonido de la marcha nupcial y los murmullos de los invitados señalaban la entrada de la novia.

Y Evie se dio la vuelta en su asiento para ver a la mujer de blanco que se deslizaba por la alfombra del brazo de su orgulloso padre.

Christina estaba preciosa con un vestido de Chantilly que destacaba a la perfección su belleza morena. Llevaba una corona de rosas en el pelo, las mismas que formaban su bouquet y que hacían juego con el color de los vestidos de las cinco damas de honor.

La tranquila expresión del rostro de ella y la cara de orgullo de su hermano mientras la esperaba en el altar hicieron que Evie sintiera un nudo en la garganta. Estaban tan seguros el uno del otro que no parecía haber miedo ni duda alguna en su actitud.

Se alegraba de que Raschid estuviera tres filas detrás de ella porque de ese modo, él no podría ver su expresión. Pero quizá la habría sentido. ¿Estaría, como ella, pensando en lo que nunca podrían tener?, se preguntaba.

Aunque se amaban. Evie no dudaba ni un momento de su amor. Y, de alguna manera, Raschid y ella daban testimonio de ese amor manteniéndolo a pesar de la oposición de sus familias.

–Nos hemos reunido para unir en matrimonio a este hombre y esta mujer...

Por el rabillo del ojo, Evie vio a su madre secarse unas lágrimas con el pañuelo de seda y sintió una punzada de culpabilidad. Sabía que la había decepcionado, que nunca se sentiría orgullosa y feliz como lo era en aquel momento la madre de Christina.

Sin pensarlo, tomó la mano de Lucinda y se la llevó a los labios, en un mudo gesto de disculpa.

Pero su madre la rechazó, apartando bruscamente la mano.

Y eso le dolió. Le dolió tanto que apenas prestó atención al resto de la ceremonia.

Rezos, bendiciones, canciones religiosas, votos... Evie actuaba de forma mecánica, sin dejar de sonreír. Solo unos pocos podrían haber adivinado que tras aquellos brillantes ojos azules había una mujer llena de dolor.

El jeque Al Kadah era una de esas personas. Unas filas detrás de ella, no dejaba de mirarla, como si estuviera intentando adivinar sus pensamientos.

Parecía tranquila, pensaba. Su exquisito perfil, tan elegante como siempre. Tenía las manos relajadas sobre la falda y en su rostro no mostraba tensión alguna.

Y, sin embargo, su instinto le decía que ocurría algo.

Tenía que ser aquella maldita boda, se decía. ¿Qué mujer no soñaba con casarse como lo estaba haciendo Christina Beverley aquel día?

Raschid se movió incómodo en la silla, molesto consigo mismo por su incapacidad de hacer a Evie totalmente feliz.

Se alegró cuando terminó la ceremonia y los invitados empezaron a charlar. Todos esperaban que los novios salieran del interior de la capilla, a la que habían entrado con los testigos para firmar el compromiso. Raschid no solía sentir deseos de tomar alcohol, pero en aquel momento necesitaba una copa.

—Realmente, si uno deja a un lado el ritual religioso —estaba diciendo uno de sus acompañantes—, un matrimonio cristiano no es tan diferente de uno árabe.

No estaría diciendo aquello si quienes se hubieran casado fueran Evie y él, pensaba Raschid mientras sonreía diplomáticamente.

En ese momento, la banda de música empezó a tocar de nuevo y un tenor entonó una canción, salvándole de tener que replicar.

Raschid volvió a mirar a Evie. En aquel momento sí percibió que estaba tensa, sentada con la espalda muy recta mientras escuchaba lo que la señora vestida de color lila le decía con expresión severa. Su madre había desaparecido en el interior de la capilla para sumarse al grupo de firmantes, ceremonia de la cual, aparentemente, Evie había sido excluida.

Por propia elección, estaba seguro. Conociéndola, sabía lo que habría dicho: «Imagina lo que diría la prensa si yo fuera dama de honor o testigo de la boda: Evangeline Delahaye en la boda de su hermano, al lado de su amante árabe». No, definitivamente, había preferido ser discreta y dejar que la atención se centrara en Christina Beverley.

Por eso le había pedido que no acudiera y, arrogante como siempre, él había tratado la petición con el mayor desprecio.

Pero en aquel momento, viendo a Evie aislada del resto de su familia, se daba cuenta de que había sido un egoísta.

La señora vestida de lila parecía furiosa con ella y, cuando Evie por fin se decidió a replicar, la mujer se levantó de golpe y fue a sentarse dos filas más atrás, dejándola completamente sola.

Raschid estuvo a punto de acercarse para reconfortarla, pero sabía que eso solo empeoraría las cosas y daría lugar a comentarios y especulaciones.

Ver a Evie aislada de todos le partía el corazón y hubiera deseado matar a alguien. Posiblemente a sí mismo, por el error que sabía estaba cometiendo al amar a aquella mujer.

El gesto de su tía abuela había hecho que docenas de ojos se clavaran en ella y Evie tuvo que echar mano de todo su coraje y sus buenas maneras para mantener la compostura.

–Y allí está él, rodeado por los de su clase. ¡Aparentando ser un hombre civilizado cuando no es más que un bárbaro! –había dicho su tía abuela sin molestarse en disimular su desprecio–. ¡Y tú, desvergonzada, abochornando a la familia Delahaye con esa pecadora relación! ¿No te da vergüenza?

–No –había contestado ella con frialdad.

Y entonces la anciana se había levantado, no sin antes lanzar otra de sus frases venenosas.

–¡Podrías haber sido una marquesa, pero te has conformado con ser una ramera!

¿Habría escuchado aquello Raschid?, se preguntaba Evie. Probablemente, porque podía sentir los ojos del hombre clavados en su espalda.

La frase de su tía abuela Celia había sido como una bofetada y se alegraba de que la enorme pamela la cubriera en parte, porque de ese modo nadie vería el rubor que cubría sus mejillas.

Afortunadamente, los novios y testigos salían en ese momento de la capilla y todos los invitados se levantaron para aplaudir mientras los recién casados caminaban sonrientes por la alfombra.

Evie aplaudía como los demás, con lágrimas de emoción en los ojos. Por eso no se dio cuenta de que había alguien a su lado, hasta que los invitados empezaron a salir de la carpa para reunirse con los novios bajo el sol.

Cuando vio a unos centímetros la atractiva y oscura cara de Raschid, su corazón dio un vuelco.

Estaba sonriendo con aquella sonrisa suya irónica y hermosa. Pero sus ojos eran sombríos. El oro líquido de sus ojos la quemaba con tal intensidad que tuvo que disimular un suspiro, mientras volvía la cabeza para ver cómo los últimos invitados salían de la improvisada carpa.

–Estás guapísima –murmuró él–. Pero muy triste.

–Me gustaría esfumarme. ¿Tú crees que mi madre se daría cuenta?

–No –contestó él–. Pero yo sí.

A pesar de la tristeza, Evie consiguió sonreír.

–Eso es porque te gusto mucho. Al contrario que a mi madre.

–Tu madre tiene muy mal gusto.

–Me parece que ella no lo sabe.

–¿Quieres que se lo diga? –insinuó él.

–No. Lo que me gustaría es que me envolvieras en tu túnica y me sacaras de aquí.

–¿Ahora mismo? –preguntó él, tomándola por la cintura. Sus ojos seguían sombríos a pesar de las bromas–. Solo tienes que decirlo y te llevaré a mi palacio en el desierto de donde jamás te dejaré salir.

—Un destino peor que la muerte –intentó sonreír ella–. Allí hay mazmorras terribles, sin ventanas para ver el sol. Lo sé porque tú mismo me lo has dicho.

—También hay hermosas habitaciones con vistas a inmensos jardines que me cuesta una fortuna regar. Puedes quedarte en una de esas habitaciones –ofreció él–. Te visitaré todos los días para llevarte costosos regalos y hacerte los más hermosos cumplidos.

—¿Y podría entrar y salir del palacio libremente?

—No. Serías mi prisionera. Con guardianes en cada puerta del palacio para que no pudieras escaparte nunca.

—¿Y si me gusta alguno de esos guardianes para un rato de diversión?

—Serían eunucos. No servirían para la clase de diversión a la que te refieres.

—Entonces no quiero ir –siguió Evie la broma–. Estaría más triste allí que en Inglaterra.

—Esa es mi chica –susurró Raschid, atrayéndola un poco más hacia su musculoso cuerpo cubierto por la túnica–. Disfrutar de lo que uno tiene siempre es lo mejor en estos casos.

Evie se echó a reír y él sonrió al ver que había conseguido disipar la tristeza de sus ojos. Después, inclinándose para evitar la pamela, Raschid la besó.

En ese momento estaban completamente solos bajo la carpa. Sin embargo, sus labios apenas se habían rozado cuando ella dio un paso atrás.

—¿Está intentando seducirme a plena luz del día, jeque Al Kadah? –preguntó, intentando suavizar el rechazo.

—No –contestó él, sombrío de nuevo–. Solo estaba intentando demostrar cuánto me importas.

—¿Aquí, frente a un altar cristiano? ¿Qué diría tu Dios? ¿O es que la carpa que hay sobre tu cabeza te ha hecho olvidar dónde estás? –siguió intentando bromear ella.

—Mi Dios es el mismo que el tuyo, Evie –replicó Raschid.

—Bueno, por si acaso estás equivocado, yo me voy. No quiero ser destruida por un rayo —seguía bromeando ella—. Nos veremos luego.

—Evie...

Ella se había dado la vuelta, pero el tono de voz del hombre hizo que se parase, con el corazón encogido.

Raschid no era tonto y ella lo sabía. Los ojos color miel habían captado su mirada angustiada.

—¿Qué? —preguntó, sin darse la vuelta.

—¿Qué ocurre? —preguntó él a su vez, después de una pausa.

—Nada.

—¿Es que crees que no me he dado cuenta de que intentas evitarme?

—Los dos hemos estado ocupados —se disculpó ella.

—Has estado escondiéndote —corrigió él—. Y sigues haciéndolo.

—Le he prometido a mi madre comportarme de forma digna, Raschid. Eso es todo —suspiró ella.

—¿Y crees que tu dignidad va a resultar herida si te beso? —preguntó él. Su tono había cambiado. Se había convertido en el Raschid arrogante de nuevo.

—Te advertí que no vinieras —le recordó ella.

—Y me estás castigando por no obedecer. ¿Es eso?

—Raschid, tú eres un hombre —intentó explicar ella—. Que te acuestes con una aristócrata inglesa es una pluma en tu sombrero, mientras que a mí me convierte en una ramera.

—¡Eso es lo que te ha dicho la horrible mujer del vestido lila, claro!

A pesar de la tristeza, Evie no pudo evitar sonreír al ver de qué modo se refería a su tía abuela Celia.

—En realidad, dijo que eras un bárbaro —siguió ella.

—¿Y tú estás de acuerdo?

—Claro que sí. Pero es que a mí me gusta que seas un bárbaro –contestó ella con voz suave. La mirada oscura del hombre hizo que sintiera mariposas en el estómago–. Tengo que irme.

–¿Te escapas otra vez?

–Te veré más tarde –fue lo único que dijo ella, alejándose.

Fuera de la carpa el sol brillaba con fuerza, el aire era transparente y el sonido de las risas y las conversaciones animaba el jardín.

Los novios posaban para las fotografías frente a un hermoso roble que parecía tener más de mil años. Los invitados formaban pequeños grupos y un ejército de camareros con chaqueta blanca se movía entre ellos con bandejas llenas de copas de champán.

La banda de música seguía tocando y Evie se dio cuenta en ese momento que no la había oído mientras hablaba con Raschid.

Pero Raschid ejercía ese efecto en ella. Cuando estaba a su lado, el mundo empezaba y terminaba en él.

Julian la vio en ese momento y le hizo una seña con la mano para que se acercara. Evie asintió con la cabeza, pero no lo hizo. Su hermano no lo sabía, pero no tenía intención de aparecer con ellos en las fotografías.

De modo que tomó una copa de champán y se paró a charlar con el primer grupo de gente que la saludó.

Un instante después, alguien la tocó en el hombro y cuando se dio la vuelta se encontró frente a un hombre atractivo con el pelo castaño, ojos grises y actitud tímida.

–¡Harry! Qué alegría verte –sonrió Evie sinceramente, besando al hombre en la mejilla.

No muy lejos de ella, varias personas observaban aquel gesto cariñoso con diferentes puntos de vista. Su madre, con indisimulada satisfacción, Raschid con los labios apretados. Siempre había creído que Evie solo sonreía con ternura para él y descubrir que reservaba aquel gesto para otro hombre le dolía más de lo que había podido imaginar.

Sabía quién era el hombre, por supuesto, y lo que había sido para Evie. Habían sido amigos desde la infancia y novios durante la adolescencia, pero nunca amantes, se recordaba a sí mismo mientras observaba al marqués de Lister tomar a Evie por la cintura.

–Sigue enamorado de Evie –oyó una voz a su lado–. Ella le rompió el corazón cuando lo dejó por usted. ¿Le romperá usted el corazón a mi hija cuando llegue el momento de abandonarla?

–Me pregunto qué es lo que en realidad desea, lady Delahaye –replicó Raschid con una sonrisa tensa–. Que yo deje a su hija o verla con el corazón roto.

–Yo quiero a mi hija –protestó la madre de Evie.

–¿De verdad? Pues permítame decirle que no lo demuestra.

–¡Evie tiene derecho a estar al lado del hombre que ama con la cabeza bien alta!

–¿Y por qué no lo hace? –replicó él, irónico.

–Mi hija no está bien –suspiró Lucinda Delahaye–. No es feliz. Únicamente ha sonreído con alegría al ver a Harry.

–Lo sé –dijo Raschid, sombrío–. Perdone –se disculpó después bruscamente, dejando a lady Delahaye con expresión disgustada.

Raschid se disponía a acercarse a Evie, pero Julian y su esposa se interpusieron en su camino para saludarlo.

Afortunadamente, pensaba Evie mientras aparentaba escuchar la charla de Harry sobre su innovador programa de cría de sementales.

Había visto a su madre hablando con él y se había dado cuenta de que intercambiaban palabras agrias.

Lo cual solo podía significar una cosa. Su madre había vuelto a causar problemas.

–Deberías venir alguna vez para ver lo que estamos haciendo. No te puedes imaginar la cantidad de cambios que ha habido desde la última vez que me visitaste –estaba diciendo Harry.

De repente, oyeron unas carcajadas. Su hermano y Raschid reían alegremente mientras la risa de Christina, más suave y melodiosa, demostraba a las claras su felicidad.

Y, de nuevo, Evie se alegraba de que la enorme pamela ocultara su expresión de envidia, porque le hubiera gustado estar con ellos y no escuchando a Harry.

Harry, de quien una vez había creído estar enamorada pero que, después de conocer a Raschid, se había convertido en nada.

–Tu madre me ha dicho que no sueles ir a Westhaven. ¿Es que no quieres encontrarte conmigo? –oyó la voz de Harry como a lo lejos.

–¿Qué? –preguntó, devolviendo su atención a la conversación–. No seas tonto, Harry. Siempre hemos sido amigos y creí que seguíamos siéndolo.

–No debería haberte pedido que te casaras conmigo –se disculpó el hombre, tímidamente.

–Me sentí muy honrada de que lo hicieras –sonrió Evie–. Y muy triste por tener que decir que no. Pero no hubiera funcionado –añadió suavemente–. Nos conocíamos demasiado bien.

–Quieres decir que entre nosotros no había pasión, ¿verdad? –preguntó el hombre, sin atreverse a mirarla a los ojos–. Desde luego, no la que hay entre el jeque y tú.

No había forma de contestar a eso y Evie ni siquiera lo intentó. En lugar de hacerlo, volvió a hablar sobre los caballos. No mucho después de eso, el maestro de ceremonias llamó a los invitados para que ocuparan sus puestos en las mesas preparadas para el banquete.

Durante las horas siguientes, Evie ni siquiera vio a Raschid. Ella estaba sentada en la mesa de la familia mientras él estaba en la de los dignatarios extranjeros al otro lado de la carpa.

El día pasaba mientras iban degustando plato tras plato y charlaban sobre asuntos sociales. Hubo discursos y brindis por la felicidad de los novios y, al caer la tarde, los cuatrocientos invitados empezaron a levantarse de las mesas para vestirse de gala. El baile tendría lugar poco después.

Evie estaba cansada y se dio un largo baño caliente en la antigua bañera de plomo, intentando relajarse. Sin resultado.

Mientras se ponía un albornoz sobre el body de color carne que llevaría bajo la túnica dorada, alguien llamó a la puerta y pensó, descorazonada, que sería su madre de nuevo para amargarle el día.

Pero se llevó una sorpresa cuando vio que era Raschid quien entraba en la habitación.

Capítulo 4

Su horror debía de ser aparente porque la expresión de Raschid era más que sombría mientras cerraba la puerta de la habitación con llave y se apoyaba en ella con actitud beligerante.

Se había quitado la túnica árabe, que había sido reemplazada por un atuendo occidental. Camisa blanca, corbata de lazo, chaqueta blanca de esmoquin y pantalones negros que acentuaban los músculos de sus poderosas piernas.

Evie intentaba disimular su turbación mientras lo veía mirar alrededor con indisimulada desaprobación.

–Tu hermano no estaba exagerando cuando me dijo que te habían insultado –empezó a decir–. Y no me extraña que la novia haya salido corriendo para hablar con su madre del asunto. Según lady Beverley, ha sido tu propia madre la que ha insistido en que te pusieran lo más lejos posible del resto de los invitados. Sobre todo, lo más lejos posible del ala oeste, donde me han alojado a mí –añadió. Evie intuía que aquello era cierto y no podía evitar sentirse dolida por la mezquindad de su madre–. Solo tienes que decirlo y llevaré tus cosas a mi habitación.

–Estoy bien aquí –dijo ella, preguntándose si su madre realmente creería que podía mantenerlos separados con un gesto tan infantil como aquel. Cincuenta metros de pasillo no eran obstáculo para Raschid, desde luego–. ¿Para eso has venido? ¿Para comprobar mi «insultante» acomodo?

—No —contestó él, mirándola a los ojos—. He venido para preguntar por tu salud.

—¿Mi salud? —repitió ella—. ¿Es una broma?

—Lo digo en serio, Evangeline. No tienes buen aspecto.

La había llamado Evangeline, como hacía su madre cuando quería advertirla sobre algo.

—Estoy bien —dijo ella, dándose la vuelta para evitar la penetrante mirada del hombre.

—Estás pálida y pareces alterada.

—¡No me pasa nada en absoluto! —exclamó ella, irritada.

El hecho de que replicara agriamente era la respuesta, pensaba Raschid.

—Muy bien. Entonces, no te importará que te acompañe al baile, ¿verdad?

—Raschid... —empezó a decir ella.

—Raschid, nada —la cortó él—. Yo he hecho mi papel y tú el tuyo. Ya es hora de empezar a comportarse de forma normal. ¿Tienes algún problema con eso?

—Varios —contestó Evie—. Pero me parece que tú no estás de humor para escucharlos.

—Eres una chica muy lista. Y serás más lista si te pones lo que vayas a ponerte para el baile antes de que te tire sobre la cama y haga lo que he deseado hacer durante todo el día.

—Muy gracioso —dijo ella, intentando disimular el escalofrío que la recorría al oír aquello—. Pero no voy a ir contigo al baile, Raschid. Mi madre me comería viva.

—Como voy a comerte yo si no sales de aquí conmigo —replicó él—. Decide, Evie. El orgullo de tu madre o el mío.

Evie suspiró profundamente, como solía hacer a menudo durante las últimas semanas, y se dejó caer en el taburete que había frente al tocador.

—No me hagas esto, Raschid —dijo en voz baja—. Me duele la cabeza y no me apetece tener una discusión.

—A mí me pasa lo mismo —replicó él—. De hecho, estoy

más que enfadado contigo y tu familia esta noche. Tanto que, si vuelvo a sentirme provocado, soy capaz de decirles lo que pienso.

–Y eso incluye decírmelo a mí, ¿no? –intentó sonreír ella.

–Sí. De modo que pórtate de forma racional o soy capaz de hacer una escena en el salón de baile de los Beverley –contestó Raschid. Evie sabía que lo decía en serio por la expresión decidida de su rostro mientras se dirigía hacia el armario, como había hecho su madre unas horas antes. Pero las similitudes terminaban al abrir la puerta porque, cuando Raschid vio la túnica, se echó a reír–. Sabía que eras valiente, pero no tanto.

–«Desvergonzada» es una de las palabras que usó mi tía abuela Celia –le informó ella.

Raschid dejó la túnica sobre la cama y se acercó a ella.

–Levántate –dijo firmemente. Cuando estaba frente a él, la expresión triste de su cara lo obligó a besarla. Evie suspiró como respuesta y el hombre, enardecido, siguió besándola con fuerza hasta que ella enredó los brazos alrededor de su cuello–. Y ahora –empezó a decir él cuando se separaron–, ¿te vistes tú o te visto yo?

–Supongo que no vas a dejar que termine el día a mi manera, ¿verdad?

Raschid negó con la cabeza sin decir nada, mientras desataba el cinturón del albornoz. Cuando vio el body semitransparente la miró con los ojos brillantes de pasión.

–Muy seductor –murmuró, acariciando la curva de sus pechos. En ese momento, un suspiro diferente salió de la boca femenina, más que un suspiro, un gemido que se amplió cuando el hombre empezó a acariciar otras partes de su cuerpo, que despertaban a la vida bajo sus manos–. He echado de menos esos gemidos –susurró el hombre con voz ronca, mirándola como si quisiera poseerla allí mismo–. Te he echado de menos, Evie.

—Lo sé —dijo ella. Él estaba muy excitado, igual que ella. No habían estado juntos en dos semanas, demasiado tiempo para ellos—. Bésame —gimió, casi sin voz. Él respondió rápida, ansiosamente a su petición, cubriendo la femenina boca con la suya y aplastándola contra él con tal pasión que Evie pensó que iba a partirla en dos. Estaba vivo y hambriento y la besaba con ansia en la boca, en la cara, en el cuello, mientras sus manos se deslizaban hacia abajo, metiéndolas por debajo del body para atraerla aún más—. Raschid... —musitó, cuando él empezó a mover sus caderas hacia ella con un ritmo tan viejo como el tiempo, despertando un deseo difícil de domeñar—. No tenemos tiempo para esto.

—Puedo ser rápido —murmuró él—. Cinco minutos y te sentirás como en el cielo, te lo prometo...

—Eres incorregible —lo regañó ella, gimiendo con sorpresa cuando las manos del hombre se deslizaron por sus nalgas hasta encontrar lo que buscaban.

Cálida y húmeda, estaba preparada para él. Nunca había podido resistirse. Evie tuvo que sujetarse a los brazos del hombre mientras él capturaba su boca con ardor.

—Libérame —rogó el hombre con voz ronca.

Con dedos temblorosos, Evie le bajó la cremallera del pantalón y lo liberó de sus calzoncillos de seda. Él llenaba su mano, duro y vibrante, suave como el raso. Aquella potente fuente de placer hacía que Evie perdiera el control. Y él tampoco podía controlar nada en aquel momento. Su corazón latía con fuerza y respiraba con dificultad. Raschid, pálido, la inclinó sobre el tocador con los ojos brillantes de deseo.

Con ansiedad, separó sus blancos muslos y presionó los suyos oscuros contra ella. Después, con manos expertas, desabrochó la parte inferior del body e inclinó las rodillas para penetrarla.

Su gemido de satisfacción mientras sentía el interior femenino cerrarse a su alrededor, se mezclaba con el gemido de placer de ella. Evie se sujetaba a su cuello, la espalda arqueada para que el hombre mordiera sus pezones a través del body mientras los dos se dirigían hacia un lugar fuera del mundo.

Y había tenido razón. Cinco minutos después se sentía maravillosamente bien, cálida y lánguida, sin tensión alguna.

–Has recuperado el color –murmuró él, con los ojos oscurecidos de placer.

–Y tú estás ridículo con los pantalones en los tobillos –rio Evie.

Raschid sonrió mostrando sus hermosos dientes blancos, todo arrogancia masculina. Incluso en una situación como aquella, sabía que estaba arrebatadoramente sexy. Seguía dentro de ella, sujetándola con los brazos mientras la miraba con ternura.

–Te adoro –susurró–. Si el mundo dejara de girar en este preciso instante, moriría feliz.

Evie estuvo a punto de decírselo entonces. Pero sabía que si lo hacía el mundo se pararía para él. Y para ella.

–Han pasado cinco minutos –le informó ella. Podía sentir la risa del hombre en lo más profundo de su ser, mientras se separaba delicadamente.

Raschid la ayudó a ponerse la túnica y abrochó la cremallera, observándola con ojos ardientes mientras Evie se hacía un moño y retocaba su maquillaje.

Después de ponerse las sandalias, se dio la vuelta para decirle que estaba preparada. En ese momento vio una pregunta en los ojos del hombre y sonrió como respuesta.

No habría más compromisos para contentar a su madre. Bajarían juntos al salón de baile y al diablo con las consecuencias.

Porque aquella podría ser la última vez que estuviera en público con Raschid Al Kadah.

***

Julian y Christina estaban bailando el primer vals cuando entraron. Habían bajado las luces y un único foco seguía las evoluciones de la pareja en la pista de baile, mientras el resto de los invitados los observaba, afortunadamente demasiado entusiasmados con los novios como para notar su presencia.

Del brazo de Raschid, ella observó cómo iban añadiéndose parejas en la pista. Lord Beverley con su mujer, Robert Malvern con su madre...

–¿Bailamos? –preguntó Raschid.

–¿Por qué no? –contestó ella, levantando la barbilla. Raschid la tomó en sus brazos y empezaron a deslizarse suavemente por la pista.

–Se te da bien –dijo, mirando la cara del hombre para no tener que ver las expresiones de los invitados ante aquella audacia.

–Es lo que se espera de un guapísimo príncipe árabe –bromeó él.

–Un príncipe muy humilde, por cierto.

–Gracias –rio él–. Y mi falta de modestia me obliga a decir que estoy bailando con la mujer más bella de entre todas las invitadas.

Su madre bailaba cerca de ellos y la expresión de Evie se endureció al ver su mirada de reproche.

–No hagas eso –dijo Raschid–. O te llevaré de vuelta a tu habitación.

–Un destino peor que la muerte –intentó bromear Evie.

–Vaya, veo que la has encontrado, Raschid –oyeron una voz tras ellos.

Julian y Christina pasaban a su lado en ese momento, radiantes de felicidad.

–He seguido tus instrucciones –sonrió Raschid–. Tomé el ala este hasta el fin del mundo.

Inmediatamente, el brillo de felicidad desapareció de los ojos de Christina.

—No sabes cómo siento lo de tu habitación, Evie —se disculpó la joven—. ¡Yo no sabía nada hasta que Julian me lo dijo!

—No seas tonta. La habitación está bien —la tranquilizó Evie.

—Y además se la merece por no haber querido aparecer en las fotografías con nosotros —bromeó su hermano.

Raschid la miró sorprendido.

—¿Por qué no? —preguntó.

—Porque no le gustaba la compañía —dijo Julian.

—No seas cruel, Julian —lo regañó su mujer—. ¡Tú sabes por qué lo ha hecho!

—Entonces quizá quieras explicármelo, Christina —intervino Raschid—. Perdona, Julian, creo que voy a robarte la novia durante unos minutos.

Después de eso, cambiaron de pareja y Raschid se llevó a una arrebolada Christina por la pista de baile, dejando a los dos hermanos boquiabiertos.

—Me parece que se ha enfadado —dijo Julian.

—Pues ya somos varios —replicó su hermana.

—Muchos —confesó su hermano, tomando a Evie en sus brazos—. Mamá fue a tu habitación hace un rato.

—¿Qué? Lo dirás en broma... —empezó a decir Evie, con un nudo en la garganta.

—¿Por qué? ¿Qué estabas haciendo? —preguntó. Cuando vio que su hermana se ponía colorada entendió lo que había pasado y sonrió con complicidad—. ¡Vaya, ahora entiendo por qué está tan histérica! ¿No me digas que no habíais cerrado la puerta?

—Sí. La cerró Raschid —consiguió decir ella.

—Ese chico piensa en todo.

—Mamá no oyó nada, ¿verdad? —preguntó Evie, ansiosa.

Julian se quedó pensando un momento para tomarle el pelo a su hermana, pero tenía tal cara de angustia que decidió contarle la verdad.

—Solo os oyó hablando.

—Te odio —rio Evie.

—Era un pequeño castigo por creer que no estar en las fotografías de los novios va a hacer que los periodistas dejen de hablar de Raschid y de ti, tonta. Lo que va a pasar es que no dejarán de hablar de cómo os habéis evitado el uno al otro —dijo su hermano entonces—. Viven de ese tipo de intriga.

—No quería que publicaran fotografías de Raschid y de mí en lugar de publicar las de los novios —se defendió ella.

—Y como no han conseguido ninguna fotografía vuestra, no dejarán de hablar de una posible ruptura. ¿Que cómo lo sé? Porque esa era la pregunta que le han hecho a todos los invitados. Por cierto, vuestra entrada en el salón de baile ha sido de las que hacen época.

—¿Nos has visto?

—A veces eres muy ingenua, Evie —contestó su hermano—. Os ha visto todo el mundo. Eso es lo que quería Raschid, ¿no? Ese hombre es muy orgulloso y tú se lo has hecho pasar mal esta mañana.

Cuando Raschid volvió con la novia, Evie estaba dándose cuenta de que había molestado a toda su familia aquel día, de una forma o de otra.

No hablaron cuando volvieron a bailar juntos, pero la fuerza con que la apretaba y la dureza de sus facciones le decía todo lo que quería saber.

—Te lo advertí —dijo ella por fin.

—Lo sé. Es una lástima que no hubiera cámaras de vídeo en tu habitación. De ese modo, todos los invitados hubieran saciado su curiosidad.

—No digas barbaridades —se enfadó ella—. ¿Qué habrías hecho tú si esta hubiera sido la boda de tu hermana, Ranya? Me habrías pedido que no asistiera, estoy segura —añadió. Raschid la miraba con la mandíbula apretada, sin decir nada—. Y yo no te habría dicho que te fueras al diablo. Al contrario que tú, habría aceptado tu deseo de privacidad, aunque me sintiera herida. Es una cuestión de dignidad –siguió diciendo–. Algo que deberías reconocer, ya que tú pareces tener tanta. Hoy estaba intentando proteger mi dignidad, no la tuya. ¡Y, si no te gusta, lo siento por ti!

Afortunadamente, la música había terminado en ese momento y Evie se dio la vuelta, no sin antes mirar por última vez la tensa expresión del hombre.

Después de eso, lo ignoró durante toda la noche y se dedicó a charlar con gente a la que no le importaba en absoluto lo que hiciera con su vida privada. Rio, bailó y conversó con todos ellos, brillando como lo que era, una bella aristócrata, acostumbrada a la vida social.

Pero por dentro nunca se había sentido tan sola.

Cuando llegó el momento de que el novio y la novia dejaran el castillo para empezar su luna de miel en Barbados, todos los invitados se colocaron en el vestíbulo del castillo para despedirlos.

Christina apareció al final de la escalera, vestida con un traje de chaqueta rosa de la casa Dior. Llevaba en las manos su ramo de novia y tras ella, Julian sonreía al oír los ruegos de sus amigas que le pedían que lo tirase.

El ramo salió por los aires y, para sorpresa de todos, aterrizó en las manos de Evie.

El silencio repentino que se hizo en el vestíbulo del castillo de los Beverley habría ensordecido a cualquiera. Todos se quedaron callados, sin saber qué hacer mientras Evie enrojecía hasta la raíz del cabello.

Desde el fondo del vestíbulo, Raschid observaba aquello, dándose cuenta por primera vez de lo que todo el mundo pensaba: que Evie jamás se casaría mientras estuviera con él.

–Bueno... –empezó a decir Evie–. Todos podemos soñar, ¿no?

Los invitados rieron diplomáticamente, pero era una risa tensa, incómoda.

Para Evie era el peor momento de su vida, pero con una

fuerza de voluntad que ella misma desconocía, siguió sonriendo mientras abrazaba a su hermano y a una desconsolada Christina.

—Lo siento, Evie —susurró su cuñada—. No quería...

—Calla —la interrumpió ella—. Y disfruta de tu luna de miel.

Cuando el coche desapareció en la oscuridad, Evie vio que su madre se dirigía hacia ella e, incapaz de soportar una discusión más, se alejó rápidamente hacia el jardín.

El lago parecía llamarla. Su suave y limpia superficie era como un bálsamo para sus encontrados sentimientos. Rodeando la carpa, se acercó a la orilla mientras intentaba apartar las lágrimas que le impedían ver con claridad.

El día había terminado por fin, aunque no como ella hubiera deseado. Lo que ella quería...

Su corazón empezó a latir con fuerza entonces. La frustración y la angustia que había intentado disimular durante todo el día parecían romper las barreras que ella misma había erigido y, con una rabia que lo decía todo, tiró el ramo de flores al lago.

El ramo cayó con un sonido suave y se quedó flotando iluminado por la luna.

—¿Te sientes mejor ahora? —preguntó una voz tras ella.

—No demasiado —contestó ella, sin volverse—. Vete, Raschid. No necesito otra charla.

—Ya lo sé.

Las lágrimas volvieron a aparecer en sus ojos sin que pudiera evitarlo. Con los labios apretados, esperaba que él desapareciera o que, con su habitual arrogancia, hiciera oídos sordos a sus súplicas.

Después de unos segundos que le parecieron horas y al no oír sus pasos pensó que, por una vez, él la había escuchado. Con un suspiro, se quitó las sandalias, empezó a deshacer el moño francés y se sentó sobre la hierba para mirar la luna.

Más tarde volvería a su habitación y por la mañana...

Otro suspiro. El día siguiente sería como otro cualquiera y tendría los mismos problemas.

En la oscuridad, escuchó el triste y solitario canto de un buho. Un pez saltó del agua sin apenas ruido, meciendo el ramo sobre la superficie.

No debería haberlo tirado al agua, se decía. Christina se sentiría dolida si supiera cómo había terminado su precioso ramo de novia.

Tenía frío y levantó las piernas para rodear sus rodillas con los brazos. Apoyando la cara sobre las rodillas, su cabello actuaba como un escudo dorado que la apartaba de todo.

El roce de una chaqueta sobre sus hombros debería haberla sorprendido, pero no fue así. Le habría sorprendido más que Raschid se hubiera marchado.

—¿No te habías ido?

—No —dijo él, sentándose a su lado. Evie miró el perfil masculino más hermoso que había visto nunca. Él también tenía las rodillas levantadas y apoyaba los brazos en ellas. Su brillante camisa blanca resaltaba en la oscuridad y su piel parecía de bronce. El corazón de Evie parecía estallar de amor por él en aquel momento—. ¿Vas a decirme ahora qué te ocurre? —preguntó. No, pensaba ella, angustiada. No podía decírselo. Evie se volvió hacia el lago para no tener que mirarlo—. Tu madre cree que estás enferma.

—No sabía que hablabas de mí con mi madre —dijo ella.

—No suelo hacerlo —admitió él.

—No estoy enferma.

—Entonces, ¿qué demonios te ocurre? —volvió a preguntar él, impaciente—. ¡Porque es obvio que te pasa algo!

—¡Creí haberte dicho que no quería discutir otra vez!

—Yo no quiero discutir, Evie —la tranquilizó él—. Tú eres mi vida, mi amor, mi corazón. Haría cualquier cosa por ti.

—Menos casarte conmigo —dijo ella, sintiéndose como una tonta por hacerlo.

Raschid suspiró pesadamente. Aquella era la respuesta.
–¿Es eso?
–No –contestó ella, intentando levantarse. Pero la mano del hombre la detuvo.
–Dime qué es –ordenó él–. O acostúmbrate a la idea de que vamos a pasar la noche aquí.

Evie sabía que lo decía en serio y suspiró, agotada. Cuando Raschid la soltó, volvió a mirar hacia el lago buscando fuerzas.

–Estoy embarazada –dijo por fin.

Capítulo 5

Aquel era el anuncio más sorprendente que Raschid pudiera haber imaginado y, sin embargo, no lanzó una exclamación, ni la miró horrorizado.

De hecho, no hizo nada. Siguió sentado allí, callado como una tumba, intentando asimilar la sorprendente información.

Y eso era horrible, mucho peor de lo que Evie hubiera imaginado. Conocía bien al hombre y sabía lo que significaba aquel silencio.

El mundo de Raschid, con todo lo que representaba para él, acababa de hundirse a sus pies. Y no era solo por su condición de príncipe heredero.

Se había quedado callado porque estaba paralizado.

–Di algo –suplicó ella, cuando no pudo soportar más el silencio.

–¿Como qué? Me has dejado sin palabras.

–Como por ejemplo, cuándo, dónde y cómo –sugirió ella.

–Muy bien –dijo él, volviéndose para mirarla–. ¿Cómo ha ocurrido?

–No lo sé –contestó ella, sinceramente–. La píldora ha debido de fallar en algún momento, pero no sé por qué. Creo que debió de ocurrir hace seis semanas, posiblemente cuando estábamos de vacaciones en el Mediterráneo. Pero lo sabré seguro cuando vaya al ginecólogo...

—Entonces, ¿no está confirmado?

—Los tests de embarazo de las farmacias suelen ser muy fiables —informó ella simplemente.

Después de eso hubo otro largo silencio, tan tenso que Evie sentía como si su corazón fuera a estallar. A lo lejos, el búho volvía a lanzar su canto solitario y el ramo de novia de Christina seguía flotando en el lago, como una ironía del destino.

—Lo sabías hace dos semanas, ¿verdad?

—Sí —contestó ella.

—¡Maldita sea, Evie! —exclamó él entonces, levantándose con furia—. ¿Por qué no me lo dijiste entonces? ¿Tienes idea de lo que esas dos semanas significan para mí? ¿De los problemas que esto va a causarme? —añadió, dándole la espalda violentamente—. ¡Qué fatalidad! ¡Esto es un absoluto desastre!

Pálida y temblorosa, Evie se levantó. No había esperado una reacción tan brutal.

—¿Qué diferencia habría si te lo hubiera dicho hace dos semanas? —preguntó. Raschid no contestó. Seguía mirando hacia el lago y el silencio era tan tenso que podía cortarse con un cuchillo—. A menos que esperases que me librara de...

—¡No! —exclamó él entonces, volviéndose—. ¡Eso jamás!

Al menos era algo, pensaba Evie, mirando aquellos ojos fríos como el hielo. Si él hubiera aceptado aquello, nunca habría podido perdonarlo.

—Yo nunca haría eso.

—Entonces, ¿por qué lo has dicho?

—Porque pareces horrorizado —dijo ella.

—¿Esperabas que me pusiera a saltar de alegría?

—No —contestó ella en voz baja—. Pero no esperaba una reacción tan negativa por tu parte.

Raschid tomó aire al oír aquello y cuando lo soltó, parte de la furia había desaparecido.

—Lo siento —se disculpó torpemente—. Pero, como podrás imaginar, voy a tardar un tiempo en asimilar esto.

–¿En asimilar qué, exactamente? –preguntó Evie, escondiéndose tras una fachada de frialdad que no sentía–. ¿Que tu amante se ha quedado embarazada?

–Hacen falta un hombre y una mujer para engendrar un hijo.

–Pero solo una mujer para traerlo al mundo –replicó ella–. Tu parte del trabajo ya está hecha. La mía acaba de empezar.

–¿Quieres decir que debo ignorar que vas a tener un hijo mío?

–Estoy diciendo que sé cuáles son tus obligaciones y lo importantes que son para ti.

Raschid se quedó mirando aquella hermosa cara que no parecía reflejar emoción alguna y, de repente, entendió lo que quería decir.

–¿Pero qué estás diciendo? ¡Mi obligación está contigo y con ese niño! –exclamó entonces–. Tendremos que casarnos inmediatamente.

Ninguna palabra de amor, pensaba Evie. Ninguna palabra de cariño, pero sí aquella arrogancia que conocía bien.

–No *tenemos* que hacer nada –replicó ella, sintiendo un frío que la helaba por dentro.

–Tendré que hablar con mi padre... –murmuró él, como si no la hubiera oído–. Va a ser un problema, pero ya no se puede hacer nada...

–Perdona, pero tú no tienes ningún problema –lo interrumpió ella–. El problema lo tengo yo.

–¿Qué quieres decir?

–Yo nunca he esperado que te casaras conmigo y no pienso pedírtelo ahora.

–¿Estás loca? ¡Tienes que casarte conmigo! ¿Qué otra cosa podemos hacer?

La sensibilidad de aquel hombre no conocía límites, pensaba Evie, irónica.

–¡No me casaría contigo, jeque Raschid Al Kadah, aunque fueras el último hombre de la tierra! –le espetó mientras tomaba sus sandalias del suelo–. ¡Siento demasiado respeto por mí misma!

–¿Estás diciendo que yo no te respeto?

–¿Y no es así? –replicó ella–. ¿Puedes explicarme por qué no podías casarte conmigo antes de que estuviera esperando un hijo tuyo?

Por fin, los ojos del hombre empezaron a brillar con la comprensión de lo que sucedía y el remordimiento tensaba las arrogantes facciones.

–Evie... –murmuró, tomando su mano–. Quiero pedirte perdón. No he sabido...

–No te molestes –lo interrumpió ella–. Y suéltame –ordenó, temblorosa.

–No hasta que escuches lo que tengo que decir –se negó él, atrayéndola hacia sí–. No puedes esperar que me alegre de tener un hijo cuando tú sabes tan bien como yo los problemas que eso nos va a acarrear.

–Tiene gracia –dijo ella, levantando los ojos, que parecían de color púrpura por el efecto de las lágrimas–. Eso es exactamente lo que esperaba oír de ti. Eso lo dice todo, ¿no?

–Creí que nos amábamos lo suficiente como para ser sinceros el uno con el otro, Evie –suspiró él.

–Sinceros sí, no brutales –lo corrigió ella–. Me siento asustada, vulnerable. Me parece que he arruinado nuestras vidas. ¡Y tú solo te preocupas de cómo va a afectarte a ti!

–Lo siento –repitió él. Demasiado tarde, pensaba Evie, apartándose de su abrazo–. Escúchame, Evie... ¿qué haces? –preguntó, desconcertado al ver que se alejaba–. ¡Vuelve aquí! ¡No puedes marcharte ahora!

–Usando las palabras de un patán arrogante que conozco –dijo Evie–, ¡vete al infierno!

***

Dos personas llamaron a la puerta de su habitación aquella noche. Ambas intentaron abrir cuando no recibieron respuesta y las dos la encontraron cerrada con llave.

Una de ellas era su madre. Evie lo sabía porque había oído la voz de Lucinda llamándola con su habitual tono de reproche. La otra persona era Raschid. Lo sabía porque no había pronunciado su nombre.

Evie no durmió aquella noche. Daba vueltas y vueltas en la vieja cama que le había tocado en suerte como castigo de su madre por no atenerse a sus reglas morales.

¿Cuál sería el castigo por tener un hijo ilegítimo?, se preguntaba. Probablemente, la completa excomunión de la familia.

Y Raschid, pensaba, ¿realmente esperaba que se sintiera halagada por aquella desganada proposición de matrimonio?

Y no debía olvidar a la prensa, se recordaba Evie en la oscuridad. Iban a hacer su agosto con aquella noticia. Y ni la excomunión ni el matrimonio podrían detener el veneno de sus plumas.

Aquella pequeña vida que había nacido en su interior había sido concebida con amor, aunque ese amor estuviera en aquel momento al otro lado de un castillo medieval. Evie amaba a aquel niño. Amaba al hombre con el que lo había concebido y amaba la idea de verlo crecer. No importaba lo que su padre, su abuela o su abuelo pensaran de él, aquel niño crecería feliz y orgulloso, se prometía a sí misma.

Cuando empezaba a amanecer, decidió levantarse de la cama y darse una ducha en el anticuado cuarto de baño. Se puso vaqueros y una camiseta blanca y se hizo una sencilla coleta. Después de ponerse unos mocasines, salió calladamente de la habitación para dar un paseo antes de tener que enfrentarse de nuevo con Raschid.

No había nadie en los pasillos porque todo el mundo se había acostado muy tarde y eso no la sorprendía. Lo que la sorprendió fue que las puertas del castillo estaban cerradas con dos cerrojos de hierro, tan enormes que no se atrevía a abrirlos para no hacer ruido.

Afortunadamente, en ese momento apareció un criado.

–Buenos días, señorita Delahaye –la saludó amablemente–. Si está buscando el comedor para el desayuno...

–No –dijo ella–. Quería salir a dar un paseo, pero esos cerrojos son demasiado complicados.

El hombre sonrió y abrió la puerta con destreza. Unos segundos más tarde, Evie salía al jardín, cubierto por la fina niebla que caracterizaba el paisaje inglés.

Cuando se dirigía hacia el lago, la sorprendió oír el motor de un coche que se acercaba por el camino. Un momento después, el coche paraba al lado de la vieja capilla y un hombre salía de él. Era Harry.

–Buenos días, Evie –la llamó, dirigiéndose hacia ella con paso alegre–. ¡Veo que te gusta madrugar!

–A ti también –sonrió ella.

–La costumbre, ya sabes.

–¿No dormiste aquí anoche?

–No –contestó él–. Un grupo de amigos y yo dormimos en un pequeño motel cerca de aquí, pero me dejé olvidada la chaqueta y quería recuperarla antes de volver a mi casa.

–¿Vuelves a tu casa? –preguntó Evie. Acababa de tener una idea.

–Una de mis yeguas está a punto de parir y quiero estar allí por si hay algún problema.

–Harry, ¿podrías llevarme a Londres? –preguntó entonces. Era lo único que podía hacer, se decía. Quizá era una solución cobarde, pero tenía que escapar.

–Por supuesto –contestó el hombre, mirándola sorprendido. Acababa de descubrir sus ojeras y la palidez que cubría el rostro de la joven.

–¿Te importa esperar cinco minutos a que haga la maleta?

Harry asintió y Evie corrió escalera arriba. Cuatro minutos

más tarde volvía al vestíbulo aún más pálida. Su amigo la esperaba allí, con la olvidada chaqueta en la mano.

–¿Te pasa algo, Evie? –preguntó él, preocupado.

–No. Estoy bien –contestó ella–. Le he dejado una nota a mi madre diciéndole que he vuelto a Londres.

–¿Y a Raschid?

Evie no contestó.

Ninguno de los dos dijo nada hasta que estuvieron a un par de kilómetros del castillo.

–Gracias –susurró entonces Evie.

Harry la miró, preocupado. Se conocían desde niños y sabía que ocurría algo importante.

–¿Quieres contármelo? –preguntó.

–Raschid y yo hemos terminado –se oyó decir a sí misma, preguntándose cómo podía decir aquellas palabras sin romperse por dentro.

Pero lo peor era que Harry no parecía en absoluto sorprendido por el anuncio.

–Anoche oí rumores sobre eso –dijo él–. Decían que, a causa de la enfermedad de su padre, Raschid tenía que volver a su país para casarse y poder así asumir oficialmente sus compromisos oficiales...

Por espacio de treinta largos segundos, Evie no se movió, no respiró siquiera. Las palabras de Harry habían quedado suspendidas en el aire mientras otras palabras, pronunciadas la noche anterior por Raschid, empezaban a cobrar nuevo significado. Palabras como: «¿Tienes idea de lo que esas dos semanas significan para mí? ¿De los problemas que esto va a causarme?».

¿Habría lanzado su padre un ultimátum durante su última visita? ¿Serían por eso tan importantes aquellas dos semanas?

–¿Y qué decían esos rumores exactamente? –preguntó Evie, intentando disimular su agitación.

–Que tiene un mes para volver a su país y casarse con una prima suya o algo así –contestó Harry, intentando sonreír–.

¿Es verdad? ¿Por eso habéis roto? –preguntó. Evie no contestó. Solo se quedó mirando por la ventanilla mientras nuevos terrores se añadían a los antiguos. Porque sabía quién era la princesa Aisha. Raschid había sido muy sincero sobre aquella sombra en su vida, la mujer para la que estaba destinado–. ¿Te encuentras bien? Te has quedado muy pálida...

No, pensaba Evie, no se encontraba bien. Raschid había dicho que aquello era un desastre. Y tenía razón.

Pero daba igual. Todo daba igual. Se había terminado. Lo mirase como lo mirase, su historia de amor con Raschid se había terminado. Lo único que deseaba en aquel momento era no haberle dicho lo del niño. Al menos de esa forma podría haberse alejado de él con su dignidad intacta.

Pero Raschid lo sabía y el asunto se volvería un desagradable desencuentro tras otro entre sus familias, la prensa y ellos mismos.

Ella no pensaba mantener a Raschid prisionero solo porque iba a tener un hijo suyo. Y Raschid, estaba segura, no iba a abandonar a su embarazada amante para casarse con otra mujer.

El coche seguía avanzando y Evie ni siquiera se fijaba en las miradas de preocupación de Harry ni en su propio estado.

Estaba pálida, tenía sombras alrededor de los ojos y sus manos, que reposaban en su regazo, temblaban de forma perceptible.

Poco más tarde, llegaron a su chalecito en Chelsea, cerca de la Fundación en la que trabajaba de forma altruista recaudando dinero para los más necesitados.

El chalecito era una de las muchas propiedades que la familia poseía en Londres. Su madre residía en uno similar situado en Westhaven. Y Julian vivía en un elegante apartamento cerca de Hyde Park.

Era estupendo tener dinero, pensaba en ese momento Evie. Y estupendo poder hacer lo que quería cuando quería sin tener que preocuparse de lo que costara.

Estupendo saber que podía tener a su hijo sin necesitar ni un penique de Raschid.

El coche había parado y, un poco despistada, Evie se dio cuenta de que Harry se había bajado y estaba abriendo el maletero.

Ella bajó también y sintió que los primeros rayos de sol calentaban su cara.

–Gracias por traerme, Harry... –empezó a decir, tomando la maleta.

Pero él se la quitó de la mano suavemente.

–Voy a entrar contigo.

–Pero...

–Lo mínimo que podrías hacer es ofrecerme una taza de té –sonrió su amigo.

–Ah, perdona –murmuró ella, dirigiéndose hacia la casa.

El teléfono estaba sonando y Evie lo dejó sonar hasta que empezó a oír el contestador. Un segundo más tarde, la voz de su madre llegaba desde la máquina.

–Evie, no sé a qué juegas desapareciendo de esa manera. ¿Qué van a pensar los Beverley? –preguntó con aquella voz cargada de decepción con la que solía dirigirse a ella–. *Ahora tendré que pedir disculpas por tu comportamiento, como siempre* –añadió, furiosa. Después se oyó un suspiro–. *Llámame cuando llegues a casa para quedarme tranquila* –agregó antes de colgar, un poco menos agresiva.

–¿No vas a llamarla? –preguntó Harry. Evie no contestó y se dirigió a la cocina para preparar el té–. Evie...

El teléfono volvió a sonar y Evie se quedó parada. Era la voz de Raschid la que oían en el contestador. Parecía tenso y muy, muy cansado.

–*Contesta, Evie, por favor. Sé que estás ahí...* –decía el hombre. Evie no se movió. Los segundos pasaban y la tensión aumentaba, pero ella no se movía–. *¡Evie! ¡No seas niña, ponte al teléfono!* –urgía el hombre, impaciente.

–¿Cómo sabe que estás aquí? ¿Se lo ha dicho tu madre? –preguntó Harry, que estaba empezando a ponerse nervioso.

Incapaz de hablar, Evie negó con la cabeza. Probablemente, Raschid la habría visto salir del castillo, pensaba.

Como ella, habría pasado la noche sin dormir pensando qué iba a hacer con su vida y seguramente los habría visto por la ventana de su habitación.

–*Voy a buscarte ahora mismo* –dijo Raschid entonces–. *¡Y espero que ese idiota se haya ido de tu casa porque no seré responsable de lo que pase si lo encuentro contigo!*

–¿Pero qué...? –empezó a decir Harry, incrédulo. En ese momento, Raschid colgaba el teléfono con un golpe seco–. ¿Cómo sabe que estoy aquí? ¿Es que tiene poderes mágicos o algo así?

–Algo así –contestó Evie. Su corazón prácticamente se había parado mientras escuchaba su voz y, de repente, volvía a latir con fuerza, casi con rabia. De dos zancadas, se colocó frente a la ventana del salón. Había varios coches aparcados frente a la casa, pero solo uno de ellos tenía conductor–. Esos son sus poderes mágicos –dijo, señalando el coche ocupado.

–¿Quieres decir que te tiene vigilada? –preguntó Harry, cada vez más sorprendido–. ¿Por qué?

Porque iba a tener un hijo suyo, pensaba Evie.

–Mira, te agradezco mucho que me hayas traído –dijo, volviéndose hacia él–. Pero será mejor que te marches antes de que llegue.

–¡No pienso dejarte a solas con ese hombre! –declaró Harry, poniéndose en plan protector–. A mí me parece peligroso, Evie. Es posible que haya planeado llevarte con él a su harén o algo parecido.

Evie sonrió al oír aquello, aunque podría ser. Después de su reacción la noche anterior, le parecía que no conocía a Raschid. Creía que lo conocía, pero se había dado cuenta de que había facetas del hombre que desconocía por completo.

La primera, su determinación de no perder algo que ni siquiera quería.

El niño. No a Evie ni lo que sentían el uno por el otro, sino el niño, ese hijo que él debía de considerar como una de sus posesiones. Y Raschid no era la clase de hombre que abandonaba algo que le pertenecía.

De modo que quizá la teoría del harén no era tan descabellada. Quizá él quería esconderla allí con sus eunucos por compañía, mientras su nueva esposa ignoraba que su marido tenía una prisionera.

O quizá no lo ignoraría, se corregía a sí misma Evie, recordando que las mujeres árabes se veían obligadas a obedecer en todo a los hombres.

Un mundo diferente, una cultura diferente, una forma diferente de ver la vida... Evie sintió un escalofrío de terror.

—Se marcha —dijo Harry.

Cuando Evie vio que el coche desaparecía se sintió alarmada. Eso solo podía significar que Raschid estaba a punto de llegar.

—Harry, vete, por favor —le suplicó—. Vete antes de que llegue Raschid...

—Pero...

—Pero nada —lo interrumpió ella, abriendo la puerta—. A mí no va a hacerme daño, pero no estoy segura de lo que puede hacerte a ti.

Parecía histérica, y a Harry no le agradaba dejarla en aquel estado. En ese momento, un Mercedes negro paraba frente a la casa.

—Acepte el consejo —llegó hasta ellos una profunda voz masculina—. Ella sabe de lo que habla...

Sobresaltados, los dos se dieron la vuelta para enfrentarse con la alta figura oscura que había salido del coche.

Capítulo 6

Con vaqueros negros, camiseta negra y chaqueta de cuero del mismo color, Raschid parecía realmente peligroso. Evie lo miró, sintiendo el escalofrío de deseo que sentía cada vez que miraba al hombre, fueran cuales fueran las circunstancias.

–Raschid... –empezó a decir, con tono de advertencia.

Él la ignoró. Su atención estaba con el pobre Harry, que había empezado a sudar.

–Evie necesitaba que alguien la trajera a casa –dijo, intentando un tono de seguridad que más bien parecía una súplica.

–Y quiero darle las gracias por ello –dijo Raschid, amablemente–. Pero creo que tiene que vigilar a una yegua a punto de parir, de modo que comprendo que tenga prisa por irse.

Evie no salía de su asombro al descubrir que también sabía lo de la yegua de Harry. Aquello era demasiado.

Quizá era cierto que tenía poderes, pensaba con los ojos clavados en él.

–¡Un momento! –replicó entonces Harry, irritado. Evie lo miró, asustada. Harry no era hombre de peleas pero, como Raschid y ella misma, era un aristócrata poco acostumbrado a que le dieran órdenes–. Usted no puede...

–No, Harry –suplicó Evie, sabiendo que su amigo perdería cualquier pelea, fuera física o dialéctica, contra aquel gigante–. Ya has hecho suficiente.

—Pero...

Aquella vez Evie lo interrumpió besándolo en los labios. El gesto había sorprendido tanto a Harry que se quedó sin palabras. Tras ella, podía sentir la furia de Raschid como si fueran tentáculos. Pero lo ignoró.

—Te agradezco mucho lo que has hecho, pero es mejor que te vayas. Por favor.

—¿Seguro que quieres que me vaya? —preguntó el hombre, aún decidido a presentar batalla contra Raschid.

—Sí —contestó ella—. Te llamaré más tarde.

Unos segundos después, Harry aceptaba que tenía que marcharse. Poniéndole las manos en los hombros, se inclinó hacia Evie y la besó fugazmente en los labios antes de alejarse hacia su coche.

—Muy tierno —dijo Raschid, mientras Evie entraba de nuevo en la casa y cerraba la puerta tras ellos—. Escenas como esta hacen que me pregunte si anoche dejé algunas preguntas sin hacer.

—No recuerdo que hicieras ninguna pregunta —replicó Evie.

—¿No? —dijo él, dando un paso hacia ella, amenazante—. Entonces, deja que lo haga ahora. ¿El niño es mío, Evie?

Evie tardó unos segundos en entender lo que estaba diciendo y después lo miró, incrédula, furiosa, herida.

—¿Cómo te atreves?

—Contéstame —demandó él, con los dientes apretados.

—No es tuyo —contestó por fin, dándose la vuelta y dejándolo solo en medio del salón.

El chalecito no era demasiado grande. En la planta baja había un salón, cuyas ventanas daban a la calle, una moderna cocina con salida a un pequeño jardín que ella misma había plantado y un pequeño, pero refinado, cuarto de aseo. Evie se dirigió a la cocina y puso agua a calentar para el té.

—Mentirosa —dijo Raschid tras ella.

Evie hizo una mueca, sin sorprenderse en absoluto de su deducción. Cuando se dio la vuelta, lo encontró a dos pasos de ella.

Se había quitado la chaqueta y estaba apoyado en una de las paredes. En esa posición, los músculos de sus brazos se marcaban al detalle. No había nada feo en él, ni su corte de pelo, ni su piel color bronce, ni el atuendo informal que cubría un cuerpo de dios pagano.

Era un Hombre con mayúsculas. Sobre todo, para Evie. Y él lo sabía. Por eso podía llamarla mentirosa.

–Hay rumores de que pronto vas a casarte con alguien de tu familia.

Raschid la miró, preguntándose cómo habría sabido aquello. Pero no lo negó.

–Mi matrimonio con Aisha fue pactado hace años. Y tú lo sabes, Evie. Nunca he intentado ocultarlo.

–Hasta anoche –lo corrigió ella.

–¿Por eso te marchaste sin decir nada? ¿Por los rumores?

–Me marché porque no quería que volviéramos a tener una escena.

Raschid suspiró, cansado.

–Tenemos que hablar, Evie.

Sí, claro, pensaba ella. Hablar para Raschid significaba únicamente dar órdenes.

–Necesito tiempo para decidir lo que voy a hacer –dijo ella.

–Pero yo no tengo tiempo –replicó él.

–¿Tu padre te ha dado un ultimátum?

Él se encogió de hombros, de forma elocuente.

–La cuestión de mi matrimonio con Aisha ya no tiene importancia porque voy a casarme contigo.

Evie se dio la vuelta y, sin decir nada, se dispuso a colocar las tazas.

–He oído que tu padre sigue enfermo.

–Tiene que ser operado del corazón –informó él–. Pero se niega a hacerlo hasta que yo me haya casado y ocupe su lugar en mi país.

–Pero no podrás hacerlo si te casas conmigo.

—No puedo decir que a mi gente le haría feliz ese matrimonio, desde luego —asintió Raschid—. Pero con el tiempo, se acostumbrarán a la idea.

Evie había sacado una tetera de plata, regalo de Asim, el ayudante de Raschid. Asim, que la apreciaba y, a pesar de ello, se quedaría horrorizado si supiera que Raschid planeaba casarse con ella.

—No voy a casarme contigo, Raschid —suspiró Evie entonces—. Para ti sería un desastre y para mí, un error irreparable.

—¿Por qué?

—Porque la estabilidad de tu país depende en gran parte de cuestiones religiosas —explicó ella—. Que tú te casaras con una mujer cristiana sería incomprensible para tu pueblo. Por eso, Aisha siempre ha sido una sombra entre nosotros.

Raschid ni siquiera se molestó en discutir y eso hizo que Evie sintiera ganas de llorar.

—¿Y por qué sería un error para ti? —preguntó él por fin.

Evie suspiró de nuevo, con el corazón pesado.

—Porque la situación me ahogaría. Una mujer tiene las alas cortadas en un país musulmán. Y más si, como en mi caso, todo el mundo desaprobara ese matrimonio. Me ahogaría, no podría vivir.

—¿Y nuestro hijo? ¿Qué va a pasar con ese niño mientras tú te proteges a ti misma de un matrimonio sofocante y proteges a mi país de la desestabilización? —preguntó él, irónico.

—Puede que sea una niña —dijo ella—. Pero eso no sería un problema, espero.

—No somos bárbaros, Evie —replicó él, dolido—. Te prometo que no asesinamos a las niñas al nacer.

—Me alegro de oírlo —dijo ella—. Pero dime una cosa, si nos casamos ¿aceptaría tu gente un niño medio inglés como heredero del trono de tu país?

—Será mi heredero nos casemos o no —la informó Raschid con una seriedad que a Evie la aterrorizó.

—¡No, Raschid! No puedes...

—¡Cuidado! —gritó él entonces. Pero era demasiado tarde. Evie había hecho un movimiento brusco mientras echaba el agua hirviendo en la tetera y lanzó un grito de dolor cuando esta cayó sobre su brazo. Raschid la llevó apresuradamente hasta el fregadero para mojar la quemadura con agua fría. Temblando, Evie se sujetaba con el otro brazo a Raschid para no desmayarse—. ¿Te duele? —preguntó. Evie asintió con la cabeza. Estaba mareada y respiraba con dificultad—. Eres tonta —musitó él—. Si queda una marca en esa preciosa piel tuya, te estrangulo.

—Calla —dijo ella, mordiéndose los labios para no llorar.

—¡Debería haberme dado cuenta! Cuando interpretas el papel de doncella de hielo para conservar tu dignidad, no sabes lo que haces.

«Su dignidad», pensaba Evie con ironía. Con el brazo quemado, el corazón roto y unas tremendas ganas de llorar, en ese momento no se sentía muy digna.

—No voy a casarme contigo —insistió.

Raschid le pidió que dejara el brazo bajo el agua y salió de la cocina. Evie lo oyó subir las escaleras y, un minuto más tarde, entraba de nuevo con un botiquín y una toalla blanca con la que secó cuidadosamente la quemadura antes de ponerle una pomada antiséptica.

—¿Te duele? —preguntó. Ella negó con la cabeza—. Si te salen ampollas tendrás que ir al médico. Pero yo creo que has tenido suerte.

—Raschid, escúchame, por favor. No puedes...

Él levantó la cara y la miró con unos ojos tan fríos como el acero.

—No me obligues a ser duro contigo.

—¿Eso es una amenaza?

Él no contestó y siguió mirándola de aquella forma helada. Evie sabía que Raschid tenía una vena cruel, pero era la primera vez que esa crueldad iba dirigida contra ella.

—El niño es mío —dijo él—. Y tú eres mía. No tengo la menor intención de desprenderme de ninguno de los dos. Por eso tengo que hacer oficial el sitio que ocupas en mi vida.

—¿Sin pensar en las consecuencias?

—Sin pensar en las consecuencias —confirmó él. El teléfono empezó a sonar en ese momento, sobresaltándolos a los dos—. ¿Quieres que conteste?

Evie negó con la cabeza, esperando que saltara el contestador.

—*¿Has visto el periódico, Evie?* —oyeron la agria voz de su madre de nuevo—. *¡No me he sentido más abochornada en toda mi vida! ¡Te lo digo en serio, Evie, estoy tan enfadada contigo que podría desheredarte!* —seguía diciendo la mujer, furiosa—. *¡En la primera página, estáis uno en brazos del otro y en la página siguiente, el padre del jeque anunciando el matrimonio de su hijo con otra mujer! ¡Es intolerable!* —exclamó—. *¿Y dónde está la fotografía de Julian y Christina? ¡En ninguna parte! Lo único que has traído a nuestra familia es el escándalo, Evie. El escándalo y la vergüenza* —aquellas palabras, añadidas al dolor en el brazo, hacían que Evie tuviera que hacer un esfuerzo para esconder las lágrimas. Lanzando una maldición, Raschid se dirigió hacia el teléfono para preguntarle a Lucinda de qué demonios estaba hablando—. *¿Y dónde estás tú mientras ocurre todo esto? ¿Disfrutando de los últimos días que te quedan con ese salvaje antes de que se case con su princesa árabe?*

Cuando Raschid iba a tomar el auricular, Lucinda colgó el teléfono. De repente, oyeron unos golpes en la puerta y Evie, asustada, se dirigió a abrirla automáticamente.

—No —la detuvo Raschid—. Comprueba quién es.

Evie miró por la ventana y después se volvió hacia Raschid, pálida.

—¡Son fotógrafos! —exclamó, cerrando las cortinas a toda prisa. Unos segundos más tarde empezaron a repetirse los golpes en la puerta, mezclados con preguntas que lanzaban los periodistas desde la calle–. ¿Qué está pasando? ¿Es verdad lo que ha dicho mi madre sobre el anuncio de tu boda?

–No lo sé –dijo él, mientras marcaba un número de teléfono.

Evie estaba temblando, en parte por el dolor de la quemadura y en parte por la confusión que sentía ante el caos que parecía haberse desatado frente a su casa. La voz de Raschid sonaba furiosa mientras hablaba en su idioma con alguien al otro lado del hilo. Los golpes y los gritos aumentaban de volumen, ensordeciéndola.

Raschid colgó el teléfono de golpe y, en ese mismo instante, alguien metía un periódico por debajo de la puerta. Evie se inclinó para recogerlo, pero Raschid llegó antes que ella.

–¿Tiene algo que decir sobre eso, señorita Delahaye? –oyeron una voz desde fuera–. ¡Está en primera página!

Al lado de Raschid, Evie miraba el periódico sin creer lo que estaba viendo. Era una fotografía de Raschid y ella, besándose bajo la carpa del castillo de los Beverley. El pie de foto decía: *¿Un beso de despedida?* Y debajo:

La embajada de Behran anuncia el próximo matrimonio del jeque Raschid Al Kadah con la hija del emir de un país vecino. El matrimonio unirá los dos poderosos emiratos y dejará a Evangeline Delahaye fuera de juego.

–¡Yo no he dado permiso para que publiquen esto! –exclamó Raschid–. ¡Mi padre está intentando forzarme!

–Oh, no –susurró Evie, cayendo sobre un sillón cuando sintió que le fallaban las fuerzas.

Raschid seguía apretando el periódico entre las manos. Ninguno de los dos decía nada. No era necesario. Ambos sabían lo que aquello iba a significar.

Porque, aunque él quisiera negar lo que su padre había

anunciado, Evie sabía que no podía hacerlo. Negarlo sería como insultar a su padre y a la familia de Aisha.

De modo que ella había tenido razón. Aquel era el final de su romance con Raschid.

No era necesario seguir diciendo cosas que no sentía. No era necesario fingir que no quería casarse con él, porque en aquel momento se daba cuenta de que el matrimonio de Raschid era inevitable.

El teléfono volvió a sonar, pero ninguno de los dos se molestó en contestar. Ni siquiera lo oían, como no oían los golpes en la puerta. La casa entera podría haberse derrumbado sobre ellos y ninguno de los dos hubiera movido un músculo.

–¿Sabía esto ayer, señorita Delahaye? –oyeron una voz desde la calle–. ¿Por eso se evitaron durante toda la boda?

Raschid, furioso, lanzó el periódico contra la puerta.

Evie estaba segura de que él no sabía que aquello iba a ser publicado. Raschid nunca hubiera permitido que la prensa la dejara en ridículo y menos sabiendo que esperaba un hijo suyo.

–Me marcharé –dijo ella en voz baja–. Tengo parientes en Australia y...

–¡No! –la interrumpió Raschid.

Cuando levantó la mirada, Evie lo vio a través de las lágrimas. Su maravillosa piel cobriza había perdido el color y sus ojos parecían dos volcanes en erupción.

–¡No harás nada de eso hasta que yo haya resuelto...! ¡Tiene que haber una solución, tiene que haberla! –exclamó él con voz ronca.

Pero Raschid, como ella, sabía que no había solución y el corazón de Evie parecía romperse.

–Tenemos que irnos de aquí –dijo, sacando un teléfono móvil del bolsillo de su chaqueta de cuero y yendo hacia la cocina para descubrir si también había fotógrafos tras el muro que protegía el jardín de la casa–. Lleva el coche a la parte trasera y deja el motor encendido hasta que salgamos –le estaba diciendo a alguien por teléfono mientras volvía al salón. Después de eso colgó y la tomó del brazo–. Vámonos, Evie.

–Pero...

–No puedes quedarte aquí. Y yo tampoco –insistió él–. Uno de mis hombres va a venir a buscarnos y, con un poco de suerte, saldremos sin que se den cuenta.

–¿Y dónde vamos a ir? –preguntaba ella mientras Raschid la llevaba hasta la puerta del jardín.

–A mi apartamento. Al menos allí no nos molestarán hasta que decida qué vamos a hacer.

Evie estaba a punto de soltar una carcajada histérica. ¿Qué iban a hacer?, se repetía. Los dos sabían lo que él tenía que hacer. Era su futuro lo que estaba en peligro.

Capítulo 7

Había salido el sol, pero Evie se sentía helada mientras cruzaban el jardín hasta la verja de madera que daba a un callejón.

Raschid descorrió los cerrojos y los dos se quedaron esperando la llegada del coche. Evie, con la cabeza baja, mirando la toalla que cubría su brazo herido. Le escocía, pero eso era lo menos importante. Lo importante era que todo su mundo estaba empezando a resquebrajarse.

Raschid levantó su barbilla con un dedo para mirarla a los ojos y el corazón de Evie dio un vuelco al verlo tan cerca. Era tan guapo, pensaba trágicamente, tan perfecto para ella... ¿cómo iba a sobrevivir sin Raschid?

–Te quiero –murmuró él–. No dejes que nada ni nadie te convenza de lo contrario.

Y la amaba. Evie solo tenía que mirar aquellos ojos oscurecidos para comprobar que la llama del amor verdadero brillaba en ellos.

–Pero el amor no es suficiente, ¿verdad?

Inclinando la cabeza, él tomó su temblorosa boca, la saboreó, la calmó con sus labios firmes.

–Encontraré una salida, Evie –dijo él–. Tú eres mía y yo soy tuyo. Nada puede cambiar eso.

Evie deseaba con todo su corazón poder creer en ello, pero no podía.

—El deber puede cambiarlo todo —susurró ella.

Raschid no contestó, pero su expresión se había nublado. Evie tenía un nudo en la garganta.

En ese momento, oyeron que se acercaba un coche y Raschid asomó la cabeza para comprobar que era el que esperaba. Con rapidez, salieron del jardín y entraron en un Mercedes gris.

—¡Arranca! —ordenó Raschid cuando los dos estuvieron dentro. La urgencia en su voz obligó a Evie a volver la cabeza. Un hombre con una cámara había aparecido al final del callejón y estaba haciendo fotografías mientras el coche desaparecía a toda velocidad.

—Nos ha hecho una fotografía entrando en el coche —dijo Evie, imaginándose la portada del día siguiente.

—Siempre estaré a tu lado, Evie —murmuró él.

—Raschid...

—No —la interrumpió él, tomando su mano—. No quiero que hablemos de eso ahora. Tú estás muy nerviosa y yo, demasiado desconcertado por lo que ha hecho mi padre.

—Pero...

—Pero tú vas a tener a mi hijo, Evie, y eso es lo único que no me desconcierta ahora mismo. Y ese niño llevará mi apellido sean cuales sean los problemas que tengamos que afrontar.

Aquello era una promesa y el corazón de Evie se hinchió de amor por aquel hombre.

Pero no podía dejar de pensar en los problemas que los esperaban mientras salían del callejón y tomaban la calle en dirección al Támesis.

El sonido del móvil de Raschid la sobresaltó. Él soltó su mano y durante unos minutos habló con alguien en su idioma. Su voz sonaba tensa, irritada, como si su interlocutor estuviera informándolo de algo que no era de su agrado.

—Esto es increíble —susurró él, cuando colgó el teléfono—. ¡Hay fotógrafos en la puerta de mi apartamento!

—Hemos salido tan rápido que ni siquiera hemos cerrado la puerta de mi casa, Raschid —dijo ella, preocupada.

—No te preocupes, he enviado a uno de mis hombres a vigilarla —replicó él con tono cortante. Evie apartó la mirada, pero no se sentía ofendida. Sabía que Raschid estaba desconcertado porque, por primera vez en su vida, había algo que no podía controlar—. ¿Te duele el brazo?

—Me escuece un poco.

Igual que los ojos, pensaba. Le escocían de esconder las lágrimas. Raschid pareció darse cuenta porque la apretó más fuerte contra él, sin decir nada.

—Asim te curará el brazo en cuanto lleguemos. Lo único que habrá que hacer es atravesar la barrera de fotógrafos hasta el aparcamiento...

—¿Y después qué, Raschid? ¿Nos esconderemos como dos fugitivos?

—Al menos, allí puedo protegerte —contestó él—. Esto es el principio de todo, Evie. No se va a terminar aquí.

Evie lo sabía. Aquel acoso no iba a terminar y eso le daba escalofríos.

—A veces desearía no haberte conocido nunca —suspiró.

Sorprendentemente, él se echó a reír al oír aquello.

—¿Solo a veces? —preguntó—. Entonces, aún tengo alguna oportunidad.

Cuando llegaron al apartamento, Evie se agachó intentando pasar desapercibida para los fotógrafos que esperaban en la puerta y Raschid ordenó a su chófer que no redujera la velocidad pasara lo que pasara.

Afortunadamente, los fotógrafos se apartaron al ver el coche, sin dejar de disparar sus flashes sobre las ventanillas.

El coche paró dentro del aparcamiento y Raschid salió del vehículo a toda prisa para ayudar a Evie. Entraron en el ascensor en silencio y, unos segundos más tarde, las puertas se abrían en el fastuoso vestíbulo privado del jeque.

Asim estaba esperándolos y, cuando vio la toalla sobre el brazo de Evie, se sobresaltó.

–¿Le han hecho daño, señorita Delahaye?

–No –contestó Evie–. Me quemé yo misma sin querer.

–Estábamos intentando tomar un té en la tetera que tú le regalaste –intervino Raschid, irritado.

–¡No lo pagues con Asim! –exclamó Evie, molesta. El pobre Asim parecía tan apesadumbrado como si hubiera sido el culpable del accidente–. ¡Nuestros problemas no son culpa suya!

Sin esperar instrucciones, Asim indicó a Evie que lo siguiera hasta el salón y, cuando estuvo sentada en el sofá, se inclinó para examinar el brazo herido.

La piel estaba muy roja y al rozar la quemadura con la punta del dedo, lanzó una exclamación de dolor.

–¿Escuece?

Ella asintió con la cabeza, mordiéndose los labios para no llorar.

–¡Haz algo! –ordenó Raschid.

–Por supuesto –replicó Asim incorporándose para salir de la habitación, tan imperturbable como siempre.

–¿Cómo puedes hablarle así? –preguntó ella, cuando el hombre hubo desaparecido–. Si me hablaras así a mí, te abofetearía.

–¿Antes o después de ponerte a llorar? –replicó él, irónico. Después se dio la vuelta, tenso, incómodo–. No puedo soportar verte sufrir –añadió, sin mirarla.

Asim volvió con un tarro de cristal y empezó a ponerle una crema verde sobre la quemadura.

La crema le producía una sensación de alivio, de frescor. Evie cerró los ojos y dejó que el hombre le vendara el brazo cuidadosamente.

–¿Escuece menos ahora? –preguntó Asim.

–Sí –contestó ella–. Gracias.

–Volveré a ponerle un poco de crema más tarde. Pero ahora creo que debería tumbarse un poco. Está muy pálida.

–Pero...

–Buen consejo. La verdad es que no tienes buen aspecto –intervino Raschid–. Vete a la cama, Evie. Asim te preparará algo de comer. ¿Qué te apetece?

En ese momento, Evie se llevó la mano a la boca.

–¡Oh, no!

–¿Qué ocurre? –preguntó Raschid.

Pero Evie había salido corriendo de la habitación.

Apenas tenía nada en el estómago, pero se sentía tan mareada que se quedó durante un rato sobre el inodoro. Cuando se levantó para lavarse los dientes, descubrió a los dos hombres en la puerta.

–¿Qué hacéis aquí? ¿Es que no puedo estar sola ni un momento?

–Estábamos preocupados –dijo Raschid.

–No te preocupes. Es normal –replicó ella. Cuando levantó la mirada, se encontró con la de Asim. El hombre lo sabía. Sin que nadie se lo dijera, lo había descubierto. Y el horror que mostraba en su rostro hizo que Evie no pudiera seguir aguantando las lágrimas–. Maldita sea –murmuró, intentando echar la pasta en el cepillo, pero le temblaban tanto las manos que solo conseguía que cayera sobre el lavabo.

–Vamos –dijo Raschid, tomándola por los hombros–. Te sentirás mejor cuando hayas descansado un poco.

La llevó hasta la habitación y Evie, sin fuerzas para discutir, dejó que la desvistiera. Después, se metió entre las sábanas.

–Asim me odia –murmuró, mientras Raschid la arropaba–. Me odia por destrozarte la vida.

–No seas tonta. Asim siente afecto por ti y tú lo sabes –dijo él, cerrando la cortina. La penumbra aliviaba en parte el dolor de cabeza de Evie–. Si parece alterado es porque sabe los problemas que nos esperan.

—Tu padre me odia, mi madre me odia —seguía repitiendo, una y otra vez, ella.

—Calla —dijo Raschid—. O tendré que utilizar otros métodos para librarte de la melancolía.

Raschid esperaba que Evie lo fulminara con la mirada por ese comentario, pero cuando levantó los ojos color lavanda, en su mirada había una fragilidad que nunca había visto antes.

Y eso lo conmovía, lo tocaba por dentro de tal forma que tuvo que quitarse la máscara de impasibilidad que había llevado hasta aquel momento.

—¿Qué demonios? —susurró como para sí mismo. Un segundo después empezaba a quitarse la ropa a toda prisa. Evie lo miraba, disfrutando de la visión del hermoso cuerpo desnudo antes de que se metiera en la cama a su lado. Raschid la tomó entre sus brazos y la besó en los labios delicadamente.

—No es momento para esto, Raschid —murmuró Evie, intentando frenar lo que era inevitable.

—La culpa es tuya —la informó él, arrogante—. Verte tumbada en la cama, tan vulnerable, tan hermosa, me ha hecho sentir asquerosamente hombre.

—Desde luego —sonrió ella, acariciando el pecho del hombre.

Un escalofrío recorrió a Raschid, la clase de escalofrío que sentía cada vez que la contemplaba.

—Dime cómo vamos a separarnos si no podemos apartarnos el uno del otro ni siquiera cuando el mundo se nos viene encima —susurró él, serio de repente.

—No lo sé —suspiró Evie.

—Yo sí —dijo él, colocándose sobre ella—. Yo encontraré una solución para que podamos casarnos. Tú eres mía, el hijo que llevas dentro de ti es mío y pienso reclamaros a ti y a mi hijo con orgullo y con honor. Es una promesa.

Eran hermosas palabras, pero ¿podría hacerlas realidad?, se preguntaba Evie. Y, si era así, ¿cuál sería el precio que tendría que pagar y cuáles de aquellas cosas tan importantes para él tendría que abandonar?

Evie se dejó llevar hacia el mundo de sensualidad al que Raschid la arrastraba siempre, sin dejar de recordar el terrible futuro que los esperaba.

Capítulo 8

Evie empezaba a despertarse del sueño en el que se había sumido cuando Raschid y ella terminaron de hacer el amor y se sobresaltó al oír airadas voces en el salón. Una de ellas era la de Raschid, fría y cortante. La otra era...

–Oh, no –susurró.

Su madre.

Gimiendo de angustia, saltó de la cama y se puso lo primero que encontró a mano, una túnica de seda color fresa que Raschid debía de haber dejado fuera del armario para ella.

En el pasillo podía escuchar perfectamente la conversación.

–¿Amor? –estaba diciendo su madre, irónica–. ¡El amor no es egoísta! ¿Qué ha hecho usted por mi hija, jeque Al Kadah? Yo no veo su reputación hecha pedazos, como lo está la de Evangeline en este momento –añadió, furiosa.

Evie se quedó parada un momento en el arco que dividía el lujoso salón del resto de las habitaciones. Raschid estaba envuelto en una túnica azul y su madre llevaba un traje blanco de Chanel que hacía un maravilloso contraste con su pálida piel y su cabello rubio. Ambos se miraban como si fueran contrincantes en el ring.

–El día de ayer debería haber sido un día muy especial para mi familia y, para ser sincera, Evie intentó que todo fuera normal. Pero tenía que aparecer usted. ¡Usted tenía que asistir a la boda y robar toda la atención! –seguía diciendo Lucinda Delahaye–. Y tuvo la desfachatez de bailar con ella mientras todos los invitados rumoreaban lo de su boda con una princesa árabe. ¡Y por si eso no era suficiente, su padre se ha asegurado de que todo el mundo sepa que mi hija es una ingenua atrapada en sus redes!

–¿Por qué no intenta confiar en el buen juicio de su hija por una vez? –preguntó Raschid, intentando ser paciente–. Es posible que la sorprenda.

–Mientras no rompa esta vergonzosa aventura con usted, eso es imposible.

–Nuestra «vergonzosa aventura» no es asunto suyo.

–¿Por qué no vuelve a sus pozos de petróleo, se casa con su prima y deja a mi hija en paz? –exclamó su madre, muy alterada.

Para horror de Evie, Raschid lanzó una carcajada.

–Si usted supiera... –murmuró.

–Francamente, no quiero saber. Lo único que quiero es hablar con mi hija.

–Evie está descansando. No se encontraba bien...

–Estoy aquí –dijo entonces Evie apareciendo en el salón.

Los dos se volvieron a la vez. En la mirada de su madre solo podía ver reproche, mientras la de él era indescifrable.

–¿Qué te ocurre, estás enferma? –preguntó Lucinda.

–No –contestó ella, sin mirar a Raschid–. Es que... estaba cansada. ¿Qué quieres, madre?

–¿Qué quiero? –repitió su madre–. Quiero saber qué haces en la cama de este hombre, cuando él se dispone a casarse con otra mujer. ¿Es que no tienes orgullo? ¿No se te ha ocurrido pensar en tu reputación?

–Su tono, lady Delahaye, deja mucho que desear –intervino Raschid.

–Mi tono, joven, no es asunto suyo. Estoy hablando con mi hija, no con usted.

—Raschid —dijo ella, volviéndose hacia él para evitar el enfrentamiento—. ¿Te importa dejarnos solas un minuto?

Raschid no parecía contento con aquello. De hecho, parecía ofendido por esa petición. Pero Evie no podía dejarse acobardar por su mirada. No tenía buenas relaciones con su madre, pero tampoco deseaba presenciar un enfrentamiento verbal con el hombre al que amaba.

—Si es lo que quieres —asintió él por fin con fría amabilidad. Con un gesto de cabeza, se despidió de su madre y salió del salón.

—¡Ese hombre es tan arrogante que me pone enferma! —dijo Lucinda.

—Tú no eres humilde exactamente, madre —replicó Evie—. Estás en casa de Raschid, pero le tratas como si fuera él el intruso.

Estirándose aún más de lo que lo estaba, su madre tuvo la delicadeza de no discutir ese comentario.

—No me gusta ese hombre, Evie. Te trata como si fuera tu amo y tú le dejas.

—Me trata maravillosamente bien. Pero tú no quieres verlo.

Suspirando, Evie se acercó al bar y tomó una botella de agua mineral.

—¿Quieres tomar algo? —preguntó.

—No, gracias —contestó su madre. Después, suspirando pesadamente, tiró su elegante bolso sobre el sofá y empezó a mirar alrededor. No había nada en la habitación que fuera excesivo o de mal gusto. Los suelos de madera estaban pulidos y cubiertos por alfombras persas, los muebles consistían en una mezcla de maderas y telas en tonos blancos y cremas que eran un descanso para la vista. Y las paredes estaban cubiertas de cuadros, la mayoría de ellos con escenas del país de Raschid. Acercándose a uno de esos cuadros, Lucinda lo estudiaba detenidamente—. ¿Es su palacio?

—Sí —contestó Evie—. Uno de ellos.

La familia Al Kadah poseía varios palacios, pero el que estaba reflejado en el cuadro era exclusivamente de Raschid.

—Este cuadro es de una belleza dramática, ¿no te parece? —opinó su madre—. Esos tonos dorados contra el azul del mar y el cielo... y el palacio que parece emerger naturalmente del desierto, como si no fuera la obra de un hombre...

Evie miró a su madre, sorprendida.

—Raschid lo diseñó —dijo, sonriendo al ver la mueca de su madre. No le gustaba haber estado admirando al enemigo—. Hizo que lo construyeran según su propio diseño hace varios años. Está en la ladera de unas montañas, con el desierto a un lado y el Golfo Pérsico al otro.

—Ah. Veo que Raschid tiene talentos ocultos —fue lo único que dijo su madre. Muchos más de los que podía imaginar, pensaba Evie, irónica—. Ven conmigo a casa, Evie —añadió después. Lucinda Delahaye la miraba entonces con algo parecido a la simpatía en sus ojos azules—. Todo el mundo está preocupado por ti —siguió diciendo—. Julian me ha llamado desde el aeropuerto después de leer el periódico y hasta lord Beverley está indignado por el modo en que Raschid te está utilizando.

—Raschid no está utilizándome, madre —negó Evie—. Está enamorado de mí.

—¡Amor! —exclamó su madre con el mismo sarcasmo que había usado unos minutos antes con Raschid—. ¡Ese hombre no conoce el significado de la palabra «amor»! De otro modo, no estaría planeando traicionarte.

—El padre de Raschid no le informó de que iba a hacer el anuncio oficial.

—¿Eso es lo que te ha dicho? —preguntó su madre, escéptica.

—Es la verdad. Raschid no me mentiría nunca.

—¡Por favor! —exclamó Lucinda Delahaye—. ¡No puedo creer que seas tan ingenua!

—No tiene nada que ver con la ingenuidad —replicó Evie—. Tiene que ver con la confianza. Confío absolutamente en él.

—De acuerdo, imaginemos que está diciendo la verdad —admitió su madre, al ver la expresión obstinada de su hija—. Pero eso no cambia el hecho de que va a casarse con otra mujer —Evie bajó los ojos porque no tenía respuesta para aquello—. Lord Beverley me ha dicho que no hay modo de que Raschid se vuelva atrás después del anuncio oficial de su boda y, por lo tanto, vuestra relación tiene que acabar. No creo que a la familia de la novia le haga muy feliz saber que su futuro yerno no ha dado por terminada su relación contigo.

—¿De verdad crees que mantendría mi relación con Raschid si él se casara con otra mujer? —preguntó Evie. Lucinda no contestó, pero la expresión de su rostro lo decía todo. Evie se quedó horrorizada al ver que incluso su propia madre creía que ella podría caer tan bajo—. No lo haría, madre —añadió con frialdad, antes de darse la vuelta.

—Pruébalo. Termina con esto de una vez antes de que pierdas la poca dignidad que te queda. Podemos ir a Westhaven juntas —sugirió su madre—. Quédate allí hasta que todo esto se haya olvidado.

—No puedo —susurró Evie, levantando una mano para cubrirse los ojos—. No puedo dejarlo hasta no estar segura de que no hay futuro para nosotros.

—¡Por Dios bendito, Evie! —exclamó su madre, frustrada. Dando un paso, se acercó a ella y la tomó del brazo—. ¿Cuándo vas a darte cuenta...?

—¡Ay! —el grito de Evie hizo que su madre se quedara paralizada.

De repente, Asim apareció en el salón y apartó la mano que sujetaba el brazo quemado.

—¿Qué demonios...? —dijo Lucinda, desconcertada.

—Su hija tiene un brazo herido —explicó Asim, soltando la mano de la incrédula aristócrata.

—¿Un brazo herido? ¿Qué ha pasado? ¿Qué te han hecho, Evie?

–Ha sido un accidente –contestó Raschid, entrando en ese momento–. Evie se ha quemado esta mañana.

–¿Cómo? –preguntó Lucinda, mirando a su hija.

Evie no podía contestar porque el dolor en el brazo hacía que se sintiera mareada. Se había puesto pálida y temblaba.

–Siéntate, por favor –dijo Raschid, ayudándola a sentarse en el sofá–. ¡Asim, haz algo!

Con su calma habitual, Asim se inclinó sobre Evie y tomó su brazo para examinarlo. Ella tenía los ojos cerrados y temblaba violentamente.

–¿Qué sabe este hombre sobre quemaduras? –preguntó Lucinda, irritada.

–Más que usted –replicó Raschid.

–¡Pero tiene que ir al médico! –siguió diciendo su madre, mientras Asim quitaba delicadamente el vendaje del brazo.

–Está con uno en este momento –contestó Raschid.

–Soy el médico personal del jeque desde el día que nació –explicó Asim.

–¡Vaya! –intentó sonreír Evie–. ¡Y durante dos años me ha hecho creer que era un sirviente!

–Señorita Delahaye, como usted sabe muy bien, el jeque nunca está enfermo –bromeó el hombre.

–¡Ay! –gimió ella, cuando Asim tocó la quemadura. Al bajar la vista vio que le habían salido ampollas en el brazo.

–¿Tenemos que llevarla a un especialista? –preguntó Raschid. Su madre parecía haberse quedado sin palabras.

–No, señor. Pero tengo que ir a buscar mi maletín –contestó el hombre–. Perdonen un momento.

–Lo siento, hija –dijo su madre cuando Asim hubo desaparecido–. No quería hacerte daño.

–Lo sé.

–¡Esa quemadura tiene un aspecto terrible! ¿Era esto a lo que se refería cuando dijo que Evie no se encontraba bien? –preguntó a Raschid.

—Sí —contestó Evie por él.

—No —la contradijo Raschid—. Evie no se encuentra bien porque está embarazada.

Con un suspiro de agonía, Evie se hundió en los mullidos almohadones del sofá mientras el silencio que siguió al anuncio amenazaba con explotar de un momento a otro. Durante treinta segundos, nadie hablaba y, probablemente, nadie respiraba siquiera, mientras los dos esperaban la inevitable reacción de Lucinda Delahaye.

Pero cuando llegó, no fue lo que Evie había imaginado. Esperaba palabras de reproche, rabia, incluso asco. Pero su madre cayó a su lado en el sofá, como si de repente se hubiera quedado sin fuerzas.

—Evie —empezó a decir—. ¿Cómo... cómo has podido...?

Evie abrió los ojos y miró a su madre, furiosa por lo que creía entender en el tono de Lucinda.

—¿Estás insinuando que me he quedado embarazada a propósito? —preguntó. Su madre no tenía que contestar porque la respuesta estaba escrita en su cara—. No puedo creer que mi propia madre sospeche que yo podría hacer algo tan horrible —añadió, tan dolida que no podía disimularlo.

—Los accidentes de ese tipo no suceden en nuestros días, Evie.

—¿No? Pues mírame bien, madre —replicó ella, levantándose como un soldado herido—. Porque lo que tienes ante tus ojos es un maldito accidente.

—Evie, tu madre no ha querido ofenderte —intervino Raschid—. Es normal que haya pensado...

—¿Tú piensas lo mismo? —lo interrumpió ella.

—No —contestó él.

Pero a Evie no le pasó desapercibido que había apartado la mirada. Que Raschid, el hombre al que amaba, pensara que ella podía caer tan bajo era como una daga en su corazón. No podía soportarlo.

—No creo que pueda perdonaros por esto —dijo, mirando de uno a otro. Después, se dio la vuelta con toda la dignidad de la que era capaz y salió del salón.

Asim entraba en ese momento y Evie pasó a su lado sin decir nada. Raschid y el hombre se miraron.

Un minuto más tarde, mientras ella estaba sentada en la cama intentando aclararse las ideas, Asim llamó a la puerta.

—Tengo que echar un vistazo a ese brazo —explicó suavemente. Evie no discutió. No dijo ni una palabra y dejó que el hombre curase la herida mientras pensaba en su familia, en la familia de Raschid, en los periodistas...—. La situación es difícil para todos —estaba diciendo el médico con su particular tono diplomático—. La gente dice cosas en momentos acalorados de las que, más tarde, se arrepiente.

—Pero eso no significa que no piensen esas cosas cuando las dicen —dijo Evie—. Usted mismo cree que este embarazo ha sido planeado por mí para atrapar a Raschid. Lo vi en sus ojos —añadió, apartando el brazo.

—¿Le he hecho daño?

—Todo el mundo me hace daño últimamente —contestó Evie, sin poder ocultar la rabia y el dolor que sentía. Sorprendentemente, el hombre pareció entender el comentario porque no dijo nada más—. ¿Puedo ducharme con la venda?

—Sería mejor que no la mojara.

Evie asintió y se quedó pensando durante un segundo.

—¿Le importaría pedirme un taxi mientras me visto?

No era un ruego, aunque había sido hecho en ese tono, y Evie no esperó respuesta antes de levantarse de la cama y entrar en el cuarto de baño.

Diez minutos más tarde, volvía al dormitorio vestida con los vaqueros y la camiseta con la que había llegado aquella mañana. Estaba haciéndose una coleta cuando entró Raschid.

Evie lo miró un momento y después apartó los ojos. Se había cambiado de ropa y llevaba un traje de chaqueta.

—Tu madre se ha marchado –dijo. No la sorprendía. Su madre necesitaría tiempo para acostumbrarse al nuevo escándalo que, aparentemente, estaba a punto de caer sobre la familia Delahaye–. Asim me ha dicho que has pedido un taxi. ¿Por qué?

—Para marcharme de aquí –contestó ella, con frialdad–. ¿Para qué si no?

—¿Y dónde piensas ir?

—A casa de mi madre, probablemente. A esconderme, como hacen las ovejas negras cuando tienen problemas.

El sarcasmo era claro y el suspiro de impaciencia de Raschid, más claro aún.

—No te rebajes a ti misma de esa forma.

—¿Por qué no? Es la verdad. O, al menos, es lo que creerá todo el mundo cuando se sepa la noticia.

—¡No digas tonterías! –exclamó él–. Estás cansada y furiosa. Una vez que estemos casados, a nadie le preocupará cuándo ha sido concebido el niño.

—Me parece que te lo he dicho antes –replicó Evie–. Pero esta vez lo digo de verdad. No me casaría contigo ni aunque fueras el último hombre de la tierra. ¡Nunca podría olvidar lo que has pensado de mí!

—¡Yo no creo que te hayas quedado embarazada a propósito! –se defendió él. Evie no contestó, pero su expresión sarcástica lo decía todo–. Muy bien –concedió él, con un suspiro–. Hubo un momento, un momento muy breve, en el que se me pasó por la cabeza. ¿Qué hombre no lo hubiera pensado dadas las circunstancias de nuestra relación?

—¡Un hombre que me conociera lo suficiente como para saber que yo no sería capaz de usar esas tácticas para atraparlo!

—A mí me parece que eres tú la que se siente atrapada por esta situación, Evie, y eso es lo que realmente te duele –replicó él. Aquello la hizo pensar. Quizá tenía razón. Se sentía atrapada por algo de lo que no podía escapar y no estaba acostumbrada a ello–. Mira... Siento haberte ofendido antes, pero ¿no crees que tenemos suficientes problemas que resolver como para añadir una pelea entre los dos?

–Todo es tan complicado... –confesó ella–. Y cada vez lo será más.

–Confía en mí. Conseguiré que esto sea una ventaja para nosotros, aunque sea lo último que haga –prometió él–. Tu *mamá* ya está empezando a sentirse inesperadamente maternal –añadió suavemente. Cuando levantó los ojos, Evie se encontró frente a unos ojos cálidos y burlones–. Su última orden antes de irse ha sido que cuide bien de su hija o tendré que vérmelas con ella –sonrió–. Me parece que por fin tenemos algo en común, a pesar de haberte ofendido como lo hemos hecho.

–Os parecéis más de lo que crees, Raschid –murmuró Evie–. Los dos sois arrogantes y engreídos.

–Y tú solo eres una pobre víctima, ¿no es eso?

–Tu padre aún no ha dicho su última palabra –siguió diciendo Evie, como si no hubiera oído el anterior comentario.

–No es ningún ogro, Evie –replicó Raschid–. Si que vayas a tener un hijo consigue ablandar a tu madre, no veo por qué no va a ablandar a mi padre.

–¿Y podremos jugar a las familias?

Su tono no dejaba lugar a dudas sobre lo que opinaba al respecto.

–Al menos, dale una oportunidad antes de condenarlo.

«¿Una oportunidad?», se preguntaba Evie. Quizá podría hacerlo, pero no tenía esperanzas de que fuera a dar resultado alguno.

–Bueno, ¿y qué hacemos ahora?

Raschid se estiró repentinamente, recordándole a Evie las ocasiones en las que lo había visto vestirse para algún acto oficial.

–Voy a ir a Behran para darle la noticia –contestó.

–¿Hoy?

—En los próximos diez minutos, para ser exacto —contestó él, mirando su reloj.

—Te he causado muchos problemas por no decirte lo del niño hace dos semanas, ¿verdad? —preguntó ella en voz baja.

—Si lo hubiera sabido entonces, podría haber intentado convencer a mi padre —contestó él, encogiéndose de hombros.

—He sido una cobarde —admitió Evie.

—No es verdad. Estabas asustada y solo intentabas hacer lo que creías mejor.

—He intentado agradar a todo el mundo, pero no lo he conseguido. Todo lo contrario.

—Intenta agradarme a mí ahora —sonrió él—. Quédate aquí mientras yo vuelo a mi país. Asim ha aceptado quedarse contigo. Él se encargará de que nadie te moleste.

—¿Es un eunuco? —preguntó Evie, burlona.

—No —contestó Raschid, sonriendo—. Pero le confiaría mi vida y puedo confiarle tu virtud.

—¿También confías en mí?

Su respuesta llegó tan rápida que la pilló desprevenida. Cuando quiso darse cuenta, estaba en sus brazos y él la besaba en los labios con una pasión que la estremecía.

—Confío en ti —afirmó él, sobre su boca.

¿Por qué parecía tan seguro?, se preguntaba Evie. Porque ella se apretaba contra él, se perdía en él, se ahogaba en él... como siempre.

Raschid tampoco podía apartarse y volvió a besarla, una ardiente caricia de despedida que tuvo que obligarse a romper unos segundos más tarde.

—Tengo que irme —dijo suavemente—. El vuelo está previsto para dentro de media hora.

—Ten cuidado. Y llámame en cuanto llegues.

—Te llamaré —prometió él—. Volveré dentro de una semana.

Buenas y sinceras palabras. Pero Raschid no la llamó y Evie no volvió a verlo en dos semanas.

Capítulo 9

Para entonces, la soledad estaba empezando a afectarla. Evie no se había atrevido a salir del apartamento por temor a ser asaltada por los periodistas.

Su madre la llamaba por teléfono todos los días, desde luego. A su modo, Lucinda Delahaye estaba intentando apoyarla, pero no le resultaba fácil. Y, en realidad, era ella quien tenía que tranquilizar a su madre cuando empezaron a pasar los días sin noticias de Raschid.

–Si no cumple su palabra, lo mataré –dijo Lucinda después de una semana.

–Confía en él, madre –replicó Evie–. Yo lo hago. Me quiere tanto como yo a él y quiere a nuestro hijo. Con ese incentivo se pueden mover montañas.

Pero pasaban los días sin noticias de Raschid y Evie se encontraba a sí misma deseando que los periódicos dieran algún tipo de noticia para saber lo que estaba pasando en Behran. Por primera vez en mucho tiempo, ningún periódico o revista había vuelto a mencionar al jeque Al Kadah ni a ella. En aquellos días había saltado un escándalo sobre dos ministros y los periodistas estaban ocupados cubriendo la historia.

Asim no era ninguna ayuda porque se negaba a decir si sabía algo de Raschid o de lo que estaba pasando en su país y la recomendaba paciencia. Pero sabía más de lo que quería admitir y eso significaba que las noticias que le habían llegado de Behran eran malas.

El hombre intentaba hacer lo posible para que la espera fuera soportable. De hecho, nació una buena amistad entre ellos en esas dos semanas. Él tenía obligaciones que atender en la embajada de Behran, pero el resto del tiempo lo dedicaba a ella.

Paseaban juntos por el jardín del apartamento y jugaban al ajedrez, juego que su padre le había enseñado antes de morir trágicamente en un accidente cuando ella tenía diez años.

Su brazo curaba rápidamente bajo los cuidados de Asim. Era un buen hombre, un compañero agradable y en esas semanas Evie comprendió por qué Raschid lo mantenía a su lado.

Hablaba con orgullo de su país y sobre los cambios que había sufrido en los últimos veinte años. La vida en Behran, descubrió Evie, no era tan atrasada como había creído. Las mujeres no tenían que usar velo si no lo deseaban y la educación era obligatoria para ambos sexos. Las mujeres en aquel país estaban empezando a encontrar su sitio en la sociedad.

Solo una pequeña parte de la población deseaba mantener las tradiciones, le había contado Asim. La mayoría de la gente comprendía las ventajas de vivir como el resto del mundo contemporáneo.

Pero lo más curioso de sus conversaciones con Asim era que, según el hombre, la mayoría de los cambios habían tenido lugar gracias al padre de Raschid. Por eso, su actitud contraria al matrimonio de su hijo con una europea la dejaba desconcertada.

Era una cuestión religiosa, por lo tanto. La religión, que debería unir a las gentes, en realidad las separaba. La religión, las tradiciones, las diferentes razas. Su propia madre discriminaba en esas tres áreas. ¿Por qué iba a esperar que el padre de Raschid fuera diferente?

Y el padre de Raschid no era diferente, como tuvo ocasión de comprobar poco más tarde.

Su sentimientos hacia ella le fueron confirmados a través de un enviado del príncipe hacia el final de la segunda semana de forzosa reclusión.

Asim había salido para atender sus obligaciones en la embajada y Evie no se sentía bien aquel día, le dolía la cabeza y tenía frío, como si estuviera resfriada.

−¿No se encuentra bien, señorita Delahaye? −le había preguntado el hombre cuando ella rehusó su habitual paseo por el jardín.

−Usted es el médico −contestó ella, burlona−. Dígame por qué no me encuentro bien.

Asim sonrió, comprendiendo a qué se refería y la dejó tumbada en el sofá leyendo un libro antes de marcharse. Evie estuvo leyendo durante un rato hasta que oyó ruido en el pasillo y se levantó de un salto.

Solo Asim y ella tenían acceso al apartamento y pensó que sería Raschid, que volvía por fin. La expresión de alegría en su rostro se nubló cuando se abrió la puerta y dos completos desconocidos entraron en la habitación.

Dos hombres árabes, para ser precisos, vestidos con traje europeo y con un aspecto poco tranquilizador.

−¿Señorita Delahaye? −preguntó uno de ellos, el más alto.

El corazón de Evie dio un vuelco y se irguió todo lo que pudo, como hacía cuando las circunstancias eran adversas.

−¿Quiénes son ustedes? −preguntó−. ¿Qué hacen aquí?

Los dos hombres hicieron una reverencia que a Evie no le gustó nada. En realidad, sintió un escalofrío, como si aquel gesto fuera un mal presagio.

−Le pedimos disculpas −dijo el que parecía ser el portavoz−. Mi nombre es Jamal Al Kareem. Hemos venido a traerle un mensaje del príncipe Hashim −explicó.

−¿El príncipe Raschid no viene con ustedes?

−El príncipe Raschid está... de visita oficial en el vecino estado de Abadilah.

Abadilah, recordaba Evie, era el país que gobernaba el padre de Aisha.

—¿Cómo han entrado en el apartamento?

—Como jefe de seguridad de la corona, tengo acceso a todas las residencias reales, señorita Delahaye. Es un mal necesario para todas las familias poderosas tener que procurarse protección —explicó el hombre, acercándose a ella mientras hablaba—. Porque el poder trae consigo sus propios enemigos y esos enemigos pueden decidir atacar desde el interior.

El hombre se quedó parado a unos metros de ella y Evie dio un paso atrás. Aquellas palabras, dichas en el más suave de los tonos, habían sonado amenazadoras. Como si lo que estuviera diciendo fuera que *ella* era el enemigo.

—Dice que le ha enviado el príncipe Hashim —repitió ella, con tono gélido.

Otra reverencia, otro escalofrío.

—El príncipe está muy preocupado por... su delicada situación —confirmó el mensajero—. Y me ha pedido que le ofrezca sus disculpas por cualquier molestia que haya podido ocasionar el anuncio oficial de la boda de su hijo.

—Gracias —murmuró Evie mirando al segundo hombre, que no se había movido de la puerta y parecía estar en guardia—. Pero puede decirle al príncipe que no era necesario que se disculpara.

—Sé que se sentirá muy agradecido por su comprensión —dijo el mensajero—. Pero el príncipe está preocupado por no haber tenido en cuenta sus sentimientos en ese momento. Ha sido poco considerado por su parte, como su reverenciado hijo le ha hecho notar. El príncipe quiere recompensarla por el mal trago...

Cuando Evie vio que el hombre se llevaba la mano al bolsillo se asustó, pero lo que sacó era un papel que extendió hacia ella.

Confusa, Evie alargó la mano y cuando descubrió que era un cheque, la sangre se heló en sus venas.

El cheque, a nombre de la Fundación con la que ella solía colaborar, era por dos millones de libras esterlinas.

—El príncipe conoce el trabajo que usted hace para la Fundación y le ruega que acepte este pequeño donativo como gesto de buena voluntad —explicaba el mensajero, mientras ella miraba incrédula el pedazo de papel—. El príncipe sabe que usted comprenderá la triste necesidad de darle también... esto —añadió el hombre dándole una tarjeta de visita.

Evie la tomó y cuando vio el logo de una famosa clínica privada de Londres, el horror de lo que estaba ocurriendo la dejó paralizada.

—El príncipe le ruega la mayor discreción en este momento tan... delicado —concluyó Jamal Al Kareem—. Anticipándose a su comprensión, el príncipe se declara su más humilde servidor y espera que esto dé por terminado este triste asunto.

Evie no se movía, apenas respiraba. Se sentía como si estuviera observando aquella escena desde lejos. Como si ella no fuera ella misma, como si su cerebro hubiera dejado de funcionar.

Porque pensar era demasiado doloroso. Demasiado doloroso comprobar que aquel era el final de su historia de amor con Raschid.

No había esperanza. Raschid no aparecería por la puerta para decirle que todo había sido resuelto, que los problemas se habían terminado y que vivirían juntos para siempre.

Porque Raschid estaba en Abadilah, con Aisha.

Y Evie no debería seguir en su apartamento.

Desde aquella posición extraña en la que se había colocado, vio que ella misma abría los dedos y dejaba caer el cheque y la tarjeta al suelo. Entonces se volvió y salió al pasillo sin decir nada. Tomó el ascensor y bajó al lujoso vestíbulo de mármol. Ni siquiera paró cuando el conserje la llamó por su nombre.

Fuera del edificio hacía buen tiempo. Londres disfrutaba

de una ola de calor y la gente paseaba por la calle en manga corta. De modo que Evie no parecía fuera de lugar con su camiseta color azul cielo y los pantalones blancos.

Un coche oscuro la siguió durante un rato, aunque ella no se había dado cuenta. La siguió mientras caminaba por la acera y hasta que entró en un callejón.

Horas más tarde, Evie seguía caminando. Debía de ser el instinto lo que la guiaba porque de repente se encontró frente a la casa de su madre.

Cuando llamó al timbre, la voz del ama de llaves de su madre la respondió.

–Soy Evie –dijo ella.

La verja se abrió y Evie cruzó el jardín para llegar a la casa. Lucinda Delahaye la esperaba en la puerta y, cuando vio a su hija, palideció.

–¡Dios mío, Evie, estás sangrando! –exclamó su madre.

Evie apenas pudo oírla porque cayó al suelo, desmayada.

Más tarde aquel día, Lucinda estaba sentada sobre la cama de su hija en el hospital cuando la puerta se abrió de repente y el jeque Raschid Al Kadah entró en la habitación seguido de Asim.

Cuando se acercaba a la cama, Lucinda Delahaye se levantó con toda la rabia que sentía por dentro y se colocó entre su hija y el hombre.

Por una vez, Lucinda no tenía un aspecto inmaculado. Llevaba el pelo desarreglado y su cara de alabastro mostraba signos de fatiga.

Con un gesto, obligó a los dos hombres a salir de la habitación y cerró la puerta tras ella.

–¿Cómo se atreve a venir aquí? –dijo, mirando a Raschid con furia.

Raschid no parecía oírla. Estaba pálido y sus ojos se habían oscurecido de preocupación.

—¿El niño...?

—¡Supongo que estará deseando escuchar que lo ha perdido!

—¡No! —exclamó Raschid, tembloroso. Cuando Asim sujetó el brazo del jeque, Lucinda se dio cuenta de que no era eso lo que Raschid esperaba oír.

—No lo ha perdido —rectificó la madre de Evie—. Aunque es un milagro después de lo que sus matones le hicieron.

—¿Podemos hablar de ello en privado? —sugirió Asim.

El pasillo del hospital estaba vacío, pero las puertas de las habitaciones estaban abiertas y todos los pacientes podían oír la conversación.

Asim seguía sujetando a Raschid, mientras este apenas parecía capaz de mantenerse de pie. Pero eso no ablandaba a Lucinda Delahaye.

—¿Quiere hablar en privado? —repitió ella, irónica—. Muy bien, síganme —ordenó.

Había visto a su hija luchar entre la vida y la muerte y no pensaba tratar bien a aquel hombre, que era el responsable de todo.

—¿Sabe lo que esos hombres le dijeron, jeque Al Kadah? —preguntó, cuando estuvieron en la sala de espera—. ¡Aunque mi hija le perdonara, yo no podría hacerlo nunca!

—Ha sido un error —murmuró Raschid, tan afectado que no había recuperado la voz.

—¿Y también ha sido un error que usted no la haya llamado en dos semanas?

—Pensé que sería mejor para ella no hablar conmigo hasta que tuviera buenas noticias.

—¿No me diga? —replicó ella, irónica—. Veo que no la conoce en absoluto. ¡Usted me dijo que la amaba y me prometió que cuidaría de ella! —siguió recriminándole Lucinda—. ¡Pero sus hombres la han tratado como si fuera una cualquiera!

Raschid cayó sobre un sillón y se cubrió la cara con las manos al oír aquello.

—Lady Delahaye, entendemos que tiene derecho a estar furiosa –dijo Asim, con su habitual tono diplomático–, pero nos gustaría que nos explicara qué pasó exactamente después de que la señorita Delahaye saliera del apartamento.

Lucinda se dio la vuelta y cruzó los brazos sobre el pecho, intentando calmarse.

—Salió de allí sin llevarse nada –susurró, temblorosa–. No sabía lo que hacía. Debió de caminar durante horas y por fin apareció en mi casa. ¡En mi casa! ¿Sabe la distancia que hay desde su apartamento a Westhaven? –preguntó, mirando a Raschid–. ¡Estaba sangrando y ni siquiera se había dado cuenta!

Levantándose de un salto, Raschid se acercó a la puerta y se paró en el umbral, tenso.

—¿Sabe si la tocaron? –preguntó, con los dientes apretados.

—¿Sus matones?

—Esos hombres no están al servicio del jeque Al Kadah, lady Delahaye –la corrigió Asim.

—Hombres del príncipe entonces. Da igual –replicó Lucinda–. Lo único que Evie me contó fue que la hicieron sentir como una cualquiera y que, si su padre la odiaba tanto, no había oportunidad alguna para ustedes dos.

—¿Cómo se encuentra su hija? –preguntó suavemente Asim.

—Ha perdido mucha sangre –contestó la mujer, intentando ocultar las lágrimas, como Evie hubiera hecho–. Pero afortunadamente no ha perdido el niño. El médico ha prescrito descanso total, nada de confrontaciones ni problemas de ninguna clase. Y le agradecería mucho que lo respetara, jeque Al Kadah.

Era una advertencia, una amenaza. La manera inglesa de exigir algo, tan efectiva como la árabe.

La madre de Evie podía observar la angustia que se marcaba en el rostro de Raschid. Parecía atormentado, despojado por primera vez de su arrogancia.

—¿Puedo verla? –preguntó en voz baja.

—No sin la aprobación de mi hija —contestó Lucinda con firmeza—. Podría alterarla y, como le acabo de decir, el médico ha recomendado la mayor tranquilidad posible.

Raschid asintió con la cabeza.

—Entonces esperaré hasta que ella dé su permiso —dijo, sentándose en uno de los sillones.

Seguía sentado allí doce horas más tarde. Incluso la endurecida Lucinda empezaba a sentir pena por él.

—No quiero verlo —decía Evie.

—Pero, cariño, lleva toda la noche sentado en la sala de espera —intentaba convencerla su madre—. Supongo que eso se merece cierta consideración.

—He dicho que no quiero verlo.

Lucinda suspiró, agotada.

—Nunca pensé que diría esto, Evangeline, pero me parece que no estás siendo justa con Raschid. Al fin y al cabo, es su hijo y tiene derecho a saber que el niño y tú estáis bien.

—Díselo tú —sugirió Evie con frialdad—. El médico ha dicho que no debo alterarme y la presencia de Raschid me altera.

Después de decir aquello, volvió la cabeza para mirar por la ventana. Era increíble lo que las últimas veinticuatro horas habían hecho de ella. Era como si el trauma de estar a punto de perder a su hijo hubiera creado un caparazón a su alrededor que nadie podía penetrar.

Y también había hecho que su madre se bajara del pedestal en el que parecía haber estado colocada durante toda su vida. Aquel aterrador viaje en ambulancia la había asustado más de lo que hubiera querido reconocer. Durante unas horas había creído que iba a perder a su hija y se había dado cuenta de que nada ni nadie era más importante que Evie.

Por un milagro, los médicos habían conseguido detener la hemorragia y conservar la vida del niño, pero Lucinda no sabía a qué precio. En sus veintitrés años de vida, Evie nunca se había portado con la frialdad con la que lo hacía en ese momento.

–Creí que lo amabas –murmuró su madre–. ¿No se merece una oportunidad en nombre de ese amor?

–No –fue la seca respuesta.

–Evie...

–Estoy cansada –la interrumpió su hija, cerrando los ojos y rezando para que su madre dejara de insistir.

Sorprendentemente, se quedó dormida. Ni siquiera oyó a su madre salir de la habitación. Cuando se despertó, había anochecido y una enfermera se inclinaba sobre ella.

–Tiene que comer algo, señorita Delahaye. Lleva veinticuatro horas sin comer y eso no es bueno para el niño.

–¿Puedo levantarme de la cama? –preguntó. Necesitaba ir al baño urgentemente.

–Aún no –contestó la enfermera. Evie tuvo que usar la cuña, algo que le resultaba muy incómodo y que la ponía de mal humor. Después de lavarla y peinarla, la enfermera colocó una bandeja frente a ella–. Tiene una visita. Lleva horas esperando, señorita Delahaye. ¿Querría dejarlo pasar un momento? –preguntó. Evie se quedó mirando el plato de sopa que de repente tenía sabor a arena–. Me parece que no va a marcharse de aquí hasta que la haya visto. No ha querido moverse de la sala de espera más que para cambiarse de ropa en una de las habitaciones. Hemos intentado convencerlo de que vuelva mañana, pero se niega. ¡Nunca he visto a un hombre más obstinado en mi vida!

Evie siguió tomando la sopa sin decir una palabra. Cuando vio que sería imposible convencerla, la enfermera suspiró y salió de la habitación. Un poco más tarde, Evie apartó la bandeja y se tumbó con la mano sobre el vientre, pensando en Raschid.

Cuando se despertó de nuevo, un amanecer gris empezaba a iluminar la habitación... y había un hombre al pie de su cama.

–Buenos días, señorita Delahaye –sonrió el hombre, antes

de seguir leyendo el informe médico–. Su hijo parece decidido a no moverse de donde está. Sospecho que la mezcla de dos grupos de genes tan obstinados ha creado un niño muy tenaz.

–Asim, ¿qué está haciendo aquí?

–Soy el médico personal del jeque Al Kadah, ya se lo dije –sonrió el hombre–. Y, por lo tanto, también el de su hijo.

–¿Es una broma? –preguntó Evie, incorporándose.

–No –contestó Asim–. A partir de ahora, iré donde vaya el hijo del jeque... vamos, no se lo tome así –dijo Asim al ver la expresión de Evie–. Creí que éramos amigos.

–¿Dónde está Raschid?

–En el mismo sitio que lleva ocupando casi cuarenta y ocho horas –contestó Asim–. Esperando que le lleve noticias del estado de salud de su hijo.

–Pero no de su madre –dijo Evie, con amargura.

–En este momento, la salud del niño depende enteramente de la salud de su madre. Pero el jeque Al Kadah acepta que ella nunca va a perdonarlo. Lo cual, en realidad, no tiene importancia porque es él mismo quien nunca podrá perdonarse.

–Si está intentando ablandarme, Asim, le advierto que no va a funcionar –dijo Evie, alargando la mano para tomar una botella de agua que había sobre la mesilla.

–Deje que la ayude –se ofreció él. Asim sirvió el agua en un vaso y, en silencio, la observó beber–. Permítale que entre, señorita. Lleva muchas horas sin dormir ni comer y estoy empezando a preocuparme.

–Él me hizo esperar durante dos semanas y después envió a sus matones para echarme del apartamento.

–No eran sus hombres –negó Asim–. Y, si le obliga a ello, se quedará en la sala de espera durante dos semanas sin dormir ni comer. Se lo aseguro, señorita Delahaye.

Evie podía creerlo, conociendo a Raschid.

–Muy bien –concedió por fin–. Dígale que entre.

–Gracias –dijo Asim, haciendo una reverencia.

—Puede quedarse cinco minutos y después tendrá que marcharse.

—Como usted desee —dijo el hombre antes de salir de la habitación.

Unos segundos más tarde, Raschid entraba en la habitación. Su aspecto hizo que el caparazón tras el que Evie se había parapetado estuviera a punto de resquebrajarse.

Pero no de pena, sino de rabia. ¡Porque para no haber dormido ni comido en dos días, tenía un aspecto extraordinario!

Evie se sentía engañada.

—¿Cómo estás? —preguntó él.

—Estoy segura de que sabes cómo estoy —replicó Evie.

Raschid asintió y se sentó en una silla al lado de la cama.

Solo cuando se acercó, Evie se percató de las ojeras y la expresión de cansancio. Pero aquello incluso le añadía atractivo, tenía que reconocer.

Evie tenía que esforzarse para no mirarlo y, con los labios apretados, esperaba que Raschid dijera algo.

Pero él no hablaba. El silencio se alargaba cada vez más tenso, pero ella se negaba a mirarlo. Porque mirarlo significaba comunicarse con él, como ocurría siempre cada vez que sus ojos se encontraban. Y no deseaba esa clase de comunicación nunca más.

—No voy a marcharme solo porque tú quieras —dijo por fin.

—Cualquier persona con la mínima sensibilidad hubiera entendido que quiero estar sola en este momento —replicó ella.

—¿Me culpas por lo que ha pasado? —preguntó. Por supuesto que lo culpaba. Se había sentido utilizada, ignorada y abandonada al recibir la visita de aquellos hombres. Raschid le había prometido protección, había prometido llamarla. Había prometido que todo iba a arreglarse—. No sabes cómo lamento que los hombres de mi padre te asustaran.

—Los hombres de tu padre son también tus hombres —le recordó ella—. No hay ninguna diferencia.

—¿Por qué dices eso?

—Porque tú no eres diferente de tu padre.

—¿Qué quieres decir?

—Quiero decir que he visto la luz —contestó ella, irónica—. ¿Y quieres dejar de hacerme preguntas como si esto fuera un juicio? ¡En caso de que no te hayas dado cuenta, yo soy la víctima!

—¿Y crees que no lo soy yo también? ¡No tenía ni idea de que mi padre podía caer tan bajo! —exclamó, alterado—. Ahora siente mucho lo que ha hecho y me ha pedido que te ofrezca sus más sinceras disculpas...

—Ya lo ha hecho —lo interrumpió ella, pálida, recordando a la última persona que había pronunciado aquellas palabras.

—Y te suplica humildemente que lo perdones —siguió diciendo Raschid. Evie se mordió los labios para no decir que también aquello lo había hecho antes—. Él mismo te ofrecerá sus disculpas personalmente en cuanto pueda salir del hospital.

—¿Qué hospital? —preguntó ella.

—El hospital en el que he tenido que ingresarlo —contestó él con un tono irónico que no tenía nada de humorístico—. Cuando le dije que abdicaba de mis derechos para casarme contigo, el disgusto estuvo a punto de matarlo.

—Oh, Raschid, no —murmuró Evie, preguntándose cuánta gente iba a salir herida de aquella historia.

—A pesar de todo, bien está lo que bien acaba, como decís los ingleses —siguió diciendo él—. Mi padre ha aceptado por fin que seré yo quien elija a mi esposa.

—¿Y esa esposa soy yo?

Raschid la miró en ese momento y Evie se dio cuenta por primera vez de que él también había estado evitando el contacto.

Sus ojos color miel la miraban de una forma penetrante.

—Te casarás conmigo —anunció él—. ¡No he pasado semanas en Oriente Medio buscando un sustituto adecuado como esposo de Aisha y prácticamente ocasionando la muerte de mi propio padre para que tú vengas ahora a decirme que todo ha sido para nada!

—¿Te he pedido yo que hicieras todo eso?

—¡Sí! Cada vez que me decías que me querías, me lo estabas pidiendo —contestó él—. ¡Cada vez que nos miramos el uno al otro estamos pidiéndonos hacer lo que sea para seguir juntos!

Raschid se levantó de golpe y se dirigió hacia la ventana.

Evie seguía mirándolo, asombrada de su vehemencia.

¡Y lo peor era que tenía razón! El amor que habían compartido durante dos años había demandado que hicieran lo que fuera para no tener que separarse.

Pero aquello había terminado. Los últimos acontecimientos eran demasiado tristes, demasiado horribles como para mantener aquellos románticos ideales.

—Puedo aprender a vivir sin tu amor —dijo ella con voz ronca—. ¡Incluso puedo vivir sin el respeto de la gente! Pero no puedo vivir sufriendo el odio de nadie.

—Mi padre no te odia —suspiró él—. Simplemente creyó que podía utilizarte en su batalla contra mí.

—¿Y eso te parece bien? —preguntó Evie, con amargura.

—Claro que no.

—En realidad, no quería utilizarme a mí. Quería utilizar a mi hijo.

—Nuestro hijo —la corrigió Raschid.

—Aunque tú no quieras creerlo, Raschid, tu padre quería a este niño muerto. Y no voy a perdonarlo nunca por ello —dijo Evie suavemente, como si hubiera meditado mucho aquella frase—. De modo que, en lo que respecta al príncipe, este niño ha muerto. No te reconoceré como su padre y no llevará tu apellido. Jamás volveré a arriesgar su vida.

—¿Y yo no tengo nada que decir? ¿Es eso lo que estás diciendo?

—Estoy diciendo que si de verdad te importa este niño, harás lo mejor para él. Y lo mejor es olvidar que lo has engendrado.

Él no dijo nada durante un rato. Y el silencio era tan sonoro como el tañido de una campana funeraria mientras Evie esperaba a saber lo que él tenía que decir al respecto.

En ese momento, Raschid parecía lo que era: el heredero de un trono. Con el cuerpo erguido, la cabeza levantada, el perfil aquilino indescifrable, aunque ella sabía que acababa de romperle el corazón con sus palabras.

–Como tú digas –dijo entonces Raschid, dándose la vuelta y caminando hacia la puerta.

Era tal la sorpresa, tan terrible la angustia de verlo aceptar la derrota tan fácilmente que Evie perdió su aire de seguridad.

–¡Raschid, no! –gritó, desesperada.

Aquel grito hizo que él se diera la vuelta y se dirigiera de nuevo a su cama, sin color en la cara.

–¡Claro que no! ¡Ese niño es mío y será mejor que no lo olvides nunca! –exclamó, con los dientes apretados. Evie se sujetaba a sus hombros y él la abrazaba con todo el amor que había tenido que esconder hasta ese momento–. Ahora estamos hablando con lógica –murmuró, tomando su cara entre las manos–. ¡Porque, si crees que he arriesgado tanto para después rendirme, no me conoces tan bien como yo creía!

–¡Me has engañado! –sollozó ella–. Se supone que no debo alterarme. Es malo para el niño.

–Estás alterada porque has querido jugar a la princesa de hielo –la regañó él.

–¡Lo que hizo tu padre es imperdonable!

–¡Entonces no lo perdones! –dijo él, apretándola contra sí–. Pero te casarás conmigo, Evie. Delante de todo el mundo. ¡Criaremos a ese niño juntos y llevará mi apellido!

Capítulo 10

–Estás preciosa, Evie –murmuró su hermano–. Raschid es un hombre de suerte.

Frente al espejo, Evie se preguntaba si Raschid lo creería así.

En público había cantado sus alabanzas y se había declarado un hombre afortunado el día que anunció públicamente a los medios de comunicación que iba a contraer matrimonio con Evangeline Delahaye.

Pero ¿lo creería de verdad cuando arriesgaba tanto al casarse con ella?, se preguntaba.

Y otra cuestión. ¿Era ella feliz? Porque, aunque se había dado cuenta de que no podía apartar a Raschid de su vida, eso no quería decir que hubiera olvidado todos los problemas.

Y mientras hablaba con su hermano en su antigua habitación de Westhaven, con el resto de la familia esperando en el registro donde se casaría una hora más tarde, todos esos problemas empezaban a asaltarla de nuevo.

Como los guardaespaldas que habían rodeado Westhaven desde que decidieron que convalecería en casa de su madre hasta el día de la boda.

Nunca hasta entonces había hecho Raschid ostentación de riqueza, pero el cinturón de escoltas fuera y dentro del apartamento demostraba a las claras que era uno de los hombres más poderosos del mundo. Incluso Julian había tenido que demostrar su identidad antes de que lo dejaran subir.

—¿Hay algo que no me hayas dicho? —le había preguntado a Raschid una noche en la que él había ido a cenar a Westhaven—. ¿Es que sigo en peligro, por eso hay tanta seguridad?

—No —había contestado él—. Pero he aprendido la lección. Dejándote sola con Asim devalué tu importancia a los ojos de quienes solo comprenden el valor de algo dependiendo de las medidas de protección que lo rodean.

—En la mentalidad árabe, claro.

—Si quieres llamarlo así —concedió él, rehusando una confrontación—. Pero es una impresión que debe ser rectificada. Nadie volverá a atreverse a amenazarte.

—¿Eso quiere decir que por fin tengo un eunuco vigilando la puerta de mi dormitorio?

—Veo que estás obsesionada con el asunto del eunuco —sonrió él—. ¿No estarás teniendo fantasías en tu solitaria cama? ¿Quizá es un castigo porque me niego a compartirla contigo?

Su abstinencia era otra forma de protección que había impuesto y que Evie encontraba preocupante. En dos años, Raschid no había sido capaz de resistirse a ella. Solo tenía que recordar el episodio en el castillo Beverley para asegurarse.

Y, de repente, no la rozaba. ¿Por qué?, se preguntaba. ¿Qué esperaba ganar con su abstinencia?

Hasta entonces, él había intentado evitar la cuestión y era otra de las cosas que la preocupaban mientras se arreglaba para la ceremonia.

—Si estuvieras en mi lugar, ¿te casarías con un árabe, heredero de un emirato musulmán?

—Creí que el verdadero amor lo conquistaba todo —replicó su hermano con una sonrisa.

Pero Evie no tenía ganas de bromas.

—Su familia no quiere que me case con él. Su gente no me quiere... ¡es posible que cometa el mayor error de mi vida!

—Y también es posible que estés nerviosa por la boda —sugirió Julian—. Venga, Evie. Todo el mundo sabe lo que Raschid siente por ti. Eso es más que suficiente.

Entonces, ¿por qué estaba convencida de que iba a cometer un error?, se preguntaba a sí misma, mirándose en el espejo.

El traje de novia había sido confeccionado en casa de su madre por un famoso diseñador, cuyo viaje, gastos e innumerables ayudantes habían sido pagados por Raschid. Lo que el diseñador había imaginado era un traje sencillo, pero de una belleza inigualable.

No era más que una larga túnica con cuello subido y manga larga, al estilo oriental. Hecha de una rica seda dorada, la única decoración era una fila de perlas en la cintura y en el cuello.

Pero era el casquete de seda dorada rodeado de perlas lo que le daba un toque sofisticado. Aconsejada por el diseñador, Evie se había dejado la melena suelta, que caía por su espalda en finos mechones.

—La Inglaterra medieval, con un toque oriental —había descrito su hermano al verla.

Pero ¿qué pensaría Raschid?

Fuera del apartamento, una limusina blanca esperaba bajo el sol que no había abandonado Londres en todo el mes.

—Alegra esa cara —aconsejó Julian cuando entraban en el coche—. Se supone que vas a una boda, no a un funeral.

Era cierto, pero Evie no podía dejar de sentir que una oscura presencia se cernía sobre ellos mientras se dirigían a Hertford.

Una sombra que tenía una forma definida: el padre de Raschid. Su familia. Su gente árabe. Ninguno de los cuales estaría presente en la boda. Su padre había alegado estar demasiado enfermo para salir del hospital en Behran, su hermana tenía un hijo enfermo, la gente de la embajada se hallaba demasiado ocupada con asuntos de la más grave importancia.

Pero Evie no era tonta.

El ayuntamiento de Westhaven era un edificio elegante de ladrillo rojo, situado en el centro de una plaza donde se había congregado una pequeña multitud para ver llegar a los famosos novios, incluyendo un numeroso grupo de periodistas y fotógrafos.

Cuando el coche llegaba al ayuntamiento, Evie reconoció a Raschid al final de la escalera, vestido con traje y corbata oscuros y camisa blanca. Que no llevara el tradicional atuendo árabe decía muchas cosas.

Sin embargo, no podía despegar los ojos de él mientras bajaba la escalera. Aquel alto, fuerte y hermoso amante árabe suyo, pensaba con tristeza...

Y Julian tenía razón. El verdadero amor lo conquistaba todo.

Raschid abrió la puerta de la limusina y la miró con admiración.

–Estás preciosa –murmuró.

Los fotógrafos comenzaron a disparar sus cámaras en ese momento y la gente gritaba sus nombres. Evie forzó una sonrisa y subió la escalera de la mano de su futuro marido.

La ceremonia civil tendría lugar delante de un reducido grupo de testigos. Después volverían a Westhaven, donde esperaría el resto de los invitados para presenciar la bendición cristiana.

También habría una bendición musulmana, pero no en Inglaterra y no hasta que el padre de Raschid estuviera fuera del hospital.

O cuando estuviera dispuesto a aceptarla como esposa de su hijo, pensaba Evie.

Su madre, Christina y Asim estaban esperando en el vestíbulo. Al menos, Asim llevaba la tradicional túnica árabe.

El servicio fue muy corto. Evie, de pie al lado de Raschid, repetía las palabras del alcalde con una voz tan frágil que los testigos tenían que aguzar el oído. La voz de Raschid era más fuerte, pero ligeramente ronca, como si aquello fuera un esfuerzo para él.

Cuando Raschid le puso la alianza en el dedo, Evie vio que era una delicada banda de oro con el sello de la familia Al Kadah.

¿Aquel anillo la convertiría en uno de los suyos?, se preguntaba.

–Puede besar a la novia.

Besar a la novia...

Como un autómata, Evie se volvió hacia Raschid. Los ojos color lavanda se miraron en los ojos color miel. Era como dejarse caer en un pozo de oro y, durante unos segundos, no veía nada más que a aquel hombre y el poder que ejercía sobre ella.

Él no se movió, ni siquiera intentó besarla. Solo la miraba con una expresión indefinible.

La tensión crecía. El corazón de Evie empezó a latir con fuerza mientras esperaba el beso con los labios entreabiertos.

¿Qué le pasaba?, se preguntaba. ¿Sería que al mirar su cara, con rasgos tan diferentes a los de su propia gente, se estaba dando cuenta de que había cometido un error?

Para entonces, la tensión se había contagiado a los invitados. Nadie hablaba, nadie se movía. Todos los ojos estaban clavados en ellos. Raschid murmuró algo en su idioma, probablemente una plegaria a Alá y tomó su mano. La propia mano del hombre temblaba perceptiblemente. Inclinando los ojos, Raschid besó los dedos de ella con suavidad.

–*Kismet* –murmuró.

Kismet. La voluntad de Alá. Su destino.

El corazón de Evie parecía a punto de estallar. Y por fin sonrió. Un momento después, Raschid la tomó en sus brazos y la besó.

Fuera, en la calle, el aire parecía haber recuperado su cualidad cristalina y la sombra oscura había desaparecido. Los fotógrafos volvieron a disparar sus flashes. Evie sonrió, ignorando las preguntas de los periodistas y dejando que su marido la llevara de la mano hasta la limusina que los conduciría de vuelta a Westhaven.

Raschid seguía sin soltar su mano cuando el coche arrancó y Evie se volvió hacia él, sonriente. Pero él no sonreía.

—Estás absolutamente maravillosa —murmuró él con voz ronca—. Pero en la ceremonia parecías triste.

—Quizá me lo estaba pensando —bromeó ella.

—¿De verdad?

Evie no contestó inmediatamente.

—*Kismet* —dijo, sonriendo. Y esa palabra mágica lo decía todo. Raschid se inclinó para besarla y ella le devolvió el beso con toda la pasión de la que era capaz.

No había carpa gigantesca esperándolos en Westhaven, ni banda de música, ni cientos y cientos de invitados. Solo un grupo de amigos y algunos parientes en la pequeña capilla donde el vicario los bendeciría, por respeto a la fe cristiana de Evie.

Habían colocado mesas en el jardín de la casa. Su tía abuela Celia estaba presente, pero evitaba por todos los medios tener que hablar con la novia y el novio. Y Harry también estaba, acompañado de una joven que lo miraba con ojos de gacela. Evie vio a Raschid charlando con ellos y se preguntó cuándo habrían roto las hostilidades.

—Le he pedido que entrene a alguno de mis caballos —le explicó él más tarde—. Como premio de consolación por ser buen perdedor.

—¿Cómo puedes ser tan arrogante? —exclamó Evie.

—En realidad, no —dijo Raschid—. Yo no hubiera aceptado perderte con la gracia que lo ha hecho él.

—¿Qué hubieras hecho tú?

La mano que sujetaba su cintura apretó tanto que casi le hacía daño.

—¿Tú qué crees? —susurró.

—Me parece que estamos hablando otra vez de puertas cerradas y eunucos —contestó Evie.

—Precedido todo de un secuestro —añadió Raschid—. Que es exactamente lo que estoy a punto de hacer... —añadió. En ese momento, un helicóptero empezó a descender sobre el jardín. El aire que producían las hélices obligaba a las señoras a sujetarse las pamelas—. Nuestro transporte ha llegado.

—Tengo que ir a cambiarme...

—No hace falta —dijo Raschid, tirando de ella—. Estás preciosa como estás. Vamos, despídete rápidamente. Tenemos que cumplir un horario.

—Pero si ni siquiera sé dónde vamos...

Raschid no le prestaba atención porque Lucinda se acercaba a ellos con lágrimas en los ojos.

—Cuídate —le dijo a su hija, abrazándola. Evie seguía sin acostumbrarse a la nueva y cariñosa actitud de su madre. Pero la antigua Lucinda no había muerto del todo—. Supongo que esperará que lo abrace, ¿no es así? —preguntó irónica, dirigiéndose a Raschid.

—No, a menos que sea un abrazo auténtico —dijo él.

Lucinda pareció pensarlo un momento.

—Cuide de ella —sonrió, besándolo en la mejilla.

—Me parece que estoy empezando a gustarle a tu madre —rio Raschid mientras subían al helicóptero.

Era una lástima que su propia familia no sintiera lo mismo por ella, pensaba Evie. Y el pensamiento debía de reflejarse en su cara.

—¿Qué ocurre? —preguntó Raschid—. ¿Qué he dicho para que pongas esa cara?

—Nada —contestó ella, intentando sonreír—. Es que estoy cansada. Hoy no he podido echarme la siesta a la que todos los días me obliga Asim.

Asim, sentado al lado del piloto, asintió.

—En cuanto lleguemos al avión dormirás —ordenó Raschid.

Unos minutos más tarde, llegaban al aeropuerto y tomaban un jet privado. En cuanto el avión despegó, su marido le desabrochó el cinturón y la obligó a ponerse de pie.

–Es hora de descansar –dijo, llevándola a través de una puerta tras la que había un dormitorio.

–Vaya –susurró ella, sorprendida mientras él retiraba la colcha de seda.

Tomando algo de la cama, Raschid se lo colgó negligentemente del hombro. Era un camisón de seda corto de color granate.

–Date la vuelta. Quiero quitarte ese precioso vestido –dijo él. Evie hizo lo que él le pedía–. Debo informarte que, como árabe, me siento muy defraudado –seguía diciendo mientras le bajaba la cremallera–. Esperaba que tuviera los cien botones con los que las mujeres árabes vuelven locos a sus maridos, que tienen que desabrochar uno tras otro hasta encontrar el preciado regalo.

–Pero tú no estás interesado en lo que hay debajo de este traje –dijo ella, traviesa–. ¿Por qué ibas a sentirte decepcionado?

–¿Es eso lo que piensas? –preguntó él, quitándole el casquete.

El vestido se deslizaba hasta el suelo y el roce de los dedos de Raschid mientras le desabrochaba el sujetador la hizo temblar de forma perceptible.

–Sí –contestó.

Evie escuchó la risa ronca de Raschid mientras se inclinaba para quitarle la única pieza de ropa que le quedaba. Segundos más tarde estaba completamente desnuda y él la sujetaba por las caderas. El roce de la boca del hombre sobre la suave curva de sus nalgas la obligó a arquear la espalda como respuesta.

–Mentirosa. Tú sabes que adoro cada centímetro de tu delicioso cuerpo –susurró. Después la volvió hacia él, mientras seguía sentado en la cama. Con premeditada lentitud deslizó su mirada oscura desde los pies desnudos hacia arriba. Evie sentía que le temblaban las piernas, que el lugar escondido entre sus muslos quemaba de deseo. Él observaba su vientre plano, donde la presencia de su hijo aún no se había hecho notar y deslizaba hacia arriba la mirada, hacia sus llenos y firmes pechos–. Cada centímetro –repitió roncamente.

Respirando con dificultad, Evie lo tomó por la barbilla para obligarlo a mirarla a los ojos. Los ojos de Raschid se habían oscurecido en una tempestad de deseo masculino. Evie separó los labios del hombre con los dedos y el calor que encontró dentro de su boca le recordó tanto el que sentía en su interior que cayó de rodillas frente a él.

–No necesito descansar –susurró–. Te necesito a ti.

–Ah... –suspiró él con tristeza–. Pero...

Evie no lo dejó terminar. Con ansia, puso su boca sobre la del hombre con fuerza. Él no intentaba apartarse y el beso crecía hasta alcanzar una intensidad que los derretía a ambos y que la hacía sentirse más feliz de lo que lo había estado en mucho tiempo.

Él seguía acariciando sus caderas con las manos y Evie empezó a desnudarlo. Apartó el camisón que se había colgado del hombro y le quitó la chaqueta con manos impacientes.

En los dos años que llevaban juntos, nunca lo había deseado como lo deseaba en aquel momento y no pudo evitar un gemido de triunfo cuando consiguió quitarle la corbata.

Después, desabrochó la camisa sin saber cómo lo hacía. Él no la estaba ayudando y eso incentivaba su deseo. La camisa acabó atrapada sobre sus codos, como la chaqueta, porque él no había separado las manos de sus caderas. Pero a Evie le daba igual. Por fin podía acariciar la cálida piel del hombre y el suave vello que cubría la firmeza de su torso. Con urgencia, apartó sus labios de la boca del hombre para explorar otros territorios.

Con un gemido atormentado, Raschid se desembarazó de la chaqueta y la camisa y apretó el cuerpo de Evie contra sí, acariciando sus suaves pezones con la boca y haciendo que ella temblara de pies a cabeza.

¿Cuánto tiempo había pasado desde la última vez?, se preguntaba. ¿Cinco semanas?

Demasiado tiempo, a juzgar por la violencia de sus respiraciones, por la urgencia con la que se devoraban uno a otro. Él chupaba tan fuerte uno de sus pezones que Evie gimió de dolor... y después se echó a reír de placer.

Ardiendo, moviéndose frenéticos, Raschid se puso en pie y tiró de ella. Evie pegaba su cuerpo al del hombre en abierta provocación. Pero cuando bajó las manos hasta la cremallera de su pantalón, su reacción fue tan inesperada que la dejó sin aliento. Tomándola en sus brazos, Raschid la levantó y la tiró sobre la cama.

–¡No! –exclamó, tirando sobre ella el descartado camisón, antes de inclinarse para recuperar su camisa del suelo.

–¿Qué... ocurre? –preguntó ella, temblorosa.

–Lo siento –susurró él–. No quería dejarme llevar. Pero no podemos... he hecho una promesa.

–¿Una promesa? –repitió ella, incrédula–. ¿Qué clase de promesa?

–Cúbrete –ordenó él sin mirarla. Su expresión era una que Evie conocía. Una expresión de dolor.

–¿Qué promesa? –insistió ella.

–Una promesa a Alá –confesó él–. He prometido que te trataría con respeto.

–¿Sabes una cosa, Raschid? –preguntó ella, poniéndose el camisón–. ¡No me siento respetada en este momento, me siento rechazada!

Él hizo una mueca de dolor, como si ella lo hubiera golpeado, pero eso no evitó que su hermoso torso masculino desapareciera bajo la camisa.

—No comprendes mis motivos –explicó él, inclinándose para tomar su chaqueta–. Durante demasiado tiempo he infravalorado la importancia que tienes en mi vida. Ese es un pecado que estoy decidido a no cometer nunca más.

—¿Qué pecado? –repitió ella–. ¿El pecado de desear hacer el amor con tu mujer?

Él asintió en sombría confirmación.

—Y el pecado de no comprender lo que nuestra relación iba a costarle a tu orgullo y a tu reputación.

—¿Crees que esa explicación va a hacer que me sienta mejor?

—Así será, si me dejas terminar.

—¡Pues termina de una vez! ¡Estoy asombrada de tanta humildad!

Él murmuró algo que Evie no entendió. Probablemente una maldición en árabe sobre las mujeres sarcásticas.

—Te he expuesto a la humillación y al peligro –empezó a decir él–. He contemplado sin hacer nada cómo tu familia se apartaba de ti en la boda de tu hermano. He visto cómo todos los invitados se quedaban paralizados de horror cuando te vieron tomar el ramo de la novia. Y después te vi tirar ese ramo en el lago, como si con él tirases al agua cualquier esperanza –añadió, intentando calmarse–. Y, sin embargo, a pesar de saber todo eso, respondí como un bárbaro ante la noticia de que ibas a tener un hijo mío. No sé cómo has podido seguir hablándome después de eso –siguió diciendo, sin mirarla. Evie no podía decir nada, porque todo aquello era verdad–. Ni siquiera has llevado un ramo de novia a nuestra boda. ¿Crees que no me he dado cuenta?

—Sigo sin entender qué tiene eso que ver con que hagamos el amor ahora que estamos casados –murmuró ella.

—He hecho una promesa a Alá –explicó él–. Durante mi vigilia en el hospital, le prometí a mi Dios que, si conseguía convencerte de que te casaras conmigo, nunca volvería a infravalorarte. Y como lo único que te he dado hasta ahora es sexo –concluyó él–, el sexo tendrá que esperar hasta que te haya probado que significas para mí mucho más que una simple gratificación física.

Evie no podía creer lo que estaba oyendo.

–En caso de que no te hayas dado cuenta –dijo ella–, yo te he utilizado de esa misma forma.

Para su sorpresa, él se echó a reír, con una risa bronca y masculina que la hacía estremecer.

–Apiádate de mí –rogó él, mirándola–. Intenta que el castigo que me he impuesto a mí mismo no sea imposible de cumplir.

Evie se relajó sobre la almohada, mirándolo con curiosidad.

–No vas a arriesgar la vida del niño por hacerme el amor, supongo que lo sabes –dijo con calma–. Espero que no sea ese el asunto.

–No lo es.

–Le pregunté a mi médico la semana pasada y él me aseguró que las relaciones no son un problema.

Raschid no estaba ciego y podía ver lo que ella le estaba ofreciendo.

–El mundo está lleno de sirenas –intentó bromear él–. ¿Por qué he tenido yo que casarme con una de ellas?

–*Kismet* –susurró Evie, provocándolo abiertamente con los ojos.

–Estoy empezando a pensar seriamente en encerrarte –advirtió él. Después, suspirando, se sentó a su lado en la cama y la besó en la mejilla–. ¿Por qué no me lo haces fácil y duermes un poco?

–¿No puedo convencerte de que duermas conmigo? –preguntó ella, rozando los labios del hombre con un dedo.

–No.

–¿Aunque sea el día de mi boda y me sienta terriblemente abandonada? –volvió a preguntar, deslizando el dedo hasta el cuello de la camisa abierta–. Te prometo que no voy a intentar seducirte.

–Ya me estás seduciendo –replicó él, apartando el dedo y poniéndose de pie.

–¿Cómo puedes hacer un pacto con Alá sobre algo tan importante como el sexo? –preguntó Evie, perdiendo la paciencia.

–Descansa –ordenó él.

–Muy bien –dijo ella, sentándose sobre la cama–. Descansaré cuando me digas cuánto tiempo va a durar esa penitencia tuya –añadió. La expresión repentinamente tensa de Raschid le decía que no le había contado toda la verdad y se sintió alarmada–. Raschid, ¿no estarás ocultando algo sobre mí o sobre el niño?

–¡Claro que no! El niño y tú estáis perfectamente.

–Entonces, ¿qué es?

Raschid suspiró, agotado y, por un momento, Evie vio en sus ojos un brillo de indecisión.

–Nada.

Pero era demasiado tarde. Evie había visto aquel brillo en sus ojos y el pánico se había apoderado de ella. Saltando de la cama, lo tomó del brazo firmemente.

–¡No me mientas! ¡Hay algo más que no me estás diciendo y quiero saber lo que es!

Raschid la miró y al ver los ojos de su mujer oscurecidos de terror, se rindió.

–Muy bien –dijo, tomándola del brazo para llevarla de nuevo hasta la cama–. No pensaba contártelo por ahora, pero me temo que voy a tener que hacerlo... Voy a llevarte a casa, Evie. A Behran –añadió suavemente. Behran, un país musulmán, pensaba Evie angustiada, aterrorizada. No era posible, Raschid no podía hacerle aquello. Lo que sentía debía de reflejarse en su rostro porque él tomó su mano para calmarla–. No tienes nada que temer. ¿Crees que te llevaría si pensara que podría ponerte en peligro?

Ella sabía que no, pero la idea de viajar a Behran la llenaba de horror.

Aunque debería haberlo imaginado. Debería haber sabido que en cuanto se casaran, Raschid la llevaría al país de cuyo trono era heredero. ¡Ella llevaba a su hijo en el vientre, su hijo que quizá sería el próximo príncipe de Behran!, pensaba con una angustia que le atenazaba el corazón.

–¿Por qué? –preguntó, casi sin voz.

–Porque esta visita es necesaria –contestó él–. Si no te llevara a mi país inmediatamente después de la boda, la gente creería que me siento avergonzado de mi esposa.

–¿Y... qué tengo que hacer? –preguntó ella, intentando mostrarse tan segura como lo estaba su marido–. ¿Tendré que enfrentarme a ellos nada más bajar del avión?

–No –contestó él, apretando sus dedos para darle seguridad–. Subiremos a un helicóptero que nos llevará directamente hasta mi palacio. La noticia de que he llevado a mi mujer a Behran correrá como la pólvora y eso terminará con los rumores, pero no tendrás que ver a nadie –prometió él–. Estaremos de luna de miel y, de ese modo, tendrás oportunidad de conocer nuestra forma de vida y nuestras costumbres antes de que te presente oficialmente como mi esposa.

Raschid se refería a su padre, aunque no lo había mencionado en absoluto.

Evie sabía que Raschid estaba esperando una respuesta. Que ni él mismo estaba seguro de lo que iban a hacer y esperaba contar con su apoyo. Y ella intentaba desesperadamente encontrar valor para no defraudarlo.

Raschid era un hombre que pertenecía a dos culturas. Estaba acostumbrado a entrar y salir de cada una de ellas con facilidad, pero ella no. Durante los dos años que habían estado juntos, él nunca la había invitado a visitar su tierra. Ni siquiera la había invitado a las recepciones de su embajada. Durante dos largos años, ni siquiera había existido para su gente.

Pero, unas semanas antes, le habían declarado la guerra abiertamente. O, para ser más preciso, le habían declarado la guerra al hijo occidental de Raschid.

–¡Mírame, Evie! –dijo él–. Mira mis ojos y dime lo que ves en ellos.

Cuando Evie abrió los ojos, vio los fuertes dedos morenos de Raschid mezclándose con los suyos, en un lazo amoroso que parecía irrompible. Y en esos dedos, el anillo con el sello de la familia Al Kadah. En ese momento se dio cuenta de lo que significaba estar casada con aquel hombre tan especial.

Debía sentirse orgullosa de estar a su lado, de ser su compañera, o no debería haberlo aceptado en absoluto.

Se había casado con él para lo bueno y para lo malo. Si lo bueno era pasar el resto de su vida con él, tendría que aceptar de buen grado dónde tendría que pasar esa vida.

Entonces se obligó a sí misma a mirar aquellos ojos que tanto amaba. A leer en aquellos ojos lo que había escrito en ellos. Había amor. Aquellos ojos le decían que ella era su corazón, su vida, su alma. Y le decían que se dejaría matar antes de permitir que volvieran a hacerle daño.

–¿Tendré que ponerme un velo? –preguntó en voz baja–. ¿Y caminar detrás de ti?

El gemido ronco de alegría de Raschid la tomó por sorpresa, antes de que el hombre la tumbara sobre la cama.

–Sabía que eras valiente –susurró, orgulloso–. ¡Sabía que eras la mujer adecuada para mí!

–Debería decirte que te fueras al infierno –replicó ella–. Has elegido bien el momento para que yo no pueda hacer nada. Para que no pueda escapar...

La boca del hombre interrumpió su queja con un beso posesivo y ardiente. Pero cuando Evie entrelazó sus brazos alrededor del cuello de Raschid, este se apartó.

—No —dijo él, con una sonrisa.

—¡Voy a romper esa voluntad de hierro! —prometió ella, mientras él se dirigía a la puerta—. No voy a dejar de intentarlo hasta que lo consiga.

—Eso es parte de mi penitencia —aceptó él con un suspiro—. Será interesante descubrir cuánto tiempo puedo aguantar.

O cuánto tiempo podría ella mantener alto su espíritu, pensaba Evie cuando él desapareció.

Su padre...

Solo pensar en él la asustaba. ¿Sabría el príncipe Hashim Al Kadah que se dirigían a Behran?, se preguntaba.

Pronto lo sabría...

Capítulo 11

Estaba anocheciendo cuando el avión aterrizaba en el aeropuerto de Behran. Vestida con una falda de seda turquesa y una blusa del mismo tono, Evie observaba por la ventanilla la enorme actividad del aeropuerto.

–No imaginaba que había tanto ajetreo en el aeropuerto de Behran –dijo, mirando a Raschid.

–No suele haberlo –comentó él, inclinando la cabeza para mirar por la ventanilla.

Un segundo más tarde llamaba a Asim, que llegó corriendo a su lado. En árabe le hizo una pregunta y el hombre miró por la ventanilla antes de volver a desaparecer por el pasillo del avión.

–¿Qué ocurre? –preguntó Evie.

–No lo sé –contestó Raschid. Como ella, se había cambiado de ropa cuando el piloto les informó de que estaban a punto de aterrizar y se había puesto una túnica–. Pero hay demasiada actividad.

El avión seguía deslizándose hasta el hangar, iluminado por lo que parecían ser focos dirigidos exclusivamente al aparato. Había mucha gente en la pista, como si estuvieran esperándolos.

Asim volvía en ese momento con expresión seria. Después de recibir una información en árabe, Raschid se desabrochó el cinturón de seguridad y se levantó furioso para dirigirse a la cabina.

—No se preocupe —le dijo Asim cuando vio la expresión preocupada de Evie—. No es nada.

Entonces, ¿porqué tanto Raschid como él parecían preocupados?, se preguntaba, mirando la puerta por la que había desaparecido su marido.

La tensión aumentaba con su ausencia. El avión paró un poco más tarde y Raschid salió de la cabina.

—No te alarmes —dijo él, alarmándola completamente—. Pero mi padre ha vuelto a interferir en mis planes.

—¿Por qué? —preguntó ella, nerviosa—. ¿Qué ha hecho?

—Ha preparado un comité de recepción en el aeropuerto. Lo siento —suspiró, sentándose a su lado—. No es esto lo que yo quería. Pero quiero que veas el lado positivo. Es su forma de darnos la bienvenida.

—¿Qué tengo que hacer? —preguntó ella, mirando por la ventanilla. En la pista, una docena de personas vestidas con atuendo árabe se dirigían con decisión hacia el aparato.

Se estaba poniendo tan nerviosa que le temblaban las manos y Raschid alargó la suya para bajar la persiana.

—Sé tú misma —dijo él—. No te pido nada más.

—¿Ser yo misma con un velo sobre la cara? —preguntó ella, irónica.

—Te rogaría que te pusieras el vestido con el que te has casado conmigo —contestó él, sin tomar en cuenta el sarcasmo—. Es un signo de respeto para la gente que ha venido a recibirnos.

—¿Uno de ellos es tu padre?

—No. Mi padre está delicado y no ha podido salir de palacio —contestó él—. Iremos nosotros a visitarlo.

—¿Esta noche?

—El palacio de mi padre está a unos minutos del aeropuerto —siguió explicando él—. El mío, a una hora en helicóptero.

Raschid seguía irritado por el cambio de planes y no podía disimularlo. Evie lo veía en su expresión y en el brillo de sus ojos.

–¿Qué crees que significa todo esto, Raschid? –preguntó ella–. Dime la verdad. Prefiero saber lo que está pasando.

–No te gusta que te sorprendan, ¿verdad? Como he hecho yo en este viaje.

–No –sonrió Evie. Sorprendentemente, aquella sonrisa hizo que sus nervios se calmaran–. Si me hubieras advertido que nos dirigíamos a Behran antes de salir de Londres, seguramente me habría negado. Pero ahora me alegro de estar aquí.

Su sonrisa despertó la sonrisa del hombre, que acarició su mejilla con un dedo.

–Voy a aceptar mi propio consejo e intentar tomarme esto de una forma positiva –murmuró suavemente–. De modo que voy a creer que las intenciones de mi padre son honorables y que está intentando aprovechar la oportunidad para pedirnos perdón.

–Y quieres que yo haga lo mismo, ¿no es así?

–¿Podrías hacerlo? –preguntó él.

–Lo intentaré.

Tardó diez minutos en volver a ponerse el vestido de novia y, cuando salió de la habitación, vio que Raschid se había puesto una túnica negra bordada en oro, sujeta por un fajín de brocado.

Aquel atuendo le hacía parecer más alto, más oscuro... extraño a sus ojos.

–¿Estoy presentable ahora? –preguntó ella, disimulando su nerviosismo.

Raschid se dio cuenta de la palidez que cubría el rostro de su mujer y, sin decir una palabra, se acercó a ella y la besó en la boca con pasión, sin preocuparse de Asim, que estaba presenciando la escena.

Cuando la soltó, la palidez de Evie se había vuelto rubor y sus ojos se habían oscurecido.

–Ahora estás deliciosa –murmuró suavemente–. Una tímida novia arrebolada.

—Arrebolada o no, no pienso caminar detrás de ti, Raschid —advirtió ella, tomando su mano y escondiendo sus miedos bajo una máscara de valentía.

El eco de la risa ronca del hombre la acompañó mientras era presentada oficialmente a un montón de serios dignatarios y sus esposas.

Una limusina negra los esperaba y Evie se sintió aliviada al entrar en ella. Pero la tortura no había terminado.

Sentada al lado de Raschid, Evie miraba por la ventanilla las verjas del aeropuerto que se abrían a su paso y la vieja carretera que tomaron para dirigirse a la ciudad, cuyas luces podía ver en la distancia.

Pero no habían recorrido más de un par de kilómetros cuando la oscuridad que los rodeaba se iluminó repentinamente. Evie se irguió en el asiento cuando notó que Raschid, tenso, miraba por la ventanilla.

Los faros de cientos de coches iluminaban ambos lados de la carretera y el ruido de las bocinas al paso de la limusina los ensordecía.

A su lado, Raschid murmuró algo en árabe, antes de volver a apoyarse en el respaldo del asiento.

—¿Qué ocurre? ¿Por qué hacen eso? —preguntó Evie. Cuando se volvió hacia él, vio que estaba pálido y se asustó—. ¿Raschid?

—No te asustes. No pasa nada —dijo él, tomando su mano.

Su voz temblaba al decir aquello.

—Pareces... emocionado —susurró ella, sintiendo un nudo en la garganta.

—Nos están dando la bienvenida —explicó él. Cuando se volvió hacia ella, Evie notó con sorpresa que tenía los ojos húmedos—. Mi pueblo... nos está dando la bienvenida.

El corazón de Evie dio un vuelco. El pueblo de Raschid le daba la bienvenida y él no podía contener la emoción.

—¿Te encuentras bien? —susurró.

—Sí —contestó Raschid. Evie se mantuvo sabiamente en silencio y dejó que su marido observase aquella demostración de afecto que era tan importante para él. «Mi pueblo», había dicho. Su pueblo, al que tanto amaba y que había estado dispuesto a sacrificar por ella.

Mientras se deslizaban entre aquella cabalgata de luces y bocinas, Evie empezó a entender por fin lo que era *Kismet*.

Y se sintió humilde. Humilde por la fuerza de esa palabra y por el hombre que había tenido el coraje de buscar su propio *Kismet* al precio que fuera.

Porque ella no había sido la valiente. Lo único que había hecho era seguir su corazón, pero Raschid tenía dos corazones, uno de los cuales había estado en conflicto con el otro desde el día que la conoció. Él debía de saber que, algún día, iba a tener que romper uno de los dos. El corazón que le pertenecía a su pueblo o el corazón que pertenecía a Evie.

Lo que había hecho era poner su confianza en el destino.

Y aquella era su recompensa.

—Te quiero —murmuró.

Raschid se volvió, con una sonrisa tan cálida y tierna que Evie casi se sintió partícipe de toda aquella magia.

—Mira —dijo él, señalando por la ventanilla—. Ese es el palacio de mi padre.

Evie se encontró a sí misma mirando un edificio de piedra dorada en medio del desierto, recortado bajo un cielo como terciopelo negro.

Rodeado por un alto muro de piedra, con torres arábigas a cada lado, era como una escena de *Las mil y una noches*.

Misterioso, fabuloso, dramático.

Dos enormes puertas de madera se abrieron al paso de la limusina. Eran tan altas como el propio muro y tras ellas había un patio iluminado, con hermosas fuentes y flores por todas partes. Evie tenía la impresión de haber entrado en otro mundo.

La entrada al palacio era un arco de mármol blanco sujeto por columnas. Cuando la limusina paró frente a él, una mujer salió a recibirlos.

Era bellísima, con el pelo oscuro y una túnica granate que parecía flotar a su alrededor.

–Ranya –murmuró Raschid mientras salía del coche, tan feliz de volver a ver a su única hermana que se olvidó de sus buenas maneras. Pero Evie lo entendía. Al fin y al cabo, eran hermanos, hijos de un hombre que podría haber tenido cientos de hijos con diferentes mujeres.

Y, sin embargo, el príncipe Hashim Al Kadah solo había tenido una esposa. Cuando ella había fallecido, dejando a sus dos hijos adolescentes, no había vuelto a casarse.

Asim fue quien abrió la puerta para Evie. El aire era cálido y húmedo, rebosante de fragancias como el jazmín.

Podían oír música que llegaba de alguna parte, aquel sonido árabe tan evocativo. Extraño, diferente y tan seductor que Evie tenía el corazón acelerado.

Fue Ranya la primera en romper el abrazo y mirar a la esposa de su hermano. Cuando se dirigía hacia ella, Raschid la detuvo para hacerle una pregunta en árabe y a la respuesta siguió una discusión que a Evie le pareció acalorada.

Después de unos segundos, Ranya suspiró y tocó el brazo de su hermano con un gesto de simpatía, antes de dirigirse hacia ella con paso firme.

–Por fin nos conocemos –dijo, abrazándola cariñosamente–. Soy Ranya, la hermana de Raschid, en caso de que él nunca se haya molestado en hablar de mí –añadió, sonriendo. Aquella sonrisa era sorprendentemente parecida a la de Raschid y Evie empezó a sentirse cómoda–. ¿Puedo llamarte Evie? –preguntó, indicándola que la acompañara.

Cuando llegaron al lado de Raschid, Evie vio que su marido había vuelto a ponerse tenso e imaginó que era la idea de ver a su padre.

–¿Qué ocurre? –susurró. Raschid no contestó y se limitó a

tomarla de la mano. Entraron de ese modo a través del arco y Evie se encontró en un vestíbulo comparable solo a los que había visto en los libros de historia. Era tan grande como un teatro, con el suelo de mármol blanco y el techo decorado con millones de diminutas teselas azules y doradas. Varios arcos se abrían desde el magnífico vestíbulo y, sobre cada uno de ellos, había ventanas emplomadas en forma de diamante–. Es maravilloso –suspiró Evie. Raschid parecía no oírla mientras la guiaba a través de uno de los corredores. Cuanto más avanzaban, más tenso parecía–. Raschid, ¿qué te ocurre? –preguntó, ansiosamente.

Aquella vez, él ni siquiera se molestó en disimular y, tomándola por los hombros, la obligó a pararse. Su hermana, discretamente, se quedó unos metros atrás.

–Mi padre ha preparado una ceremonia –anunció–. Y, de nuevo, yo no puedo hacer nada para evitarlo.

–¿Una ceremonia de matrimonio?

–Sí. ¿Crees que podrás soportarlo?

Como él, Evie sabía que no podía hacer nada.

–¿Qué tengo que hacer? –suspiró.

–Nada más que colocarte a mi lado y repetir lo que digan en árabe. Y le ruego a Alá que después de eso nos dejen hacer lo que hemos venido a hacer aquí –suspiró, irónico.

–No te veo muy esperanzado –intentó sonreír Evie.

–No. La verdad es que no –confesó él.

–Raschid –los interrumpió la voz de Ranya–. Tenemos que irnos...

–Vamos. Cuanto antes terminemos, mejor –dijo él.

No era lo más diplomático que se podía decir a una esposa occidental, pero Evie sabía que la ceremonia árabe era inevitable y que Raschid no estaba para diplomacias.

Se pararon frente a una puerta. Raschid parecía necesitar unos segundos para recomponerse. Después, apretó fuertemente su mano y abrió la puerta con firmeza.

Lo que siguió, a Evie le parecía un sueño. La habitación estaba a oscuras, iluminada solo por velas colocadas en los muros.

Veía figuras en la oscuridad y era vagamente consciente de su curioso escrutinio mientras Raschid la llevaba hacia el centro de la habitación. La ceremonia fue corta, más corta de lo que había imaginado. A su lado, Raschid traducía en voz baja las palabras antes de que ella las repitiera en árabe. Evie no se despegó de él durante todo el tiempo. Necesitaba su presencia, su seguridad, en aquel mundo nuevo y extraño para ella.

Cuando terminó, Raschid se alejó para hablar con alguien y Ranya se acercó a ella.

–Vamos. Sígueme –dijo su cuñada.

–Pero... –empezó a decir Evie. No se atrevía a apartarse de Raschid e intentó hacerle una seña con la mano, pero un grupo de hombres lo rodeaba en aquel momento y Ranya la introducía por un corredor. La sensación de angustia en aquel lugar extraño para ella casi la ahogaba, pero no podía salir corriendo.

Después del primer pasillo, otro y otro... y después una habitación tras otra, todas amuebladas con lujo oriental. Más tarde, llegaron frente a una puerta y Ranya se volvió hacia ella con lo que quería ser una sonrisa de confianza antes de llamar.

Alguien contestó en árabe. Una voz de hombre. Un presagio oscuro recorrió la espalda de Evie como un escalofrío. Ranya abrió la puerta y entró en la habitación, con Evie de la mano.

Después del esplendor oriental de las habitaciones por las que habían pasado, Evie se quedó boquiabierta al ver que entraban en una antigua biblioteca que parecía pertenecer a un castillo inglés.

Las paredes estaban recubiertas de madera de roble y las estanterías llenas de libros forrados en piel. Alfombras persas cubrían el suelo de madera e incluso había una chimenea encendida.

Los sillones y el sofá eran de terciopelo rojo y había varios escritorios inundados de libros y papeles.

Era como si acabara de entrar en el estudio de su abuelo, en una de las visitas obligadas que hacía con su madre de pequeña.

Su abuelo había sido un hombre muy sobrio que se había casado tarde y nunca había parecido entender cómo había tenido una hija tan hermosa y sofisticada como Lucinda.

Pero aquello no era Inglaterra, ni el estudio de su abuelo, se recordaba a sí misma. Aquello era Behran y el hombre que en aquel momento se levantaba pesadamente de una butaca no era, desde luego, su abuelo Charles.

—Te he traído a la esposa de Raschid, como me habías pedido, padre —anunció Ranya.

Evie, paralizada, se encontró a sí misma observando la alta figura de... su enemigo.

Un enemigo que no podía ser otro más que el padre de Raschid, simplemente porque mirarlo era como ver a su marido treinta años más tarde.

El príncipe parecía estar esperando que ella diera el primer paso. Quizá un gesto de respeto por su parte. Pero Evie no podía hacer ningún gesto de respeto por aquel hombre.

Todo lo contrario. Levantó la barbilla y lo miró con un gesto que Raschid habría reconocido inmediatamente como el de la doncella de hielo.

—Gracias, Ranya —dijo el príncipe Hashim con frialdad—. Puedes dejarnos solos.

—¡No! —exclamó Evie, sin poder evitarlo—. ¡No me dejes a solas con él!

Ranya parecía desconcertada.

—Padre...

—¡Vete! —ordenó él con voz dictatorial—. Vete, hija —añadió, con un tono que sorprendió a Evie—. Deja que haga lo que tengo que hacer.

Con un murmullo de sedas y un roce en la mano de su cuñada, Ranya desapareció, cerrando la puerta tras ella. Ninguno de los dos se movía. Ninguno hablaba. De nuevo, el príncipe parecía esperar algo y, de nuevo, Evie se negaba a decir una palabra.

–De modo que es usted el icono dorado por el que mi hijo estaba dispuesto a renunciar a su ilustre herencia –dijo el príncipe por fin.

–Quiero a su hijo –replicó Evie–. Y lo quiero demasiado como para esperar que haga algo tan drástico por mí.

–Eso no importa. Él estaba dispuesto a hacerlo con o sin su bendición.

–Siento... que eso le haya hecho daño –murmuró Evie–. Pero como los dos sabemos, Raschid tiene su propia voluntad.

–Cierto, muy cierto –asintió el príncipe–. Algo que he tenido que aprender de la manera más cruel. Puede llamarme arrogante si lo desea, pero no esperaba que mi hijo me desafiase de esa forma. Ha sido una sorpresa descubrir que tiene una fortaleza más grande que la mía –añadió, como una confesión. Después la miró con curiosidad, como si estuviera intentando descubrir qué tenía aquella mujer para influir tanto en su hijo–. Pero no puedo quejarme. Mi hijo ha demostrado ser la clase de hombre que yo siempre quise que fuera –siguió diciendo–. Siento mucho haberla asustado con mis injustas tácticas. ¿Se siente más tranquila ahora?

–Si me ha traído aquí para repetir la oferta, no –contestó Evie.

–Una lección que se aprende de forma tan dolorosa no es fácil de olvidar –dijo el hombre, con los ojos oscurecidos por algo que a Evie le parecía remordimiento–. ¿El niño se encuentra bien? ¿Ha recuperado usted su salud? –preguntó. Evie asintió sin decir nada. Aún no confiaba del todo en aquel hombre orgulloso–. Si esa es su actitud con mi hijo cada vez que este haga algo que la incomode, siento piedad de él –sonrió el príncipe entonces, sorprendiéndola–. Por favor... siéntese a mi lado.

Evie iba a rehusar, pero entonces se dio cuenta de que el hombre parecía menos alto que cuando había entrado, como si le estuvieran fallando las fuerzas.

Y, como ocurría con su hijo, las buenas maneras le impedían sentarse si una señora seguía de pie.

Aunque estaba decidida a no ablandarse ante aquel poderoso príncipe, no podía permitir que un hombre enfermo estuviera de pie cuando no era necesario. De modo que se acercó al sillón que había frente a él.

El príncipe esperó hasta que ella estuvo sentada y después, apoyándose en los brazos del sillón, hizo lo mismo.

–Gracias –susurró, cerrando los ojos.

–¿Se encuentra bien? –preguntó Evie–. ¿Quiere que llame a alguien?

–No, no –rehusó él la oferta sin abrir los ojos–. Puedo estar sentado o tumbado, pero me resulta difícil estar de pie mucho rato –añadió, abriendo los ojos, como dos lanzas doradas en medio de su cara–. Le cuento esto porque sé que no va a preguntarme –añadió con una sonrisa. Aquel hombre parecía ver a través de ella. Como su hijo–. A pesar de su opinión sobre mí, no soy un bárbaro –anunció, cambiando de tono–. No me dedico a matar niños. Soy culpable de intentar apartarla de la vida de mi hijo, pero la otra opción presentada a usted no era orden mía. Puede creerme o no, pero es la verdad.

–¿Usted no les pidió a sus hombres que me dieran la tarjeta de aquella clínica privada? –preguntó Evie.

–No. Aunque supongo que debí de dar a mis hombres la impresión de que prefería que ese hijo no naciera. De otro modo, mi mal escogido mensajero no hubiera decidido por su cuenta hacer tal sugerencia en mi nombre. No hace falta que le diga que Jamal Al Kareem ya no posee una posición de privilegio en palacio. Ni en ningún otro sitio.

–¿Por qué no me ha contado Raschid todo esto? –preguntó Evie, incrédula.

–Raschid no puede decirle lo que no sabe. Mi hijo mataría a Jamal Al Kareem si supiera la verdad –explicó el hombre–. Prefiero asumir la culpa antes que ver a mi hijo prisionero en una de nuestras cárceles. Sé que él aprenderá a perdonarme con el tiempo –añadió–. Pero usted no me perdonaría y posiblemente no dejaría que me acercara a mi nieto si siguiera considerándome culpable. Por eso estoy haciéndole esta confesión.

Tenía razón y Evie no se molestó en aparentar lo contrario. Lo único que tenía que hacer era decidir si lo perdonaba o no.

Entonces miró aquella cara tan parecida a la de Raschid. Vio el orgullo y el dolor que le costaba hacer aquella confesión y, por fin, empezó a sentir piedad de él.

–La gente ha hecho una caravana de luces en el camino –dijo entonces Evie, cambiando de conversación–. Raschid dijo que era para darnos la bienvenida. ¿Es cierto?

–Sí –confirmó el príncipe.

–¿Ha sido idea suya?

–Ah, ya veo dónde quiere llegar –dijo el hombre con una sonrisa burlona–. Quiere otorgarme cualidades que no poseo. Pero, a mi pesar, declino la oferta de redención. No –contestó a su pregunta–. No le he pedido a mi pueblo que fuera a darles la bienvenida. De hecho, ha sido una sorpresa también para mí. Verá, yo creía que su matrimonio con usted era un signo de debilidad y, sin embargo, mi pueblo lo ha visto como un signo de fuerza en un hombre que respeta sus principios y se forja su propio destino.

–¿*Kismet*? –murmuró Evie.

–¿Así lo define mi hijo? –sonrió el hombre–. Podría tener razón. ¿Quién soy yo para entrometerme en los designios de Alá?

Aquel era un hombre que veía disminuir su poder frente al poder creciente de su hijo, pensaba Evie, mirando sus ojos, tan parecidos a los de Raschid, nublados por la tristeza de la enfermedad.

Y, sin pensarlo, se levantó y se acercó a él.

–Si le prometo ser una buena esposa para Raschid, ¿podríamos firmar una tregua?

–¿Y qué tengo que ofrecer yo a cambio?

–Aceptación –contestó ella–. Tiene que aceptar que es a mí a quien Raschid quiere, aunque me niegue a caminar dos pasos por detrás de él, pase lo que pase –añadió con una sonrisa que pareció descongelar la frialdad de los ojos del anciano.

El príncipe Hashim soltó una carcajada.

Y de ese modo los encontró Raschid cuando entró, furioso, en la habitación.

–Ah –sonrió el príncipe al verlo–. Mi hijo pródigo al fin. Te has casado bien, Raschid. Es preciosa. Y también es inteligente y dura, pero llena de compasión. Alabo tu buen gusto y tu buena fortuna.

–Me gustaría saber qué te ha dicho –dijo Raschid.

–Ya te lo he contado –contestó ella, apoyándose en su hombro. Estaban en el balcón del ala privada de Raschid en el palacio de su padre. Las estrellas seguían brillando en el cielo, aunque por poco tiempo, pues estaba a punto de amanecer–. Me pidió disculpas, yo las acepté y hemos firmado una tregua.

–¿Así de sencillo? –preguntó él, incrédulo.

–Bueno... no ha sido tan sencillo –contestó. Pero no tenía intención de contarle a Raschid la confidencia de su padre–. Se disculpó con dignidad y aceptó la derrota. La verdad es que sentí pena por él. Tu padre ve que su propia fuerza se debilita frente a la tuya y eso le duele.

–¿Y solo por eso has decidido perdonarlo?

–No, pero... –empezó a decir ella–. Es tu padre, Raschid. Sin él, tú no habrías nacido. Imagina por un momento lo que eso hubiera significado para mí –añadió, acariciando el pecho de su marido–. No tendría a nadie que me quisiera. No podría hacer el amor en un balcón, rodeada de estrellas...

–No, Evie –dijo él, sujetando su mano–. Yo...

–Lo sé –lo interrumpió ella–. La penitencia. Pero ¿qué más pruebas necesita Alá para saber que me quieres de verdad? Nos hemos casado no una, sino tres veces. Además –siguió antes de que él pudiera replicar– se me ha ocurrido una estratagema para que te olvides de esa tonta promesa –añadió, poniéndose de puntillas para pasar la punta de la lengua por los labios de su marido–. Yo te seduciré –susurró, soltando su mano para bajarse los tirantes del camisón de seda que terminó deslizándose por su cuerpo hasta el suelo–. Tú no tendrás que hacer nada. Te lo prometo... De ese modo tu honor permanece intacto y yo consigo lo que quiero –explicó mientras desataba el cinturón de su bata de seda.

Cuando encontró la piel suave y cálida de Raschid, se movió contra él sensualmente, apretándose contra el excitado cuerpo masculino.

–¿Lo ves? –susurró sobre la boca del hombre–. Me has enseñado bien. Sé lo que hay que hacer para que funcione...

Mientras hablaba, enredaba una de sus piernas sobre la pierna de Raschid, acariciando con el pie los sólidos músculos del hombre. La acción la acercaba más íntimamente a lo que había entre sus muslos y, si Raschid estaba luchando para no reaccionar ante la provocación femenina, no estaba teniendo éxito.

Tardó dos minutos en debilitarlo y otros dos en que él la tomara entre sus brazos y la llevara a la habitación. La cama los esperaba. Una cama con dosel, con sábanas de seda y almohadones de colores sobre los que Raschid la tiró enfebrecido.

Después, durante mucho tiempo, se rindió a aquella seducción, ahogándola de placer hasta dejarla exhausta. Pero él no tenía suficiente...

–Dentro de mil años –murmuró Raschid sobre su boca, con

los ojos aún cargados de deseo–, seguiré recordando esta noche.

–¿Por qué esta noche en particular? –preguntó Evie.

–Porque esta noche eres realmente mía –contestó, tomando su mano y mordiendo el anillo mientras la penetraba.

Era algo tan posesivo, tan pagano que Evie estuvo a punto de echarse a reír mientras enredaba las piernas sobre la espalda del hombre.

–Bárbaro –lo acusó.

Ni siquiera se le ocurrió cuestionar lo de los mil años. Porque no le hacía falta. *Kismet* era así... contestaba preguntas que la mayoría de la gente encontraría absurdas.

VENGANZA ITALIANA

MICHELLE REID

Capítulo 1

Al salir del dormitorio de su hijo, Catherine cerró la puerta tan sigilosamente como pudo. Luego, con un gesto de fatiga y resignación, se apoyó contra ella. Santo por fin se había quedado dormido. Sin embargo, todavía podía escuchar los sollozos del pequeño de cinco años, que le habían partido el corazón.

Catherine decidió que aquello no podía continuar así. Las lágrimas y las rabietas se habían ido haciendo cada vez peores. Además, el hecho de que Catherine hubiera esperado que el problema se solucionara por sí mismo, mientras ella escondía la cabeza en un agujero, no había conseguido más que agravar la situación. Iba siendo hora de que hiciera algo al respecto, aunque aquella perspectiva la llenara de un miedo indecible.

Si iba a actuar, tendría que hacerlo entonces. Luisa tenía que viajar en el vuelo que salía de Nápoles a primera hora de la mañana. Si iba a detenerla, debía hacerlo aquella noche, antes de que todo aquello le causara a su suegra demasiados inconvenientes.

–Maldita sea –susurró ella en voz baja, mientras bajaba las escaleras.

La mera perspectiva de efectuar una llamada tan delicada le creó una fuerte tensión en el cuerpo. Mientras entraba en el salón y cerraba la puerta se preguntó qué iba a decir. Ir al grano parecía ser la respuesta más lógica. Se limitaría a tomar el teléfono y a decirle a Luisa que su nieto se negaba a volver a Nápoles con ella al día siguiente y por qué. Sin embargo, si lo hacía de aquel modo no tendría en cuenta la frágil sensibilidad de la italiana ni las repercusiones negativas que aquello tendría para ella misma, ya que todos la etiquetarían como la culpable de aquella situación.

Catherine suspiró y se miró al espejo. Tenía un aspecto terrible, aunque, si era sincera, aquello no la sorprendía. Las peleas con Santo habían empeorado día a día a lo largo de toda aquella semana. Su rostro no hacía más que reflejar los resultados de demasiadas broncas y demasiadas noches sin dormir. Tenía bolsas oscuras bajo los ojos y la piel tan pálida que si no hubiera sido por los destellos rojizos de su rubio cabello hubiera parecido un pequeño fantasma con ojos hundidos.

En realidad, no era tan pequeña con su metro setenta y cuatro de estatura. Esbelta, sí, eso tenía que admitirlo. Demasiado esbelta para el gusto de algunas personas. Para el gusto de Vito.

La pincelada de humor que le había proporcionado aquel pensamiento se desvaneció. Él era la única persona capaz de transformar la risa en amargura sin siquiera tener que esforzarse.

Vittorio Adriano Lucio Giordani. Aquel era su impresionante nombre completo. Un hombre de recursos, de poder, que era la causa principal de los problemas de su hijo.

Una vez, ella lo había amado, pero el amor se había convertido en odio. Pero aquello era propio de Vito. Era un hombre de contrastes, atractivo, arrogante, muy versado en el arte de amar. Y mortal si alguien se enamoraba de él.

Catherine se echó a temblar. Se dio la vuelta para no tener que contemplar en el espejo cómo su rostro empezaba a reflejar la amargura que habitualmente mostraba cuando pensaba en Vito.

No solo lo odiaba, sino que también odiaba pensar en él. Vito era el secreto inconfesable que había en su pasado.

De hecho, lo único que merecía la pena de él, desde el punto de vista de Catherine, era la evidente adoración que sentía por su hijo. Y, en aquellos momentos, parecía que aquella frágil conexión estaba también amenazada, aunque Vito no lo sabía aún.

–¡Te odio! ¡Y odio a papá! ¡Ya no quiero quereros más!

Catherine recordó, muy afectada, las palabras de su hijo, que le habían atravesado el corazón como una puñalada. Santo había dicho aquellas palabras muy en serio, demasiado para lo que un niño, confundido y vulnerable, podía soportar.

Aquellos pensamientos le hicieron recordar lo que la había llevado a aquella habitación, es decir, para hacer algo sobre la furia y la angustia del pequeño Santo.

El teléfono estaba en una pequeña mesita, al lado del sofá. Aquella llamada podía tener consecuencias imprevisibles.

Catherine no había vuelto a llamar a Nápoles desde el momento en el que se había marchado, hacía tres años. Cualquier comunicación entre ellos había sido por medio de abogados y por carta entre la abuela Luisa y ella. Aquella llamada iba a causar muchas heridas en el hogar de los Giordani. ¡Y eso sin que ella dijera la razón que la había llevado a llamar!

Por ello, de muy mala gana, se sentó en el sofá, al lado de la mesita del teléfono. Tras respirar profundamente, tomó el auricular. Después de marcar el número, se descubrió rezando para que no hubiera nadie en casa. «Eres una cobarde», pensó.

¿Por qué no? Con su experiencia, era normal sentirse cobarde con respecto a Vito. Catherine solo esperaba que fuera Luisa la que contestara. Al menos con ella se podría relajar un poco e intentar sonar normal antes de contarle las noticias. Pero no tuvo aquella oportunidad.

–¿*Sí?* –preguntó una voz suave y de seductor acento.

Catherine se sobresaltó. Era Vito. Un nudo le bloqueó la

garganta. Intentó hablar, pero no pudo hacerlo. De repente, le pareció que lo veía tan claramente como si lo tuviera delante. La negrura de su cabello, su piel morena y la postura arrogante de aquel cuerpo fuerte y esbelto.

Sin verlo, Catherine se pudo imaginar que él llevaba un esmoquin porque era domingo y la familia Giordani siempre se vestía muy formalmente para la cena de los domingos. También recordó el color miel de sus ojos, las largas y espesas pestañas, que eran capaces de atraer tanto la atención hasta el punto de impedir que se pudiera pensar en otra cosa, y la boca, con sus sensuales contornos... Era la boca de un seductor nato. Hermosa, seductora, una boca que sabía sonreír, burlarse, besar y mentir como ninguna otra boca que ella hubiera conocido.

–¿Quién es, por favor? –insistió él, en un seco italiano.

–Hola, Vito –murmuró ella–. Soy yo, Catherine...

La reacción esperada se produjo por medio de un cortante silencio. Catherine sintió que la boca se le quedaba seca. Se sentía algo mareada, con los miembros pesados, como si estuviera a punto de llorar. Era tan patético que, de algún modo, aquel sentimiento sirvió para darle fuerzas. Pero Vito se le adelantó.

–¿Qué le pasa a mi hijo? –preguntó, ya en inglés, pero en un tono igual de seco.

–Está bien. Santo no está enfermo –se apresuró ella a responder.

–Entonces, ¿por qué quebrantas tu orden judicial y me llamas aquí? –le espetó él, con frialdad.

A pesar de que Catherine sabía que él tenía derecho a hacerle aquella pregunta, tuvo que morderse los labios para no replicarle de un modo desagradable. La ruptura de su matrimonio no se había realizado en buenos términos y la hostilidad reinaba todavía entre ellos, a pesar de que habían pasado ya tres años. Vito se enfureció tanto cuando Catherine lo abandonó llevándose a su hijo que ella no pudo evitar que el miedo le helara la sangre. Respondió haciendo que un juez declarara a su hijo persona protegida por el tribunal y que prohibiera a su marido establecer contacto con ella a no ser que fuera por medio de terceras personas. Catherine estaba segura de que Vito jamás le perdonaría haberle hecho pasar por la indignidad de tener que jurar delante de un juez que ni se pondría en contacto personalmente con Catherine ni intentaría sacar a Santo del país antes de poder tener acceso a su propio hijo. Desde entonces, no habían intercambiado una palabra.

Vito había tardado un año en ganar el derecho legal para hacer que Santo fuera a visitarlo a Italia. Antes de eso, había tenido que ir a Londres si quería estar algún tiempo con su hijo. Desde entonces, la abuela del niño se encargaba de llevárselo y de devolvérselo a su madre para evitar que los padres mantuvieran contacto alguno.

De hecho, la única cuestión en la que seguían estando de acuerdo era respecto a la opinión que el niño debía tener de ambos. Santo tenía el derecho de amarlos a los dos de igual manera, sin que la aversión que sus padres sentían mutuamente lo afectara en absoluto, algo que se había encargado de inculcarles a ambos la abuela del pequeño. La mujer había actuado como árbitro cuando la beligerancia entre ambos había alcanzado su punto más alto.

Por ello, Catherine había aprendido a sonreír durante horas mientras Santo ensalzaba las muchas virtudes de su adorado papá y suponía que a Vito le pasaba lo mismo.

Sin embargo, aquello no significaba que la animosidad que había entre ellos se hubiera suavizado a lo largo de los años, sino que la ocultaban en beneficio del niño.

–En realidad, esperaba poder hablar con Luisa –replicó ella, tan fríamente como pudo–. Te agradecería mucho si la llamaras para que se pusiera al teléfono, Vito.

–Y yo te repito que me digas qué es lo que pasa para que te atrevas a llamar aquí.

—Preferiría explicárselo a Luisa —insistió ella.

—En ese caso, podrás hacerlo cuando vaya a recoger a mi hijo mañana por la mañana.

—¡No! ¡Espera! —exclamó ella, sintiendo que él iba a colgar el teléfono. Afortunadamente, él no cortó la línea, pero Catherine sintió que no iba a volver a hablar hasta que ella no le confesara algo de lo que estaba pasando—. Estoy teniendo problemas con Santo —añadió, muy a su pesar.

—¿Qué clase de problemas?

—Eso preferiría hablarlo con Luisa —le espetó ella—. Me gustaría que me diera consejo sobre lo que hacer antes de que llegue aquí mañana...

Aquellas últimas palabras no eran más que una mentira. Con aquella llamada, esperaba evitar que Luisa tomara el avión, pero no se atrevió a decírselo a Vito. Por su experiencia en el pasado sabía que se enfadaría mucho.

—Si haces el favor de esperar un momento —respondió él, con voz cortante—, pasaré esta llamada a otro teléfono.

—Gracias —respondió ella, sin poderse creer que Vito fuera a acceder a pasar la llamada sin presentar más oposición.

La línea se quedó en suspenso. Catherine empezó a relajarse poco a poco, a pesar de que tenía todavía los nervios a flor de piel por haber contactado con su peor enemigo. Sin embargo, no podía dejar de congratularse de que las primeras palabras que había intercambiado con él en años no hubieran sido tan terribles como había esperado.

Por ello, intentó ponerse de nuevo a pensar lo que le iba a decir a Luisa. Le parecía que lo mejor era decirle la verdad, pero no estaba segura de las consecuencias que podría tener. Pero, si no decía lo que realmente estaba ocurriendo, ¿qué podría decir? ¿Culpar al colegio de la angustia que Santo sentía en aquellos momentos o a la vida que llevaba con un progenitor en Londres y otro en Nápoles?

Además de eso, eran dos estilos de vida diferentes. En Londres, residía en una calle normal, de un barrio de clase media; mientras que en Nápoles lo hacía en un país y en un mundo completamente diferentes. Vito vivía a las afueras de Nápoles y su casa era una mansión comparada con la de Catherine. Su nivel de vida alcanzaba un lujo que dejaba a la mayoría de los mortales completamente asombrados.

Cuando Santo visitaba Nápoles, su padre se tomaba tiempo libre como presidente de Giordani Investments, una empresa de renombre internacional, para dedicarle toda la atención a su hijo. Y, además de su padre, estaba la adorada abuela.

Catherine no tenía familia y trabajaba su jornada completa, tanto si Santo estaba con ella como si no. El niño tenía que aceptar el hecho de que una niñera lo recogiera del colegio y lo llevara a su casa hasta que Catherine pudiera recogerlo.

Aquella noche, la verdad había emergido en forma de un nombre, un nombre que hacía que a ella se le helara la sangre. Sin embargo, más que el nombre había sido el modo en que su hijo lo había pronunciado, lleno de dolor y angustia.

Ella conocía bien aquellas emociones, tenía una experiencia de primera mano en lo que podían hacer con el respeto por sí mismo de las personas. Y, si lo que el niño le había dicho era cierto, entonces no le extrañaba que Santo no quisiera tener nada que ver con su familia italiana.

–De acuerdo. Habla –le ordenó una voz, muy seca.

–¿Dónde está Luisa? –preguntó Catherine, al volver a oír de nuevo la voz de Vito.

–No recuerdo haberte dicho que iba a poner a mi madre al teléfono. Santo es *mi* hijo, si me permites que te lo recuerde. Si tienes problemas con *mi* hijo, entonces tendrás que hablar de esos problemas conmigo.

–Es nuestro hijo –lo corrigió Catherine.

–¡Ah! Me alegro de que por fin lo reconozcas.

–Sigue siendo sarcástico, Vito –se mofó ella en tono despectivo–. Así sí que vamos a adelantar mucho.

De repente, un crujido al otro lado de la línea telefónica hizo que ella se abstrajera un momento de la conversación. Aquel ruido le hizo saber que Vito estaba en el viejo despacho de su padre, que le pertenecía a él desde que Lucio Giordani falleciera, dieciocho meses después de que naciera Santo.

–¿Sigues ahí?

–Sí –respondió ella, intentando centrarse de nuevo en la conversación.

–Entonces, ¿quieres hacer el favor de decirme qué problemas tiene Santino antes de que pierda la paciencia?

–Lleva un tiempo teniendo problemas en el colegio –empezó ella–. Empezaron hace algunas semanas, justo después de la última vez que te visitó.

–Lo que, a tus ojos, hace que todo esto sea culpa mía, ¿verdad?

–Yo no he dicho eso –replicó ella, a pesar de que era lo que estaba pensando–. Solo estaba intentando hacerte saber lo que ha estado pasando.

–En ese caso, me disculpo.

–Ha estado comportándose mal en clase –continuó ella–. Se enfada constantemente y es insolente. Después de una de las rabietas, su profesora lo amenazó con llamar a sus padres para ponerlos al corriente de su comportamiento y él respondió que su padre vivía en Italia y que no iba a venir porque era rico y demasiado importante para perder el tiempo con algo tan insignificante como él. ¿Por qué iba él a decir algo como eso, Vito? –añadió, tras sentir el grito sofocado de su marido–. A menos que alguien le haya hecho creer que es verdad. Me parece que es demasiado joven para decir algo como eso, así que alguien tiene que haberlo dicho primero para que él lo repita.

–¿Y crees que he sido yo? –preguntó él.

–¡No sé quién ha sido! –le espetó ella–. ¡Él no me lo quiere decir! Para resumir una historia muy larga, solo queda decir que se niega a ir a Nápoles mañana. Me ha dicho que tú no quieres que esté allí, así que ¿por qué iba él a molestarse por ti?

—Es decir, que esta noche has llamado para decirle a mi madre que no vaya a recogerlo —concluyó él—. Me parece que es una manera estupenda de tratar el problema, Catherine. Después de todo, Santo solo está diciendo lo que tú llevas años deseando que diga, para poder sacarme completamente de tu vida.

—Ya hace tiempo que no formas parte de mi vida —replicó ella—. Nuestro divorcio será efectivo a finales de mes.

—Un divorcio que tú instigaste. ¿Te has parado a pensar si es eso lo que está provocando los problemas de Santo? O tal vez sea mucho más que eso. Tal vez solo tenga que mirar al otro lado de esta línea telefónica para saber quién le ha estado contando mentiras a mi hijo sobre mí.

—¿Estás sugiriendo que yo le he estado contando que no es más que una molestia para ti? Si es así, piénsatelo bien, Vito, porque no soy yo la que está planeando volver a casarse tan pronto como me divorcie de ti —le espetó Catherine—. Y tampoco soy yo la que está a punto de socavar la posición de nuestro hijo en mi vida colocándole una madrastra salida del infierno.

—¿Quién te ha dicho eso? —replicó él.

—¿Es cierto? —insistió ella.

—No creo que eso sea asunto tuyo.

—Ya verás si es asunto mío, Vito —lo amenazó ella, muy en serio—. Si descubro que es cierto que estás pensando en darle a Marietta algo de poder sobre Santo, empezaré a ponerle trabas a nuestro divorcio.

—Ya no tienes tanta autoridad sobre mí.

—¿No? —lo desafió ella—. Eso ya lo veremos —añadió. Entonces, colgó el teléfono.

Pasaron diez minutos antes de que el teléfono volviera a sonar, diez largos minutos durante los cuales Catherine paseó de arriba abajo de la habitación, preguntándose cómo había sido posible que la situación se descontrolara tanto. No había tenido intención de decir ni la mitad de las cosas que había dicho.

Con un suspiro, intentó calmarse antes de decidir lo que haría a continuación. ¿Volver a llamar y disculparse? ¿Volver a empezar la conversación esperando que Dios le diera paciencia para controlarse? La posibilidad de que aquello sucediera era de lo más remota. Desde siempre, su matrimonio con Vito había sido de lo más volátil. Los dos tenían un genio muy vivo, eran testarudos y estaban muy a la defensiva de sus egos.

La primera vez que se vieron fue en una fiesta. Habían asistido cada uno con sus respectivas parejas y acabaron marchándose juntos. Había sido un caso de pura necesidad. Solo habían necesitado una mirada para abrasarse mutuamente.

Se habían hecho amantes aquella misma noche. Al cabo de un mes, ella se había quedado embarazada. Se casaron al mes siguiente y a los tres años eran enemigos acérrimos. Su relación había sido demasiado salvaje, demasiado apasionada. Incluso el final había acaecido a los pocos días de caer uno encima del otro en un febril intento de recuperar lo que sabían que estaban perdiendo.

El sexo había sido maravilloso, el resto un desastre. Habían empezado a pelearse segundos después de haberse acostado juntos. Él se marchó, como acostumbraba a hacerlo, y al día siguiente ella había tenido un parto prematuro de su segundo hijo y lo había perdido mientras Vito se solazaba con su amante.

Catherine nunca lo perdonaría por eso. Nunca olvidaría la humillación de haberle tenido que suplicar a su amante que lo dejara volver a casa porque ella lo necesitaba. Sin embargo, él había llegado demasiado tarde para poder ayudarla. Para entonces, habían tenido que trasladarla precipitadamente al hospital y el bebé había muerto. La degradación mayor le había llegado al ver que Vito se inclinaba sobre ella y le susurraba las frases de consuelo que se esperaba que dijera dadas las circunstancias mientras olía al perfume de otra mujer.

En cuanto tuvo las fuerzas suficientes, se había marchado de Italia con Santo. Vito jamás la perdonó por haberse llevado a su hijo. Los dos tenían argumentos en contra del otro y se sentían traicionados y abandonados. Si no hubiera sido por la madre de Vito, Luisa, solo Dios sabía a lo que la amargura podría haberlos conducido. Gracias a ella, se las habían arreglado para vivir tres años de relativa tranquilidad, eso sí, sin contacto personal entre ellos. Pero aquella tranquilidad acababa de hacerse pedazos.

Cuando el teléfono empezó a sonar, se quedó completamente quieta. Hasta el corazón pareció dejarle de latir. Su primer instinto fue no contestar, porque no se sentía dispuesta para tener otro encontronazo con Vito. Sin embargo, por fin se decidió a contestar, temerosa de que el persistente sonido despertara a su hijo.

–¿Catherine? –preguntó una voz femenina–. Mi hijo me ha insistido para que te llame. En nombre del cielo, ¿quieres decirme lo que está pasando?

–Luisa –dijo Catherine, sentándose en el sofá, completamente aliviada–. Creía que era Vito.

–Vito acaba de marcharse, hecho una furia –la informó la mujer–. Eso después de maldecir y gritar y decirme que tenía que llamarte enseguida. ¿Le pasa algo a Santo, Catherine?

–Sí y no –replicó Catherine. Entonces, sin implicar la vida sentimental de Vito, explicó lo que le pasaba a Santo.

–No me extraña que mi hijo estuviera tan preocupado –murmuró Luisa, cuando Catherine terminó la explicación–. No lo había visto tan asustado desde hacía mucho tiempo. Y había esperado no volver a verlo así.

–¿Asustado? –preguntó Catherine, sin poderse imaginar que el arrogante Vito tuviera miedo de nada.

–De volver a perder a su hijo –le aclaró la mujer–. ¿Qué es

lo que pasa, Catherine? ¿Acaso habías creído que Vito no prestaría atención alguna a los problemas de Santo? ¿Que no lo preocuparían?

—Yo... no —respondió Catherine, sorprendida por la repentina amargura que la madre de Vito le estaba demostrando.

—Mi hijo se esfuerza mucho en tener una buena relación con Santo en el corto espacio de tiempo que se le concede. Y oír que con esto puede correr algún peligro debe de darle mucho miedo.

En los tres años que llevaban separados, Luisa siempre había sido neutral, por eso, aquella actitud desconcertó completamente a Catherine.

—Luisa, ¿me estás sugiriendo, igual que Vito, que soy yo la culpable de dicha situación?

—No —dijo la mujer, inmediatamente—. Claro que no. Yo me preocupo por mi hijo, pero eso no significa que esté ciega para no ver que los dos queréis tanto a Santo que preferiríais cortaros la lengua antes que hacerle daño a través del otro.

—Bueno, me alegra ver que piensas así —respondió Catherine, en tono muy seco.

—Yo no soy tu enemiga, Catherine.

—Pero, si tuvieras que elegir, sabrías muy bien en qué campo quedarte.

—Bien —comentó Luisa, sin responder—. ¿Qué quieres hacer sobre Santo? ¿Quieres que retrase mi viaje a Londres hasta que hayas conseguido convencerlo un poco?

—¡Oh, no! —exclamó Catherine, descubriendo que, de algún modo, había cambiado de opinión entre las dos conversaciones—. ¡Tienes que venir, Luisa! Se sentirá muy desilusionado si no vienes por él. Solo quería evitar que te encontraras de sopetón con esta actitud rebelde. Y... hay muchas posibilidades de que se niegue a marcharse contigo —añadió, en tono de advertencia—. Y supongo que entenderás que yo no lo obligaré a marcharse contigo si él no quiere.

—Soy madre –dijo Luisa–. Claro que lo entiendo. Entonces iré, tal y como habíamos convenido, y esperemos que Santo lo haya consultado con la almohada y haya cambiado de opinión.

Mientras colgaba el teléfono, Catherine dudó que aquello fuera posible. Para Luisa, los problemas de Santo se debían a una inexplicable y repentina pérdida de confianza en su padre, pero, de hecho, el razonamiento del pequeño era más que fácil de explicar.

Marietta, la amiga de toda la vida de la familia, el miembro de confianza en el Consejo de directores de Giordani Investments, la amante de toda la vida... Una ramera.

Era alta, morena, italiana en toda su esencia. Tenía gracia, estilo, un encanto inquebrantable. Además, tenía belleza e inteligencia y sabía cómo usarlas para sacar provecho. Y, encima de todo aquello, era astuta y sabía muy bien a quién tenía que mostrarse como realmente era.

Que se hubiera atrevido a revelarse a Santo tal y como era había sido, en opinión de Catherine, la primera equivocación que Marietta había cometido en su larga campaña para conseguir a Vito. Tal vez había conseguido que ella huyera como una cobarde, pero no iba a salirse con la suya con respecto a Santo.

«Ni siquiera por encima de mi cadáver», se juró Catherine mientras se preparaba para meterse en la cama.

Capítulo 2

Después de pasarse la noche dando vueltas en la cama, a las cinco de la mañana Catherine finalmente se rindió ante la evidencia de que no podría dormir. Estaba levantándose de la cama cuando el característico sonido de un taxi que se paraba en la calle le llamó la atención. Algunos de sus vecinos tomaban a veces un taxi si tenían que salir de viaje por la mañana temprano, así que, sin pararse más a pensarlo, se dirigió al cuarto de baño.

Al pasar por delante del dormitorio de su hijo, entreabrió la puerta para ver si estaba durmiendo. Al ver la cabecita sobresalir por encima de un alegre edredón se tranquilizó un poco. Por lo menos, Santo había conseguido dormir a pesar de sus preocupaciones.

Tras cerrar la puerta, bajó las escaleras con la intención de preparar algo de café, con el que esperaba reanimarse antes de que empezara el duro día que la esperaba. Sin embargo, la figura que se adivinaba al otro lado del cristal de la puerta la hizo detenerse. Era la figura de un hombre enorme. Era demasiado pronto como para que fuera el cartero, pero, a pesar de todo, permaneció quieta, esperando que el buzón se abriera y un montón de sobres fueran a caer al suelo. Para su sorpresa, la figura desconocida levantó la mano, como si fuera a llamar al timbre. Rápidamente, Catherine bajó las escaleras para impedir a quien fuera que llamara a la puerta y despertara a su hijo. Sin pararse a pensarlo, abrió la puerta de par en par. Fue entonces cuando se encontró, frente a frente, con la última persona que esperaba ver.

El corazón le dio un vuelco al ver a Vito, en carne y hueso, por primera vez en tres años. De una mirada asimiló todos los detalles, desde la frialdad que mostraban sus ojos, la inclinación de su boca o la manera casual en la que se apartaba informalmente la chaqueta para poder meter una mano en el bolsillo del pantalón.

Llevaba puesto todavía el esmoquin con el que ella se lo había imaginado la noche anterior. Solo le faltaba la pajarita y llevaba abierto el botón superior, dejando al descubierto su esbelta y morena garganta.

¿Habría ido allí directamente después de salir de su casa de Nápoles? Para llegar a Londres tan rápidamente, así tendría que haber sido. Sin embargo, si aquella prisa era para impresionarla y demostrarle lo seriamente que se tomaba sus preocupaciones por Santo, Vito estaba muy equivocado.

Ella no quería que él estuviera allí. Y aún menos deseaba ver cómo aquellos ojos de color miel le recorrían el cuerpo de arriba abajo, como si ella todavía fuera una de sus posesiones. Ante la insistencia de aquella mirada, Catherine sintió que algo muy primitivo y muy antiguo surgía a la vida dentro de ella.

–¿Qué estás haciendo aquí? –le espetó ella, poniéndose a la defensiva.

Como si fuera la arrogancia personificada, Vito arqueó una ceja. De algún modo, a pesar de que ella estaba a su mismo nivel por estar sobre el escalón que separaba la casa de la calle, él consiguió mirarla como si fuera algo inferior a él.

–A mí me hubiera parecido que es evidente –replicó Vito con frialdad–. Estoy aquí para ver a mi hijo.

–Son las cinco de la mañana. Santo está dormido –protestó Catherine.

—Sé muy bien la hora que es, Catherine —respondió él, reflejando por primera vez un cansancio que ella no había notado antes.

Entonces, Catherine empezó a notar otras cosas sobre él. Por ejemplo, tenía un aspecto más avejentado de lo que ella hubiera esperado. Su hermoso rostro estaba lleno de unos surcos que no estaban allí la última vez que lo vio. Las comisuras de la boca se inclinaban ligeramente hacia abajo, como si ya nunca más se permitiera sonreír.

De algún modo, aquella visión le provocó un cierto dolor por dentro. Aquella sensación la enfureció porque no quería sentir nada por aquel hombre que no fuera la indiferencia total.

—¿Cómo has conseguido llegar aquí tan rápidamente? —preguntó ella.

—He volado durante toda la noche y luego vine directamente del aeropuerto.

Catherine se imaginó que, después de viajar toda la noche, se habría trasladado allí en uno de sus habituales coches de lujo. Mirando por encima del hombro de él, esperó ver uno de ellos aparcado al lado de la casa, pero, para su sorpresa, no había ninguno.

Entonces, recordó haber oído un taxi y, completamente sorprendida, se dio cuenta de que Vito debía de haber viajado en uno de ellos desde el aeropuerto. Aquello debía de haber sido una novedad para él. A Vito le encantaba estar al mando de todo, tanto si era de los controles de un avión, el volante de un coche o incluso su vida sexual.

—¿A qué aeropuerto has llegado? —preguntó ella, sin poder evitar que la ahorrativa ama de casa que había en ella quisiera calcular el coste de un trayecto tan largo en taxi.

—¿Acaso importa? —replicó él, muy irritado—. Además, ¿tenemos que tener esta conversación a la puerta de tu casa? —añadió, notando que alguien había empezado a mirar por la ventana.

—Ya sabes que no eres bienvenido aquí —le espetó ella, decidida a no dejarse impresionar por la actitud de un hombre al que se le recibía con los brazos abiertos en todas partes por su eminente posición en el mundo de los negocios.

—Tal vez mi hijo tenga una opinión muy diferente.

—Entonces, ¿por qué no vuelves dentro de un par de horas cuando él ya esté despierto? —sugirió ella, empezando a cerrar la puerta.

—Si cierras esa puerta lo lamentarás —dijo él. A pesar de que deseaba cerrar la puerta, Catherine se detuvo—. Me parece evidente que tú y yo tenemos que hablar antes de que Santo se despierte. ¿Por qué crees que estoy al borde de la extenuación por haber querido llegar aquí tan temprano? —añadió, en tono de burla.

Una vez más, tenía razón. Catherine sabía que se estaba comportando de un modo mezquino, pero, a pesar de todo, siguió defendiendo el umbral de su casa.

—Tú me llamaste, Catherine —le recordó él—. Un acto sin precedentes, pero expresaste con palabras lo que te preocupaba y he respondido. Ahora, demuéstrame un poco de elegancia y al menos reconoce que el hecho de que yo haya venido merece un poco de consideración.

Aquellas palabras hicieron reconsiderar su postura a Catherine y, tras un momento de duda, dio un paso atrás e invitó a su marido a entrar en la casa. Cuando lo hubo hecho, su presencia pareció llenar todo el espacio del recibidor. Catherine se quedó muy quieta y sintió que la tensión se acumulaba dentro de ella y absorbía, literalmente, la altura, envergadura y fuerza física superiores que no habían resultado tan evidentes cuando él había estado en el exterior.

Pudo aspirar también el olor único de su piel y sentir las vibraciones de su cuerpo, haciéndola que recordara lo peligrosas que aquellas vibraciones podían llegar a ser.

Seis años atrás, les había bastado una mirada para caer en

un febril deseo sexual. Después de años de amarga enemistad, Catherine era capaz de sentir que el mismo deseo la atenazaba y se maldijo por ello.

–Por aquí –murmuró ella, indicándole el camino de modo que no la tocara.

Entonces, lo condujo hasta el salón y se hizo a un lado para permitirle el paso. La habitación, muy pequeña, estaba muy escasamente amueblada con dos sofás pequeños, una televisión, un par de mesitas bajas y una librería. Tenía un rincón especial dedicado a Santo, con una mesita baja de juegos rodeada de sus juguetes y libros.

Todo estaba muy ordenado, pero también resultaba completamente sencillo. Nada como las espaciosas y elegantes salas llenas de valiosas antigüedades de la casa de Vito ni la enorme habitación de juegos que el niño tenía para él solo, llena de todos los caprichos con los que un niño soñaba. Por el gesto que él hizo, a Catherine le pareció que él también establecía la comparación.

–Voy a vestirme –dijo ella, volviéndose hacia la puerta para no decirle algo del estilo de que el dinero no lo era todo. Pero él la agarró por la muñeca.

–No soy ningún esnob, Catherine –murmuró él–. Sé perfectamente lo feliz que Santo es aquí contigo.

–Por favor, suéltame la muñeca –ordenó ella, muy preocupada por el calor que estaba empezando a sentir en el brazo desde el punto en el que él la tenía agarrada.

–Tampoco me dedico a pegar a las mujeres.

–Qué raro –replicó ella, mientras él la soltaba–. Porque me parece recordar que la última vez que estuvimos a solas me amenazaste con hacer precisamente eso.

–Palabras, Catherine. Estaba furioso y aquellas palabras no contenían ninguna amenaza real para ti, y tú lo sabes muy bien.

–¿Sí? Éramos unos extraños, Vito. Éramos extraños entonces y somos extraños ahora. Yo nunca supe lo que tú pensabas.

—Excepto en la cama —afirmó él—. Allí sí sabías perfectamente lo que estaba pensando.

—Entonces, es una pena que no nos pudiéramos pasar allí las veinticuatro horas en vez de las seis que solíamos pasar —dijo Catherine, con expresión cínica—. No quiero tener esta clase de conversación contigo. No demuestra nada y solo contribuye a eclipsar la verdadera importancia de lo que le pasa a Santo.

—Me hubiera parecido que nuestra relación, o mejor dicho, la falta de ella, es lo importante para Santo.

—No. Lo que le importa a Santo es que su padre se vaya a casar con una mujer a la que él le tiene pánico.

—Explícame eso.

—Pues eso, que le tiene pánico, miedo. ¿De qué otro modo quieres que te lo diga?

—¿Miedo de Marietta? —preguntó él, incrédulo—. Tiene que haber interpretado mal algo que ella le haya dicho. Ya sabes que su italiano no es tan bueno como su inglés.

Tal y como ella había pensado, para Vito la situación en la que estaba su hijo no podía ser culpa de Marietta.

—Voy a vestirme —dijo ella, en tono muy cortante.

—¿Te importa si me preparo una taza de café mientras tú te vistes?

Sin decir una palabra, ella se dirigió a la cocina, seguida por Vito. Ella sintió que él miraba hacia la escalera, como si esperara que su hijo apareciera allí de repente. Pero no fue así. Santo era fiel a sus hábitos y si su reloj interior le decía que tenía que levantarse a las siete, a las siete se levantaría.

Mientras llenaba la cafetera de agua, Vito entró en la cocina. Al sentir cómo la miraba, fue consciente una vez más de lo inadecuado que resultaba su atuendo.

No era que el pijama de pantalón corto que llevaba puesto resultara inadecuado. Era el hecho de no llevar nada debajo lo que la hacía ser demasiado consciente del modo en que la miraban aquellos ojos inquisitivos.

–Supongo que no se levantará hasta la siete –murmuró él, de repente.

–Veo que conoces bien su rutina –respondió ella–. Y, si sabes eso, supongo que sabrás también que si intento despertarlo antes...

–Estará todo el día de un humor de perros. Sí, lo sé.

Catherine no pudo evitar levantar la vista para consultar el reloj de la cocina. Al oír el crujido de tela detrás de ella, supo que Vito estaba haciendo lo mismo.

Eran las cinco y media. Aquello significaba que tenían una hora y media para soportar la compañía del otro. Catherine se preguntó, mientras contaba las cucharadas de café que ponía en el filtro, si podrían aguantarlo.

–Llevas el pelo más corto de lo que recuerdo.

Ella se detuvo en seco. ¿Qué más habría notado?

–Tengo tres años más –respondió ella, envuelta por una serie de sensaciones que tenían que ver solo con el sexo y con lo que aquel hombre siempre había sido capaz de hacer con ella.

–No lo aparentas.

–Pues tú sí –le espetó ella.

Por fin, terminó de poner el café en la cafetera y dejó la cucharilla en la encimera, volviéndose para mirarlo con una expresión desafiante y una falsa sonrisa en el rostro.

Sin embargo, la sonrisa se le heló en los labios cuando se volvió a contemplarlo. Tenía un aspecto esbelto, con la mandíbula cubierta por una barba incipiente. Tenía la arrogante nariz de un conquistador romano, los encantadores ojos de miel oscura de un ladrón, la sensual boca de un gigoló y el cuerpo de un gladiador.

Catherine no pudo evitar cerrar los ojos y abrirlos muy lentamente, devolviendo sus febriles pensamientos a la realidad al ver cómo él la contemplaba, sabiendo perfectamente que ella no dejaba de pensar en el pasado.

Fue como si la hubieran pillado con las manos en la masa.

Sin poder evitarlo, se sonrojó y se quedó sin saber lo que decir o lo que hacer.

—Voy a vestirme —repitió ella, intentando volver a escapar.

—¿Por qué vas a molestarte? —preguntó él, dispuesto a no dejarla escapar—. Ya es demasiado tarde para cubrir lo que te está pasando, *mia cara*.

—¡Yo no soy nada para ti! —exclamó ella, sabiendo que no hacía más que morder el anzuelo.

—Tal vez no —admitió él—, pero creo que te estás preguntando cómo sería volver a revivir aquellos momentos en que sí lo fuiste.

—Contigo no. Nunca más contigo.

—¿Ha sido eso un desafío? Porque, si así ha sido, tal vez lo acepte. Nunca se sabe. Podría ser interesante ver cuántas veces podemos devorarnos el uno al otro en la hora y media que tenemos hasta que nuestro hijo baje. Con toda seguridad, evitaría que pensáramos en otros problemas.

—¡Si eso es lo que necesitas para mantener la mente ocupada, te sugiero que llames a Marietta! Ella siempre estuvo mucho mejor entrenada que yo para satisfacer todos tus requerimientos.

—Tal vez sigas teniendo el cuerpo de una sirena, Catherine —escupió Vito—, pero has desarrollado la boca de una ramera. ¿Cuándo me vas a escuchar y a creerme cuando te digo, estúpida amargada, que Marietta no es ni ha sido nunca mi amante?

Catherine sabía que debía dejarlo estar y no hablar más del asunto, pero no pudo hacerlo. Vito siempre había sido capaz de sacar lo peor que había en ella y ella lo peor de él. Solían enfrentarse como enemigos y hacer el amor como si nada pudiera separarlos. Era confrontar el fuego latino con el espíritu celta, el enorme ego de él, contra el fiero orgullo de ella.

Desde el principio, habían estado destinados al fracaso. Pero, durante los primeros meses, su relación había sido una gloriosa mezcla de temperamentos apasionados que se fundían para crear la maravillosa sensación del amor verdadero.

No había importado que las palabras no se hubieran pronunciado nunca. Habían estado allí, en cada mirada, en cada caricia, en la manera en que no podían estar separados el uno del otro durante más de unas pocas horas sin establecer contacto, aunque hubiera sido solo por medio del teléfono. Incluso cuando ella se había quedado embarazada y habían empezado los enfrentamientos, ella había seguido creyendo que el amor era el motor que los había empujado al matrimonio.

Cuando conoció a Marietta el día de la boda y supo que aquella era la mujer con la que Vito se hubiera casado si ella no hubiera elegido casarse con Rocco, el mejor amigo de Vito, habían prendido las frágiles semillas de la duda en la mente de Catherine.

Sin embargo, como no había nada en la actitud de Vito que delatara lo contrario, ella había rechazado aquellos pensamientos a lo largo del primer y del segundo embarazo.

Entonces, Rocco murió en un accidente náutico, seguido a las pocas semanas por el fallecimiento del padre de Vito de un ataque de apoplejía. Antes de que se diera cuenta de lo que estaba pasando, Vito y Marietta estaban siempre juntos. Vito lo llamaba «una pena compartida». Marietta había dicho que era algo «inevitable». Entonces, recordó las hirientes palabras de Marietta. «¿Qué te crees que hizo Vito cuando tú lo cazaste para que se casara contigo? ¿Ponerse una venda en los ojos y olvidarse de que era de mí de la que estaba enamorado? Mientras Rocco estaba vivo, tal vez se hubiera resignado a aceptarlo y conformarse contigo, pero con Rocco muerto...».

–Me creeré que Marietta no es tu amante cuando el infierno se hiele –le espetó Catherine, saliendo de su ensoñación–. Ahora, apártate de mí –añadió, intentando abrir la puerta. Pero Vito la mantuvo cerrada.

–Eso será cuando yo lo quiera. Tú has empezado esto, pero

tal vez es mejor que lo zanjemos aquí y ahora antes de que mi hijo se despierte.

—¿Zanjar qué? —gritó ella, mirándolo llena de asombro—. ¡Ni siquiera sé por lo que estamos peleando!

—Por lo que tienes en contra de Marietta —le recordó él—. Es tu obsesión, Catherine. Siempre lo ha sido. Por eso, es fácil llegar a la conclusión de que debes de ser tú la que ha estado llenándole a Santo la cabeza de tonterías sobre Marietta y yo.

—El tonto eres tú. Eres un tonto testarudo, orgulloso y ciego que nunca podría ver que todo el encanto que esa Marietta despliega a tu alrededor es tan maligno como ella.

—Estás enferma —respondió él, apartándose de ella—. Tienes que estarlo, Catherine, para pensar ese tipo de cosas sobre una mujer que solo quiso ser tu amiga.

—¿Ser mi amiga? Lo siento si esto te ofende, Vito, pero yo no entablo amistad con las amantes de mi marido.

—¡Ella nunca ha sido mi amante!

—¡Eres un mentiroso!

—¡Yo no miento!

—Sé que Marietta le ha estado instilando su veneno a Santo igual que una vez me lo inoculó a mí —insistió ella.

—No pienso continuar escuchando esto —dijo Vito, extendiendo una mano como si fuera a apartarla de la puerta.

—Entonces, ¿escucharás a Santo?

—Para eso estoy aquí, ¿es que no lo recuerdas? —preguntó él, dejando caer la mano.

—Pero ¿vas a creerle? —insistió ella—. ¿Aunque te diga que lo que yo te he estado diciendo es la verdad?

—¿Y si has sido tú la que le ha hecho creer esa versión de la verdad?

—Supongo que eso significa que no tienes intención de creer a tu propio hijo, igual que una vez tampoco me creíste a mí —suspiró ella, con hastío.

—Te lo repito. Tú eres la que tiene esa obsesión. Ni Santo ni yo la tenemos.

Catherine se sintió como si se estuviera dando cabezazos contra la pared. Sin embargo, recordó que aquello no era ninguna novedad.

—En ese caso –dijo ella, apartándose de la puerta y de él–, creo que deberías marcharte ahora, antes de que Santo se levante y te encuentre aquí. Porque él tampoco te agradecerá más de lo que te lo agradezco yo lo poco que crees en su palabra.

—Yo no he dicho que no crea lo que Santo está pensando, solo que desconfío de lo que le ha hecho pensar así.

—Es lo mismo –respondió Catherine, encogiéndose de hombros–. Y todo lo que puedo decirte es que me parece muy triste que antepongas lo que sientes por Marietta a lo que sientes por tu hijo, lo que hace que este viaje haya sido una completa pérdida de tiempo.

Vito guardó silencio. Entonces, se dirigió a la cafetera, que acababa de hervir. Desde el fregadero, Catherine lo contempló. Aquel hombre debía de estar embrujado por el diablo para arriesgar el amor de su hijo por el de aquella mujer.

Sin embargo, estaba allí. Había violado un mandamiento judicial para visitar a su hijo y ayudarlo, si podía. Tal vez...

—Bueno, donde las dan, las toman –musitó ella, muy lentamente–. Probemos tu amor por Marietta en contra del que sientes por tu hijo.

—Esto no es una competición.

—Pues yo lo voy a convertir en una –declaró ella–. Y voy a hacerlo dándote una elección muy sencilla. Escúchame, Vito, porque te hablo muy en serio. O renuncias a tu intención de casarte con Marietta o, si te casas, perderás todos tus derechos de ver a Santino.

—Te lo aviso, *cara*. No podrás interponerte entre mi hijo y yo otra vez, sean cuales sean los trucos que utilices.

—Sin embargo, los utilizaré si quiero.

La tensión subió peligrosamente entre ellos. Vito sabía que ella no estaba fanfarroneando. El padre de Catherine había sido un eminente abogado antes de su prematuro fallecimiento. Tenía amigos en la profesión, amigos poderosos especializados en conflictos matrimoniales y habían ayudado a Catherine tres años antes cuando ella lo había necesitado. Habían atado bien a Vito con legalismos antes de que él supiera lo que se le venía encima.

Catherine volvería a actuar del mismo modo si sentía que tenía que proteger a Santo del mal que lo amenazaba en la casa de su padre. Con una llamada telefónica, ella podría hacer real aquella amenaza por haber ido a su casa, rompiendo la orden judicial. Y Vito lo sabía.

–Entonces, ¿qué va a ser? –insistió ella–. ¿Marietta sale de tu vida o... va a ser Santo?

–Suenas muy dura, Catherine –dijo él, con una triste sonrisa–. Muy segura de ti misma. Pero pareces haber pasado por alto un pequeño detalle muy importante.

–¿Qué? –preguntó ella, desafiante, segura de que tenía todos los ases en la mano.

–La evidente inseguridad de nuestro hijo y lo que tú pretendes hacer para aliviarla –respondió él, tomando un sorbo de café negro–. La última vez que empezaste la guerra contra mí, Santo era demasiado pequeño como para saber lo que estaba pasando. Pero ya no lo es. Ahora, tiene la edad suficiente como para ser consciente de todo lo que tiene lugar entre nosotros –añadió, dejando que ella entendiera el peso de aquellas palabras–. ¿Estás dispuesta a correr el riesgo de dañar el amor que él siente por mí solo por empezar otra campaña de venganza con el único propósito de hacerme traspasar la línea?

Capítulo 3

–¿No hay vuelta atrás? –preguntó Vito, al ver que ella se quedaba mirándolo, sin decir nada. La palidez que poco a poco fue mostrando su rostro indicó que iba entendiendo lo que significaban aquellas palabras–. ¿Tengo que entender entonces que tu ansia de venganza por lo que tú crees que se te ha hecho no se calma aunque vayas a hacer mal a tu hijo?

Catherine no pudo responder, pero el temblor que recorrió su cuerpo lo decía todo. No estaba preparada para dañar el amor que su hijo sentía por su padre.

–Bueno, ese cambio es de lo más estimulante –añadió él, que parecía que estaba empezando a disfrutar con aquello–. Casi, y digo casi, restaura la fe que tengo en ti como la leal madre de mi hijo, *cara*, aunque no haga nada por la fe que tengo en ti como leal y amante esposa.

–Si vamos a empezar a hablar de lealtad, te vas a meter en un terreno de arenas movedizas, Vito –lo desafió ella, mirándolo con desprecio.

–Entonces, no lo haremos. En vez de eso, veamos si se nos ocurre un compromiso más... sensato entre los dos que cumpla con nuestros requisitos y a la vez cubra las necesidades de nuestro hijo.

–No mantengas el suspense. Háblame de ese compromiso –replicó ella, que no podía pensar en que algo similar existiera.

—No estoy seguro de que te vaya a gustar —dijo él, con una extraña sonrisa en los labios.

—Mientras deje a Marietta a un lado —afirmó ella—, cualquier cosa me parecerá bien.

Vito no respondió enseguida, pero los ojos empezaron a brillarle de un modo que hizo que Catherine se quedara helada.

—Mira —añadió ella, muy nerviosa—. ¡O me dices de lo que va esto o te marchas de aquí enseguida!

—Este compromiso —musitó él, mirándole el cuerpo— está más o menos a mitad de camino de tus sensacionales caderas y tiene el delicioso potencial de caérsete a los pies con un poquito de ayuda.

Al mirar al lugar en el que descansaban los ojos de Vito, Catherine se dio cuenta de que estaba hablando de sus pantalones cortos.

—¿Quieres dejar de intentar provocarme? —le espetó ella.

—Ojalá pudiera, pero ver esas piernas tan exquisitas, presentadas de un modo tan seductor, me ha estado volviendo loco desde que he llegado.

Por puro instinto, Catherine dio un paso al frente con la intención de responder con un bofetón a aquella afrenta tan insufrible. Pero la mano de él detuvo la suya con destreza.

—Sigues teniendo un cuerpo maravilloso, Catherine —dijo él, sin dejar de mirarla—. Todas esas líneas y curvas tan sensuales me han provocado recuerdos muy emocionantes. Tanto que, de hecho —añadió, acariciándole con el dedo la suave piel que le cubría la muñeca, justo donde el pulso le latía a toda velocidad—, se me había ocurrido, antes de que tú mostraras la atracción que sientes por mí, que, si volviera a tenerte en mi cama, no tendría que buscar en otra parte para llenar ese vacío en mi vida.

—¿Cómo te atreves? —replicó ella—. ¿Cómo te atreves a hacerme una sugerencia tan repugnante?

—Yo necesito una mujer en mi cama —afirmó él—. Y, dado

que mi hijo tiene que verse protegido del lado más sucio de esa necesidad, entonces, esa mujer debe ser mi esposa. Mi legítima esposa. Que honre mi mesa, mi cama y ame a mi hijo tanto como yo.

–¿Y tú crees que Marietta cumple con todos esos requisitos?

–Ahora no estamos hablando de Marietta –replicó Vito, con voz cortante–. Estamos hablando de ti, Catherine. De ti –repitió, dejando la taza en la encimera para poder agarrarla con aquella mano de la cintura. Catherine trató de resistirse, pero él la estrechó más contra sí–. Que, incluso vestida como tú lo estás, pudiera a pesar de todo honrar la mesa de cualquier hombre con tu belleza y estilo. Y, en cuanto a lo del sexo... dado que conozco tu rico y variado apetito tan bien como conozco el mío, no veo problema alguno en que resucitemos lo que solían ser unos ratos tan agradables para ambos.

–¡Eres un ser repugnante! –exclamó ella, airada con aquella forma de hablar.

–Soy realista.

–Un realista que solo busca venganza –dijo ella, consciente del motivo que lo empujaba a sugerir aquello.

–El italiano que hay en mí me pide que así sea –admitió él–. Pero solo piensa que así podrías dar rienda suelta a tu deseo tan británico de hacerte la mártir. Que podrías residir en mi casa y mantener la cabeza bien alta y fingir que solo estás allí por Santo. Que podrías compartir mi cama y disfrutar cada momento de lo que hagamos allí mientras te dices a ti misma que mantenerme feliz es el precio que tienes que pagar por mantener a tu hijo feliz.

–¿Y tú? ¿Qué piensas tú sacar de todo eso?

–Esto... –murmuró él, capturándole la boca con un beso.

Aquel beso la lanzó rápidamente al lugar donde guardaba todos los recuerdos que tenían que ver con Vito. De repente, Catherine se sintió incandescente. Locura, pasión que la empujaron poco a poco a un abismo de avaricia sensual.

Solo Vito era capaz de provocarle aquellas sensaciones, de encenderla de aquella manera. El cuerpo de Catherine conocía el de él y se exaltaba contra su firmeza. La lengua de él azuzaba las llamas que la devoraban y las manos rebuscaban lugares recónditos por debajo de la camiseta del pijama y, más audazmente, por debajo de la banda elástica de los pantalones cortos.

Catherine debió de haber gemido ante aquella sensación porque la boca de él se separó de la suya y los ojos le brillaron llenos de triunfo.

–Y consigo que se me devuelva mi orgullo –dijo él–. Un orgullo que tú me quitaste el día que me obligaste a ir a los tribunales a suplicar el derecho de amar a mi propio hijo.

Entonces, él la soltó. Catherine tardó algunos momentos en darse cuenta de lo que él le había hecho. Horrorizada, se dio cuenta de lo fácil que le había sido a Vito y se sintió avergonzada. Todo en nombre del orgullo, de la venganza y de la pasión.

Catherine se volvió para decirle muy claramente lo que podía hacer con su apestosa proposición cuando un ruido al otro lado de la puerta de la cocina les llamó la atención.

Era Santo, que bajaba por las escaleras. Al unísono, los dos miraron el reloj de la cocina. Solo eran las seis y media. Probablemente, el niño había estado tan preocupado que se había despertado antes de lo debido.

Por el rabillo del ojo, Catherine vio que Vito se había puesto de repente muy pálido. Evidentemente, lo preocupaba mucho la reacción que su hijo pudiera tener para con él. ¿Sería cierto que tenía miedo, tal y como Luisa le había dicho?

Muy a su pesar, sintió pena por él. Vito amaba a su hijo. Ella nunca lo había dudado. Sin embargo, no se merecía la mano que, instintivamente, ella había levantado para consolarlo.

De repente, la puerta de la cocina se abrió y reveló al pequeño Santo. Estaba vestido con unos vaqueros y una sudadera y llevaba una gorra de béisbol en la cabeza. Sobre el suelo, tenía una pequeña bolsa de viaje, repleta hasta los topes.

Al ver a su padre, lo miró con una completa falta de expresión en el rostro. Si hubiera sabido que él estaba en la casa, aquella actitud hubiera sido más que comprensible. Sin embargo, la casa era vieja y tenía los muros muy gruesos. Era imposible que hubiera oído nada. Por ello, el corazón de Catherine le dio un vuelco al ver cómo se comportaba como si Vito no estuviera presente.

–Me voy a escapar –le dijo a su madre–. Y no quiero que me sigas.

Aquella situación hubiera podido resultar cómica, pero a Catherine no se lo pareció así porque vio que su hijo hablaba en serio. Quería escaparse de verdad porque creía que nadie lo quería.

La madre se acercó al hijo, necesitando abrazarlo, comunicarle el amor que sentía por él. Pero Vito se le adelantó. Y fue más listo. No hizo intento alguno por tocar al pequeño. Se limitó a agacharse para estar a su altura y empezó a hablarle en italiano.

–En inglés –le ordenó, volviéndose para mirarlo durante un segundo–. Yo ya no hablo italiano.

–¿Dónde vas a ir? –preguntó Vito, cambiando de idioma sin ningún problema, a pesar de que debía de haberle dolido la negativa de su hijo–. ¿Tienes dinero para tu viaje? ¿Quieres que te preste algo? –añadió, al ver que el pequeño parpadeaba muy confundido. No se le había ocurrido pensar en el dinero.

–No quiero tu dinero –replicó lleno de orgullo el pequeño.

–Desayuna entonces –sugirió Catherine, agachándose al lado de Vito–. Nadie debería escaparse sin tomar primero un buen desayuno. Ven y siéntate a la mesa –añadió, extendiendo una mano–. Te prepararé un poco de zumo y un tazón de esa nueva clase de cereales que te gusta tanto.

Santo no hizo caso de la mano. Se limitó a mirar los rostros de los adultos, de uno al otro. De repente, pareció confundido. Vito emitió una maldición en voz baja al entender por qué Santo los miraba de aquella manera. Catherine tardó un segundo más. Aquella debía de ser la primera vez que el niño veía los rostros de sus padres juntos, delante de él.

—No queremos que nos dejes, hijo... —susurró Vito, rodeando los hombros de Catherine con el brazo.

—¿Quieres que me quede? —preguntó Santo, refiriéndose a Catherine.

—Claro que sí. Te quiero mucho —respondió ella—. Los dos te queremos mucho.

—Marietta dice que no me quieres —dijo Santo, refiriéndose a su padre, en tono acusador—. Marietta me dijo que yo no fui más que un error que no hace más que estorbar.

—Seguro que no la has comprendido bien —respondió Vito.

—Marietta dice que tú odias a mi madre porque ella te hizo tenerme —insistió el pequeño—. Me dijo que por eso tú vives en Nápoles y yo vivo aquí en Londres, para no estorbarte.

Catherine sintió que los dedos de Vito se le clavaban en los hombros. ¿Acaso creía que ella sería capaz de alimentar a su hijo con aquel veneno cuando todo el mundo podía ver que Santo estaba sufriendo tanto con todo aquello?

—Lo que Marietta diga no importa, Santo —afirmó Catherine—. Lo que realmente importa es lo que digamos papá y yo. Y los dos te queremos mucho. ¿Crees que papá se hubiera quedado sin dormir solo para venir a verte si no te quisiera?

Aquella pregunta pareció conseguir su objetivo. Catherine vio la sombra de una duda sobre los ojos de su hijo.

—¿Por qué has venido? —le preguntó inmediatamente a su padre.

—Porque tú dijiste que no querías venir conmigo —respondió Vito—. Y te echo mucho de menos cuando no estás conmigo...

El pequeño dejó escapar un suspiro y pareció relajarse un poco. Sin embargo, no estaba dispuesto a bajar la guardia tan rápidamente. Marietta le había hecho mucho daño con sus malvadas afirmaciones como para que desaparecieran con un par de promesas.

—¿Dónde está la abuela? —preguntó el niño, que había decidido cambiar de tema.

—Le prometí que te llevaría a Nápoles conmigo, si podía convencerte de que lo hicieras.

—Ya no me gusta Nápoles —replicó Santo, inmediatamente—. No quiero volver allí nunca más.

—Siento mucho que me digas eso, Santo —respondió Vito, muy suavemente—. Porque tu repentina antipatía por Nápoles estropea mucho la sorpresa que tu *mamma* y yo habíamos planeado para ti.

—¿Qué sorpresa? —preguntó el niño, con cautela. Catherine también se había quedado atónita por aquella afirmación y se volvió para interrogar a Vito con la mirada—. ¡No quiero ir a vivir a Nápoles contigo! —añadió Santo, sacando sus propias conclusiones—. ¡No quiero vivir en el lugar en el que Marietta vaya a vivir!

—Marietta no vive en mi casa —afirmó Vito.

—¡Pero lo hará cuando te cases con ella! ¡Odio a Marietta!

Vito se volvió a Catherine y la miró como si quisiera convertirla en piedra. Seguía creyendo que había sido la madre la que había hecho creer al pequeño todas aquellas historias sobre Marietta. Sin embargo, Catherine no se arredró y le devolvió una mirada llena de desafío que él pareció entender.

Entonces, se volvió a Santo y se concentró en el niño, poniendo una cara de completa sorpresa.

—Pero ¿cómo me voy a casar con Marietta si estoy casado con tu *mamma*? Y tu *mamma* y yo queremos seguir casados, Santino. Nos queremos tanto el uno al otro como te queremos a ti. Tanto que incluso vamos a vivir en la misma casa juntos.

Aquel fue el golpe de gracia que Catherine no se esperaba. Antes de que pudiera reaccionar, él se volvió hacia ella y le sonrió, como desafiándola a que se atreviera a negarlo.

Ella no pudo hacerlo y Vito lo sabía. La cara del niño se había iluminado instantáneamente, como si alguien acabara de devolverle la vida. Por ello, Catherine se vio obligada a guardar silencio y aguantar que Vito le plantara un beso en los labios, para sellar aquella nueva imagen de unidad familiar.

–¿Quieres venir tú también con nosotros, Santo? –murmuró Vito–. ¿Quieres ayudarnos a ser una familia como Dios manda?

–¿Quieres decir que viviremos todos en la misma casa, tú, yo y mamá? –preguntó Santo, con la voz temblorosa por la emoción.

–Sí. Y la abuela también –añadió–. Porque tiene que ser en Nápoles. Es allí donde yo trabajo y tengo que vivir allí, ¿lo entiendes?

–¡A mamá le encanta Nápoles! –exclamó el pequeño, dispuesto a entender cualquier cosa con tal de conseguir aquel escenario feliz–. Estoy seguro de ello porque le gusta escuchar todos los lugares que hemos visitado y todas las cosas que hemos hecho allí.

–Bueno, pues de ahora en adelante podremos hacer todas esas cosas juntos, como una familia.

En aquel momento, Catherine ya no pudo soportar más el poder del brazo que la aprisionaba por los hombros y se levantó.

–Voy a vestirme –dijo ella.

Pero ninguno de los dos pareció oírla. Cuando ella salía de la cocina, Santo se abalanzó sobre su padre, con los brazos levantados y los ojos centelleando, acurrucándose en el regazo de Vito con el mismo entusiasmo que el de un cachorrillo que se siente amado.

–Si tienes en alguna estima tu salud, entonces te sugiero que guardes las distancias –le avisó Catherine cuando vio que la figura de Vito aparecía en la periferia de su visión.

Estaba en su pequeño pero soleado jardín, tendiendo la ropa. Tenía la esperanza de que aquella tarea la ayudara a aliviar la ansiedad que le había provocado una mañana entera de jugar a la familia feliz.

Juntos, se habían tomado un delicioso desayuno mientras habían hecho planes sobre lo que hacer en Nápoles durante el largo y cálido verano. Ella había sonreído y había parecido entusiasmada e incluso había hecho sugerencias propias para que todo fuera completamente perfecto. Entonces, Santo se había llevado a Vito para enseñarle su habitación con toda la excitación de un niño que estaba viviendo en el séptimo cielo.

Luego, había ido a visitar a su mejor amigo a su casa, unas cuantas puertas más allá, donde estaba relatando a una cautivada audiencia su cambio de suerte.

Por ello, Vito se había animado a buscarla, lo que, desde el punto de vista de Catherine, era buscarse demasiados problemas. Él sabía que ella estaba enfadada y que estaba conteniendo a duras penas la ira que le había provocado que Vito decidiera por ella.

–¿Es que no tienes una secadora para eso? –preguntó él.

Aquella pregunta sorprendió a Catherine, pero no se sentía con humor de responder ni de explicarle que meter la ropa en una secadora no le serviría de terapia para la tensión que sentía en aquellos momentos.

Simplemente, se inclinó a sacar una camiseta de Santo y a colgarla en la cuerda sin darse cuenta del modo en el que el sol jugueteaba con su pelo mientras se movía, resaltando los mechones rojizos en un baile fascinante de color.

Tampoco se había dado cuenta de cómo se le ajustaba la falda al trasero cada vez que se inclinaba ni cómo la minúscula camiseta blanca se le abría para revelar durante un segundo visiones de sus senos dentro del sujetador blanco. Sin embargo, Vito sí se había dado cuenta de todas esas cosas.

–¿Podrías dejar eso? –preguntó Vito, de repente–. Necesitamos hablar ahora que tenemos oportunidad de hacerlo.

–Creo que ya hemos hablado bastante.

–Estás enfadada.

–¿Tú crees? –dijo ella, haciendo girar el tendedero para poder colgar más ropa en el espacio que quedaba libre–. Y yo que creía que estaba más contenta que unas pascuas.

Vito frunció las cejas al oír aquella respuesta. Más allá, las ligeras vallas que había entre las casas permitían que las voces de los niños viajaran con facilidad. Cualquiera de ellas podría ser la de Santo, por lo que Vito, como si fuera consciente de ello, se acercó a ella para poder bajar la voz.

–Supongo que te darás cuenta de que no me quedaba más alternativa que decir eso.

–El busca-problemas se pone manos a la obra, a pensar con los pies y la boca –dijo ella–. Sí, me impresionaste mucho, Vito. ¿Cómo no iba a estarlo?

–Pues a mí no me lo parece –dijo él, inclinándose para darle la siguiente prenda que iba a tender.

–Yo tengo una vida aquí, Vito –replicó ella–. Tengo un trabajo que me encanta y compromisos de los que no puedo renegar –añadió ella, recogiendo la camisa del colegio de Santo de manos de Vito, con mucho cuidado de no tocarlo.

–Con tus aptitudes para el trabajo en una oficina y para los idiomas podrías conseguir trabajo en cualquier parte. Templeton y Lang no son el único bufete especializado en derecho comunitario.

–¿Sabes dónde trabajo? –preguntó ella, sorprendida.

–Santo no ha dejado de hablar nunca sobre lo ocupada que está su mamá con el importante trabajo que tiene –respondió él, con una atractiva sonrisa en los labios.

–Y supongo que no lo apruebas.

–¿Que tú trabajes? –preguntó él, dándole otra prenda–. Preferiría que te hubieses quedado en casa para cuidar de Santo.

—Las necesidades se imponen —replicó ella, sin ningún deseo de retomar discusiones pasadas.

Las habían tenido en muchas ocasiones antes, cuando ella había insistido en seguir trabajando aun después de estar casados. Entonces había sido muy fácil para ella porque su profesionalidad y el dominio de los idiomas habían sido muy valorados en muchos campos del mundo de los negocios. En Nápoles había trabajado para la Oficina de Turismo local. Vito se había puesto furioso, temiendo lo que la gente podría pensar de que él dejara que su esposa, embarazada, trabajara.

Aquella solo había sido otra pelea más entre muchas.

—Pero el diablo en este caso no soy yo —dijo Vito secamente—. Tú siempre rehusaste apoyo económico cuando me dejaste.

—Puedo mantenerme yo sola —replicó ella. Y, efectivamente, siempre lo había hecho, incluso cuando vivía en casa de Vito, con aquellos coches y un estilo de vida tan llamativo.

Además, su padre se había encargado de que no le faltara nada. Como la había criado él solo, siempre se había preocupado de que sus necesidades estuvieran bien cubiertas para cuando él muriera. Catherine era dueña de aquella casita en un barrio de clase media, no tenía deudas importantes e incluso había conseguido ahorrar un poco de dinero para los malos tiempos. Además, por el hecho de haber sido criada solo con uno de sus padres, era muy independiente y segura de sí misma. Casarse con un arrogante italiano impregnado de los valores tradicionales había sido una dura prueba para ambas cualidades. La única vez que había dejado de creer en sí misma había sido cuando se quedó embarazada por segunda vez y estaba demasiado débil y enferma para hacer nada, incluso luchar por el afecto de su marido.

—No puedo volver a vivir contigo, Vito —dijo ella—. No puedo...

—Es demasiado tarde. No tienes elección. Esto ya no tiene

nada que ver con lo que tú quieras, Catherine. Ni siquiera con lo que yo quiera. Es solo lo que nuestro hijo quiera.

–Nuestro hijo superviviente –susurró ella.

–A los muertos se les guarda luto, pero se celebra el hecho de que los demás sigan vivos. ¡No pienso permitir que Santo siga pagando el precio de la trágica muerte de su hermano!

–¿De verdad crees que eso es lo que he estado haciendo?

–No sé los motivos que tienes, Catherine –gruñó él–. Nunca lo he sabido y ya no tengo ganas de averiguarlo. Pero nuestro futuro está escrito en piedra. Acéptalo y deja el pasado en el lugar que le corresponde. El pasado, pasado está y ya no tiene consecuencia alguna en el presente –concluyó él, dándose la vuelta.

–¿Incluye eso a Marietta? –preguntó ella, cuando Vito estaba ya de espaldas.

Sin embargo, él ya no la escuchaba. Tenía la atención fija en algo de lo que ninguno de los dos se había percatado antes. Sobre los setos, había varias cabezas de adultos que los miraban con curiosidad.

–¡Maldita sea! –exclamó Catherine.

En aquel momento, el teléfono empezó a sonar dentro de la casa, algo por lo que ella se sintió muy agradecida. Rápidamente entró en la cocina, dejando que Vito fuera el que se mostrara agradable con los vecinos. Al contestar el teléfono, casi lo hizo gritando.

–Cuidado, cariño. Mis tímpanos son muy delicados –protestó una profunda voz.

–Marcus –dijo ella, como si estuviera recibiendo maná del cielo, mientras se apoyaba contra un armario de la cocina–. ¿Cómo es que me llamas tan temprano?

–Hace un día tan hermoso que, de repente, tuve el ansia de pasarlo con mi persona favorita –explicó él.

Sin embargo, Marcus no se había dado cuenta de que Catherine ya no le estaba prestando atención. Su mirada estaba fija en la puerta que daba al jardín. Vito estaba allí, completamente helado. Catherine sintió que el placer de la venganza se apoderaba de ella cuando se dio cuenta de que él había oído sus palabras.

–Entonces, cuando me acordé de que hoy también era el día en el que tu hijo se marchaba a Italia –añadió Marcus–, pensé, «¿por qué no llevarme a Catherine a comer al lado del río, dado que ella estará libre de sus habituales compromisos?».

Pero la palabra «libre» era la última que Catherine utilizaría para describir la situación en la que se encontraba en aquellos momentos. A decir verdad, se sentía atrapada, prisionera por un par de ojos dorados que amenazaban con desquitarse.

Capítulo 4

Todo el vello del cuerpo se le erizó como respuesta a aquella aparición.

–Lo siento mucho, Marcus –murmuró ella, con la respiración entrecortada–, pero el viaje de Santo se ha... retrasado.

–Oh –respondió él, en tono muy desilusionado.

–¿Puedo llamarte yo cuando tenga más claro cuándo voy a estar libre? –preguntó ella–. Es que justo ahora, no puedo seguir hablando...

–Hay alguien ahí –dijo Marcus, dándose cuenta de la situación, como buen abogado que era.

–Sí, eso es.

–¿Hombre, mujer o niño? –quiso saber él.

–Gracias por ser tan comprensivo –dijo ella, sin responder a la pregunta–. Ya... ya te llamaré. En cuanto pueda –añadió. Antes de colgar, se despidió precipitadamente y volvió a colocar el auricular encima del teléfono–. Era Marcus.

–¿Y? –preguntó Vito, arqueando una ceja–. Supongo que ese... Marcus tiene un papel en todo esto, ¿no?

«¿Un papel?». Aquella era una extraña manera de exponerlo cuando los dos sabían claramente lo que la presencia de Marcus significaba en aquella historia.

–Eso no es asunto tuyo –dijo ella, provocándolo sin importarle las consecuencias.

Estaba disfrutando demasiado con aquella situación como para preocuparse de lo que pudiera seguir a continuación. Entonces, la puerta se cerró de un portazo, sobresaltándola.

–Es tu amante –le espetó Vito.

–¿Por qué te asombras tanto? –preguntó ella, sin negar aquella acusación–. ¿Qué te pasa, Vito? ¿Es que no se te había ocurrido antes que podría tener una vida personal aparte de Santo?

Un nervio palpitó en la mejilla de él. Catherine disfrutó con ello. ¿De verdad creía que ella se había pasado tres años completamente recluida socialmente mientras él no había estado con ella para darle significado a su vida? Algunas veces, aquel hombre era demasiado arrogante para su propio bien. No le haría ningún daño saber que él no era el fin de la existencia de Catherine.

–¿O acaso es tu colosal ego lo que te está molestando? –continuó ella, hablándole con desprecio–. Seguro que prefieres creer que yo soy incapaz de estar con otro hombre después de haberte conocido. Bueno, pues, si es así, siento desilusionarte, pero tengo un impulso sexual muy sano, como muy bien sabes. Y puedo ser tan discreta como tú, si no más, ya que, por tu cara, está claro que no sabías nada de la existencia de Marcus, mientras que tú no has parado de restregarme por la cara a Marietta.

–Deja a Marietta fuera de este asunto.

–No mientras suponga una amenaza para mi hijo.

–La amenaza más inmediata aquí, Catherine, es para ti misma. ¡Quiero que ese hombre salga de tu vida enseguida!

–Cuando Marietta esté fuera de la tuya. Y ni un segundo antes.

–¿Cuándo vas a aceptar que no puedo sacar a Marietta de mi vida? –preguntó él, en tono muy airado–. ¡Su marido era mi mejor amigo! ¡Tiene acciones en mi empresa! ¡Trabaja a mi lado casi como si fuera mi igual! ¡Es la única ahijada de mi madre!

—Y duerme en tu cama —añadió Catherine—. Y pone veneno en la comida de tu hijo.

—Tú eres la que envenena en toda esta situación.

—Y tú, Vito, eres el tonto.

Cuando Vito dio un paso hacia ella, Catherine levantó la barbilla, mirándolo con ojos desafiantes. El ambiente en aquella habitación no podía ser más eléctrico. Parecía que él estaba a punto de tomarla por los brazos y zarandearla, y Catherine estaba lo bastante furiosa como para desear que él se atreviera a intentarlo.

—Devolvamos este asunto a donde debería estar. Es decir, a tu vida amorosa, no a la mía —dijo él, metiendo el freno.

—Mi vida amorosa me va estupendamente, gracias —replicó ella.

Nunca debería haber dicho aquellas palabras. Catherine debería haberse dado cuenta de que no debería haberlo provocado de aquella manera. De repente, él la agarró de las manos.

—Eres una hipócrita. Tienes la cara de juzgar mi moral cuando la tuya no es mucho mejor.

—¿Por qué te molesta tanto lo que yo haga en mi vida privada? —le espetó Catherine, furiosa.

—¡Porque me perteneces! —bufó él.

—Eso hace que tú seas el hipócrita, Vito —le dijo ella—. Me deseas, pero no me deseas. ¡Te gusta divertirte, pero no puedes soportar la idea de que yo también quiera divertirme!

Con un empujón, Catherine consiguió crear suficiente espacio entre ellos como para poder escapar. Sin embargo, en su interior, estaba temblando de ira o de algo más básico. De eso no estaba segura.

—Hasta anoche, ¡ni siquiera habíamos hablado el uno con el otro durante tres años! ¡Entonces, de repente te presentas en la puerta de mi casa y te empiezas a comportar como si llevaras aquí toda la vida! Bueno, pues tengo noticias para ti. Claro que tengo una vida aparte. ¡Buena y feliz, lo que significa que no me gusta nada que te hayas presentado aquí y te hayas mezclado en ella!

–¿Acaso crees que tengo ganas de tenerte a ti comportándote como una loca por segunda vez en mi vida? –respondió él–. ¡Pero eres mi esposa! ¡Mía! Y...

–¡Qué gracia! –lo interrumpió Catherine, mirándolo con desprecio–. ¡Tú solo te casaste conmigo porque tuviste que hacerlo! ¡Y ahora vuelves a querer llevarme contigo por la misma razón! Bueno, pues oye esto. Tal vez me hayas metido en una trampa por las palabras que le has dicho a Santo, pero eso no significa que yo esté deseando quedarme adentro sin hacer nada. Todo lo que tú puedas hacer lo puedo hacer yo también. ¡Así que, si Marietta sigue en tu vida, Marcus también sigue en la mía!

–En tu cama –dijo él, queriendo confirmar la verdadera relación que había entre Marcus y ella.

–En mi cama –respondió ella, sin importarle que él lo creyera–. En mis brazos y en mi cuerpo. Y mientras mi hijo no lo sepa, ¿a quién le importa, Vito? ¿A ti? Bueno, pues por si no te habías dado cuenta, no me importa lo que tú pienses. ¡Igual que a ti no te importó cuando te fuiste de mis brazos a los de Marietta el día en el que yo perdí a nuestro segundo hijo!

Las siete de la mañana. Y Vito todavía no había regresado.

Catherine estaba de pie, al lado de la ventana de su habitación, sin dejar de mirar la calle y de preguntarse si finalmente había conseguido acabar lo que había entre ellos.

Reconocía que no debía haber dicho aquellas palabras. Habría sido mucho mejor que hubieran seguido ocultas para siempre. Solo servían para añadir más dolor.

Catherine sabía que él había sentido la pérdida de su segundo hijo tanto como ella y había sufrido de sentimiento de culpa por saber que ella conocía perfectamente el lugar al que había ido y con quién había estado cuando su esposa más lo necesitaba. Pero, a lo largo del inquieto silencio que había seguido a aquel exabrupto, mientras ardía en su corrosiva amargura, había tenido que ver cómo aquel alto y arrogante hombre se encogía ante sus ojos. Su piel se había ido quedando pálida y, con un brusco movimiento, había apartado los ojos de ella, pero no antes de que Catherine viera el infierno escrito en ellos.

–Oh, Dios, Vito... –había dicho ella, sintiendo remordimientos–. Lo...

Catherine iba a haber dicho que lo sentía mucho, pero él no le dio la oportunidad de hacerlo. Se había dado la vuelta y había salido de la casa. Si el suelo de la cocina se hubiera abierto bajo sus pies y la hubiera tragado, ella lo habría agradecido. Nadie se merecía lo que ella le había dicho a Vito.

En realidad, estaban a la par. Vito y ella siempre se habían comportado de aquel modo, desde el primer día de su matrimonio, y principalmente por causa de Marietta. La gota que colmó el vaso había sido la pérdida de su segundo hijo.

Durante las horas siguientes después de que la trasladaran al hospital, Catherine había estado a punto de perder la vida. Y, durante los negros meses que siguieron a continuación, había perdido las ganas de vivir. Sentía que había fracasado... con su bebé, con su matrimonio y como mujer. Lo único que la había mantenido a flote durante aquellos meses había sido Santino y la necesidad de vengarse de Vito por ir al hospital directamente desde la cama de Marietta.

Pero eso había sido tres años atrás y realmente había creído que toda esa ira y amargura habían desaparecido. Especialmente cuando sabía que en la ventana del salón, con el pijama puesto, su hijo estaba haciendo exactamente lo mismo que ella, mirar ansiosamente por la ventana esperando que su padre regresara, a pesar de que ella le había dicho que su papá se había tenido que marchar a una reunión de negocios y que volvería tan pronto como pudiera.

Antes de que ella viera el deportivo dar la vuelta a la esquina, ya había oído el rugido de su potente motor. Catherine se cubrió la boca con las manos mientras se le saltaban las lágrimas de alivio y de gratitud. Y por el grito emocionado de su hijo, supo que Santo también había reconocido a su padre.

El coche de Vito, largo, negro, casi no se había parado cuando ella oyó que la puerta principal se abría. Entonces, vio a su hijo correr hacia su padre. El rostro de Vito se cubrió de una amplia sonrisa al ver que su hijo saltaba la valla sin molestarse en abrir la portezuela.

Debía de haber ido a su casa de Londres, porque se había cambiado de ropa. Las arrugadas ropas que llevaba habían desaparecido y un impecable pantalón negro y una camisa roja habían tomado su lugar. Además, se había afeitado.

Tras rodear el coche, Vito extendió los brazos y su hijo saltó rápidamente entre ellos. Luego se apoyó sobre la puerta del pasajero y escuchó cómo su hijo le empezaba a relatar algo, muy emocionado. Probablemente lo que el niño decía no tenía mucho sentido, pero el mensaje quedaba claro. Estaba muy alegre de que su padre hubiera vuelto.

Entonces, Vito levantó la vista y vio a Catherine en la ventana, observándolos. La mirada que se reflejó en aquellos ojos oscuros quedó clara. La desafiaban a quitarle a su hijo, algo que Catherine ni siquiera quería intentar.

Tras apartarse de la ventana, Catherine se tumbó en la cama, mientras decidía lo que iba a hacer a continuación.

Iría a Nápoles. No le quedaba más remedio. Y no tenía fuerzas para volver a enfrentarse a él.

Con mucho esfuerzo, volvió a ponerse en pie y se preparó mentalmente para bajar y enfrentarse con Vito. Encontró a padre e hijo en el salón y se detuvo en el umbral de la puerta para contemplar la relajada intimidad con la que Santo se había sentado en el regazo de Vito para leer un libro. Juntos lo estaban leyendo en inglés y luego lo traducían al italiano de un modo que indicaba que aquello era habitual cuando estaban en Nápoles.

Todavía no sabía el lugar que ella iba a ocupar en aquel nuevo orden de cosas. Cuando Vito levantó la mirada y ella vio la palidez que todavía reflejaba su rostro, estuvo completamente segura de una cosa. Él todavía no se había recuperado de lo que había pasado entre ellos antes y supo que, tal vez, Vito estuviera sufriendo la carga de su propia culpa, pero también que nunca la perdonaría por haberle hecho recordar.

–Lo siento –murmuró ella. Tenía que decírselo en aquel momento o nunca, aunque su hijo lo oyera–. No quise...

–Santo y yo vamos a pasar el día fuera mañana –la interrumpió Vito, con frialdad–. Para que así tengas la oportunidad de cerrar tu vida aquí. Y nos marcharemos a Nápoles pasado mañana...

–Maldita sea –murmuró Catherine, al perder el lugar donde empezaba el rollo de celo–. Maldita sea...

Con un codo, estaba intentando mantener la caja de cartón cerrada mientras utilizaba una uña para tratar de encontrar el inicio del rollo. Había tenido un día terrible y aquel estúpido rollo de celo estaba a punto de rematarlo. Primero había tenido una pelea con Santo antes de que se marchara con su padre y luego había entrado en la habitación de su hijo y la había encontrado convertida en una leonera.

–¡Santino! ¡Sube aquí enseguida y recoge todo esto! –le había gritado desde la escalera.

–¿No puedes recogérmelo tú, por una vez? –había respondido el niño–. Es que papá ya está preparado para marcharnos.

–No, no puedo. Y tu padre puede esperar.

–En Nápoles nunca tengo que hacer esto –musitó su hijo, mientras pasaba de mala gana a su lado.

–¡Bueno, pues en esta casa lo recogemos todo nosotros mismos y sin que nos den premios a cambio! Y, además, recuerda que, de ahora en adelante, tu mamá va a estar en Nápoles para asegurarse de que no te salgas con la tuya en este tipo de abominable comportamiento.

–Entonces, tal vez debieras quedarte aquí –replicó el niño.

–¡Santino!

Catherine no se había dado cuenta de que Vito llamaba a su hijo de aquel modo, igual que ella, cuando iba a regañarlo.

–¡Discúlpate con tu madre y haz lo que ella te dice!

La disculpa fue instantánea, pero a Catherine no le gustó que fuera Vito el que consiguiera que su hijo hiciera lo que ella quería. Además, había descubierto algo más sobre sí misma que no le gustaba. Sentía celos de la íntima relación de Santo con su padre. Los había sentido por primera vez cuando el niño había insistido en que fuera su padre quien lo llevara a la cama la noche anterior, haciéndola sentir completamente rechazada. Aquello había provocado que, media hora más tarde, cuando Vito bajó de la habitación del niño y le dijo que Santo esperaba que él se quedara a pasar la noche, ella explotara.

–¡Tienes tu propia casa muy cerca de aquí! ¡Úsala! –le había gritado–. No quiero que te quedes en esta casa.

–Yo no he dicho que yo quisiera quedarme aquí –había replicado él–. Solo que nuestro hijo espera que lo haga.

–Bueno, pues yo espero que te marches. Ahora, si es posible, porque tengo cosas que hacer y...

–¿Personas que ver? ¿Como a tu amante, por ejemplo?

–Yo no traigo a mis amantes a esta casa –lo había informado ella–. ¡Esa clase de comportamiento tal vez sea aceptable en Italia, pero no aquí!

–Entonces, ¿dónde te encuentras con él? ¿En un hotel, con nombres falsos?

–Es mejor eso que asignarle la habitación que hay al lado de la mía.

–Marietta nunca ocupó ninguna habitación que hubiera cerca de la nuestra –había replicado él.

–Bueno, pues asegúrate de que no ocupa ninguna habitación en absoluto cuando yo regrese a tu casa. Y, si la veo con un mero cepillo de dientes, la echaré fuera de la casa a través de la ventana más cercana.

–Eso me gustaría verlo –había dicho él, riendo–. Después de todo, Marietta es algo más alta que tú y tiene más...

–Claro, cómo no ibas tú a saberlo –le había espetado ella, borrándole la sonrisa del rostro.

Vito se había marchado poco después, prometiendo regresar antes de que Santo se despertara a la mañana siguiente. Y, aquella mañana, se habían marchado poco tiempo después de la discusión con Santo. Probablemente, Vito había visto en su cara que estaba lista para otra discusión con él.

Después, había tenido que ir a comunicar su marcha inmediata de la empresa, algo que su jefe, Richard Lang, no se había tomado demasiado bien. Luego se había despedido de las personas con las que llevaba más de dos años trabajando, lo que no había sido tampoco muy agradable.

Sin embargo, uno de los nuevos empleados de la empresa le había pedido que si podía alquilar su casa, lo que no le había parecido mal. Era mejor que dejarla vacía y le gustaba la idea de que él y su familia le cuidaran la casa.

En lo que no se había parado a pensar era en el trabajo extra que aquello suponía. Había tenido que recoger todos los objetos personales y meterlos en cajas, luego contratar un lugar en el que se las guardaran y llamar a una empresa de limpieza profesional para que dejara la casa lista para los nuevos inquilinos.

Al terminar todo aquello, estaba agotada. Todo lo que quería hacer era sentarse y ponerse a llorar por ver desmantelado todo lo que le había dado seguridad hasta entonces. Sin embargo, no podía llorar porque Vito y su hijo estaban a punto de regresar. Preferiría morir antes de que Vito la encontrara llorando.

Sin embargo, ningún horror era comparable al terrible almuerzo que había compartido con Marcus Templeton.

Efectivamente, su relación no estaba tan avanzada como le había hecho creer a Vito, pero iba avanzando poco a poco. Y a ella le gustaba Marcus. Él había sido el primer hombre al que ella había permitido acercársele después de la mala experiencia con Vito.

Marcus era bueno y amable y la trataba como a una igual intelectualmente en lugar de solo como a una amante en potencia. A Catherine le gustaba lo que compartían juntos. Era mucho más tranquila y más madura que la relación que había tenido con Vito.

No había fuego ni pasión que ocultara la realidad.

Marcus era alto, moreno, aunque no del tipo que se había convertido en la principal arma de destrucción de Vito. También era guapo, en un estilo muy británico.

Catherine había querido quererlo, dejar de compararlo con Vito y darle a Marcus la oportunidad de ser el que la ayudara a quitarse del alma la marca de la ardiente posesión de Vito para siempre. Pero ¿había estado enamorada de Marcus? Después de aquella conversación, se había dado cuenta de que no. Ni siquiera había estado cerca.

Sin embargo, lo que realmente le había hecho daño y la había llenado de vergüenza era que no se hubiera dado cuenta hasta entonces de lo enamorado que estaba Marcus de ella hasta que le había dado la noticia de su partida.

Durante un momento, se olvidó de la caja y se reclinó sobre la pared, recordando, llena de culpabilidad, que nunca antes se hubiera dado cuenta hasta entonces.

Había dejado a Marcus petrificado con la noticia de que iba a regresar a Nápoles con su marido. Tanto lo había sorprendido aquella noticia que Marcus ni siquiera se había movido, ni había respirado durante unos segundos que parecieron una eternidad.

La amenaza de las lágrimas se hizo real. Catherine sintió cómo le bajaban por las mejillas, pero no se molestó en enjugárselas.

Marcus estaba enamorado de ella. Ella siempre había deseado verse amada de aquel modo, por sí misma y no solo por el calor de su pasión.

Él había reaccionado por fin y le había dicho palabras amables y caballerosas para que ella se sintiera mejor cuando en realidad debería haber sido a la inversa y ella hubiera tenido que consolarlo a él. Pero ¿cómo consolar a alguien a quien se sabe que se ha hecho más daño de lo que uno quisiera sufrir en carne propia?

–¿Mamá?

La preocupada voz de su hijo la sacó de la ensoñación en la que se había perdido y la hizo recordar dónde estaba. Abrió los ojos y lo encontró en cuclillas al lado de ella. Sus hermosos ojos oscuros reflejaban una tremenda ansiedad.

–¿Qué te pasa? –preguntó el niño, muy preocupado.

–Oh... –dijo ella, precipitadamente, intentando controlarse– Nada... Es que se me ha metido un poco de polvo en el ojo. ¿Cómo has entrado?

–La puerta principal estaba abierta –dijo otra voz, mucho más profunda.

Era Vito. El corazón de Catherine le dio un vuelco. De repente, se sintió completamente estúpida.

–La dejaste solo con el pestillo –explicó el niño–. Como no podíamos encontrarte por ninguna parte, pensamos que podría haberte ocurrido algo.

¿Cómo que no podían encontrarla? ¿Dónde estaba? Al mirar a su alrededor, vio que estaba en su dormitorio, rodeada de cajas en las que había estado recogiendo su vida entera. Sin previo aviso, las lágrimas volvieron a rodarle por las mejillas, sin que ella pudiera detenerlas. Santo empezó a llorar también. El niño intentó abrazarla y ella intentó animarlo devolviéndole el abrazo y musitando que solo eran tonterías de su madre. Al mismo tiempo, oía que alguien empezaba a apartar cosas, pero no recordó quién era hasta que le quitó a su hijo de los brazos y un par de fuertes brazos la levantaron del suelo.

Catherine no pudo hacer otra cosa que no fuera acurrucarse contra aquel cuerpo firme y continuó llorando en su hombro. Sabía que era Vito, pero admitir aquello sería volver a entablar pelea. Y, en aquellos momentos, no quería pelear. Solo quería llorar y ser patética y vulnerable. Quería que la abrazaran y que la hicieran sentirse a salvo.

Con ella en brazos, Vito se sentó en la cama. Santo se acercó a rodearlos con los brazos, sin dejar de sollozar.

–Santino, *caro* –murmuró Vito–. Por favor, deja de llorar. Tu *mamma* solo está triste por tener que marcharse de aquí, eso es todo. Las mujeres hacen este tipo de cosas. Tienes que aprenderlo.

–Te odio –susurró ella, entre lágrimas.

–No, claro que no me odias –dijo él–. Tu *mamma* no ha dicho eso en serio –añadió Vito, refiriéndose a su hijo–. Ella simplemente odia el tener que marcharse de esta casa, eso es todo.

Aquello había sido una advertencia para que Catherine recordara quién los estaba escuchando.

–En ese caso, tendremos que quedarnos aquí –dijo el niño, sin dejar de lloriquear, abrazándose desesperadamente a Catherine.

–No, no haremos eso. A tu *mamma* también le encanta Nápoles, lo que pasa es que ahora no quiere acordarse de eso. Ahora, sé útil –le ordenó a su hijo–, y ve a la cocina a por un vaso de agua para tu madre.

Aquella tarea hizo que Santo dejara de llorar y saliera rápidamente de la habitación.

—Ahora, intenta controlarte —añadió Vito—. Estás asustando a Santo con todo esto.

Catherine tuvo que reconocer que él tenía razón e hizo todo lo posible por controlarse. Luego, se apartó de él y se metió bajo el edredón sin decir una palabra.

¿Qué podía responder, después de todo? ¿Que lloraba porque había hecho daño al hombre con el que quería reemplazar a su marido? A Vito no le gustaría enterarse de eso.

Para cuando Santo regresó, Catherine había conseguido dejar de llorar. Con una débil sonrisa, aceptó el vaso de agua que le ofrecía su hijo, que la miraba de un modo muy serio.

—No me gusta verte llorar, mamá —dijo Santo.

—Lo siento, cariño —respondió ella, dándole un beso en la mejilla—. Te prometo que no lo volveré a hacer.

Al pensar que aquella mañana se había comportado de un modo tan horrible con su hijo y ver lo amable que el niño estaba siendo con ella, Catherine sintió que quería ponerse de nuevo a llorar.

Tal vez Vito se dio cuenta de eso porque, como un relámpago, sacó a Santo de la habitación, murmurando algo sobre que Catherine tenía que descansar.

Por muy raro que pareciera, ella consiguió hacerlo. Tumbada allí, acurrucada bajo el edredón, empezó a pensar en Marcus y en Santo y en ella misma y acabó durmiéndose. Soñó que Vito regresaba a la habitación y que, muy silenciosa y suavemente, la desnudaba antes de meterse bajo el edredón, a su lado. Recordaba haber soñado que le había dicho algo en voz alta, pero, antes de que pudiera recordar las palabras, el sueño volvió a reclamarla de nuevo.

Cuando volvió a despertarse, vio que todo estaba muy oscuro todavía. Estuvo allí tumbada un rato, sintiéndose relajada y cómoda. Pero, de repente, algo se movió en la cama, a su lado. Ahogando un grito de alarma, Catherine se dio la vuelta.

Vio a Vito, dormido, en la cama. Estaba tumbado de espaldas, con un brazo sobre la almohada, en un gesto de relajado abandono, como si llevara horas tumbado allí.

Pero... aquello no era todo. Porque, por lo que ella podía distinguir de su bronceado y musculoso torso, se había metido en la cama desnudo.

Capítulo 5

—¡Vito! –protestó ella, en un susurro, mientras le pegaba un empujón en el hombro.

—¿Mmm? –musitó él, entreabriendo los ojos.

—¿Qué estás haciendo aquí? –preguntó Catherine.

—Durmiendo –replicó él, cerrando los párpados otra vez–. Y te sugiero que tú hagas lo mismo.

—¡Pero sal de mi cama!

—Lo siento, porque pienso quedarme aquí. En el estado en el que estabas, no te podía dejar sola y Santo necesitaba mi presencia para tranquilizarse. Así que, sé sensata, *cara*. Acepta una situación que has creado tú misma. Cállate y duérmete antes de que yo me despierte completamente y empiece a pensar en otras cosas que podríamos hacer para pasar lo que queda de noche.

—¡Pero bueno! –exclamó ella, sin poder creerse lo que estaba oyendo–. ¿Qué te hace pensar que todo eso te da el derecho de meterte en mi cama?

—La arrogancia –respondió él, de un modo que hizo que Catherine casi se echara a reír.

—Fuera de aquí –insistió ella, a pesar de todo, dándole otro empujón en el hombro.

—Si abro los ojos, Catherine, lo lamentarás –le advirtió él.

Ella reconoció enseguida aquel tono de voz. Tras agitarse

de un modo enojado, se tumbó de espaldas y guardó silencio. Entonces, se dio cuenta.

Desnuda. El corazón le dejó de latir al sentir la conmoción que le sacudió el cuerpo. ¡No había sido un sueño! ¡Vito la había desnudado de verdad! La arrogancia de aquel hombre, que él mismo había confesado, no tenía límites. Decidió mandar una de sus manos de expedición para ver lo desnuda que estaba.

Estaba muy, pero que muy desnuda.

—¿Sabes que has empezado a hablar en sueños? —dijo él, de repente.

Catherine se quedó helada. Aquel eco de palabras que creía haber oído en sueños las había dicho en voz alta. Eran palabras de arrepentimiento por lo que le había hecho a Marcus.

—Cállate —dijo ella, aterrorizada de lo que él pudiera decir a continuación.

—Debe de ser algo especial ese hombre por el que lloras tanto —continuó él, sin prestar atención a lo que ella le había dicho— para alcanzar las tierras baldías y heladas en las que yace tu corazón. Tal vez debiera haberme tomado la molestia de conocerlo, y ver lo que él tiene que yo nunca tuve.

—¿Por qué molestarte? —le espetó ella—. Aunque estuvieras buscando toda la vida, nunca encontrarías en ti las cualidades que él tiene.

—¿Es bueno en la cama?

—Vete al infierno —dijo ella, dándole la espalda.

Entonces, casi sin que Catherine se diera cuenta, él le dio la vuelta y se colocó encima de ella.

—Te he hecho una pregunta.

Catherine guardó silencio. No pensaba decirle la verdad, que nunca se había visto tentada de irse a la cama con Marcus. Los ojos de Vito la miraban bajo aquellas hermosas pestañas. Ella se quedó helada al sentir que una sensación ya conocida la inundaba de nuevo al ver que él iba a besarla.

—No, Vito, no... —susurró, pero incluso ella notó que la debilidad de aquella protesta era casi patética.

Ya era demasiado tarde. La boca de él reclamó la suya con el beso profundamente sensual que ella solo había sentido en los labios de Vito. Era como ahogarse en la sustancia más deliciosa que hubiera sido creada alguna vez. Sintió que, poco a poco, iba hundiéndose, dejándose caer en aquel líquido sedoso. Resultaba ya imposible saber qué parte del beso era de ella y qué parte de él.

Aquel hombre rezumaba tanto sexo, a pesar de la antipatía que le inspiraba, que Catherine no pudo resistirse. La piel recuperó vida propia y cada uno de los pequeños poros de su piel empezó a vibrar con una intensidad que la atrapó en su poder y en su intensidad.

Si fue ella la que le tocó primero o fue él el que empezó con las suaves caricias, era una incógnita para Catherine. Y tampoco le importaba. El calor que emitía la carne de él resultaba exquisito para las yemas de los dedos de Catherine. Cada vez que Vito la tocaba, ella ardía y donde no la tocaba le dolía.

Al intentar introducir un poco de aire en los pulmones, sintió que sus pezones le rozaban el velludo tórax y respondían al contacto, lo que le hizo gemir voluptuosamente contra la boca de él.

Las manos de Vito produjeron la magia de antaño en la piel de Catherine con la pericia sensual de un maestro. Lleno de triunfo, vio cómo, poco a poco, ella se iba rindiendo.

—¿Te hace él sentir de este modo, *cara*? —preguntó él, mordisqueando la punta erecta de un pezón—. ¿Te lleva él a alcanzar tanto placer, y tan rápido? —añadió, mientras un dedo le acariciaba delicadamente el sexo.

Ella tembló y volvió a gemir, flexionando y estirando músculos que parecían moverse con su propio ritmo.

—Vito —susurró ella, como si su vida dependiera de decir ese nombre.

—Sí. Vito —repitió él, lleno de satisfacción—. El que te toca aquí y... tú ardes para mí.

Entonces, ella perdió el control. Tres años de abstinencia no presentaron resistencia alguna para lo que él podía hacer por ella. Se movió para él, respiró para él, suplicándolo.

Una risotada de triunfo lo acompañó la primera vez que empujó para penetrarla. Pero Catherine estaba demasiado absorta en el poder de su pasión como para preocuparse de que él estuviera disfrutando tanto con aquella rendición. Con cada movimiento, Vito no dejaba de mirarla. La conocía muy bien y no quería perderse el momento en que aquellos párpados se abrieran justo antes de que ella alcanzara el orgasmo.

Entonces, vería que ella se consternaba al ver que era su rostro y no el de aquel maldito amante el que le estaba dando tanto placer.

—Yo —musitó él, luchando contra sus propios deseos de rendirse—. Vito...

¿Por qué hacía aquello? Porque no quería que Catherine le hiciera pedazos su ego fingiendo que fuera otro hombre el que le hacía sentirse tan bien. Por eso, repetía su nombre una y otra vez.

—Vito, *cara*. Vittorio... Adriano... Lucio... Giordani... —dijo, con el acento más seductor que había sido alguna vez creado, cada vez que empujaba.

Ella gimió y abrió los ojos, mirándolo.

—*Pidoccio* —dijo, antes de deshacerse en el orgasmo.

Entonces, ambos quedaron allí, tumbados, envueltos en sudor, jadeando, completamente agotados. Vito estaba de espaldas, con un brazo cubriéndole la cara. Ella estaba tumbada de costado, intentando apartarse de él.

—Canalla —susurró ella otra vez, repitiendo lo que había dicho en italiano.

Catherine tenía razón. Él no podía negarlo.

—Eres mi esposa —afirmó Vito—. Nuestra separación acaba

de finalizar ahora oficialmente. Así que sigue mi consejo y ten cuidado, *cara*, con quién sueñas en el futuro.

Eso fue todo. No había nada más que añadir. Catherine había herido lo más íntimo de su orgullo al murmurar aquellas palabras sobre Marcus mientras estaba dormida. Aquel acto se había realizado no solo por mera gratificación sexual, sino también por pura venganza.

Nápoles estaba ardiendo bajo una oleada de calor. Por ello, Catherine se alegró de que hubieran tomado la carretera de la playa hacia Mergellina y luego hacia el Capo Posillipo, el lugar donde residían los más adinerados de la sociedad napolitana.

Vito los transportaba en un Mercedes Cabriolet descapotable de color rojo que, a juzgar por lo nuevo que estaba el cuero de color crema que cubría los asientos, tenía que ser una adquisición reciente. Para Catherine, aquello era mucho mejor que el aire acondicionado. Sentía la brisa en el pelo y el sol en la piel y, si no hubiera sido por el hombre que conducía el coche, hubiera disfrutado con aquello. Las vistas eran tan espectaculares como ella recordaba. Santo estaba sentado en el asiento trasero, con el cinturón puesto, y cantaba en el idioma que le apetecía en cada momento. Los tres debían de parecer la familia perfecta. Pero no lo eran.

De hecho, Vito y ella casi no habían intercambiado palabra desde que se habían levantado aquella mañana. Él lo había hecho primero muy temprano, como era su costumbre. Catherine se había quedado acurrucada donde estaba, escuchando, hasta que oyó que Santo bajaba las escaleras.

Tuvo que admitir que necesitaba a Santo como intermediario. Al menos con Santo podría intentar comportarse con cierta normalidad, porque Vito se había comportado de un modo tan reticente como el de ella, como si su comportamiento de la noche anterior le hubiera desagradado tanto a él como a Catherine.

–... gafas de sol en la guantera.

Catherine solo oyó el final de las bruscas palabras de Vito, por lo que giró la cabeza. Cuando vio que él la estaba mirando, se sintió tan incómoda que retiró la mirada y sacó las gafas de la guantera. Para él no importaba, ya que tenía ocultos los ojos por unas gafas oscuras. Pero no había sido capaz de mirarla antes de ponérselas.

Una vez que pasaron Mergellina, el coche empezó a subir la serpenteante cuesta de Via Posillipo. Cuando Catherine giró la cabeza para admirar la espectacular vista, un reflejo dorado le llamó la atención.

Era el anillo de boda de Vito, reluciendo a la luz del sol. Al mirarse los dedos, que tenía sobre el regazo, le parecieron estar completamente desnudos. Años atrás, se había despojado de sus anillos cuando dejó a Vito.

Aquel descubrimiento le dejó una sensación incómoda, una repentina seriedad que le provocó acariciar el lugar donde hubiera debido estar el anillo con la yema del dedo.

–¿Los quieres? –preguntó él, que parecía haber notado lo que ella estaba pensando.

–Me parece lo más práctico –respondió ella–. Para evitar... especulaciones. Por el bien de Santo.

Por el bien de Santo. Catherine se sintió horrorizada por la debilidad de aquella excusa y estaba segura de que a Vito lo había horrorizado igualmente. Los dos sabían muy bien que, si ella volvía a ponerse los anillos, lo haría solo por su propio bien. El orgullo la obligaba a llevar el sello que afirmara claramente el lugar que ella ocupaba en la vida de Vito. Así, no tendría que explicar su regreso a las personas que probablemente pensaban que su matrimonio llevaba disuelto algún tiempo.

El coche siguió avanzando por la ladera de la colina. Cuanto más subía, más espectaculares eran las casas. Al llegar a una verja de hierro que se abrió automáticamente para ellos, la atención de Catherine se dirigió de nuevo al frente para contemplar el camino alineado de árboles que conducía a su antiguo hogar.

Los jardines eran una delicia, conformados al típico estilo italiano, con senderos y setos y elegantes escalones de piedra que conducían a la siguiente parte. Había unos pequeños claros, que rodeaban pequeñas fuentes con un marco de jazmines y buganvillas.

Tras tomar una curva en la carretera, la casa apareció de repente delante de sus ojos. La Villa Giordani llevaba allí siglos, habiendo sido mejorada y ampliada hasta que se había convertido en la propiedad más deseada de la zona.

Blancas y gruesas paredes guardaban el interior. El buen gusto y la búsqueda de la belleza formaban parte esencial de los genes de los Giordani. No había una terraza en la planta superior, sino que cada suite de habitaciones tenía su propio balcón, que no sobresalía de la fachada principal, y que se marcaba con un arco de piedra sujeto con columnas. Los balcones se prolongaban hacia el interior para poder ofrecer sombra a los ocupantes y permitir que estos se sentaran allí para disfrutar de la imponente vista sobre la bahía de Nápoles.

La planta baja era igual de imponente y la balaustrada de piedra se extendía hasta el borde de la amplia terraza que rodeaba la casa entera.

La carretera rodeaba la casa hasta llegar a la parte trasera, donde estaban los garajes y el establo, dos pistas de tenis y una piscina. Sin embargo, Vito detuvo el coche delante de la entrada principal.

Santo golpeaba impaciente el respaldo del asiento de Catherine, en un esfuerzo por salir.

—¡Rápido, mamá! —exclamó—. ¡Quiero ir a darle una sorpresa a la abuela antes de que se dé cuenta de que hemos llegado!

Tras bajarse del coche, Catherine plegó su asiento para que

su hijo pudiera salir y luego lo observó mientras iba corriendo hacia la casa.

—*¡Nonna!* ¿Dónde estás? —gritó en cuanto entró por la puerta—. ¡Soy yo, Santo! ¡Estoy en casa!

Muy a su pesar, Catherine tuvo que reconocer que, efectivamente, el niño se encontraba en casa. Además, había dicho aquellas palabras en un fluido italiano, como si fuera el único idioma que supiera hablar.

Desde el otro lado del coche, Vito también parecía observar al niño. Cuando ella no pudo evitar que los labios le temblaran un poco por el dolor que estaba experimentando, él murmuró:

—Toma... Un dulce para ayudar a tragar la píldora amarga...

Catherine se volvió justo a tiempo para tomar entre sus manos lo que él le había tirado. Asombrada por aquel gesto y por las palabras, se miró las manos para descubrir que tenía las llaves del coche entre las manos. Durante un momento, se preguntó si le estaba pidiendo que llevara el coche al garaje, pero por fin lo entendió todo.

No había estado observando a su hijo, sino a ella. Pero lo peor de todo era que no le había tirado las llaves para que guardara el coche en el garaje. Vito acababa de regalarle aquel maravilloso Mercedes. Ella lo miró, esforzándose por distinguir a través de sus gafas y de las de él si aquello era una broma.

Bajo aquel cielo extranjero, Vito parecía mucho más arrogante que nunca. La oscuridad de su pelo, la riqueza de la piel y el orgulloso ángulo en el que giraba la cabeza le enviaban una serie de mensajes que a ella no le gustaba recibir.

Eran mensajes sexuales. Sin que ella pudiera hacer nada por controlarlo, su más íntima feminidad empezó a palpitar bajo el vestido verde que llevaba puesto y los pezones se le irguieron.

Era una sensación horrible, como si estuviera embrujada. Incluso le pareció de lo más sexy la forma en la que él se había remangado la camisa azul claro que llevaba puesta, como si quisiera atraer la atención a la fortaleza de sus antebrazos.

–¡No puedo aceptarlo! –exclamó ella, preguntándose secretamente si era el coche o las insinuaciones sexuales lo que se negaba a aceptar–. Es demasiado, Vito. Además, yo ya tengo un coche –añadió, recordando su Fiat.

–Perdió las ganas de vivir hace aproximadamente un año. Cuando nadie más se molestó en utilizarlo. Muerde la bala y da las gracias con gentileza.

–¿Con la misma gentileza con la que tú me has ofrecido el coche?

Por el gesto que él hizo, ella supo que había dado en el blanco. Vito abrió la boca como para decir algo, pero, fuera lo que fuera, quedó postergado por la aparición en escena de su madre.

Con más de sesenta años, Luisa seguía siendo todavía una hermosa mujer. Solo un poco más baja que Catherine, de porte naturalmente esbelto, era un anuncio andante de la eterna juventud. Tenía la piel tan suave como una veinteañera y su cabello guardaba la negrura de antaño con la ayuda ocasional del peluquero.

Sin embargo, era la Luisa interior la que era más admirada por los que la conocían. No había rasgo de egoísmo en todo su cuerpo. Era buena, amable... La única falta que podía tener era que se negaba a ver mal en nadie. Y eso incluía a su nuera, a su hijo y por supuesto a su ahijada, Marietta.

–¡Querida! ¡No puedo decirte lo maravilloso que resulta volver a verte en esta casa! –dijo Luisa, mientras bajaba las escaleras–. ¡Y estás tan guapa! Vittorio, el gusto de los Giordani por la belleza no se te ha escapado. Esta mujer seguirá siendo una fuente de orgullo para ti cuando los dos seáis ancianos.

«A rey muerto, rey puesto», pensó Catherine. De acuerdo con su genuino estilo, Luisa parecía estar descartando aquellos tres hostiles años como si no hubiera pasado nada entre ellos.

—Ven conmigo –añadió Luisa, entrelazando su brazo con el de Catherine y conduciéndola a la casa–. Santo ya está registrando la cocina en busca de chucherías y yo tengo un té ligero preparado en la sala de verano. El transporte especial que trae tu equipaje tardará un par de horas, así que tenemos tiempo para sentarnos y tener una larga charla antes de que te tengas que ocupar de deshacer las maletas.

Detrás de ella, Catherine era consciente de la atenta mirada de Vito, que las observaba mientras subían los escalones. De repente, sintió la necesidad de volverse para invitarlo a acompañarlas, pero, de algún modo, no pudo hacerlo. Aquel gesto amable no tenía cabida en lo que tenían el uno con el otro.

Sin embargo...

Con las llaves todavía en la mano, se detuvo en el último escalón que formaba el inicio de la amplia terraza.

—Espera –le dijo a Luisa.

Siguiendo un impulso, se dio la vuelta y bajó los escalones para acercarse al lugar en el que Vito estaba todavía. ¿Una excusa? Efectivamente, así era. Necesitaba acercarse a Vito de cualquier modo.

—Gracias por el coche –murmuró ella, cortésmente.

—El placer es mío –dijo él, con voz sardónica.

—Realmente aprecio que hayas pensado en regalarme el coche.

—Y mi corazón se alegra de tu sinceridad –replicó él.

Detrás de las gafas, los ojos de Catherine empezaron a brillar. Tal vez él lo notó porque, un segundo más tarde, los dos pares de gafas estaban en el asiento posterior del coche.

Sin ningún lugar en el que esconderse, Catherine no pudo hacer otra cosa que ahogar una exclamación de sorpresa. Entonces, él inclinó la cabeza y se apoderó de su boca con la suya.

Aquel beso fue íntimo y profundo. El calor que emanaba el cuerpo de él era asfixiante. Las yemas de sus dedos deslizaban ligeras caricias por los antebrazos de Catherine de las que ella hubiera querido prescindir. A pesar de todo, ella se rindió a aquel beso. El tembloroso suspiro que se le escapó de los labios fue realmente un temblor de placer por lo que los dedos de él le estaban haciendo.

–Ahora me siento agradecido –murmuró él, apartándose de ella–. Y mi madre está encantada. Acabas de matar dos pájaros de un tiro, Catherine. Puedes estar orgullosa de ti misma.

–Eres una rata –bufó ella, apartándose de él.

–Lo sé –replicó él, con una sardónica sonrisa, mientras se volvía a apoyar en el coche y cruzaba los brazos–. Pero o hacía un comentario sarcástico o te devoraba aquí mismo. Me excitas mucho –añadió, cuando ella hizo un gesto como de no entender–. Mucho y rápido. Pensé que ya lo sabías. Verte subir los escalones de mi casa ha sido la visión más erótica que he experimentado en mucho tiempo.

–Estás obsesionado con el sexo –le espetó ella, apartándose de él.

–Es que lo he utilizado poco –añadió él, secamente.

Catherine volvió a subir los escalones hasta donde la esperaba la madre de Vito, con una expresión que era una mezcla de enfado y dulzura. El enfado era por Vito y la dulzura un patético intento por demostrar a Luisa que todo iba bien entre ellos. Dejó las llaves del Mercedes en la primera superficie plana que encontró en el elegante vestíbulo de la mansión, sintiéndose aún más satisfecha cuando comprobó que Vito la había visto hacerlo.

Él sabía perfectamente el porqué de aquel gesto. Sabía que lo estaba descartando tanto a él como a su atractivo sexual y al regalo con un solo ademán. Pero siguiendo su habitual costumbre, Vito no prestó atención a aquel hecho. Cortésmente, declinó la invitación para unirse a ellas y fue en busca de su hijo, que era lo único que realmente le importaba.

El té resultó muy agradable porque ni Luisa ni Catherine decidieron abordar asuntos espinosos. Poco después, Santo fue a buscar a su madre para poder enseñarle su habitación. Allí, pasaron un rato juntos, mirando todas las cosas que él tenía allí. Había cierto aire de formalidad en el cuarto que la emocionó un poco, porque, en realidad, se trataba solo de una versión más espaciosa del cuarto del niño en Inglaterra.

Más tarde, la abuela llevó a Santo a visitar a unos amigos que tenía en la zona. Después de verlos marchar, Catherine decidió llenar el tiempo recorriendo la casa, para volver a familiarizarse con sus tesoros.

Nada había cambiado demasiado. ¿Por qué se iba a estropear la perfección una vez que se alcanzaba? La mayoría de las habitaciones estaban decoradas con objetos que la familia había coleccionado a lo largo de los siglos, así que el resultado final era una elegante mezcla de estilos que daba una visión impresionante de la historia familiar.

Vito se sentía orgulloso de su herencia y había significado mucho para él tener un hijo que continuara después de él. La primera vez que fue a aquella casa, Catherine se sintió algo asombrada por lo que vio. Pero para entonces ya había sido demasiado tarde para plantearse si quería casarse con un hombre que, solo por su nombre, era una leyenda en su país. Completamente enamorada de Vito, y embarazada de la siguiente generación de Giordani, se había visto privada de la libertad de elegir.

Encontró muchas personas que le recordaron la suerte que tenía de casarse con Vito. Catherine pensó que Vito era un hombre especial y, al ser tratado como tal, también arrogante mientras contemplaba la enorme sala de baile que tenía el mismo aspecto que había tenido en el siglo XVIII.

El baile de su boda había tenido lugar allí. Había sido una noche maravillosa y extravagante. La casa había estado llena de luz, música y risas. Los jardines se habían llenado de farolillos para que los invitados pudieran pasear si así lo deseaban.

Al recordar el baile con su flamante marido, vestida con un traje realizado exclusivamente para ella, Catherine no pudo reprimir una sonrisa.

–¿Te he dicho hoy lo hermosa que eres? –le había dicho Vito en aquella ocasión–. Eclipsas a todas las mujeres que hay aquí esta noche.

–Solo dices eso porque halaga tu propio ego –había respondido ella.

Podía escuchar las risas de aquella noche incluso cuando cerró la puerta del salón. Estaba sonriendo para sí misma todavía cuando se dio la vuelta para dirigirse a la elegante escalera central. Porque, aquella noche, Vito había sonreído precisamente porque tener una esposa hermosa aumentaba su ego por haberla elegido a ella. Así era con los Giordani.

De repente, se detuvo delante de la puerta de una habitación y se dio cuenta de dónde estaba. Aquel era su dormitorio, el de los dos. El cuarto que solía compartir con Vito antes de escaparse.

El corazón le empezó a latir a toda velocidad. Se había acercado a la única habitación de toda la casa que no deseaba visitar. Su primer instinto fue alejarse de allí tan rápidamente como pudiera, pero algo la hizo detenerse y entrar a mirar el único lugar donde Vito y ella habían logrado mantener la armonía.

El dormitorio. La cama, hecha de la mejor caoba, era de la amplitud de tres camas sencillas, todavía tenía la misma colcha, bordada a mano, de un blanco inmaculado, y los mismos esponjosos cojines que tiraban al suelo cada vez que se acostaban por la noche.

Entonces, recordó por qué tiraban aquellos cojines y sintió que los recuerdos atacaban al mismo centro de su sexualidad.

¿Volvería a empezar de nuevo todo aquello, las peleas seguidas de los combates sexuales que solían dejarlos a ambos algo aturdidos después? En realidad, ya había empezado.

Tras reconocer aquel hecho con tristeza, recorrió con la mirada el resto de la habitación. Nada había cambiado. Sin embargo, ella sí que había cambiado. Ya no era la misma persona que había estado allí tres años atrás. De hecho, en aquel preciso momento, se sentía algo perdida, como una moneda que hubiera tirado alguien para ir a caer en un lugar completamente equivocado.

Ella no quería estar allí, no creía que debiera estar allí. Pero sabía, sin duda, que aquella era la habitación que Vito estaría esperando volver a compartir con ella. Sin embargo, no preguntaría nada, ya que sabía que aquello solo le daría la oportunidad a Vito de recordarle el hecho de que ella solo estaba allí para darle placer sexual.

Sexo, mentiras y fingimientos. Todo volvía a repetirse solo por el bien de Santo y para saciar la sed de venganza de Vito. Estaba a punto de regresar a la puerta cuando, sin previo aviso, la puerta del cuarto de baño se abrió de repente y Vito apareció en el umbral. Debía de haber salido directamente de la ducha porque solo llevaba una toalla blanca enrollada alrededor de sus estrechas caderas, mientras se frotaba el pelo con otra toalla.

Su aparición hizo que Catherine se quedara inmóvil. Y verla allí produjo el mismo efecto en él. Durante los siguientes segundos, ninguno de los dos pareció ser capaz de moverse, como si la sorpresa los hubiera dejado completamente paralizados.

Capítulo 6

¿La estaba considerando él como una moneda que realmente no debería estar en el lugar en el que estaba? Catherine no pudo dejar de preguntarse aquello al ver el modo en el que Vito la miraba, de pies a cabeza, dispuesto a no dejarse nada sin revisar.

El silencio entre ellos se convirtió en tensión. Catherine trató de evitar mirarlo del mismo modo, pero fue inútil. Se había sentido atraída por aquel hombre desde el primer momento en que lo vio. Nada había cambiado desde entonces. Catherine lo comprendió todo en cuanto notó cómo le caían las gotas de agua desde el pelo hasta los bronceados hombros y luego se deslizaban al vello negro y crespo que cubría su pecho. Vito era la belleza masculina personificada.

–¿Han llegado ya tus cosas? –preguntó él, de modo casual.

–Yo... no que yo sepa –dijo ella, sintiendo que la piel le vibraba como si hubiera tocado un cable eléctrico. Entonces trató de no mirarlo–. He estado recorriendo la casa.

–¿Y no has encontrado ninguna sorpresa? –preguntó él, haciendo que ella volviera a mirarlo, mientras se secaba el pelo con la toalla.

–Solo la habitación de Santo –murmuró, admirando cómo los pectorales y los bíceps temblaban con tanta actividad–. Es muy bonita.

—Me alegro de que pienses así.

En aquel momento, se deshizo de la toalla completamente. Catherine se mordió el labio y luchó desesperadamente por encontrar una excusa para salir de la habitación sin parecer una cobarde. Al final, fue Vito el que resolvió el dilema por ella.

—Lo siento —se disculpó él de repente—. ¿Has venido a...?

—No... —murmuró ella—. ¡Sí! —añadió, corrigiéndose enseguida.

De repente, el cuarto de baño pareció su salvación. Tenía un pestillo en la puerta que podría aislarla del peligro. Sin embargo, cuando empezó a andar, se dio cuenta de que iba a tener que pasar muy cerca de él para alcanzar su refugio. Vito no se movía a pesar de que ella avanzaba hacia la puerta. El corazón estaba a punto de estallarle.

—Gracias —dijo, al pasar al lado de él.

Entonces, se quedó helada de nuevo al notar que él le ponía las manos en los hombros. Luego, los dedos empezaron a acariciarle la pálida piel hasta que encontraron el inicio de la cremallera.

Catherine apretó los dientes y rezó por que algo la salvara. Él estaba tan cerca de ella que podía sentir la fragante humedad que emanaba su cuerpo. Era una sensación cautivadora, la clase de aroma que conjuraba imágenes de cuerpos desnudos, enredados en el amor.

Ella tembló cuando él le bajó la cremallera y los temblores se habían hecho más fuertes cuando la tela del vestido se dividió en dos partes. Catherine tuvo que cerrar los ojos y apretar más los dientes mientras esperaba que aquel tormento finalizara.

Pero Vito no se detuvo ahí. A continuación, le desabrochó los broches del sujetador, dejándole sueltos los pechos. Nunca antes, en todos los años que lo conocía, había estado tan insegura de sus intenciones.

Sus gestos, mientras hacía correr un dedo a lo largo de la

columna vertebral le decían una cosa, pero su voz, fría como el hielo, otra muy distinta.

–Date una ducha muy larga, Catherine. Estás tan tensa como la cuerda de un arco. Aunque, por supuesto –añadió, en un tono de voz más íntimo–, hay muchas otras maneras mucho más placenteras de curar tu tensión.

Antes de que ella pudiera reaccionar, sintió que la boca de él le hacía presa en el cuello, como un vampiro con su víctima, y la mordía suavemente a lo largo de la yugular. Al mismo tiempo, deslizó las manos por debajo del vestido y le atrapó los senos.

Después de un día con tanta carga sexual, Catherine se sintió liberada de las tensiones que la habían reprimido. A pesar de todo, intentó oponer resistencia.

–Vito, no... Necesito una ducha...

–Me gustas como estás. Oliendo a ti, sabiendo a ti...

Rápidamente, hizo que el vestido se le deslizara hasta los pies. A los pocos segundos, ella estaba de pie, solo con unas braguitas. Con las yemas de los dedos empezó a dibujarle círculos alrededor de los pezones para que estos se irguieran para él, mientras continuaba mordisqueando sensualmente el cuello de Catherine.

Todo era tan exquisito... Las caricias de las manos, la cálida humedad de su boca, la manera en la que se apretaba contra su espalda... Cuando bajó una mano sobre el liso vientre de ella hasta meterla por debajo de la suave tela de las braguitas, ella se rindió completamente. Cerró los ojos y, apoyando la cabeza contra el hombro de él, le permitió acariciarla de la manera en la que solo un amante conocido puede excitar a una mujer.

Sin embargo, aquello no era suficiente. Ella extendió las manos hasta agarrar la toalla que le cubría las caderas y se la arrancó, girando la cabeza para encontrarse al fin con su boca.

–Bésame –le ordenó, sin avergonzarse a la hora de buscar sus placeres sexuales.

Como única respuesta, él le dio la vuelta y la levantó contra su cuerpo hasta que los pies de Catherine no alcanzaron el suelo. Entonces, la besó apasionada y profundamente. Después, la llevó hasta la pared cercana y la apoyó allí. Ella separó las piernas y las enredó alrededor de las caderas de Vito.

Él también estaba muy excitado. Sin toalla se sintió libre de utilizar otros medios más vigorizantes para seguir dándole placer.

–Llevas puesta demasiada ropa –murmuró él.

–Nunca más volveré a llevar braguitas –prometió ella.

Vito se echó a reír de un modo que la encendió aún más. Entonces, él volvió a tomar su boca y a besarla ávidamente.

–Necesito la cama –dijo ella, cuando sus piernas amenazaban con rendirse.

–Siempre me anticipo a ti, *cara*.

Al abrir los ojos, Catherine se dio cuenta de que ya se estaban moviendo y ella ni siquiera se había dado cuenta. Cuando llegaron a la cama, él la dejó de pie y le quitó la última prenda que Catherine llevaba puesta y hundió el rostro en la parte del cuerpo de ella que acababa de descubrir. Mientras tanto, ella extendió un brazo y empezó a apartar almohadas y colcha. Todo era muy urgente, muy febril. No había tiempo para la seducción, para los preámbulos románticos. Ella lo deseaba en aquellos momentos y resultaba evidente que a él le pasaba lo mismo.

Mientras se tumbaba en la cama, deslizándose hacia atrás, recordó la puerta.

–Echa el pestillo de la puerta primero –susurró ella.

–¡Al diablo con la puerta! –exclamó él, siguiéndola encima de la cama como si estuvieran unidos por la cadera–. No me pienso parar aunque toda la casa venga a mirarnos.

Tras decir aquellas palabras, la penetró tan rápidamente que ella gimió de pura sorpresa. Vito rio de nuevo y le tomó la cara entre las manos para obligarla a mirarlo.

—Hola —dijo él—. ¿Me recuerdas? Soy tu fantástico amante.

Ni siquiera se había movido. Estaba jugando con ella. La había encendido hasta que ella ya no era capaz ni de recordar su nombre y después estaba intentando tomarse el asunto a broma.

Los ojos verdes de ella brillaron con el fuego de la venganza y apretó un poco más sus muslos alrededor del abdomen de Vito. Aquel movimiento le cortó la respiración.

—¿Quieres jugar, Vito? —susurró ella, hundiéndole las uñas en los costados, donde él tenía sus zonas erógenas más vulnerables.

El aire le salió de los pulmones como un silbido. Catherine sacó la lengua y le lamió los labios, palpitantes y húmedos. Él empezó a maldecir en italiano y, ya sin bromas, empezó a moverse encima de ella con una fiereza que envió a Catherine a un mar de cálidas sensaciones.

Cuando alcanzó el clímax, extendió los brazos, como una nadadora flotando de espaldas. Vito colocó una mano en la nuca de ella y la levantó hacia él. Aquella era una necesidad que él tenía. Le gustaba capturar los gemidos de ella en su boca al alcanzar el orgasmo. Catherine no se lo negó y sintió cómo su cuerpo se tensaba para alcanzar él también la cima de su placer.

Después de eso, no recordó nada. Ni el orgasmo de Vito, ni las sensaciones posteriores, ni cómo se había apartado él de ella.

En el exterior, todavía era de día. Dentro de la habitación, el aire acondicionado mantenía la temperatura a un nivel constante y soportable. A pesar de eso, el cuerpo de Catherine estaba bañado en sudor, lo mismo que la piel de Vito.

Ella lo observó durante un instante, disfrutando del modo en que él estaba tumbado, completamente agotado. Sin embargo, a pesar de su cansancio, Vito era físicamente imponente. Un hombre con la potencia de diez.

Potente...

Catherine se puso rígida y el sudor se le heló en la piel. Vito, sintiendo el cambio que se había producido en ella, giró la cabeza y frunció el ceño al notar la palidez que se iba apoderando del rostro de ella.

Pero antes de que él tuviera oportunidad de decir nada, ella se sentó en la cama como movida por un resorte y saltó al suelo. Rápidamente, se dirigió al cuarto de baño.

Fuera lo que fuera lo que estaba buscando, no estaba allí, porque reapareció de nuevo, casi inmediatamente. Decir que estaba conmocionada no era una exageración. Pálida, temblando tanto que los dientes le castañeteaban, miró a Vito, que estaba intentando sentarse.

–Mis cosas –dijo ella–. ¿Dónde están mis cosas?

–No han llegado todavía, ¿te acuerdas? –respondió él, completamente asombrado.

–No han llegado –repitió ella.

Entonces, los ojos se le quedaron en blanco. Vito salió disparado de la cama porque pensó que ella iba a desmayarse allí mismo.

–¡Por el amor de Dios, *cara*! ¿Qué es lo que te pasa?

–Mi bolso –susurró ella–. ¡Mi bolso, Vito! –añadió, gritando, al ver que él no se lo daba–. ¿Dónde está mi bolso? ¿Mi bolso?

–Catherine, ¿qué diablos te pasa? –preguntó él, que estaba empezando a asustarse.

Ella no respondió, sino que rápidamente se agachó para recoger el vestido y empezó a ponérselo. Estaba temblando tanto que casi no pudo conseguir aquella sencilla tarea, pero, cuando él intentó ayudarla, ella lo apartó de su lado.

–¡No me puedo creer que te haya dejado hacer esto! –gritó ella–. ¡No puedo creer que me lo haya permitido a mí misma!

–¿Hacer qué, por el amor de Dios? –replicó él, muy enfadado–. ¿Hacer el amor? ¡Bueno, pues eso sí que es bueno viniendo de la mujer que casi me ha devorado!

Si consiguió algo con aquellas palabras, fue que ella se pusiera más pálida. Tras un gemido de dolor, Catherine se dio la vuelta y se dirigió corriendo a la puerta de la habitación, sujetándose el vestido con la mano.

—¡Catherine! —rugió Vito, intentando que ella no saliera de la habitación.

Pero Catherine ya se había marchado y bajaba las escaleras a toda velocidad. Ya fuera, encontró su bolso donde lo había dejado, en el suelo del Mercedes rojo.

Para cuando Vito se puso algo de ropa y la siguió, Catherine estaba sentada en el último escalón de la parte delantera de la casa, con el contenido del bolso esparcido por el suelo.

Tenía tal aire de fragilidad que le hizo aproximarse a ella con extrema cautela, bajando los escalones y agachándose al lado de ella.

—¿Me vas a decir de qué va todo esto? —preguntó él, con un tono de voz muy suave.

Ella sacudió la cabeza. Vito pudo comprobar que tenía lágrimas en los ojos. Entonces, empezó a examinar el contenido de su bolso para ver si podía encontrar la respuesta.

Pero no fue así. Todo lo que vio fue el conjunto de objetos personales que las mujeres suelen llevar con ellas. Un lápiz de labios, el monedero, el pasaporte que aquel día había necesitado para entrar en el país, un paquete de pañuelos de papel, un par de horquillas y un peine. Entonces, miró a Catherine, esperando encontrar la causa de tanto trauma en sus manos. Pero estas estaban vacías.

Entonces, lo vio. Estaba en el suelo, entre los pies desnudos de ella. Muy lentamente, se inclinó a recogerlo del suelo.

Tardó unos segundos en descubrir lo que le pasaba. Entonces, empezó a maldecir y a dar puñetazos en la brillante carrocería del coche.

Después de eso, él también se quedó muy quieto, helado por el mismo horror que se había apoderado de Catherine.

De repente, un ruido captó la atención de Vito. Levantó la cabeza para poder mirar la esquina más alejada del jardín, desde donde una pequeña puerta servía de atajo para los vecinos más cercanos.

Aquel ruido provocó que Vito volviera a la acción otra vez. Se inclinó sobre Catherine y la tomó entre sus brazos, colocándola en el asiento del pasajero del Mercedes.

–¿Qué...? –empezó ella, saliendo del estupor en el que se encontraba.

–Quédate ahí –dijo él mientras regresaba a la casa.

Unos segundos más tarde, salió con las llaves del coche en la mano. De camino, se inclinó para recoger el bolso y todo su contenido y lo tiró al asiento trasero, en compañía de las gafas de sol. Luego, se sentó al volante y arrancó el motor; condujo el coche a toda velocidad por el camino que llevaba a la carretera principal.

–Santo y mi madre estaban a punto de regresar –explicó él–. No creo que quisieras que te vieran de ese modo –añadió. Al final del camino, Vito detuvo el coche y se volvió para mirar a Catherine–. ¿Cuántas te han faltado?

Catherine levantó los ojos y lo miró. Entonces, él volvió a arrancar el coche y empezó a subir por la carretera, en dirección al campo.

–Sabes contar tan bien como yo –respondió ella.

–Me temo que la vista se me nubló cuando vi que la de ayer todavía estaba ahí.

«La de ayer, la de anteayer y la del día anterior», pensó Catherine, contándolas mentalmente con el ánimo por los suelos. Una píldora anticonceptiva por cada uno de los días que había pasado junto a Vito.

–Te odio –susurró ella–. No has hecho más que estropearme la vida desde que tenía veintitrés años y sigues haciéndolo seis años más tarde.

Vito estuvo a punto de recordarle que no había sido él quien se había olvidado de tomar las píldoras, pero se mordió la lengua.

—Ponernos a pelear para saber de quién es la culpa no va a solucionar el problema —dijo él, en vez de eso.

—Nada puede resolverlo. El daño ya está hecho.

Con la boca muy apretada, Vito no volvió a articular palabra mientras siguieron subiendo más y más, hasta alcanzar un lugar que tenía las vistas más maravillosas de la ciudad. Sin embargo, ellos no las apreciaron. Además, estaban rodeados por un perfecto silencio.

—Lo siento —murmuró Vito.

—No es culpa tuya —dijo ella—. Soy yo la que se ha comportado como una estúpida.

—Tal vez tengamos suerte y no ocurra nada —sugirió él, en un intento por poner algo de luz en aquellos momentos de oscuridad.

—No cuentes con ello —respondió Catherine, tristemente—. Dos veces antes no hemos tomado precauciones y las dos me quedé embarazada. ¿Por qué iba a ser diferente esta vez?

—¡Tiene que haber algo que podamos hacer! —musitó él. De repente, sintió una inspiración—. Iremos al médico para que nos recete esa «píldora del día después» o como sea que se llame.

—¿Sabes lo que hacen esas píldoras? —preguntó Catherine, que se sentía como si le hubieran clavado un puñal en el corazón—. Impiden que el óvulo anide tanto si está fecundado como si no.

—Pero también recordarás lo que te dijeron —le recordó él—. Otro embarazo como el último sería peligroso.

—¿Me estás pidiendo que adopte una decisión tan difícil como esa para salvaguardar mi vida? —preguntó ella, con lágrimas en los ojos.

La angustia que vio en los ojos de Vito era por ella. Catherine lo sabía perfectamente, pero no podía afrontarla. En un intento por escapar de él y de aquella situación, salió del coche. Muy despacio, se acercó a un viejo ciprés y se apoyó contra el tronco.

Primero había estado a punto de perder a Santo, debido a complicaciones en el embarazo. Había logrado sujetarlo dentro hasta que estuvo lo suficientemente formado como para sobrevivir fuera del útero de su madre. Los médicos le habían asegurado que aquella situación casi nunca afectaba dos veces a la misma mujer. Pero se equivocaron. La siguiente vez que le ocurrió había estado a punto de perder su vida con la de su hijo.

Le habían dicho que no debía tener más hijos, porque su cuerpo no soportaría el trauma físico.

No podía tener más hijos...

Un movimiento a su lado la hizo notar que Vito había apoyado un hombro al otro lado del tronco. Para no haber tenido tiempo más que de ponerse lo primero que había encontrado, estaba de lo más elegante con unos pantalones chinos de color claro y una camiseta blanca. Pero aquello era típico de Vito. Era un hombre tan especial que nada en su vida podía ir mal.

Su matrimonio había sido la excepción. Desde su desgraciado principio hasta su trágico final. Catherine ya no contaba su último encuentro. En realidad, ya no se sentía casada con Vito. Se sentía más como cuando lo conoció, viva, electrificada... Por eso habían acabado haciendo el amor como si no hubiera mañana. Pero aquello les había terminado por pasar factura.

—Santo necesita a su madre, Catherine —afirmó Vito, sin añadir más.

Las lágrimas le quemaban los ojos, pero parpadeó y las hizo rodar por las mejillas.

—Tomaré esa píldora —dijo ella, por fin.

Vito no dijo nada. Sin articular palabra, Catherine regresó al coche y se subió en él. Él la siguió y encendió el motor, dirigiéndolo colina abajo, en dirección a Nápoles. Una vez allí, se dirigieron a las oficinas de la empresa de Vito.

Tras bajarse del coche, se dirigió al lado de la puerta de Catherine, se la abrió y la ayudó a bajar. Ella ni siquiera protestó cuando él le subió la cremallera del vestido antes de entrar en el edificio. El conserje lo miró y solo necesitó un breve movimiento de cabeza de Vito para mantenerse alejado. Sin embargo, no dejó de mirar con curiosidad a Catherine, que tenía los pies descalzos llenos de polvo y el pelo enredado, mientras ambos se metían en el ascensor.

Se estaba haciendo tarde. El día laboral había terminado hacía tiempo, por lo que el edificio estaba vacío. Cuando entraron en el despacho de Vito, este le señaló a Catherine una puerta.

–Dúchate –dijo, mientras se acercaba a su despacho y tomaba el teléfono.

Mientras entraba en el cuarto de baño, oyó que llamaba a su madre y le decía que habían decidido ir de compras y se habían olvidado de decírselo a alguien. Suponía que era una buena excusa mientras que a nadie se le ocurriera mirar en el dormitorio, donde las pruebas respecto a lo que habían estado haciendo antes de marcharse no dejaban lugar a dudas.

La segunda llamada que hizo Vito resultó inaudible para ella. Fue breve y tensa y no mejoró su estado de ánimo cuando hizo la tercera. Aquella fue a una boutique que estaba a pocas calles de allí, en la que lo conocían a través de su madre, para que le enviaran un surtido completo de todo lo que tuvieran para la talla cuarenta, con zapatos y ropa interior.

Para cuando el conserje entró cargado con la ropa que había enviado la boutique, Catherine todavía no había salido del cuarto de baño. En otro momento en el que hubiera estado de mejor humor, a Vito podría haberle interesado lo que le enviaban por su dinero. Sin embargo, dado que la mayoría de aquellas prendas eran para engañar a su madre, se limitó a decir al hombre que colocara las compras en el sofá para luego decirle que se marchara.

Sin embargo, antes de que se marchara, el conserje le dio un pequeño paquete. Era pequeño y ligero y llevaba el nombre de una respetada consulta médica de Nápoles.

Vito estaba todavía contemplándolo con seriedad en el rostro cuando Catherine salió del cuarto de baño, envuelta en un albornoz blanco de Vito. Tenía un aspecto muy triste.

–No pude encontrar un secador –dijo ella, señalándose el pelo mojado.

–Te lo encontraré dentro de un minuto –replicó él, acercándose a ella–. Toma –añadió él, dándole el paquete. Ella supo lo que era sin necesidad de leer lo que ponía en el paquete–. Dos ahora y dos más dentro de doce horas.

–Necesito algo de beber –dijo ella, tomando el paquete con dedos helados.

–¿Té, café o agua helada? –preguntó él, abriendo las puertas de un enorme armario de bebidas, completamente equipado.

–Agua –respondió ella, metiéndose las manos en los bolsillos y levantando la cabeza para contemplar el lugar, que no había cambiado mucho desde la última vez que ella había estado allí.

–Catherine... –dijo él, volviendo con el vaso de agua.

–Cállate –le espetó ella. Luego, se dirigió al sofá, donde el conserje había colocado las compras de Vito–. ¿Para mí?

–Elige lo que quieras –respondió él–. Supongo que habrá una selección de todo lo que necesites.

–Este hombre piensa en todo –se burló ella, mientras iba abriendo cajas e inspeccionando bolsas con tanto interés como un perro al que le ofrecen un hueso–. Extraordinario.

Vito no respondió. Después de todo, era cierto. ¿Qué otra persona de las que ella conocía podía alcanzar tantas cosas en el tiempo que ella tardaba en darse una ducha?

—Me quedaré con esto —dijo ella, eligiendo al azar un elegante vestido de tarde de seda, de color azul verdoso y ropa interior a juego. Cuando regresaba al cuarto de baño, se detuvo en la puerta—. ¿El secador?

Vito se acercó a ella y le entregó el vaso de agua del que ella parecía haberse olvidado. Luego, entró delante de ella en el cuarto de baño y sacó un secador de un armario. Se lo enchufó, se lo dejó preparado sobre el mármol y salió del cuarto de baño.

—Catherine...

Ella le dio con la puerta en las narices.

Quince minutos más tarde, ella salió de nuevo, con el pelo seco e inesperadamente fantástica con aquella ropa, considerando el modo en que la habían comprado. El vestido era corto, de corte elegante y llevaba una fina tira de encaje en el borde. Vito la contempló desde la ventana.

—Necesitas unos zapatos.

Aquello fue todo lo que dijo. Le señaló un par de sandalias de tiras del mismo color que el vestido que había a los pies del sofá. Todo lo demás había desaparecido. Catherine no sabía dónde estaba ni le importaba.

Lo descubrió cuando bajaron de nuevo al coche y vio un montón de paquetes en el asiento trasero del coche. La capota del coche estaba puesta. Al entrar en el vehículo, un calor muy húmedo la envolvió. Vito arrancó el coche y puso el aire acondicionado. Se dirigieron de vuelta a casa.

Cuando llegaron a la villa estaba oscureciendo. Las luces que iluminaban el camino de acceso a la casa le daban un aire de cálida bienvenida, que no afectó para nada a Catherine.

Mientras entraban en la casa, Santo apareció, vestido ya con un pijama. Encantado de verlos, se acercó corriendo a ellos. Catherine no supo decir si Vito lo había hecho a propósito o no, pero le pareció que daba un paso atrás para que el niño no tuviera más remedio que saludar a su madre antes que a él.

Por eso, ella fue la primera en tomar en brazos a su hijo y abrazarlo como si su vida dependiera de ello. Santo le explicó lo que había estado haciendo, sin darse cuenta de que, de nuevo, su madre estaba luchando para contener las lágrimas.

Cuando dejó al niño en el suelo para que fuera a saludar a su padre, entendió, por la manera en la que Vito lo abrazaba, que él estaba sufriendo tanto como ella.

Aquello era demasiado para ella cuando apenas si podía aguantar su propio sufrimiento interior. Así que se alejó de ellos, deseando poder meterse en la cama y quedarse allí para siempre.

Sin embargo, no pudo hacerlo porque Luisa los estaba esperando, deseando disfrutar de su alegría y de una buena conversación. Catherine representó su papel lo mejor que pudo e incluso logró sonreír cuando Luisa bromeó con Vito sobre el nuevo guardarropa que le había comprado porque el equipaje de Catherine no había llegado.

–¡Pero si llegó mientras estabais fuera! –exclamó la mujer, riendo–. ¡Qué impaciente y extravagante por tu parte, querido hijo! –añadió. Los ojos le brillaban de placer pensando lo maravillosas que debían de ser las cosas entre ellos, cuando en realidad no podía estar más equivocada–. ¡Qué bonito gesto para ti, Catherine!

La cena de aquella noche fue otra tortura que ella tuvo que superar. Tuvo que comer, sonreír y plantear una conversación inocua cuando no quería hacerlo. Mientras tanto, Vito la miraba como si en cualquier momento fuera a empezar a gritar como una loca.

Ella no podía culparlo por ello. Debajo de aquel relajado exterior, se sentía tan tensa que casi le dolía. Había estado evitándolo constantemente desde que regresaron. Si él entraba en una habitación, ella salía. Si quería hablar con ella, pretendía no oírlo. Incluso durante la cena evitó completamente mirarlo.

Sin embargo, aquello no significaba que ella no fuera consciente de la tensión que lo atenazaba a él ni de la palidez que tenía en el rostro desde que le había entregado aquel paquete.

–... Marietta...

De repente, como si le hubieran clavado mil agujas en la carne, Catherine parpadeó para poder prestar atención a la conversación que se estaba desarrollando en la mesa.

–Sintió mucho no poder estar aquí para daros la bienvenida hoy –decía Luisa, inocentemente–, pero Vito prefirió mandarla a Nueva York en un asunto imposible que, según ella, realmente no necesita su atención. Sin embargo, dado que Vito tenía que estar aquí contigo y con Santo, supongo que uno de los dos tenía que ir. Volverá para el fin de semana, así que, tal vez, podríamos reunirnos todos para cenar y celebrarlo, lo que sería muy agradable, ¿no te parece, Catherine? Las dos erais tan buenas amigas... Estoy segura de que debes de estar deseando volver a revivir vuestra amistad.

–Perdonadme –dijo ella, levantándose de un modo tan repentino que sorprendió a todos–. Perdóname, Luisa, pero me temo que no puedo seguir aquí sentada.

–¿No te encuentras bien, Catherine?

Aquella era una conclusión lógica, ya que ella no había probado casi bocado. Por primera vez, Luisa pareció notar la palidez de Catherine mientras que, por los buenos modales que le habían enseñado, Vito se levantó también. Sin embargo, parecía estar observándola también como un pequeño halcón.

–Solo estoy cansada. Eso es todo –respondió ella, sonriendo débilmente–. De un modo u otro, ha sido un día muy largo.

–Claro, querida –musitó Luisa, en tono comprensivo–. Y no estás acostumbrada al horario tan tardío de nuestras cenas, lo que probablemente explica la falta de apetito que pareces tener esta noche...

–Sí –respondió Catherine, con una triste sonrisa.

Entonces, se inclinó sobre Luisa para darle un beso en la

mejilla antes de musitar algo incoherente sobre ver a Vito más tarde y se marchó de la mesa.

Para cuando se hubo preparado para ir a la cama, se metió entre las sábanas y se cubrió bien con ellas, casi no le quedaba energía para hacer nada más que no fuera desconectarse el cerebro.

Estaba completamente dormida cuando un par de fuertes brazos la devolvieron a la consciencia.

—No —dijo ella, con firmeza.

—Tranquila —musitó Vito, acercándola a su cuerpo—. Tal vez en estos momentos prefieras pretender que no existo, pero no es así y estoy aquí, a tu lado...

—Mientras tu amante está a varios miles de kilómetros de aquí —le espetó ella.

—Marietta es tu obsesión, no la mía —replicó él—. Pero, dado que has decidido traerla a la cama con nosotros, ¿me permites que te recuerde que estás aquí para reemplazarla? Así que deja de luchar conmigo, Catherine. Tal vez prefieras creer que eres la única persona que está sufriendo en esta cama, pero no es así. Y yo necesito abrazarte tanto como tú necesitas que te abracen.

Vito no estaba hablando de Marietta en aquellos momentos. Estaba hablando de algo mucho más emotivo. Impulsivamente, ella abrió la boca para decir algo, pero luego cambió de opinión. No quería empezar otra nueva discusión.

De mala gana, permaneció entre los brazos de Vito. Luego empezó a notar otras cosas, aparte del calor que emanaba de su cuerpo, como su desnudez contra el ligero pijama de algodón que ella llevaba puesto. Con amargura, deseó que aquel hombre no fuera físicamente tan atractivo.

También deseó que ella no fuera tan inútil como mujer y que el corazón no le doliera tanto. Que el mundo dejara de dar vueltas para que ella pudiera bajarse y no volver a subir nunca más...

—Llora si quieres —susurró él.

–No –replicó ella, a pesar de que estaba temblando para no hacerlo.

–Fue lo único que podíamos hacer, Catherine. Lo adecuado –dijo Vito, besándola en la cabeza–, pero eso no significa que no debas lamentarte de lo que has hecho.

Pero, efectivamente, así era. Vito nunca iba a entender lo que aquella decisión le estaba costando porque ella no pensaba decírselo, ni a él ni a nadie.

–Solo quiero dormir y olvidarlo todo –musitó ella.

–Hazlo. Pero, si cambias de opinión, *cara*, estaré aquí, a tu lado.

¿Era aquel el modo que Vito tenía de compensar el tiempo que no había estado a su lado? Si era así, Catherine no pensaba recriminarlo por ello. Tal vez en aquellos momentos estaba absorta en su propio tormento, pero sentía que, por el modo en el que Vito le agarraba las manos, él estaba igual de atormentado.

Capítulo 7

Vito permaneció toda la noche abrazado a ella. Cada vez que Catherine se despertaba, lo sentía allí, y conseguía suficiente consuelo para volver a caer en la inconsciencia.

A la mañana siguiente, él la despertó muy temprano y, dulcemente, le recordó que tomara la segunda dosis de pastillas. Sin decir palabra, ella se levantó de la cama y desapareció en el cuarto de baño.

Y fue allí donde, en medio del cuarto de baño, se dio cuenta de que algo diferente le brillaba en la mano izquierda. Al ver sus anillos, se quedó petrificada.

El primero, un exquisito diamante de talla cuadrada, lo había recibido una semana después de que le dijera a Vito que estaba embarazada de Santo. El segundo, era la sencilla alianza dorada que le había dado en el día de su boda, a juego con el que Vito llevaba. Y el tercero, un anillo de la eternidad cuajado de diamantes, se lo había entregado el día que ella le había anunciado que esperaban su segundo hijo.

¿Cuándo se los había puesto? No recordaba ningún momento de aquella noche en el que Vito no hubiera estado a su lado. Sin embargo, debía de haberse levantado en algún momento y haber bajado al estudio, donde tenía su caja fuerte, y luego volver a subir y colocarle los anillos en el dedo, con mucho cuidado para no despertarla.

Pero ¿por qué lo habría hecho? ¿Y por qué aquella noche, de todas las noches, cuando ella no se podía haber sentido menos merecedora de aquellos anillos?

¿Qué clase de mensaje estaba él intentando transmitirle? Tenía que haber algún significado en el hecho de que él le hubiera colocado los anillos cuando la situación era de lo más penosa entre ellos.

Tal vez quería afirmar lo que ya le había dicho sobre el hecho de que la apoyaba completamente. La aparición de los anillos parecía estar diciéndole que él quería que ella supiera lo mucho que se comprometía en aquel matrimonio tan enfermizo. Sin embargo, lo que había ocurrido el día anterior no podía recordarle de manera más clara por qué él estaba mejor sin ella.

Un sentimiento de culpa se apoderó de ella. La culpa de una mujer que sabía que no estaba siendo del todo sincera con Vito.

Sin embargo, ¿cuándo había sentido ella que podía serlo? Siempre se había sentido como un instrumento para una finalidad con él. Primero, como una amante muy compatible, luego como madre de su futuro hijo y en el presente, como el medio necesario para conseguir que su hijo fuera feliz. No se podían construir la confianza y la lealtad sobre unos cimientos tan poco firmes como aquellos.

Con anillos o sin ellos, nada había cambiado desde el día anterior. Todavía se sentía tan sola en aquellos momentos como cuando el día en el que perdió a su segundo hijo tres años antes.

–Perdóname, Catherine –le había suplicado él–. Si hubiera algo que yo pudiera hacer para que desaparecieran las últimas veinticuatro horas, lo haría. Tienes que creerme.

Pero nadie, ni siquiera Vito, era capaz de dar marcha atrás en el tiempo. Entonces, ya había sido demasiado tarde para ellos. Igual que en aquellos momentos era demasiado tarde para cambiar las consecuencias de las últimas veinticuatro horas.

Mirando aquellos anillos que parecían comunicarle un mensaje tan importante, deseó no haberlo hecho cuando solo complicaba una situación que ya era bastante complicada. Porque él no sabía que...

–Gracias –dijo ella, cuando regresó a la habitación unos minutos más tarde, mostrándole la mano izquierda.

–Anoche los eché de menos –respondió él, con una tensa sonrisa–. Luego no me pude dormir sin ponerlos donde debían estar. Bueno, ¿qué te gustaría hacer hoy? –añadió, rápidamente–. Habitualmente, el primer día llevo a Santo a montar a caballo para que recupere sus habilidades con el caballo.

–De acuerdo –replicó ella, con una rápida sonrisa–. Yo iré también, si puedo.

–Esa era la idea, Catherine. Hacemos todo juntos, como una familia.

–Pensé que ya había accedido a eso.

–Fue el modo en el que lo dijiste, como si tuvieras miedo de resultar una intrusa.

–Afrontémoslo, Vito –dijo Catherine con una sonrisa triste–. Yo no estaría aquí si Santino no te hubiera puesto entre la espada y la pared.

–Bueno, estás aquí – afirmó él, sintiendo que volvía el antagonismo–. Y esta es tu casa. Nosotros somos tu familia y cuanto antes te hagas a la idea de eso, antes dejarás de ser una intrusa.

Con eso, Vito se metió en el cuarto de baño, encerrándose de un portazo y dejando que Catherine se preguntara qué había motivado aquella reacción.

Lo único que podía recordar era el silencio que ella había mostrado después de darle los anillos. Tal vez él había esperado algo más que unas «gracias», como una declaración de objetivos mutuos. Pero ¿por qué iba a esperar él eso? Nunca había buscado ese tipo de declaraciones antes, cuando su situación era más prometedora que entonces.

Además, Catherine decidió que se sentía más cómoda con el antagonismo que con el sentimiento de pérdida y de vulnerabilidad con el que se había despertado aquella mañana. Así que decidió dejarlo estar. No había manera de que ni siquiera el gran Vittorio Giordani creyera que tuviera derecho a esperar más de ella de lo que él mismo estaba dispuesto a dar.

Sin embargo, Catherine tuvo que admitir que algo fundamental había cambiado en él. Después de aquella terrible muestra de su temperamento italiano, él no había pronunciado una palabra más alta que otra delante de ella y parecía tener mucho cuidado de no darle oportunidades de enfadarse.

Había decidido tomarse libre aquella semana para pasarla con Santo. El trabajo había quedado a un lado y llenaron los días montando a caballo, nadando y con excursiones por los alrededores de Nápoles. Pasaron las noches abrazados, sin sexo.

Lenta, muy lentamente, Catherine empezó a relajarse durante aquellos días. Además, sin el sexo que complicara todo, habían logrado mantener una armonía que era tan agradable como el sexo. Sin embargo, aquella situación no podía durar.

Un día, Catherine estaba sentada al borde de la piscina, relajándose con un libro, completamente sola por primera vez desde que había llegado a la mansión. Luisa había anunciado su intención de llevar a Santo y a un grupo de amigos a pasar el día a la playa. Vito le había dicho que iba a pasar el día en su estudio, trabajando un poco.

No había nada de especial en aquellos acontecimientos, pero, por alguna razón, Catherine no podía concentrarse en el libro. Después de nadar un poco en la piscina, había esperado caer agotada en la hamaca, pero no fue así.

Se sentía tensa. No dejaba de mirar al cielo, como si esperara que se desatara una tormenta, lo que explicaría la extraña tensión que la atenazaba. Pero no había rastro de nubes en el cielo azul. Al final, decidió regresar a la casa, darse una ducha y vestirse para bajar a Nápoles para matar el tiempo.

Se había secado por completo y estaba aplicándose una crema en uno de sus esbeltos muslos cuando la puerta del cuarto de baño se abrió de repente. Completamente desnuda y con un pie en la banqueta del cuarto de baño, Catherine levantó la vista y vio a Vito en el umbral. En aquel instante supo que la tormenta que había estado esperando todo el día acababa de llegar.

Era una tormenta llamada deseo. Puro y simple, apasionado y hambriento. Brillaba en la ardiente intensidad de los ojos de Vito y en la tensión de su cuerpo.

Llevaba puesta una camisa de color vino tinto y un par de pantalones de lino. Pero, mientras no dejaba de mirarla, Catherine vio que empezaba a desabrocharse los botones de la camisa. La respuesta que le recorrió el cuerpo fue eléctrica.

Tenía que moverse. Lo primero, bajó el pie al suelo para poder apretar fuertemente los muslos. La camisa cayó al suelo para revelar su bronceado torso.

—Estaba... estaba a punto de salir —tartamudeó ella—. Iba a ir en coche a Nápoles.

—Más tarde —murmuró él, mientras se inclinaba un poco para poder quitarse los zapatos y los calcetines.

Aquello parecía un espectáculo de striptease. Catherine tomó el frasco de crema en una mano. Sintió que la carne le empezaba a palpitar. A medida que los pantalones se abrieron para revelar el vello oscuro que se espesaba por debajo de su ropa interior, Catherine sintió que el pánico se apoderaba de ella. Pero era un pánico de naturaleza muy sexual. Sin embargo, algo la hizo protestar.

—Yo... Vito... tú... yo... no podemos... —musitó ella.

—¿Por qué no?

—Tu madre... Santo...

—No. He esperado una semana entera para que me digas que está bien si hacemos esto —dijo él—. Y no pienso esperar más, Catherine. No puedo esperar más...

¿Por qué habría estado esperando una semana? ¿Acaso había asumido que era el tiempo que tardaría en tener el ciclo menstrual que le habría provocado la píldora?

Catherine se sonrojó de pies a cabeza. Al ver que aquello ocurría, Vito se detuvo.

—¿Podemos? —preguntó él—. Por el amor de Dios, Catherine. La tensión me está matando, muy lenta y dolorosamente.

—Podemos —susurró ella.

Los ojos de Vito se hicieron de repente más oscuros y la miraron con intensidad por todas partes. Los pantalones desaparecieron del mismo modo que la camisa, llevándose la ropa interior con ellos. Quedó solo el hombre, en toda su gloria sexual, que se acercaba lentamente a ella.

Catherine se humedeció los labios con la punta de la lengua al ver que Vito le quitaba el frasco de crema de las manos y lo dejaba a un lado. Sin apartar los ojos de ella, agachó la cabeza para capturar la punta de aquella lengua con sus labios y metérsela en la boca, en un acto tan erótico que ella gimió en protesta cuando él se retiró casi inmediatamente.

Sin embargo, siguió haciéndole el amor con los ojos mientras con una mano le rodeaba la cintura y con la otra le deshacía el moño que ella se había hecho para la ducha. Mientras el pelo le caía por los hombros, Vito la estrechó más contra su propio cuerpo.

Aquel contacto hizo que todos los nervios de su cuerpo soltaran chispas. Entonces, él volvió a besarla, lenta y profundamente, mientras la acariciaba con las yemas de los dedos hasta que ella se quedó sin aliento.

Para Catherine, era imposible permanecer pasiva mientras él la acariciaba de aquel modo. Entonces, le rodeó los hombros con sus brazos y, tras tomarle la cabeza entre las manos, lo besó apasionadamente.

Aquello fue todo lo que él necesitó. La tomó entre sus brazos y se la llevó a la cama. Los cojines cayeron al suelo lanzados por las manos de Vito, mientras Catherine hacía lo mismo con la colcha.

Sobre el fresco y suave lino que cubría la cama, se unieron en un laberinto de brazos y piernas. Fue un momento muy erótico, muy libre. Nada era un tabú para ellos, cualquier medio servía para dar placer...

El silencio en sí mismo era tremendamente seductor, solo roto por la respiración y el movimiento de sus cuerpos, moviéndose juntos hacia la cima del placer.

Después, permanecieron tumbados, besándose y acariciándose, comunicándose por medios que no incluían las palabras. Estas resultaban peligrosas y ninguno de los dos quería romper la magia que habían creado. Hicieron el amor varias veces a lo largo de aquella larga y perezosa siesta para luego quedarse dormidos, abrazados el uno al otro, mientras el sol iba desapareciendo poco a poco de la habitación, culminando así, del modo más dulce, su tarde de amor.

Catherine se despertó para encontrarse desnuda en la cama, cubierta estratégicamente con la sábana. Vito se había marchado. Su sentimiento inicial de pérdida se vio reemplazado por el de sorpresa cuando vio la hora que era.

¡Las siete de la tarde! ¡Seguramente Luisa y Santo llevarían horas en casa! ¿Qué iban a pensar de ella? ¿Qué les habría dicho Vito para justificar que ella fuera tan perezosa? ¿Cómo podía haberla dejado dormir durante tanto tiempo?

—Eres una rata, Vito —musitó, levantándose rápidamente de la cama.

Enseguida fue a ponerse algo de ropa. El fino vestido de verano azul que iba a ponerse estaba sobre la silla donde ella lo había dejado. Se puso la ropa interior y luego el vestido. De repente, se dio cuenta de que el cuerpo le dolía por diversas partes, por lo que comprendió por qué había sido presa de un sueño tan pesado. ¡Nunca antes le habían hecho el amor tan concienzudamente!

Se puso unas sandalias mientras recordaba, sonrojándose, lo que se habían hecho el uno al otro. O, mejor dicho, el uno por el otro. Con aquella mezcla de pudor y placer, se dirigió a la puerta.

En cuanto salió al rellano, supo que algo iba mal. Lo primero que oyó fue la voz de Santo, muy airada. Mientras bajaba por la escalera, se preguntó qué pasaría.

Siguió las voces hasta el salón y lo que vio la dejó petrificada. Tanto Luisa como Vito estaban mirando a un malhumorado Santo. El niño contemplaba con beligerancia a Marietta. No podía ser otra persona más que Marietta la que causara aquel caos.

—Pero, cariño, tú me dijiste que querías que tu papá se casara conmigo —decía, inclinándose sobre el niño con rostro sonriente.

—Eso no es cierto —negó Santo, muy enfadado—. ¿Por qué iba yo a decir eso cuando ni siquiera me caes bien?

—¡Santino! —le regañó su padre—. ¡Discúlpate ahora mismo!

El niño lo miraba con el rostro congestionado y los ojos echando chispas.

—¡No! —bufó el niño—. ¡Está mintiendo y no pienso permitírselo!

—Por favor... —dijo Luisa, intentando establecer la paz—. Esto es simplemente un malentendido que se nos ha escapado de las manos. Por favor, no te alarmes por esto, Vito.

—¿Alarmarme? —replicó Vito—. ¿Quieres explicarme entonces por qué entro en esta habitación y me encuentro con que mi hijo se está comportando de un modo grosero con una invitada en esta casa?

—Evidentemente, se trata de un problema de idioma —sugirió la madre—. Marietta le dijo a Santo algo que él, evidentemente, no entendió bien, la última vez que él estuvo aquí. Y él dijo algo que Marietta tampoco comprendió bien. ¡Menuda tontería para tener que enfadarse de esta manera!

—Yo no la entendí mal —insistió Santo.

—¡Santino! —exclamó de nuevo Vito. Hasta entonces, todos habían estado hablando en italiano, pero Vito decidió dirigirse a su hijo en inglés—. ¡Discúlpate ahora mismo con Marietta! ¿Me entiendes ahora?

El niño estaba a punto de llorar. Catherine se dio cuenta perfectamente, a pesar de que su hijo estaba dispuesto a ocultarlo todo.

—¡Oh! No le hagas llorar —dijo Marietta, poniéndose a ayudar a Santo—. Él no quiso hacer nada malo. Solo está un poquito enfadado porque le corregí su italiano.

—¡Eso no es cierto! —protestó el muchachito—. ¡Tú dijiste que yo no era más que una molestia y que cuando papá se casara contigo él ya no me querría más! ¡Te odio, papá! ¡Y no pienso disculparme! ¡No lo haré! ¡No! ¡No!

—Entonces... —empezó a decir Vito, con el rostro endurecido por la vehemencia de su hijo.

—Santo... —dijo Catherine, en un tono muy tranquilo de voz, impidiendo que Vito siguiera hablando.

Los cuatro pares de ojos se volvieron a mirarla. Si Catherine nunca se había sentido como la pariente pobre en aquella casa, se sintió de aquel modo entonces. Vestida con su sencillo y barato vestido de algodón. Marietta la miraba de un modo frío, vestida muy elegantemente con un exquisito vestido negro de tela brillante, zapatos a juego y el pelo, también negro y brillante, cayéndole por los hombros.

—¡Catherine! —exclamó con ansiedad la pobre Luisa—. ¿Qué debes de estar pensando?

—Estoy pensando que este... altercado parece estar muy desequilibrado —respondió ella, sin apartar los ojos de su hijo.

Sin decir palabra, extendió una mano y el niño fue corriendo hacia ella. Vito la miró con frialdad por estar pasando por encima de su autoridad. Luisa se retorcía las manos, sin poder soportar que su pequeño paraíso de felicidad se viera hecho pedazos. Marietta la observaba compasivamente mientras Catherine se agachaba para estar al mismo nivel que su hijo.

–Santo, ¿te comportaste de un modo grosero con Marietta? –preguntó Catherine, tranquilamente.

–Sí –reconoció él, bajando los ojos.

–¿Y tú crees que eso merece que te disculpes?

El niño sacudió la cabeza con fuerza y levantó de nuevo la mirada. Catherine vio que estaba a punto de echarse a llorar.

–Yo nunca he dicho lo que ella dice que he dicho –susurró él, en tono suplicante–. Yo nunca haría eso. Me gusta que papá esté casado contigo.

Catherine asintió. En lo que a ella se refería, Santo había sido completamente sincero y no iba a hacer que su hijo se disculpara con una mujer de la que sabía, por experiencia propia, que era capaz de tergiversar cualquier situación para su propio beneficio.

–En ese caso, vete a tu habitación –le dijo a Santo–. Yo iré a verte dentro de unos pocos minutos.

–Catherine... –empezó Vito, con ánimo de protestar, sintiendo que su autoridad estaba siendo minada.

Sin embargo, Catherine no le prestó atención y mandó a su hijo a su cuarto sin darle oportunidad de hacer nada al respecto.

Cuando se volvió a mirar a las tres personas que quedaban presentes, vio que sus rostros tenían expresiones muy diferentes. Vito, estaba enfadado; Luisa, alterada. Y Marietta, sonreía como si fuera una gata que se hubiera quedado con el último lametón de leche.

–¡Dios mío, Catherine! ¡Vaya genio que tiene tu hijo! –exclamó Marietta, rompiendo el silencio–. Es una pena que yo parezca tener la habilidad de hacerlo saltar. Mientras esté aquí, intentaré apartarme de su camino.

Asombrada por aquellas palabras, Catherine se volvió a mirar a Vito, que parecía tan atónito como ella por aquel comentario.

—Marietta ha llegado a casa esta mañana procedente de Estados Unidos y se ha encontrado su apartamento lleno de agua —los informó Luisa, precipitadamente—. Una tubería del agua estalló mientras ella estaba fuera y lo ha estropeado todo. Así que, por supuesto, la he invitado a que se quede aquí mientras se lo arreglan todo.

—Acabo de poner mis cosas en la habitación que hay al lado de la de Vito —dijo Marietta, muy dulcemente—. Si queréis saber dónde encontrarme.

—No.

Aquella negativa no salió de los labios de Catherine, aunque muy bien lo pudiera haber hecho. Había sido Vito.

—Quienquiera que te haya puesto allí ha cometido un error —añadió él, muy secamente—. Si tienes que quedarte en esta casa, Marietta, entonces quédate en el ala de la casa que ocupa mi madre. Catherine y yo deseamos estar solos.

—Claro —concedió inmediatamente Marietta—. Me cambiaré de habitación inmediatamente. Y me disculpo porque ni yo ni Luisa tuviéramos en cuenta... vuestra reciente reconciliación cuando elegimos habitación.

Catherine observó que Luisa empezaba a tener un aspecto preocupado otra vez, por lo que no pudo evitar preguntarse si su suegra habría opinado algo cuando Marietta eligió su habitación,

Por si fuera poco, Vito estaba de lo más susceptible. Primero, su hijo lo había enojado, luego, su esposa se había entrometido en la situación y por último su madre había permitido que Marietta se instalara donde él no quería que estuviese.

De hecho la única persona que parecía no estar enojada era la encantadora Marietta. Catherine pensó que era una chica muy lista al ver cómo cambiaba de conversación para hablar de negocios y hacer que Vito le prestara atención solo a ella.

Catherine se marchó para ir a buscar a su hijo, a quien encontró sentado al lado de una caja de bloques de construcción, de la que recogía una pieza y la volvía a tirar con fuerza al montón.

Intentando que olvidara la horrible escena que se había producido abajo, lo ayudó a bañarse y luego se acurrucó en la cama a su lado para leerle un par de sus cuentos favoritos. Entonces, cuando vio que empezaba a vencerle el sueño, le dio un beso de buenas noches y se levantó para marcharse.

–No me gusta Marietta –musitó el niño, de repente–. Siempre lo está estropeando todo. ¿Te gusta a ti?

–No –respondió ella, con sinceridad–. Pero a la *nonna* sí, así que por ella seremos amables con Marietta, ¿de acuerdo?

–De acuerdo –dijo Santo, de mala gana–. Pero ¿le dirás a papá que siento haberle gritado? Creo que ya no me quiere.

–Me lo puedes decir tú mismo –dijo una voz, desde la puerta.

Los dos giraron la cabeza para ver a Vito allí de pie, en el umbral. Probablemente lo había oído todo. Mientras se dirigía a él, el gesto que Vito tenía en el rostro le dijo a Catherine que no estaba muy contento.

–Tenemos que hablar –musitó él, cuando ella estuvo a su lado.

–Ni que lo digas –replicó ella, reavivando el antagonismo que había entre ellos.

Todo lo que parecían haber conseguido aquel día desapareció de un plumazo por una mujer muy lista. Se encontraron en el dormitorio, cuando fue hora de cambiarse para la cena. Catherine ya estaba allí, esperándolo, cuando él entró por la puerta.

–Bien –disparó él–. ¿Qué diablos creías que estabas haciendo socavando mi autoridad sobre Santo de ese modo?

–¿Y qué diablos creías tú que estabas haciendo obligándolo a hacerlo delante de todo el mundo? –replicó ella.

–Fue grosero.

–¡Nuestro hijo estaba enfadado! –le espetó Catherine–.

¿Tienes idea de lo que sintió al ver que tergiversaban sus palabras de ese modo?

–Tal vez él fue el que lo cambió todo, Catherine. Marietta solo estaba intentando establecer una conversación agradable con él y...

Catherine dejó de escuchar. Ya había oído más que suficiente. Rápidamente se dio la vuelta y salió al balcón, dejando a Vito con la palabra en la boca.

El aire allí fuera era cálido. Ella se apoyó contra la balaustrada de piedra. Respiró profundamente para intentar que desapareciera la frustración que estaba hirviendo dentro de ella.

Se sentía herida y desilusionada por ver cómo defendía Vito a Marietta. Aquello la hizo preguntarse por qué habría ido Vito a buscar a su hijo a Londres cuando, evidentemente, ocupaba un segundo plano con respecto a Marietta.

Entonces, Vito salió al balcón tras ella.

–Puedes resultar tan exasperante algunas veces... ¿Te ha dicho alguien alguna vez que es una grosería marcharse cuando alguien te está hablando?

–Eso hace que Santo y yo hayamos sido groseros en el mismo día. ¡Madre mía! Debe de ser un infierno convivir con nosotros.

Vito suspiró de un modo que resultó casi una risa, lo que consiguió aliviar un poco la tensión que ella sentía en aquellos momentos. Durante unos minutos, no hicieron nada más que contemplar la vista.

Ya era de noche, pero la luna creciente iluminaba el agua de sombras plateadas. Nápoles relucía como el polvo de las hadas sobre un manto de terciopelo negro. Era una hermosa vista.

–¿Has regañado a Santo? –preguntó ella, por fin.

–No, claro que no. Me disculpé por haber perdido el control. No soy ningún tonto, Catherine –añadió, de mala gana–. Sé que no me comporté mejor que Santo.

–Entonces, ¿volvéis a ser amigos?

—Sí. Pero Marietta tiene razón. Parece que ha empezado a tener un mal genio...

—¡Marietta se puede meter su opinión sobre mi hijo donde le quepa! ¡Y mientras está en ello, puede irse a un hotel!

—¡Diablos! No empieces con eso, por el amor de Dios. ¡Ya sabes que no puedo evitar que se aloje en esta casa!

—Bueno, pues o se va ella o me voy yo. Además, me mentiste sobre ella.

—¿Cómo? ¿Cuándo fue eso, exactamente?

—Cuando me hiciste creer que te casarías con ella después de que nos divorciáramos. Pero la cuestión del matrimonio entre vosotros nunca ha existido, ¿verdad?

—¡Ah! ¿Quieres explicarme cómo has llegado a esa conclusión?

—La misma Marietta me lo dijo —replicó ella—. Cuando se vio forzada a tergiversar las palabras de Santo para cubrir sus propias mentiras.

—O para corregir un malentendido entre dos personas que hablan idiomas diferentes.

—Lo que sea. Pero eso no deja de significar que nuestro hijo se ha llevado un disgusto por nada y tú me has traído a esta casa bajo una amenaza que era una mentira.

—Yo no te mentí. De hecho, te dije claramente por qué quería que volvieras.

—¿Te refieres a la venganza por tu orgullo herido? —dijo ella, volviéndose a mirarlo.

—¿Te parece una venganza lo que hemos compartido hoy?

Catherine tuvo que admitir que él tenía razón. Pero la otra opción que le quedaba para explicar sus motivos era muy poco fiable. Así que decidió cambiar de tema.

—Pero me prometiste que, si regresaba aquí, Marietta saldría de nuestras vidas.

—Yo nunca te hice esa promesa. Si lo recuerdas bien, Catherine, te dije que no podía hacerte esa promesa.

—¡En nombre de la decencia, Vito! ¡Un hombre no tiene a su amante bajo el mismo techo que a su mujer!

—No pienso volver a decirte que no es mi amante —le espetó él.

—Examante, entonces. Lo que sea. ¡Sabes muy bien que no debería estar aquí!

—Lo que sé es que estás loca y obsesionada.

—De acuerdo, estoy loca —replicó ella—. Te has casado con una lunática de tendencias obsesivas y delirios paranoicos. Pero te aconsejo que hagas algo sobre los delirios de esta lunática antes de que ella misma haga algo al respecto.

—¡Ahora sé que estás loca por admitir todo eso!

—Viene con el pelo rojizo y los ojos verdes —se mofó ella—. Creo que puedo lanzar hechizos y montar en una escoba también. Lo que significa que reconozco enseguida a una colega cuando la tengo delante.

—¿Qué quieres decir con eso? —preguntó él, algo despistado por el tono jocoso de aquellas palabras.

—Marietta. La malvada bruja del Norte, con su pelo negro, ojos negros y negro corazón. Y un deseo ardiente por apoderarse de los maridos de otras mujeres.

—Es amiga íntima de esta familia desde que yo recuerdo. No pienso apartar a Marietta solo porque a ti no te caiga bien.

—¿Y hacerlo por tu hijo?

—A él no le gusta lo que a ti no te gusta.

—Ah, entonces es culpa mía. Tendría que habérmelo imaginado —dijo ella. Pero lo que realmente la enojó fue que él no lo negara.

—Me niego a condescender por prejuicios infundados.

Catherine miró de nuevo a la bahía. ¿Quería pruebas de los prejuicios de Marietta hacia ellos? Las tenía, pero no estaba segura de si debía decírselas. La última vez que habían hablado del tema le había hecho tanto daño que se había jurado no volver a hablar de ello.

Entonces, recordó a su hijo y dónde la había hundido a ella la obsesión de Marietta por Vito. Y, con un suspiro, tomó su decisión.

–El día que empecé a perder a nuestro segundo hijo –empezó ella–, llamé a todas partes buscándote. Por fin, conseguí localizarte en el apartamento de Marietta.

–Lo sé. Yo nunca te he negado dónde estaba.

Su excusa había sido que había bebido demasiado para olvidarse de su gruñona esposa. La versión de Marietta había sido muy diferente.

–¿Por qué, entonces, si Marietta te despertó inmediatamente, tardaste seis horas en llegar al hospital? ¿Estaba mal el tráfico? ¿Tal vez te quedaste sin gasolina? Esa es otra de las excusas que los hombres presentan cuando se quedan en la cama con otra mujer, según me han dicho. O tal vez... solo tal vez, Marietta no se molestó en darte el mensaje hasta que le pareció a ella bien, ¿no te parece? ¿Qué te dice eso sobre tu encantadora Marietta? No, no me lo digas, porque, en verdad, no me importa lo que a ti te parezca, cuando en realidad no hay excusa que puedas darme de por qué me dejaste y te fuiste con ella aquel día. O de por qué no estuviste a mi lado cuando más te necesitaba. Pero, de ahora en adelante, te digo que, en lo que a mí se refiere, esa mujer es veneno. Créeme. Y, o la mantienes bien alejada de mi hijo y de mí o nos marchamos de aquí. Y, si eso son prejuicios, no me importa. Pero te aseguro que es una promesa que pienso cumplir.

Después de eso, el silencio se apoderó de ellos. Era imposible saber cuánto de aquello sabía ya Vito y cuánto se había negado a admitir. Sin embargo, Catherine sabía una cosa con toda seguridad: si él insistía en apoyar a Marietta después de lo que ella le había dicho, se habría terminado todo entre ellos.

–De acuerdo –dijo él, por fin–. Veré lo que puedo hacer con respecto a esta situación. Hay un par de nuevos proyectos que se están preparando en estos momentos. Uno en Nueva York y otro en París. Marietta sería la persona ideal para encargarse de uno de ellos. Pero llevará tiempo prepararlo todo –añadió, a modo de aviso–. Va a necesitar tiempo para terminar todo lo que tenga encima de la mesa en estos momentos antes de marcharse. Además, se acerca el cumpleaños de mi madre. Cumple sesenta y seis y está planeando una gran fiesta para celebrarlo. Y, por supuesto, esperará que Marietta esté presente, Catherine. Eso tienes que entenderlo. Dame dos semanas y te prometo que desaparecerá de esta casa y se marchará de Nápoles.

Catherine pensó si podría soportar a Marietta durante dos semanas. Sin embargo, sabía que estaba atrapada por las circunstancias en aquella casa mientras aquel fuera el lugar donde Santo quisiera estar.

–De acuerdo. Tienes dos semanas, pero, mientras tanto, asegúrate de que está bien alejada de mi hijo y de mí.

Con eso, se dio la vuelta, dispuesta a regresar al interior.

–Yo no me acosté con Marietta el día que perdiste a nuestro hijo –dijo él, con voz profunda.

–Supongo que con «acostarte» te refieres al significado más activo de la palabra, ¿no? –le espetó ella.

–¿He gritado alguna vez el nombre de Marietta en sueños mientras tú estuvieras tumbada a mi lado?

–No –admitió ella, a punto de entrar en el interior.

–A diferencia de Marcus y de ti. Al menos tú te has salvado de esa indignidad.

–Yo nunca me acosté con Marcus.

En el balcón de al lado, Marietta se inclinó hacia delante. Aquel nuevo nombre en la conversación le daba nueva vida cuando solo un momento antes se había visto al borde de la derrota.

–Qué extraño... Pero no te creo –dijo Vito–. Entonces, ¿qué queda de la confianza que debería haber entre nosotros?

–Nunca hubo confianza entre nosotros. Tú te casaste conmigo porque tuviste que hacerlo. Yo lo acepté porque sentí que tenía que hacerlo. No se construye la confianza en unos cimientos como esos.

Vito no pareció tener respuesta a aquello. El silencio volvió a ahogar las palabras. Tras abrir la puerta, Catherine volvió a entrar en el dormitorio. Pero él permaneció en el exterior durante mucho tiempo, pensando. Cuando entró por fin en la habitación, con solo mirarlo a la cara, ella supo que los pensamientos no habían podido ser agradables.

Y la intimidad que habían alcanzado en la cama aquella tarde quedó completamente en el olvido.

Capítulo 8

Aquella noche, la cena se desarrolló en un ambiente de tensión. Resultaba evidente que Luisa todavía no se había recuperado de la violenta escena de la tarde. Y las miradas que les echaba a Vito y a Catherine reflejaban claramente que sabía que la paz que había reinado entre ellos desde su llegada se había hecho pedazos. Catherine no sabía si ella sospechaba el porqué. Luisa nunca veía nada malo en nadie.

Incluso Marietta estaba más callada que de costumbre. Cuando Luisa le preguntó lo que le pasaba, ella explicó que se debía al malestar que le había causado el largo viaje desde Nueva York. Pero, a pesar de todo, intentó de todos modos hablar cortésmente con Catherine.

–Según creo, has estado trabajando con Templeton y Lang cuando estuviste en Londres –dijo.

–Sí –respondió Catherine, muy educadamente, a pesar de que le hubiera gustado hacer lo contrario–. Tengo estudios de Secretariado Jurídico, así que fue agradable volver a trabajar en ello.

–Además, tus dotes para los idiomas deben de haber resultado muy útiles en una empresa especializada en derecho comunitario. ¿Los hemos contratado alguna vez, Vito?

–No que yo recuerde.

–Qué raro, porque estoy segura de que los conozco –insistió Marietta–. Marcus Lang es uno de los socios fundadores, ¿no es así? –añadió, refiriéndose a Catherine.

–No. Se llaman Richard Lang y Marcus Templeton –corrigió ella, viendo que Vito se tensaba al oír el nombre de Marcus.

–Ah, ha sido equivocación mía –replicó Marietta–. Bueno, pero, sin duda, creo que vas a echar de menos el estímulo del trabajo. Yo estoy segura de que no me gustaría volver a no hacer nada.

–Tengo trabajo que hacer –dijo Vito, levantándose tan repentinamente que tomó a todo el mundo por sorpresa–. Marietta, me vendría muy bien repasar unas cuantas cosas contigo antes de que te retires, si no estás demasiado cansada.

–Claro –respondió Marietta.

Ella lo siguió enseguida, lo que dejó a Catherine para consolar a la pobre Luisa antes de que ella también pudiera escaparse al santuario de su dormitorio. Cuando se hubo metido en la cama, estaba más que deseando dormirse y olvidarse de todo. Por eso, que Vito llegara tan solo unos minutos más tarde no la ayudó en absoluto.

Pensando que él iba a meterse en la cama, se hizo la dormida. Así que, cuando segundos después, él la tocó con un dedo en la mejilla, fingió estar sorprendida cuando abrió los ojos.

–Ha surgido algo –le dijo–. Tengo que ir a Nápoles a mi despacho durante un tiempo.

–¿Solo? –preguntó ella, sin poder evitarlo.

–Sí, solo –replicó él–. ¡Si no tienes cuidado, tu desconfianza te va a devorar viva!

Con eso, se levantó de la cama y salió de la habitación. Catherine sabía perfectamente que él tenía razón.

–¿Qué estoy haciéndome, Dios mío? –susurró, mirando al techo.

Sabía perfectamente la respuesta. Estaba destrozándose por el mismo hombre por el que llevaba destrozándose los anteriores seis años.

Al oír el motor del coche, se levantó y salió al balcón. Llegó justo a tiempo de ver cómo las luces traseras se perdían en la distancia.

–Te amo –susurró–. A pesar de no querer hacerlo.

Estaba a punto de regresar dentro cuando oyó el rugido de un segundo motor. Tras volver a la balaustrada, vio un BMW salir de la parte trasera de la casa, donde estaban los garajes.

Era Marietta. Aunque estaba demasiado oscuro para saber quién era, estaba segura de que era ella. Seguro que seguía a Vito al lugar donde hubieran acordado encontrarse.

¿Eran aquellos delirios paranoicos? Lo raro fue que no se sintió enfadada o herida. Ya no podía sentirse más amargada sobre lo que Vito y Marietta hicieran juntos.

Aquella noche, no durmió mucho. Seguía todavía despierta cuando uno de los coches regresó alrededor de las cuatro y media de la mañana. Al otro no lo oyó, ya que debía de haber caído en el sopor previo al sueño.

Por fin, una serie de ruidos en la habitación la despertaron. Vio que Vito se estaba preparando silenciosamente para el nuevo día. Al mirar a su lado de la cama, vio que estaba intacto, por lo que decidió cerrar los ojos y pretender estar dormida.

Una hora más tarde, bajó vestida con un atuendo que tenía desde hacía mucho tiempo. El corte clásico de la falda de color crema era intemporal y el top de seda de color café con leche, hecho de ganchillo, resaltaba su cálido bronceado.

Al entrar en el comedor, vio que Vito y Marietta estaban compartiendo un desayuno de trabajo. Había un montón de papeles encima de la mesa. Marietta estaba escribiendo notas en uno de ellos mientras que Vito examinaba otro.

Todo parecía de lo más profesional. Marietta iba vestida de negro, como siempre, y Vito llevaba un traje oscuro. Considerando que él había estado trabajando toda la noche, tenía un aspecto estupendo.

Al oír los pasos, Vito levantó la cabeza y examinó el atuendo de Catherine. Conocía lo que aquello significaba, incluso la manera en la que ella se había recogido el pelo en la nuca con un pasador de carey que le daba un aire distinguido sin resultar demasiado formal.

–¿Vas a alguna parte? –preguntó él muy secamente.

–Voy a restablecer vínculos con mis viejos contactos –respondió ella, dirigiéndose a una de las sillas vacías.

–*Buon giorno* –dijo Marietta, levantando la cabeza–. Así que quieres volver a trabajar –añadió, reconociendo, al igual que Vito, el atuendo.

–Es mejor que «no volver a hacer nada». ¿No te parece? –respondió ella, sentándose y alcanzando la cafetera.

–¿Es que te escoció que te dijera eso? –dijo la morena–. Lo siento, Catherine. No lo hice intencionadamente.

Entonces, Marietta se concentró de nuevo en Vito y empezó a discutir unas cifras con él. Pero él no la estaba escuchando. Tenía puesta toda su atención en su esposa, que se servía café como si fuera un día corriente. Pero él sabía que no lo era. Ella estaba furiosa.

–Santino está con su abuela –la informó él, por encima de lo que Marietta estaba diciendo–. Van a pasar de nuevo el día en la playa.

–Lo sé. Me he despedido de ellos –respondió ella, preparándose una tostada.

–Vito, si tú...

–Cállate, Marietta.

–¿Estoy interrumpiendo algo? –preguntó Marietta, abriendo mucho los ojos.

–En absoluto –le aseguró Catherine, untando mermelada en la tostada.

–¡Sí! –replicó Vito–. Por favor, déjanos a solas.

La expresión de Marietta no reveló irritación alguna mientras se puso de pie, recogió sus papeles y se marchó.

Entonces, Vito se levantó, rodeó la mesa y se acercó a Catherine, agachándose al lado de ella.

–No quiero que vayas a trabajar –dijo él.

–No me había dado cuenta de que yo te hubiera dado elección.

–Resulta infantil salir corriendo de casa y aceptar el primer trabajo que te ofrezcan solo porque estás enfadada.

–Pero si yo no estoy enfadada contigo.

–Entonces, ¿por qué estás haciendo esto? ¡No has mencionado ni una sola vez el volver a trabajar desde que has llegado aquí!

–Por mí misma. Lo hago por mí misma.

Había tomado aquella decisión durante algún momento de la noche. Había decidido que, como no podía cambiar el estado de las cosas, se buscaría una vida fuera de los confines de aquella casa.

–¿Y Santino?

–Santino tiene más personas que desean agradarle en esta casa que todo un colegio de niños normales.

–Él prefiere que su madre esté en casa con él. Y yo también lo prefiero. ¿De qué sirve que yo te proporcione todo esto si no te permites apreciar las ventajas?

–Lo que acabas de decir es terriblemente arrogante.

–Yo no me siento arrogante. Me siento muy enojado de que no lo hayas hablado conmigo antes de tomar tu decisión. Es típico de ti, Catherine –la recriminó él, sin darse cuenta de que ella, de repente, se había puesto muy pálida–. Eres independiente y testaruda, capaz de hacer lo que te venga en gana sin prestar atención a lo que opinen los demás.

–Siento que pienses eso –murmuró ella, en un tono que indicaba que no iba a cambiar de opinión.

–Escúchame. No quiero pelearme contigo cada vez que hablamos. Quiero que seas feliz aquí. ¡Quiero que seamos felices aquí!

—¿Contigo como el que trae el pan a la casa y yo como el trofeo que guardas de adorno en un rincón? No, gracias, Vito. Yo no tengo la pasta que se necesita para realizar bien ese papel.

—¡Deberías aprender a morderte alguna vez esa estúpida lengua que tienes!

—¿Es que no tienes trabajo que hacer? —preguntó ella, llena de sarcasmo.

Como si aquello le hubiera marcado la entrada, la puerta se abrió de repente y apareció la cabeza de Marietta.

—¿Habéis acabado? —preguntó ella, con frialdad—. Es que tenemos mucho que hacer, Vito, si vamos a tomar el vuelo de mediodía a París.

—¿Te vas a París con ella? —preguntó Catherine, incrédula.

—Yo...

—¡Oh! ¿Es que no lo sabías, Catherine? —replicó Marietta—. Había dado por sentado que Vito te lo habría dicho.

—Estaba a punto de hacerlo...

—Ya no hay necesidad de hacerlo —dijo ella, poniéndose de pie—, dado que tu eficaz colaboradora ha hecho el trabajo por ti.

—Catherine...

—Perdóname —lo interrumpió ella, dirigiéndose a la puerta—. Tengo unas llamadas que hacer. ¿Te diviertes? —añadió, al pasar al lado de Marietta.

—No sé a lo que te refieres —respondió la otra, fingiendo asombro—. Vito, lo siento mucho. Pensé...

Entonces, Vito se levantó y salió del comedor detrás de Catherine. La encontró en el dormitorio, poniéndose la chaqueta que hacía juego con la falda.

—¿Es que no tienes que tomar un avión? —preguntó ella, con voz sarcástica.

—No hagas esto, Catherine —la avisó él—. No intentes exasperarme cuando me he pasado la noche trabajando y ando falto de sueño y de paciencia.

—¿Y dónde estuviste trabajando anoche?
—Ya sabes dónde. En mi despacho. Ya te lo dije.
—¿Solo?
—¡Sí, solo!
—¿A qué hora regresaste a casa?
—Sobre las cinco. ¿Por qué este interrogatorio? —preguntó él, sin entender.

—Marietta se marchó justo detrás de ti anoche y ha llegado media hora antes de la hora a la que tú dices que regresaste. ¿Es ese el lapso de tiempo recomendado para las citas secretas hoy en día? Es que tengo que saberlo en caso de que empiece yo también a tener citas secretas.

—Crees que estuve con Marietta —dijo él, entendiendo por fin—. *Madre di Dio*. ¿Cuándo vas a empezar a confiar en mí?

—¿Cuánto tiempo vas a estar fuera? —preguntó ella, sin responder.

—Aproximadamente una semana...

—¿Dónde vas a alojarte? —insistió ella, interrumpiéndolo.

—En el apartamento que tiene la empresa, ¿dónde si no? —respondió él, con un suspiro—. Catherine, fuiste tú la que me dijo que la mantuviera al margen —añadió, algo impaciente—. ¡Y eso es exactamente lo que estoy intentando hacer!

—Entonces, que te diviertas.

No debería haber dicho eso. Antes de que pudiera darse cuenta, Vito se abalanzó sobre ella y la atrapó entre sus brazos, tomando su boca inmediatamente.

Ella se rindió sin presentar batalla, permitiéndole hacer lo que quisiera de ella. Era la esclava para su amo, permitiendo que el poder de la ardiente pasión de Vito se adueñara de ella.

Las manos de él estaban por todas partes, quitándole la chaqueta y apartándole el top y el ligero sujetador que llevaba puesto. Catherine gimió de placer. Él rio y rápidamente le tomó una mano para ponérsela encima de su sexo, que estaba empezando a despertar.

–¡Esto es lo que yo llamo divertirme! –musitó él.

Entonces, tomó en la boca uno de los pechos que había dejado al descubierto. Mientras lo chupaba, llenándola a ella de placer, el teléfono empezó a sonar. Vito levantó la cabeza. Sería Marietta para meterle prisa.

–Si contestas eso, te mato –le dijo Catherine, aferrándose a él con más fuerza.

Él volvió a besarle la boca, devolviéndole de nuevo el placer que habían alcanzado juntos. El sonido del teléfono parecía espolear sus sensaciones. Lentamente, ella deslizó la mano hasta la bragueta de él, con la intención de bajarle la cremallera...

Vito se apartó de ella casi sin que Catherine se diera cuenta. Confundida, lo miró al rostro, en el que se había dibujado una pícara sonrisa.

–Sigue pensando en eso –le ordenó él–. Volveré a por el resto el fin de semana.

Entonces, se marchó antes de que ella pudiera responder. Mientras se quedaba mirando la puerta, sin poderse creer que le hubiera permitido hacerle aquello, el teléfono seguía sonando con la persistencia característica de Marietta.

Sin embargo, aquel sonido le produjo una gran sensación de placer. Sabía que Marietta estaría al otro lado de la línea, rezumando frustración mientras esperaba que uno de ellos contestara. Y también porque, por el tiempo que estuvo sonando, Vito debía de haber necesitado bastante tiempo para recomponerse.

Aquella fue una semana extraña, larga, que la hizo sentir un poco como una novia marcando el tiempo que faltaba antes del gran día. Y aquella sensación hacía que se sintiera furiosa consigo misma.

Aquel hombre, que la había dejado en el aire, esperando,

era su debilidad. Su cuerpo era un templo de adoración para Catherine, tanto si le gustaba como si no. El control no existía para ellos. Débil de mente, de carne y de espíritu era lo que ella era.

Intentó combatir todo aquello sumergiéndose en un mar de actividad. Cada día comía con antiguos conocidos, aunque pospuso de repente, y sin entender por qué, la búsqueda de trabajo, dado que siempre había pensado que un trabajo sería la prioridad número uno para hacerle la vida más llevadera.

Había aprendido que Luisa no era una abuela a ratos. Adoraba a su nieto y no había nada que le gustara más que tener a su nieto a su lado todo el día. A Santo le encantaba tanta atención. No era que el niño no hubiera sido feliz solo con ella en Londres, porque lo había sido. Pero Luisa parecía instilar confianza y fe en sí mismo al niño, igual que había hecho con su hijo.

Vito llamaba todas las noches. Hablaba con su madre, con su hijo y con Catherine. Ninguno de los dos mencionó a Marietta durante aquellas llamadas. Catherine no lo hacía por si acaso la maldita mujer estuviera en la habitación con él y supiera así que se preocupaba por causa de ella. Y Vito no la mencionaba porque, según Catherine, Marietta estaba en la habitación y él no quería que ella lo supiera.

Aquellos eran los males que implicaba la falta de confianza. Catherine estaba pensando en eso una tarde, mientras se daba una ducha para refrescarse del agobiante calor de Nápoles. Sin embargo, no solo era el calor el culpable de aquella segunda ducha. Era Vito. La había dejado hambrienta y así seguía. A pesar del agua fría, no podía evitar que su cuerpo respondiera al hecho de que él volvía aquel día. Todo el cuerpo parecía anhelar sus caricias y, si cerraba los ojos, Catherine se imaginaba cómo él se desnudaría y se acercaría a ella.

Así que, cuando un cuerpo desnudo masculino se deslizó detrás de ella, Catherine pensó que estaba fantaseando.

—¡Vito! —exclamó ella, atónita, mientras él la rodeaba con los brazos—. ¡Me has asustado!

—Me disculpo —musitó él—, pero oír que estabas aquí dentro me pareció una tentación irresistible.

—Pensaba que no ibas a venir hasta esta noche —dijo ella, tratando de controlar los latidos de su corazón.

—Tomé un vuelo previo. Mmm, sabes deliciosa —añadió, mientras le mordisqueaba la garganta—. Pero el agua está un poco fría. ¿Es que quieres congelarte?

—Hace tanto calor —respondió ella, disimulando, mientras él ajustaba la temperatura del agua. Pero su piel revelaba la verdad, que Vito supo también entender.

—¡Ah! ¿Me has echado de menos?

—Casi no he pensado en ti —mintió ella.

—Bueno, pues yo sí que te he echado de menos. Y espero que notes que a mí no se me caen los anillos por admitirlo.

—Solo porque quieres algo.

Vito rio y le demostró exactamente lo que quería. Catherine enredó sus largas piernas alrededor del cuerpo de Vito mientras él la amaba hasta el éxtasis. Entonces, ella sonrió. Un hombre no podría mostrar tanta pasión si se hubiera pasado una semana haciendo aquello.

A pesar de sus propias sensaciones de placer, ella era muy consciente de que Vito estaba temblando y que le estaba costando mantener el control.

—Bésame —gruñó ella—. ¡Necesito que me beses!

Vito hizo lo que ella le pedía y sintió que ella empezaba a acelerar sus movimientos cuando la boca de él se fundió con la de ella y le hizo alcanzar el orgasmo. Poco después, él mismo se unió a ella, con los gemidos de ambos mezclándose con el ruido de la ducha.

Después, Vito la sacó de la ducha y la puso de pie, apoyada contra él, mientras la secaba. Catherine lo miró, deseando atreverse a amarlo otra vez.

—Si me sigues mirando de ese modo —dijo él—, vas a pasarte el resto del día sin salir del dormitorio.

—Santo se va a pasar el día con su amigo Paolo.

—¿Estás intentando decirme que no te importa pasarte el día en el dormitorio conmigo?

—¿Se te ocurre algo mejor? —preguntó ella, suavemente.

Aquella noche, fue Luisa la que preguntó por Marietta durante la cena.

—Se ha quedado en París —respondió Vito—. Pero volverá a tiempo para tu fiesta de cumpleaños la semana que viene.

Al oír que no tendría que sufrir a Marietta durante una semana, Catherine sintió que su estado de ánimo se ponía de lo más boyante. Y así estuvo a lo largo de los siguientes días mientras, poco a poco, volvían a la rutina que habían tenido antes de que Marietta se marchara a París. Él se pasaba las mañanas en su estudio y las tardes con su esposa y con su hijo, mientras su madre estaba encargándose de los preparativos de la fiesta.

De hecho, aquella vida casi podría describirse como feliz. Nadaban, iban de excursión... Entonces, a Catherine le surgió un trabajo que le gustaba bastante porque se trataba de traducir manuscritos desde casa para una editorial.

—Me estoy haciendo perezosa —confesó a Vito una noche, mientras yacían tumbados en la cama.

—¿No crees que pudiera ser que, simplemente, estuvieras satisfecha?

—Bueno, voy a tener que utilizar la biblioteca como mi lugar de trabajo —dijo ella, pensando si no habría trabajado tan duro todos aquellos años porque no estaba a gusto con su vida—. O allí o en tu estudio, y no creo que a ti te gustara que me trasladara allí contigo.

—No creo que ninguno de los dos trabajáramos mucho. Vaya... esto se te da muy bien...

Vito estaba tumbado sobre su estómago y Catherine le estaba acariciando la espalda con las uñas.

—Lo sé. He practicado mucho —respondió ella, inocentemente.

Ella se había referido a que había practicado con él, porque hacía tiempo solían pasarse horas así. Pero, por el modo en el que se le tensaron los músculos, Catherine supo que él la había interpretado mal.

—¿Cuánta práctica? —preguntó. Con un suspiro, ella se sentó, apartándose de él. Vito también se incorporó, dándose la vuelta para mirarla—. ¿Cuántos amantes has tenido, Catherine?

—Ya sabes que no hubo nadie antes de ti. ¿Por qué me haces ese tipo de preguntas ahora, después de todos estos años?

—Me refería desde que llevamos casados.

—¿Cuántas has tenido tú? —lo desafió ella.

—Ninguna.

—Pues lo mismo yo —replicó ella, aunque sabía que los dos creían que el otro estaba mintiendo—. ¿Importa eso?

—No —dijo él. Catherine supo que aquello era también una mentira, por lo que extendió una mano para acariciarlo. Tras emitir un suspiro, Vito cerró los ojos—. De acuerdo, sé cuándo me lanzan una indirecta. Puedes devorarme.

Catherine se montó encima de él y lo introdujo dentro de ella.

—Hablar nunca nos hizo ningún favor, Vito —murmuró ella—. Hagamos un pacto de no hacerlo más que cuando sea absolutamente necesario.

Entonces, antes de que él pudiera responder, Catherine cerró los ojos y empezó a moverse encima de él. Y lo hizo tan deliciosamente que muy pronto consiguió que Vito descartara lo que fuera a decir para concentrarse en tareas más placenteras.

Capítulo 9

Aquella noche, la casa era un espectáculo, iluminada por luces halógenas estratégicamente colocadas. El jardín también lucía esplendoroso, con luces metidas entre los arbustos que alineaban los diferentes senderos. Dentro, todo estaba tan limpio como los chorros del oro y en el comedor se había instalado una mesa de bufé digna de reyes.

Los ocupantes de la casa tampoco se quedaban atrás. Catherine se había decidido por un llamativo vestido de seda rojo, con un corpiño muy ajustado y sin hombreras. Llevaba el pelo recogido con un hermoso broche de diamantes y unos pendientes a juego. En los pies, calzaba unos zapatos rojos muy brillantes, que la obligaban a contonearse de una manera que volvía locos a los hombres.

Por lo menos, a Vito lo volvió loco al verla bajar las escaleras hacia él. Acababa de regresar de llevar a Santo a casa de su amigo Paolo, donde iba a pasar su primera noche fuera de casa.

Aquello no significaba que él no se hubiera divertido. Cuando Santo sugirió que Luisa debía tener una merienda especial con él y sus amigos, a la abuela le pareció una idea estupenda. Había habido globos, tarta y los juegos que a los niños les gustaban en aquellas ocasiones. Había sido muy divertido.

Catherine observó cómo la miraba Vito mientras se acercaba a él. El brillo que había en sus ojos le decía todo lo que necesitaba saber. Orgullo y apreciación fueron las palabras que le vinieron a la mente, junto con las vibraciones sexuales que eran parte integral de lo que ellos siempre compartían.

–Pareces salida de un cuadro romántico –murmuró él, cuando Catherine llegó a su lado–. Pero te falta algo.

–Joyas –dijo Catherine, tocándose la garganta desnuda–. Pero está todo en tu caja fuerte.

–Entonces, vamos a mi estudio y corregiremos la situación inmediatamente.

Mientras se dirigían al estudio, Catherine podía sentir la mirada de Vito, que caminaba detrás, sobre ella. Sabía que podría ver el profundo escote en pico que llevaba en la espalda y que le llegaba hasta la cintura.

–Muy provocativo.

–Me gusta provocar –dijo ella, mirando, muy coqueta, por encima del hombro.

Vito se echó a reír. Entonces entraron en el estudio. Él seguía sonriendo cuando se dio la vuelta, después de sacar una caja de terciopelo de la caja fuerte. Catherine se sorprendió al ver que se acercaba con una caja plana de terciopelo en vez de su habitual joyero.

–¿Es que no puedo elegir yo? –preguntó ella.

–No. Y ese vestido es, definitivamente, una provocación. Asegúrate de que yo examino antes a todos los hombres que bailen contigo esta noche.

–Eres muy imperioso –se quejó ella, mientras él se colocaba a su espalda–. Eliges a mis compañeros de baile, mis joyas. ¿Y si no me gusta lo que has elegido?

–Dime lo que te parece –dijo él, colocándole algo frío sobre el pecho.

Al mirarse, Catherine vio el corazón incrustado de diamantes más exquisito que había visto nunca y no pudo contener un grito de sorpresa.

–¡Es muy bonito! –exclamó ella, acariciando el corazón.

—No te sorprendas tanto —dijo él, asegurándole el broche—. Tal vez sea imperioso, pero, normalmente, tengo un gusto impecable.

—Es un relicario. ¿Si miro dentro veré tu arrogante rostro mirándome?

—No. Eres tú la que tiene que decidir lo que poner dentro.

«Tú», pensó Catherine. En cualquier corazón que ella poseyera, la de Vito sería la única imagen que tendría cabida.

—Gracias. Ahora, me siento apropiadamente vestida para honrar el brazo del imperioso italiano que tiene un gusto impecable.

—Tú siempre has sido perfecta para honrar el brazo de cualquier hombre, Catherine —musitó él—. Pero yo soy el afortunado que reclama el derecho de llevarte allí.

Aquello era demasiado intenso. Ellos simplemente no compartían aquel tipo de conversaciones profundas y llenas de significado. Nunca lo habían hecho y nunca lo harían. Era la clase de relación que tenían.

No es que fuera poco profunda. Se limitaban a desconocer lo que el otro sentía, porque era más seguro no saberlo que resultar herido mortalmente. Así que, por eso, utilizaban el amor que sentían por su hijo como denominador común para justificar estar juntos. Y el sexo, que nunca había sido un problema para ellos.

—Siento la terrible necesidad de mandarte al dormitorio para que te cambies —admitió él.

—Acuérdate quién me va a quitar este vestido más tarde —sugirió ella.

Entonces, apareció Luisa.

—¡Catherine! ¡Qué bonito collar! —exclamó la mujer.

—El hombre que me lo ha dado me ha dicho que tiene un gusto impecable —replicó Catherine, bromeando.

—Vittorio, tu engreimiento será tu perdición —dijo la madre.

—Yo estaba a punto de decir que he heredado el gusto impecable de ti –replicó Vito–. En serio, estás muy hermosa, *mi amore*. ¿Cómo puede tener un hombre tanta suerte de tener una *mamma* como tú?

–Ahora está intentando utilizar su encanto conmigo para evitarse problemas –le confesó Luisa a Catherine–. Siempre ha sido igual, incluso cuando era tan pequeño como Santino.

Efectivamente, Luisa estaba muy hermosa, vestida con un traje de raso dorado que le reportó muchos cumplidos. Dos horas más tarde estaba completamente sonrojada por las veces que le habían dicho que no aparentaba más de cuarenta años.

–Está disfrutando mucho –murmuró Catherine, viendo cómo tres caballeros le pedían el siguiente baile.

–Más que tú, si estoy en lo cierto.

Ella había tenido que afrontar mucha curiosidad sobre el estado de su matrimonio. Sin embargo, Vito no se había separado ni un momento de ella, por lo que había actuado de escudo ante las intrusiones en su vida privada.

Si ella se movía, él se movía con ella. Si la invitaban a bailar, Vito rehusaba cortésmente en su nombre. Era una actitud muy posesiva, pero deliciosamente seductora.

A medida que fue pasando la velada, el champán fluía entre los invitados, algunos bailaban y otros tomaban algo de comer en el bufé. Lo único que parecía faltar era Marietta.

–¿Dónde está? –le preguntó a Vito.

–Supongo que se habrá retrasado.

–Pero tu madre se desilusionará mucho si ella no está aquí para brindar por su cumpleaños.

–No te preocupes –dijo él, secamente–. Yo diría que podemos contar con que se presente en cualquier momento.

Catherine frunció el ceño, ya que no le gustaba la fricción que había notado en el tono de él. De hecho, aquel tono había estado presente siempre que hablaban de Marietta desde el viaje de París.

Tal vez se habían peleado. ¿Habría empezado Vito a aceptar que, si quería que su matrimonio prosperara, tendría que ser sin Marietta en la sombra?

La esperanza era una semilla que prendía rápidamente, especialmente cuando Catherine estaba más que dispuesta a alojarla aquella noche. Vito se estaba portando muy posesivamente y, además, llevaba el corazón que él le había regalado en el pecho.

—Bailemos —dijo él.

Aquello solo era una excusa para estrecharla entre sus brazos. Catherine lo sabía, por lo que le permitió llevarla a la pista de baile. En el momento en que se tocaron, volvieron a revivir entre ambos las vibraciones habituales cada vez que se tocaban sus cuerpos. Aquella sensación era completamente seductora, casi hipnótica. El silencio incrementaba el creciente deseo que sentían mutuamente. Cuando los labios de Vito rozaron la frente de ella, Catherine se sintió transportada al éxtasis. Cuando los muslos de él rozaban los suyos, ella sentía que los suaves rizos que rodeaban su sexo se erizaban de deseo.

Sintió que el corazón de Vito latía más fuertemente y que una tensión, ya familiar, se adueñaba de su cuerpo. Incapaz de resistir el impulso, ella levantó la barbilla en el mismo momento que él bajó la vista para mirarla a ella.

Cuando sus miradas se cruzaron, todo lo demás pareció desvanecerse a su alrededor. Era la seducción en su punto más exquisito, la absorción total, porque justo allí, en medio de cientos de personas, Catherine pudo sentir el amor latiéndole en el único lugar en el que jamás hubiera esperado encontrarlo.

—Vito...

—Catherine, tenemos que...

—¡Luisa, querida! ¡Feliz cumpleaños! —exclamó una hermosa voz de mujer, en italiano, rompiendo la unión que había surgido entre ellos.

Marietta acababa de llegar. La dulce Marietta. Incluso la música pareció detenerse. Catherine se dio la vuelta para mirarla y se quedó helada. Porque allí, en la puerta de cristal de la sala de baile, estaba Marietta, vestida con un traje de lentejuelas plateadas que resaltaba su hermosa figura. Pero no era el traje lo que paralizó a Catherine, sino el hombre que acompañaba a su peor enemiga. Alto, moreno, atractivo de un modo muy británico, tenía un aspecto muy incómodo con su presencia allí...

–Marcus –susurró Catherine, atónita.

El alma se le cayó a los pies cuando vio cómo Marcus, muy tenso, saludaba a Luisa cuando los presentaron. Marietta sonreía, muy serena, mientras Luisa intentaba tranquilizar a Marcus, pero era imposible. Resultaba tan evidente que él estaba muy incómodo allí que Catherine no podía entender el porqué de su presencia.

–¿Qué diablos está haciendo aquí? –murmuró ella.

–¿Es que no te lo imaginas? –preguntó Vito, secamente.

–¡No tiene nada que ver conmigo, si es eso lo que estás pensando! –protestó ella.

–¿No? Yo diría que su presencia aquí está de lo más relacionada contigo.

Como para confirmarlo, Marcus la vio de repente, con Vito al lado de ella, y se sonrojó completamente. Entonces, Catherine notó un par de ojos malévolos y, al instante, se dio cuenta de que todo aquello era obra de Marietta. De algún modo, había descubierto la asociación más que profesional entre Marcus y ella y lo había llevado a la fiesta con la única intención de causar problemas.

Pero ¿quién se lo habría dicho? Con toda seguridad, Marcus no. Aparte de la evidente incomodidad, no era un hombre dado a contar cotilleos. Lo que más la preocupaba era que Marietta estaba demostrando su maldad abiertamente, para todo el mundo. Incluso para Vito. Decidida a averiguar lo que estaba pasando, se soltó de Vito. Sin embargo, él la volvió a agarrar con fuerza.

—No —dijo él—. Este es el juego de Marietta. Dejémosla jugar.

—Sabías que él iba a venir —replicó Catherine, dándose cuenta de que él no estaba sorprendido. Ni siquiera enfadado.

—Es muy raro que alguien entre en mi casa sin que yo lo sepa previamente.

—Todo esto es obra tuya —lo acusó ella—. ¡Tú le dijiste a Marietta lo que hubo entre Marcus y yo! ¡Tú la ayudaste a organizarlo!

Vito no respondió, pero su expresión resultaba tan implacable y tan fría que para Catherine constituyó una respuesta en sí misma.

—Te desprecio —añadió ella, volviéndose a mirar a la puerta justo a tiempo para ver que Marcus se dirigía al lugar donde ellos estaban.

Marcus tenía un aspecto enojado, tenso, con los ojos llenos de una súplica muda para la comprensión.

—Catherine —dijo, en cuanto llegó junto a ellos—. Mis más sinceras disculpas, pero no tenía ni idea de quién era esta fiesta hasta que me presentaron a tu suegra.

—Eso se llama una encerrona —intervino Vito, con sequedad.

Cuando Marcus lo miró, Catherine aprovechó para soltarse de Vito y dar un paso al frente.

—Baila conmigo —le dijo a Marcus, sacándolo a la pista de baile antes de que pudiera protestar.

—No creo que a tu marido le agrade que estemos haciendo esto —afirmó Marcus, algo incómodo.

—Sonríe, por el amor de Dios, y dime lo que estás haciendo aquí.

Revelando gran ira por su ingenuidad, Marcus le explicó que Marietta se había presentado en el bufete aquella semana, preguntando específicamente por él.

—Como no había oído su nombre antes, no tenía ni idea de que tuviera conexión con la familia Giordani.

—Es la ahijada de mi suegra –lo informó Catherine.
—Acabo de enterarme. Parece una buena mujer, tu suegra.
—Lo es.
—Sin embargo, la ahijada no parece tan agradable.
—¿Cómo consiguió que vinieras aquí? –preguntó Catherine, para que continuara su historia.
—Con la palabra mágica «negocios». ¿Crees que podríamos ir a algún sitio más privado? Me estoy empezando a sentir un poco de sobra aquí...
—Claro –accedió Catherine, llevándolo al jardín, sin preocuparse siquiera por lo que Vito estaba haciendo–. Sigue con tu historia mientras paseamos.
—Ella me hizo venir a Nápoles con la excusa de que un banco muy conocido estaba buscando un nuevo bufete especializado en derecho comunitario. Cuando le pregunté el nombre del banco me dijo que no le estaba permitido decirlo hasta que no recibiera el visto bueno para la reunión oficial, pero me invitó a pasar el fin de semana para conocer a algunas personas. Todo sonó muy plausible. Sabe mucho de las habilidades que se requieren en el campo de las inversiones.
—Sí. Tiene acciones en Giordani Investments, un lugar en el Consejo de Directores y algunas de las carteras de inversiones más lucrativas.
—Entonces, no estaba mintiendo.
—¿Sobre lo de que Giordani Investments quiera cambiar de bufete? Si te digo la verdad, no lo sé. Todo lo que sé es que Marietta fue una de las causas principales de la crisis de mi matrimonio hace tres años. Y, desde que he llegado aquí, llevo esperando que vuelva a hacer lo mismo.
—Está enamorada de tu marido –asumió Marcus.
Catherine no lo negó, pero le parecía que sería más adecuado utilizar la palabra «obsesionada».
—Trabajan muy juntos. Marietta es una seductora nata y Vito es...

—Famoso por sus cualidades para rescatar empresas. El año pasado salvó a Stamford Amalgamates de la bancarrota en cuestión de semanas.

—¡No lo sabía! —exclamó, muy impresionada.

—El hecho de que tenían problemas se mantuvo en secreto para salvar el precio de las acciones —explicó Marcus—. Fue solo después de que tu marido sacudiera la varita mágica cuando los expertos descubrieron lo cerca que habían estado de la bancarrota. Muy a mi pesar, me impresiona.

—Conozco ese sentimiento.

—Lo que significa que es peligroso enojar a un hombre como él.

—Eso también lo sé —asintió ella.

—Entonces, ¿por qué está Marietta intentando enojarlo?

—Porque es una de las pocas personas a las que Vito le permite salirse con la suya. —respondió Catherine, con amargura.

—¿Y por qué hace eso?

—Esa es la pregunta del millón. Yo te puedo dar una docena de posibles razones, pero no tengo nada seguro.

—De acuerdo, explícame las posibles razones.

—Tal vez porque es la adorada ahijada de su madre —sugirió ella—. O porque estuvo casada con su mejor amigo. O tal vez podría tener que ver con el hecho de que son amantes.

—¿Amantes en el pasado o en el presente?

—Los dos —replicó Catherine, encogiéndose de hombros.

—Tonterías. Ese hombre no tiene tiempo para jugar con otras mujeres teniéndote a ti en casa.

—Eso es muy amable de tu parte.

—No es por amabilidad. Es cierto. Conozco a los hombres, Catherine. Yo soy uno de ellos y te digo, como hombre, que tu marido está casado con la única mujer con la que quiere compartir su cuerpo.

—Entonces, ¿me puedes decir por qué te trajeron aquí esta noche?

—Fue Marietta la que me trajo aquí —dijo él, sin entender la pregunta—, con el único propósito de crear problemas entre tu marido y tú.

—Pero ¿quién le dio la idea a ella de utilizarte como arma? En otras palabras, ¿quién le dijo a Marietta que tú y yo habíamos tenido una relación más íntima de la que existe entre jefe y empleada? ¿Se lo dijiste tú?

—¡Claro que no!

—Y yo tampoco —afirmó ella—. Lo que solo nos deja una persona que sepa lo que hubo entre nosotros.

—¿Tu marido? ¿Crees que tu marido le confió a esa mujer lo que hubo entre tú y yo?

—Vito sabía que tú ibas a venir aquí esta noche. Me lo ha dicho él mismo.

—Entonces, nada de esto tiene sentido —dijo Marcus, perplejo—. Porque no puedo ver lo que ninguno de los dos puede ganar con traerme aquí para confrontarme contigo. No ha servido para propósito alguno más que para crear un par de momentos algo embarazosos.

Mientras seguían andando, los dos se quedaron en silencio. Cuando oyeron la voz familiar que rasgó el aire de repente, se detuvieron en seco.

—Te crees muy lista, Marietta —bufaba Vito—. ¿Qué diablos crees que has ganado trayendo a ese hombre aquí?

—Venganza —replicó Marietta.

Gracias a un reflejo del vestido plateado, Catherine descubrió que los dos estaban delante de ellos, en el sendero que corría paralelo al que ellos ocupaban, y vio la malicia reflejada en el rostro de Marietta.

—Has estado restregándome a Catherine en la cara desde el día en que os casasteis. ¿Por qué diablos no iba yo a restregarte a su amante?

—Nunca fueron amantes —dijo Vito.

—Sí que lo fueron. ¡Lo mismo que nosotros lo fuimos! Cuando te diga lo contrario sabrás que está mintiendo, Vito. Del mismo modo en que ella sabe que tú le estás mintiendo cada vez que niegas haberme hecho alguna vez el amor.

–No –murmuró Catherine, cerrando los ojos, esperando que Vito negara aquello.

–Hace mucho tiempo de eso –respondió Vito–. Antes de conocer a Catherine y, por lo tanto, eso no importa en nuestras vidas.

Catherine sintió que Marcus le rodeaba los hombros con el brazo, para darle fuerzas.

–¡Para mí sí que importa! –insistió Marietta–. ¡Porque entonces me amabas, Vito! ¡Se suponía que te tenías que haber casado conmigo! ¡Todo el mundo lo esperaba! ¡Yo lo esperaba! Pero ¿qué hiciste tú? Te limitaste a tener una breve aventura conmigo y luego me dejaste tirada. Y yo tuve que conformarme con el segundón de Rocco...

–¡Rocco no era ningún segundón, Marietta! –le espetó Vito–. Él te amaba, te amaba de verdad... ¡Y por cómo hablas de él es mucho más de lo que te merecías!

–¿Fue por eso por lo que lo hiciste? –preguntó Marietta–. ¿Porque Rocco me amaba te echaste galantemente a un lado para permitir que él se quedara conmigo?

–No. Me eché a un lado galantemente porque yo no te quería –afirmó Vito, brutalmente.

–Es una pena que Rocco no supiera eso –le espetó Marietta–. Porque se murió creyendo que se había interpuesto entre nosotros. Cuando trajiste a Catherine para convertirla en tu esposa, se disculpó conmigo.

–No en mi nombre –replicó Vito–. Él sabía perfectamente lo que yo sentía por Catherine.

–¿Me estás sugiriendo que te casaste con ella por amor? –se mofó Marietta–. No me tomes por tonta, Vito. Como todo el mundo, yo sé perfectamente que te casaste con ella porque tuviste que hacerlo para mantener la tradición familiar y legitimar a Santo. ¡Si yo hubiera sabido que quedarme embarazada era todo lo que necesitaba para hacer que te casaras conmigo, yo misma hubiera utilizado esa táctica! Pero no se me ocurrió una manipulación tan rastrera, al contrario que a ella. ¡Con sus fríos modales ingleses y su independencia te mantuvo en vilo por miedo a que fuera a hacer algo que arriesgara la vida de tu precioso hijo y heredero!

—Creo que ya has dicho más que suficiente.

—No, no es así. De hecho, ni siquiera he empezado. Tuviste la arrogancia de pensar que todo lo que necesitabas hacer era desterrarme a París para terminar con todos tus problemas matrimoniales. ¡Bueno, pues no se acabarán nunca mientras yo siga teniendo un cerebro en la cabeza con el que hacerte fracasar!

—¿Que tienes la intención de hacer qué? —la desafió Vito—. ¿Esconderte en los rincones para escuchar las conversaciones privadas con la esperanza de descubrir más basura?

—Ah. Veo que te diste cuenta de que yo estaba allí.

—¿En el balcón de al lado del nuestro? Sí —confirmó Vito—. Cuando más tarde empezaste a interrogar a Catherine sobre Marcus Templeton, me resultó muy fácil sumar dos y dos y me di cuenta de que estabas planeando algo tan... burdo como esto. Pero lo que todavía no entiendo es lo que esperabas ganar con ello.

—Eso es muy sencillo, Quería llevar la ruina absoluta a tu maravilloso matrimonio —confesó Marietta, con frialdad.

—¿Trayendo a Marcus Templeton aquí? —se mofó Vito—. ¿De verdad crees que mis sentimientos por Catherine son tan frágiles como para deshacerme de ella solo porque me has puesto cara a cara con un supuesto antiguo amante?

—No, pero teniéndolo aquí, Catherine tendrá a alguien en quien apoyarse cuando le diga que estoy embarazada de ti.

—¡Eso es una asquerosa mentira! —rugió Vito, mientras Catherine se tambaleaba bajo el brazo de Marcus.

—Pero Catherine no lo sabe —señaló Marietta—. Ella cree que somos amantes desde que perdió a vuestro segundo hijo. Para una mujer como Catherine, que no puede tener más hijos, creer que me has dejado embarazada será el final. Créeme. Y yo voy a disfrutar tremendamente viéndola alejarse de ti con su querido Marcus cuando le dé la noticia.

—¿Por qué quieres hacerle daño de esa manera? —preguntó Vito, con voz ronca.

—No me importan en absoluto los sentimientos de Catherine —afirmó Marietta—. Pero sí me interesa hacerte daño a ti, Vito. Igual que tú me hiciste daño a mí cuando me pasaste a Rocco como si fuera una moneda falsa.

—¡Demasiada suerte tuviste con tenerlo! —le espetó Vito, furioso y herido—. ¡Él era un buen hombre! ¡Un hombre cariñoso!

—Pero no era un Giordani.

—¡Dios mío! —exclamó Vito, atónito—. Catherine tenía razón. Eres veneno para todo lo que tocas.

—Y, siendo así, realmente creo, Marietta, que ya va siendo hora de que te marches de esta casa —dijo otra voz, desde la oscuridad del jardín.

Los cuatro se quedaron sorprendidos al ver aparecer a Luisa entre las sombras de otro sendero. Cuando le vio el rostro, el corazón de Catherine tembló de pena. Mostraba una expresión terriblemente herida.

Sin embargo, ¿qué hizo Luisa? Se volvió a Catherine y murmuró con ansiedad:

—Catherine, ¿te encuentras bien, querida? Hubiera dado cualquier cosa por que no hubieras tenido que ser testigo de esto.

Había merecido la pena que descubrieran dónde estaban escondidos Marcus y ella solo por ver la cara de Marietta cuando se volvió a mirarla. Aunque, sin el apoyo de Marcus, Catherine sabía que no lo podría haber aguantado.

—Catherine, lo has oído... —murmuró Vito, aliviado.

–Vaya, vaya... –dijo Marietta–. Parece que ninguno de nosotros está por encima de oír conversaciones ajenas desde rincones oscuros.

Aquellas eran las palabras mordaces de una mujer que se sabía frente a su propia ruina.

Capítulo 10

Catherine estaba de pie en el balcón, observando las luces traseras de los coches de los últimos asistentes a la fiesta mientras se deslizaban por la colina.

La fiesta se había acabado por fin, a pesar de haber seguido durante algunas horas más después de que Marietta se hubiera marchado.

Marcus había aceptado la responsabilidad de la situación y, para alivio de Catherine, se la había llevado sin palabras airadas. Catherine se había sentido reconfortada por ello, ya que no era el tipo de mujer que le gustara regodearse de los enemigos caídos.

Había sido la actitud fría de Luisa la que había resultado demoledora. Por una vez, la mujer no había podido encontrar nada positivo en aquella situación. Había llorado un poco, lo que había ayudado a llenar un momento de incomodidad entre Catherine y Vito. Además, la casa estaba llena de invitados y las preguntas sobre el paradero de Marietta...

Catherine suspiró porque sabía que aquella infausta velada todavía no había terminado para ella.

–Menuda tarde, ¿eh? –murmuró una voz profunda detrás de ella.

–¿Cómo está tu madre? –preguntó ella, sabiendo que aquella confrontación no había hecho más que empezar.

—Naturalmente, está todavía un poco disgustada, pero ya sabes cómo es. Nunca se le ha dado bien afrontar la discordia.

—Quería mucho a Marietta. Descubrir que alguien que amas no es la persona que creías que era debe de ser devastador.

—¿Es eso una indirecta contra mí? —preguntó Vito.

—Me mentiste —dijo ella, encogiéndose de hombros—. Sobre tu relación anterior con Marietta.

—Sí —admitió él finalmente, acercándose a ella y apoyándose sobre la balaustrada, todavía detrás de ella—. Pero ocurrió hace mucho tiempo y, por muy arrogante que yo sea, no creí que tuvieras ningún derecho a preguntarme sobre mi vida antes de que tú entraras en ella.

—Le daba poder a Marietta. Contigo negando insistentemente que hubieses sido su amante, la dejabas libre de hacer comentarios desagradables todo el tiempo. Cuando insistías en que hacías una cosa, ella decía que hacías todo lo contrario. Y ella... —añadió Catherine, volviéndose para mirarlo— sabía cosas que solo una amante sabría.

—Lo siento —se disculpó él, rozándole los labios con un dedo.

De algún modo, aquello no parecía suficiente. Catherine se dio la vuelta de nuevo para mirar el oscuro jardín mientras Vito hacía lo mismo. Ambos no dejaban de pensar en la situación que Marietta les había legado.

—Aquella noche, estaba en el balcón de al lado, escuchando mientras nos peleábamos sobre lo mismo de siempre —dijo Vito, finalmente—. Debió de asimilarlo todo. Mis mentiras, nuestra falta de confianza en el otro... La mención del nombre de Marcus debió de parecerle un regalo venido del cielo que ella podía usar como una nueva arma contra nosotros.

—¿Cómo supiste que estaba allí?

—Después de que tú regresaras a la habitación, recordarás que yo me quedé aquí. Estaba pensando, intentando hacerme a la idea de que tu versión de lo que ocurrió el día que perdiste a nuestro hijo era cierta y que también muchas otras cosas que habías dicho podían ser verdad. En ese momento, oí que algo se movía en el balcón de al lado, como si fuera una silla sobre las losetas del suelo, seguido de un suspiro. Entonces, reconocí el perfume de Marietta y la oí murmurar «*Grazie, Caterina*». El modo en que dijo aquellas palabras me heló la sangre.

Los dos se echaron a temblar. Entonces, Vito, con el puño apretado, golpeó la balaustrada de piedra y emitió un triste suspiro.

–¿Cómo se puede conocer a alguien tan bien como uno cree, y luego no conocerlo en absoluto? –añadió él

–Ella te quería –dijo Catherine. Aquello le parecía que lo explicaba todo.

–Eso no es amor, es una obsesión enfermiza. Decidí que saldría de mi casa a la mañana siguiente y no me importó en absoluto lo que tuviera que hacer para conseguirlo. Así que fui a mi despacho y trabajé toda la noche limpiando su escritorio, no el mío... El resto, ya lo sabes... menos que utilicé aquella semana en París para comunicarle que ya no ocupaba ningún lugar en esta familia.

–¿Y qué te dijo?

–Me recordó que tal vez a mi madre no le gustara oírme decir eso. Yo respondí a ese chantaje despidiéndola del banco.

–¿Puedes hacer eso?

–Es dueña de una buena cantidad de acciones del banco, pero no las suficientes como para tener tanta influencia en su control. Y, aunque esto vaya a confirmar tu opinión sobre lo engreído que soy, yo soy la fuerza principal de Giordani Investments. Si yo digo que está fuera, entonces el consejo me apoyará.

–Pero qué hay de su lista de clientes... ¿no vais a perder un montón de negocios muy lucrativos?

–A todos sus clientes se les dio la opción de irse a otra empresa con sus inversiones o de transferírmelas a mí. Y todos ellos decidieron quedarse conmigo.

—No me extraña que esta noche quisiera vengarse —dijo Catherine, asombrada por lo despiadado que él podía llegar a ser—. Algunas veces me das miedo.

—Y tú a mí —musitó él, obligándola a darse la vuelta—. ¿Por qué más crees que nos peleamos tanto?

—Nos casamos por las razones equivocadas —afirmó Catherine, en vez de confesar que lo amaba—. Tú te resentías por mi presencia en tu vida y yo lo hacía por estar donde estaba.

—Eso no es del todo cierto, Catherine. En aquel momento yo creí sinceramente que nos casábamos porque no podíamos estar el uno sin el otro.

—El sexo siempre ha sido muy bueno entre nosotros.

—No seas frívola. Sabes que siempre hemos tenido mucho más que eso —dijo él. Catherine sonrió con tristeza—. ¿Es demasiado pedirte que cedas un poco? Solo un poco y te prometo que te lo pagaré con creces.

—¿Qué significa eso?

—Significa que me casé contigo porque estaba, y todavía estoy, profundamente enamorado —confesó él—. ¿Te ayudará eso a responderme del mismo modo?

—No. No digas cosas como esa solo para hacer que me quede. Ni Marietta nos hizo esa clase de daño.

—¡Es cierto! —insistió él—. Y debería habértelo dicho hace mucho tiempo, lo sé. ¡Pero ahora que te lo he dicho lo mínimo que podrías hacer es creerme!

Al mirarlo a los ojos, Catherine deseó atreverse a hacerlo, pero...

—Un hombre enamorado no va de los brazos de una mujer directamente a los de otra.

Él comprendió enseguida y se quedó pálido. Catherine se sentía morir por haber vuelto a sacar el tema, pero tenía que hacerlo.

—No me acosté con Marietta la noche que perdiste nuestro hijo, aunque por las revelaciones de esta noche tal vez elijas no creerme. Solías volverme loco. Desde el primer día de nuestro matrimonio te aseguraste de que supiera que no estabas contenta con tu papel como mi esposa. Eras testaruda, mantenías fieramente tu independencia y te negabas en redondo a que yo me sintiera que tú me necesitabas... excepto en la cama.

–Te necesitaba.

–Tan cálida como el Vesubio cuando estábamos en ello y tan fría como el Everest cuando no –siguió él, como si no la hubiera oído–. Empecé a sentirme como un maldito gigoló, útil solo para un propósito... –añadió–. Pero al menos allí podía estar contigo. Por eso no me sentó nada bien cuando te quedaste embarazada por segunda vez y te pusiste tan enferma que los médicos insistieron en que no hicieras esfuerzos. De repente, me robaron la única excusa que tenía para acercarme a ti.

–¡Hicimos el amor! –protestó ella.

–Pero no del modo apasionado y físico que siempre lo habíamos hecho.

–La vida no siempre puede ser perfecta, Vito.

–El sexo entre nosotros sí lo era. Nos uníamos como dos mitades que se fundían juntas y lo eché de menos cuando no se me permitió volver a hacerlo de aquel modo. Lo otro me parecía... frustrante, si quieres que te diga la verdad.

Escuchándolo, Catherine sintió que él describía exactamente lo que ella había estado sintiendo y se preguntó cómo era posible que dos personas fueran tan perfectas la una para la otra y que no lo supieran.

–Cada vez me fui frustrando y resintiendo más por lo que me hacías. Hasta que todo aquello explotó en una terrible pelea, seguida por la reconciliación más gloriosa que yo podía esperar.

–Y entonces te marchaste. Con Marietta, a buscar consuelo.

–Me marché porque me sentía asqueado conmigo mismo

por mi falta de autocontrol. Pero no empecé en el apartamento de Marietta. Empecé en mi despacho, donde ella me encontró demasiado borracho. Le permití que me llevara a su casa mientras intentaba ponerme sobrio antes de regresar para hacer las paces contigo. Pero las cosas no salieron así. Me quedé dormido en su sofá, musitando tu nombre y suplicando tu perdón. Lo siguiente que recuerdo es que me desperté, muchas horas después, para encontrarme en un infierno en el que todo lo que yo quería se me arrebataba. Para cuando dejé de dar tumbos, meses después, me di cuenta de que me merecía lo que tú me habías dado, pero aquello solo me hizo odiarte más.

–Yo sentía lo mismo.

–Pero nunca, desde el día en que puse los ojos en ti, he deseado acostarme con ninguna otra mujer. Y eso incluye a Marietta. De hecho, si quieres saber la verdad, los tres años que pasé sin ti fueron los más tristes de mi vida –confesó él. Catherine sonrió, sintiendo que estaba empezando a creerlo. Como si lo notara, Vito le acarició la mejilla–. Pero nunca supe lo miserable que era mi vida hasta que oí tu voz aquella noche... Fue como si alguien hubiera encendido una luz dentro de mí.

–¡Pero si te comportaste tan frío como el hielo conmigo!

–Bajo la superficie no. Bajo el hielo, me sentía enfadado y muy caliente... ¡Era maravilloso! Incluso discutir contigo era maravilloso –confesó él, estrechándola entre sus brazos–. No llevaba ni cinco minutos en tu casa cuando me di cuenta, sin ninguna duda, de que iba a conseguir que volvieras a mi vida, costara lo que costara. Porque es ahí donde quiero que estés. Y quiero que lo sepas. Quiero despertarme cada mañana y ver tu rostro en la almohada, a mi lado. Y quiero dormirme todas las noches contigo entre mis brazos. En pocas palabras –añadió, acercando la cabeza a la de ella–, quiero que seamos una familia. Solo tú, Santo, mi madre y yo y que ninguna mentira pueda nublar nuestro horizonte y... ¿Qué pasa?¿Qué acabo de decir? ¿Por qué tienes ese aspecto?

—Yo... —dijo ella, intentando apartarse de él.

—¡No te atrevas a afirmar que tú no deseas todo eso también! —exclamó él, muy enfadado por la manera en la que ella lo estaba aislando—. ¡Porque sé que lo deseas! ¡Sé que me amas, Catherine! ¡Tanto como yo te amo a ti!

—¡Por favor, Vito! —suplicó ella—, no te enfades, pero...

—¡Pero nada! —rugió él, besándola con fiereza.

A pesar de aquel maravilloso beso, Catherine se sentía completamente desgraciada. Todo él estaba temblando. Viendo aquella reacción, a cualquiera le hubiera resultado imposible no creer las palabras que él acababa de confesarle.

—No... no lo entiendes... —susurró ella, apartándose de él—. Tengo que...

—No quiero entenderlo —dijo él, con una expresión aterrorizada en el rostro—. ¡Eres mía! ¡Sabes que lo eres! —añadió, tomándola en brazos y llevándola al interior.

—Tú acabas de decir que no querías más mentiras entre nosotros. Bueno, al menos dame la oportunidad de ser tan sincera contigo como tú lo has sido conmigo.

—No —insistió él, cayendo con ella en la cama.

—¡Te quiero!

—Repíteme eso.

—Te quiero —respondió ella—. Pero tengo una terrible confesión que realizar. Y necesito que me escuches antes de que...

—Si vas a admitir que Marcus y tú fuisteis amantes, créeme, Catherine, si te digo que no quiero oírlo.

—Marcus y yo nunca fuimos amantes.

Vito cerró los ojos para ocultar su profunda sensación de alivio para volver a abrirlos enseguida.

—De acuerdo. Haz tu confesión y acabemos con esto.

—Te amo. ¡Siempre te he amado! Y por eso precisamente no pude hacerlo.

—¿Hacer qué? —preguntó él. Catherine pareció perder el valor. Él la besó suavemente, pero el corazón de ella no dejaba de latir a toda velocidad–. Por el amor de Dios, no puede ser tan malo.

–No tomé las píldoras del día siguiente –confesó ella, con las lágrimas rodándole por las mejillas–. No pude cuando llegó el momento. ¿Cómo iba yo a destruir la posibilidad de una nueva vida que habíamos hecho entre los dos? Era demasiado...

–No, no has podido ser tan estúpida.

–Lo siento, pero no pude hacerlo. No pude...

Vito se puso de pie, mirándola como si no supiera quién era. Era horrible, mucho peor de lo que ella se había imaginado.

–¿Qué es lo que te pasa? ¿Es que tienes deseos de morir o algo parecido? –preguntó él, duramente.

–Era demasiado tarde –murmuró ella, sentándose en la cama con las rodillas contra el pecho.

–No, no lo era. ¡Maldita sea! ¡Tenías setenta y dos horas para tomar las malditas pastillas después de que hicimos el amor aquel día!

–¡Me refería a que era demasiado tarde para mí! –gritó ella–. ¿Y si habíamos concebido, Vito? ¡Hubiera sido como matar a Santino!

–Eso no es justo, Catherine, y tú lo sabes. ¡Llevas tomando la píldora anticonceptiva durante años! ¿Qué diferencia podría haber hecho aquello con lo que haces todos los días?

–Entonces, no, pero la noche anterior, cuando...

–¡Eso no es excusa para arriesgar tu vida!

–Todavía no sabemos si lo he hecho, pero al menos, podré estar segura de que no he matado a otro niño.

–¡Tú no mataste a nuestro segundo hijo! –aulló él, furioso.

–No quiero hablar de esto.

–¡Pues vas a hacerlo! Vas a hablar del hecho de que, una vez más, has tomado una decisión que yo hubiera debido compartir contigo.

–¡Tú querías que yo tomara aquellas píldoras! Eso no es compartir una decisión. ¡Es plegarme a lo que tú has decidido!

–Bueno, pues creo que eso es mucho mejor que lo que tú has hecho –musitó él, apartándose de ella.

–Lo siento –susurró ella.

Pero él no la oyó. Se metió en el cuarto de baño y cerró la puerta. Catherine bajó la cabeza. Vito tenía derecho a estar tan enfadado. En realidad, había estado a punto de tomar aquellas píldoras, pero, al metérselas en la boca, había sabido que no podía hacerlo. Así que había tirado las pastillas a la basura sin pensar en las consecuencias.

Tal vez Vito tenía razón y quería morir, pero, muy dentro de sí, Catherine sabía que no era el deseo de morir, sino de crear una nueva vida lo que la había obligado a hacerlo. El instinto materno de proteger una vida es tan fuerte en una mujer como respirar. Y ella no había podido sobreponerse. Vito tenía que comprenderlo.

Lentamente, se dirigió al cuarto de baño y entró. Todo estaba lleno de vapor porque Vito se había metido en la ducha. Sin saber muy bien lo que hacer, Catherine se acercó a la ducha y abrió la puerta.

–Vito –dijo ella, al verlo bajo el potente chorro de agua–. Tenemos que hablar de esto...

Él giró la cabeza. Sus ojos la miraron lentamente de arriba abajo.

–Te vas a estropear el vestido con el vapor.

Aquello fue todo lo que dijo. Luego volvió a poner la cara contra el chorro de la ducha.

Sin pensárselo dos veces, Catherine se metió en la ducha con él, con vestido de seda y todo, y cerró la puerta tras ella.

–¿Qué estás haciendo? –protestó él.

–Vas a tener que escucharme en algún momento, así que es mejor que lo hagas ahora.

Vito respondió dando unos pasos hacia un lado. Con ello,

dirigió el agua completamente hacia Catherine y observó cómo el chorro le empapaba el vestido hasta hacerlo transparente. Sin embargo, ella no hizo nada por evitar el agua y lo recibió con la barbilla bien alta y los ojos centelleando.

–De acuerdo. Habla.

–Soy una mujer. Y por serlo, tengo en mi misma mente tan grabado el deseo de nutrir y proteger una nueva vida que sería capaz de pegarme un tiro antes que dañar una nueva vida.

–No estamos en la Edad Media –se burló él–. Por si te has olvidado, las de tu sexo habéis dejado de ser esclavas de vuestras hormonas hace mucho tiempo.

–No estoy hablando de hormonas. Estoy hablando de instinto. Del mismo tipo de instinto que les da a los de tu sexo el deseo de fecundar al mío.

–Una vez más, yo y los de mi sexo hemos dejado de ser esclavos con la llegada de los preservativos. Se llama amor libre, y lo disfrutan millones de personas porque da placer, no por su función original.

–¿Desde cuándo has pensado tú en utilizar preservativos? No recuerdo que quisieras usar nada aunque sabías que era peligroso para mí que me quedara embarazada –le recordó ella–. Lo de los anticonceptivos me lo dejaste a mí, Vito, lo que por lo tanto me da derecho a elegir cuando no se utiliza nada.

–No si corre riesgo tu propia vida.

–Tú lo has dicho. Es mi vida. Yo he tomado una decisión que puede estar arriesgándolo todo, pero también nada, dependiendo de cómo vaya el embarazo. La posibilidad es del cincuenta por ciento. Y una posibilidad del cincuenta por ciento es suficiente para que yo no pueda negarle a un niño el derecho a la vida.

–¡Por el amor de Dios! ¡Tu madre murió en el parto, Catherine! ¿Qué te dice eso del riesgo que estás corriendo?

–Yo no he dicho que no tuviera miedo –susurró ella, empezando de nuevo a llorar.

—Tonta —dijo él, cerrando el agua y estrechándola entre sus brazos—. ¿Cómo nos has podido hacer esto, cuando nos estamos empezando a conocer?

—Necesito que seas fuerte por mí, no que te enfades conmigo —dijo Catherine, sollozando contra su hombro.

—Lo seré —prometió él—, ¡pero todavía no, hasta que no decida si voy a matarte por hacernos esto!

—Eso es una contradicción —dijo ella, sonriendo.

—Date la vuelta —le ordenó él, tras darle un beso.

Entonces, le bajó la cremallera del vestido y la desnudó. Tras dejar el vestido en un charco húmedo en la ducha, la hizo salir y la envolvió en una toalla para secarla.

—Tal vez nunca ocurra —comentó ella.

—¿Con nuestros antecedentes? Estás embarazada, Catherine. Lo sabes tú y lo sé yo. No necesitamos esperar a las pruebas para estar seguros.

—Lo siento.

—Pero yo sé que no te arrepientes.

Catherine negó con la cabeza. Entonces, él tomó otra toalla y se la enrolló alrededor de la cintura. Tras tomarla de la mano, la condujo de nuevo al dormitorio.

La cama los esperaba. Vito la llevó directamente a ella. Tras inclinarse para retirar la colcha, se detuvo.

—Tienes el pelo mojado.

—Solo las puntas —respondió ella, esperando lo que él iba a ofrecerle—. Te quiero...

—No me mereces, Catherine. No me das nada más que discusiones y penas, pero, sin embargo, te quiero. Tú desconfías de mí, me dejas y me haces pasar por el horror de tener que luchar para ver a mi propio hijo. ¡Y, sin embargo, sigo queriéndote!

—Entonces no lo sabía.

—¡Pues ahora sí lo sabes! ¿Y qué es lo que tengo ahora? Te tengo donde debes estar, en mi casa, en mi cama y en mi vida y ¿qué haces tú? Me dices que tengo que pasar por la preocupación y el miedo de perderte otra vez porque estimas tu propia vida en menos de lo que la estimo yo.

–No es así de sencillo...

–Lo es desde mi punto de vista. ¡De hecho, desde mi punto de vista es elemental! Porque esta vez vas a hacer lo que te digan. ¿Me entiendes?

–Sí.

–Nada de trabajar para conseguir un dinero que no necesitamos. Nada de peleas para establecer tu maravillosa independencia. ¡Descansarás cuando yo te lo diga, comerás cuando yo te lo diga y dormirás cuando yo te lo diga!

–Estás un poco mandón.

–¿Tú crees que esto es ser mandón? Espera hasta que hayas pasado nueve meses conmigo como tu carcelero y sabrás muy bien lo mandón que puedo llegar a ser.

–¡Qué emocionante! –exclamó ella, con los ojos brillando por lo que los dos estaban deseando.

–Bueno, eso es algo sin lo que vas a tener que aprender a vivir. Porque el sexo no entra en los planes para los próximos nueve meses, ¿recuerdas?

–¿Estás bromeando? ¡No pienso dejarlo hasta que no me vea obligada a hacerlo!

–Harás lo que te dicen.

En un acto de rebeldía, Catherine retiró las dos toallas y, de un empujón, lo dejó sentado en el colchón.

–Te deseo ahora, mientras sigues húmedo de la ducha –susurró ella, tumbándose a su lado.

Entonces, lo besó tan sensualmente que Vito no tuvo ninguna posibilidad de seguir discutiendo con ella.

–Tienes razón. Eres una bruja.

–Una bruja muy feliz. Te amo. Tú me amas. Todo eso me excita tanto... –confesó ella, mientras le dibujaba la boca con el corazón de diamantes–. Entonces, ¿quieres seguir discutiendo o hacemos el amor? Y, teniendo en cuenta que me acabas de ordenar que no discuta más...

Ocho meses después, Catherine se estaba relajando al borde de la piscina, sobre una de las hamacas, leyendo un libro. Mientras tanto, Santo jugaba en el agua. Era abril y el tiempo acababa de empezar a ser más cálido. Cuando Vito apareció por la esquina de la casa y se acercó a ella, dejó el libro a un lado.

–Llegas temprano –dijo ella, dejando que él la besara.

–Tengo noticias para ti –explicó él–. Pero, primero, ¿cómo están mis dos preciosas mujercitas?

Catherine sonrió, muy serena, al ver que él extendía la mano para acariciarle el vientre hinchado. Habían decidido saber el sexo del bebé cuando ninguno de los dos sabía lo que el futuro iba a ofrecerles. Catherine había deseado saber todo lo posible del bebé... por si acaso. Y Vito no había puesto reparos. Así que Abrianna Luisa se había convertido en una personita muy real para todos ellos, y eso incluía a su hermano y a su abuela.

Al final, no tenían que haberse preocupado por nada. Catherine había pasado el embarazo sin que ni un solo problema estropeara su desarrollo.

–Estamos bien –le aseguró ella–. Pero ¿qué es esto? –añadió, al ver que Vito le ponía en el regazo un documento, de aspecto muy oficial, con sellos rojos y firmas.

–Sabes italiano –dijo él, antes de irse a jugar con su hijo a la pelota.

Al cabo de unos minutos, regresó al lado de Catherine. Para entonces, ella ya había terminado de leer y estaba esperándolo.

–Al fin te las ha vendido.

–Sí. Cuando nuestra hija nazca con tanta salud como nos

han prometido los médicos, haré que pongan a su nombre todas esas acciones.

—¿Y Santino?

—Él ya tiene un número similar de las que me pertenecen a mí a su nombre. Así que... —afirmó, agachándose para acariciar suavemente el vientre de Catherine—. Las acciones de Marietta pertenecerán a mi Abrianna Luisa. Y así podremos sacar a Marietta de nuestras vidas.

Con un suspiro, Catherine miró al frente y pensó en Marietta. Estaba viviendo en Nueva York y trabajaba para otro banco de inversiones de gran reputación. Era mucho más feliz allí, o por lo menos, eso habían oído en los mentideros de la ciudad. Como era de esperar, había aprendido por fin a superar su deseo de ser una Giordani. Y, como Vito había dicho, su deseo de venderle las acciones que todavía poseía del banco era la prueba definitiva de ello.

—Es hora de que Santo salga del agua antes de que se resfríe —dijo Catherine. Así de sencillo se olvidaron de Marietta.

—¡Santino! —gritó Vito—. Ven a ayudarme a levantar a mamá de esta tumbona. ¡Es hora de su descanso!

—Descanso —repitió Catherine, en tono de burla, mientras observaba cómo su hijo se aupaba fuera de la piscina—. ¡Pero si no hago más que descansar!

—Ah. Pero este descanso será diferente —prometió Vito, con una sonrisa—. Porque yo estaré allí para compartirlo contigo.

Los ojos de él brillaron como estrellas, porque Vito se refería a pasar una hora o dos entregándole su amor, no el sexual, sino el que alimenta el alma...

www.ingramcontent.com/pod-product-compliance
Lightning Source LLC
LaVergne TN
LVHW091614070526
838199LV00044B/793